Rizzoli la scala

Emanuela Ersilia Abbadessa

Capo Scirocco

Rizzoli

ISBN 978-88-17-06351-7

Prima edizione: gennaio 2013
Seconda edizione: luglio 2013

La citazione a p. 134 è tratta da *Storia di una capinera* di Giovanni Verga (BUR 2010).

Capo Scirocco

a Mario

Prologo

Dall'oblò non riusciva a scorgere che un cerchio di cielo. Sempre immutabilmente grigio, doveva essere per la salsedine e lo sporco che si erano appiccicati sul vetro durante il viaggio.

L'aria in mezzo alla gente stivata tra casse e fagotti era irrespirabile. La penombra sembrava aderire ai corpi dei viaggiatori coi visi assorti, lucidi per il caldo. Solo i bambini si sentivano vociare e, di tanto in tanto, le madri li fermavano strattonandoli o minacciando una punizione.

I passeggeri delle navi sono spesso tristi, soffrono il mal di mare e dormono poco. Respirano gravemente come se lo spazio aperto potesse togliere l'ossigeno delle certezze alle loro misere vite. Quasi sempre vengono presi dalla melanconia e, a volte, diventano litigiosi. Smarrito il baricentro della vita, per lo più se ne stanno aggrappati ai bagagli coi loro preziosi stracci, si scambiano sguardi vuoti o vagamente minacciosi, si destreggiano tra borse e sacche. Nei giorni precedenti, poi, Luigi aveva anche visto alcuni uomini venire alle mani per un nonnulla. Aveva osservato con quanta difficoltà altri avevano diviso i grovigli di braccia e di gambe, per allontanare dai corpi le ubbìe.

L'uomo tarchiato seduto sotto l'oblò aveva rotto il sopracciglio a un tipo smilzo con un pugno ben assestato. Il sangue aveva preso a colare disegnando una ragnatela di rosso su metà del viso. La violenza aveva sempre spaventato Luigi, per questo se ne stava isolato, in un angolo, a testa bassa, sperando che il suo silenzio non fosse scambiato per una provocazione.

Accanto a lui una donna sferruzzava un filo di lana azzurra, canticchiando tra i denti una melodia flebile. Qualche volta distraeva lo sguardo dall'intreccio dei punti e si girava verso una cesta di vimini per accertarsi che il bambino dormisse. Lo guardava con un sorriso pacato e poi tornava ai ferri. Dall'estremità che dava a poppa veniva il suono stridulo di un'armonica. Un ragazzetto ossuto appoggiato a una botte soffiava dentro lo strumento cavandone note che si perdevano attutite nell'atmosfera soffocante. Forse Luigi avrebbe potuto avvicinarlo, parlare un po' con lui e invece continuava a restare zitto e solo, portandosi dentro il peso della fuga.

Quel giorno l'odore dei corpi era così intenso che Luigi sentì la nausea crescergli nel petto come una bolla di disgusto, un rivolo di sudore gli scese lungo la schiena e decise di uscire sul ponte. Il sole era coperto da una coltre di umidità. Era tutto muto e calmo. Arrivò fino a prua e si affacciò a guardare la colata di piombo del mare.

Non aveva mai visto una così vasta distesa d'acqua. La bonaccia ne aveva fatto un piano oleoso sul quale la nave disegnava a stento timide volute di schiuma che subito si perdevano nello specchio immobile. Un gabbiano gridò per qualche secondo sopra la sua testa e poi si tuffò infrangendone la quiete. Luigi avvertì per un attimo una fitta al cuore, come il dolore di un'assenza; se solo avesse avuto accanto qualcuno avrebbe potuto raccontarglielo, pensò. O forse avrebbe taciuto, incapace com'era di mettere in ordine le sensazioni. La paura e l'aspettativa per la nuova vita collidevano dentro di lui con il solo risultato di lasciarlo inerme.

Prima lontani e poi sempre più vicini sentì dei passi

lenti e pesanti, ma rimase immobile con lo sguardo puntato su un orizzonte incerto.

«Fumi?» gli chiese un vecchio accostandosi con mezzo toscano nodoso tra le labbra.

Il ragazzo scosse la testa stringendo le mani intorno alla ringhiera fino ad avvertire la frizione acre del sale sulla pelle. «No. Guardo il mare» rispose senza voltarsi.

«Vai a trovare qualcuno?»

Luigi scosse di nuovo la testa.

«Sei un ragazzino di poche parole» disse il vecchio dopo qualche istante di silenzio, togliendosi un pezzetto di tabacco umido dall'angolo della bocca.

«È la prima volta che viaggio» rispose come per giustificarsi.

«Già, sarà per questo. I viaggi mettono sempre paura, ma non è tanto lunga fino in Sicilia, domani arriveremo» continuò l'uomo riprendendo a fumare.

«Tu ci sei già stato?»

«Ci sono nato. Sono trent'anni che non ci torno» sospirò.

«È molto tempo» rifletté Luigi a voce alta.

«Quando vedi la nebbia alzarsi davanti agli occhi vuol dire che ti ha riempito dentro, allora devi metterti per mare e tornare a casa. Guarda quei marinai» aggiunse indicando due uomini intenti a intrecciare una stuoia, «dal colore del loro viso puoi capire da quanto tempo sono in mare. Sono scuri come negri.»

Luigi fissò le mani dei marinai che si muovevano sicure fra trama e ordito, i volti solcati da rughe profonde parevano del tutto assorbiti dal lavoro. Dopo un po' si girò verso il vecchio. I baffi ispidi, ingialliti dal fumo, si sollevarono sopra qualcosa che pareva un sorriso, il primo che il giovane si vedesse rivolgere da quando era partito. Fu come se quel sorriso si fosse staccato dalla faccia dell'uomo e avesse raggiunto la sua bocca per solleticarla, per alzarne gli angoli e fargli sentire che non c'era alcun motivo di avere paura.

Forse fu per questo che allentò la stretta intorno alla ringhiera e rilassò leggermente i muscoli. Prima le spalle, poi il collo, le braccia e infine tutto il corpo assunse la posa di uno che ha voglia di conversare.

Dalla scala salirono due ragazze che, vedendo i marinai, si scambiarono una risatina. Una si aggiustò la gonna e l'altra cominciò a camminare piano verso gli uomini, ancheggiando. I due non le notarono neppure.

«Io vado in Sicilia per cantare» esordì Luigi con una certa solennità.

Il vecchio rise. «Sai cantare bene, allora?»

Fece cenno di sì e sorrise anche lui.

Camminarono per un po' sul ponte, in silenzio, tra le catene corrose, le corde addormentate in larghe spire, come serpenti. Sbirciarono una boccaporta scura dove non videro che buio e montarono la scala di poppa. Lì il vecchio cominciò a dire della sua vita, dei figli avuti, della moglie grassa e gelosa e di nuovo della nostalgia che gli era presa a un certo punto costringendolo a mettersi in viaggio.

«Sai cosa mi manca di più? I sapori» raccontò sussurrando l'ultima parola come per gustarla sulla lingua. «La frutta che si matura al sole, il pane con la crosta coperta di semi di sesamo, la ricotta calda» aggiunse snocciolando le parole con la stessa sensualità con cui avrebbe parlato di un'amante.

Luigi lo guardò senza capire. Non riusciva a immaginare che si potesse sentire nostalgia del cibo. Delle persone sì, pensava. Forse per quelle sarebbe bastato un posto nel suo cuore dove tenerle, come una valigia segreta da portarsi sempre dietro. Ma lui non avrebbe ceduto a certi sentimenti perché aveva un progetto, lui.

All'imbrunire si alzò una brezza leggera e il mare, diventato di un blu robusto, si era punteggiato di capriole bianche. I due si sedettero su una cassa e il vecchio tirò fuori dalla sacca una forma di pane nero, ne tagliò due fette, ne offrì una a Luigi e ci mise sopra un filetto di aringa secca. Mentre le stelle si facevano sempre più luminose, l'uomo gli raccontò la storia di Colapesce.

«Nuotando sotto l'isola, il giovane figlio di un pescatore di Messina aveva scoperto una crepa in una delle tre colonne che reggono la Sicilia» spiegò, «e per timore che la sua bella terra potesse sprofondare nell'abisso, decise di tenerla a galla lui.»

«E come respirava?» chiese Luigi, cui la sola idea di restare senza fiato metteva addosso un'angoscia terribile.

«E quello un pesce è: *Nicola pesce*» rise il vecchio beffandosi del ragazzino che credeva ancora alle favole.

Quella notte Luigi, tra le pareti di sottocoperta, sentì crescere dentro la tristezza del passeggero. Immaginò Colapesce costretto a sostenere la Sicilia per non farla affondare, sentì il respiro diventargli corto ed ebbe paura.

La donna poco lontano da lui aveva lasciato la maglia e si era sdraiata col bambino tra le braccia. Mentre i suoi fiochi gridolini si confondevano col sonno rumoroso della mamma, il piccolo allungava una manina verso di lei che si scoprì il seno bianco e grasso di latte e glielo offrì per addormentarlo.

Accovacciato in un angolo sul pavimento ricoperto da vecchie stuoie, Luigi pensò a sua madre, provando a ripetere dentro di sé i canti che gli aveva insegnato. Non emise neanche un suono, spaventato dagli sconosciuti lì intorno, disturbato dal loro russare, ma se chiudeva gli occhi, ogni strofa che componeva nella mente gli restituiva la sua immagine. Tentava spesso di ricordarne il viso, l'impresa però lo terrorizzava. Per quanti tentativi facesse, la sua sagoma gli si parava dinanzi senza volto. Allora, per disegnarne la figura, cominciava piano: pensava ai piedini calzati nelle grosse scarpe con la suola di cartone dalla quale si vedeva sbucare la calza grigia di lana grossa; vedeva l'orlo della veste e, salendo, lo svasare dei fianchi; il grembiule liso che si stringeva intorno alla vita; lo scialle incrociato sul petto. Al collo immaginava la sottile collanina d'oro rosso da cui pendeva la medaglietta con la Madonna del Divino Amore che gli faceva baciare quando aveva mal di pancia. Il perimetro del viso lo ricordava incorniciato da due ciocche di capelli neri raccolti in una crocchia, i cerchi d'oro che pendevano dalle orecchie e poi più niente. La bocca, il naso, gli occhi se li era mangiati il tempo.

Solo quando cantava, i tratti di mamma pian piano si ricomponevano dietro le palpebre chiuse, emergendo dal lucore dell'ovale piatto. Le labbra si muovevano e gli suggerivano versi che venivano da tempi lontani. Allora rivedeva gli occhi verdi come l'acqua dell'Aniene sulle cui pietre Assunta sbatteva le lenzuola mentre gridava gli stornelli della sua terra.

Luigi stringeva i pugni conficcandosi le unghie nei palmi delle mani e, cercando di non far svanire il prodigio, riusciva a vedere mamma che si voltava a guardarlo, col cesto dei panni in testa, in equilibrio sul fazzoletto arrotolato ad anello. *Fiore d'ajetto, bbella nun pozzo sta' se nun t'abbraccio* cantava mentre lui le stringeva più forte un lembo della gonna. Era come se le immagini del suo passato recente cominciassero a diventare remote, come se fossero sul punto di lasciarlo per sempre. Un grande progetto, pensava, merita tutto l'impegno e, presto, forse addirittura appena sbarcato, non avrebbe più avuto tempo per pensare alla sua vita precedente. La scia della nave stava scavando una barriera tra ciò che era e ciò che sarebbe stato. Così doveva essere.

Riaprì gli occhi alla luce del primo sole filtrato sottocoperta. Bianco, col contorno disegnato dall'ottone, l'oblò pareva l'ostensorio esposto per le Quarant'ore. Luigi si infilò la giacca che aveva raggomitolato sotto la testa e, facendo attenzione a non urtare la donna col bambino, salì sul ponte. In lontananza si intravedeva la costa della Sicilia mentre il sole veniva fuori dal mare, grosso come non era mai stato a Subiaco. Lo spettacolo dell'enorme arancia lo fece trasalire. Notò che anche l'aria aveva un odore mai sentito. Non c'era traccia del fetore della stalla, non si sentivano le campane attaccate al collo delle bestie, il gallo non aveva cantato e pure il vento, che si era ingrossato e gli gonfiava i vestiti asciugandogli addosso la tristezza della notte, pareva diverso.

La terra appariva sempre più vicina e sul ponte i marinai cominciavano a darsi da fare parlandosi a grida incomprensibili, in una lingua antica e misteriosa, tirando funi e muovendosi veloci da una parte all'altra della nave. Luigi alzò le braccia per stirare i muscoli, inarcò la schiena, si sollevò sulle punte dei piedi, inspirò l'aria e, come per scaricare la tensione del corpo, emise un suono lungo e potente. Un bordone di zampogna sul quale le voci dei marinai e le grida dei gabbiani disegnarono una melodia sbilenca.

La voce scivolò via da lui e, spingendosi con forza controvento, corse sul mare rimbalzando di tanto in tanto sul pelo dell'acqua come una pietra piatta lanciata ad arte in un laghetto. Giunse fino alla costa frastagliata dell'isola, incontrò un faro e s'infranse su una bitta lucida. In quell'esatto momento, mentre i frammenti di suono si sparpagliavano sul molo, Luigi sentì di non avere più nulla da temere. Qualcosa di buono sarebbe accaduto, avrebbe avuto fortuna: si immaginava già a dormire in un letto vero con lenzuola di lino e guanciali di piume. Infilò le punte delle dita nella cintura dei calzoni e gonfiò il ventre d'aria, ondeggiando sulle suole delle scarpe e sognandosi pulito e ben vestito come un vero signore.

Dopo un paio d'ore il vapore attraccò scricchiolando con la benedizione di una madonna immacolata, alta tra cielo e mare, su una stele dritta come l'albero di maestra. La gente cominciò ad affannarsi, a raccogliere ceste, sacche e fagotti, prese a ingolfare il ponte e a vociare con sempre maggiore energia. Luigi era rimasto stretto tra i corpi degli altri viaggiatori e, nauseato dal caldo e dalla calca, ogni tanto sollevava la testa e allargava le narici per assorbire un po' d'aria pulita.

La luce accesa di mezzogiorno lo ferì mentre si lasciava andare al flusso maleodorante, angosciato dall'idea di perdere la valigia nell'acqua scura che saliva e scendeva tra la banchina e lo scafo con un gorgoglio da affamato. Doveva esserci un mostro che ingoiava i bagagli dei viaggiatori incauti, pensò cercando di non guardare in basso. A metà della passerella rallentò, lo sguardo seguiva la donna con la cesta di vimini. Qualcuno gli diede una spallata gridando di togliersi dai piedi, stupido che non era altro, e lui avanzò con gli occhi fissi sulla piramide del corpo femminile avvolto nello scialle. Quando fu sulla banchina, la vide arrancare con un grosso fagotto bitorzoluto sotto il braccio sinistro e la cesta stretta a sé sotto l'altro. La donna inciampò e si fermò a recuperare la ciabatta sfilata, e per un attimo a Luigi venne voglia di raggiungerla per aiutarla, ma le voci dei marinai, le grida degli scaricatori, i saluti, lo scalpiccio dei cavalli nella strada poco lontana e il suono disperato come un canto di balena dello scafo che strisciava sul molo lo confondevano e, nell'agitazione, un vagito gli si attaccò vorace alle orecchie e gli mise addosso il desiderio di un abbraccio.

L'aria era calda come non gli era mai capitato di sentire nemmeno quando in estate si sedeva vicino al fico, in fondo al podere dei Cesarini, a leggere di nascosto. A papà non piacevano i libri che gli dava don Pietro. Anche se non sapeva di cosa si trattasse glieli aveva proibiti lo stesso. Dopo la morte di mamma, Luigi aveva cominciato a passare sempre più tempo in chiesa. Lei gli mancava molto, rivoleva la sua tenerezza e quel modo che aveva di capirlo guardandolo negli occhi. Era stata Assunta a chiedere a don Pietro di insegnargli a leggere, a scrivere e far di conto, perché il bambino era intelligente e volenteroso e non avrebbe dovuto passare la vita nei campi come il padre. A papà i preti non erano mai piaciuti, gli parevano uccelli del malaugurio. Ma don Pietro mica era cattivo. Era tornato a Subiaco, dov'era nato, intorno ai cinquant'anni, quando sua madre si era ammalata. La giovinezza però l'aveva trascorsa a Roma dove si era dedicato soprattutto alla musica. Aveva lavorato come assistente del direttore presso il coro della Cappella Sistina e lì aveva conosciuto tutti i segreti della voce e i prodigi che poteva regalare. Tra i cantori della Cappella, qualche anno prima, uno con un bel registro di baritono aveva dato scandalo lasciando la Chiesa per intraprendere la carriera teatrale ma, affezionato a don Pietro, si era sempre tenuto in contatto con lui trasmettendogli anche l'amore per quel genere tanto leggero e lascivo che è l'opera. Il prete si era appassionato alle storie di morti e di vendette, di amori e di passione e, in fondo, pensava che non fossero troppo diverse dai racconti del Vecchio Testamento e che non potesse esserci nulla di male nell'opera se tanti ingegni le si erano dedicati.

Quindi, oltre a leggere e scrivere, a Luigi aveva insegnato anche le note e l'aveva fatto cantare pure in latino. Ma l'affetto non era abbastanza e la sollecitudine di don Pietro non poteva sostituire una madre. Il padre, poi, si era fatto sempre più scuro da quando lei era morta lasciandoli soli in quella casa che ora puzzava di tabacco e di sporcizia. Una sera, dopo l'ennesimo litigio, Luigi aveva minacciato di abbandonarlo. Quello lo aveva umiliato con uno schiaffo e quando lui aveva reagito ricambiando il ceffone, il padre, con gli occhi iniettati di sangue, aveva detto che poteva pure andarsene, tanto non era buono a niente. E Luigi se n'era andato. Lo schiaffo gli bruciava ancora sul viso e a volte, senza accorgersene, si portava la mano sulla guancia e digrignava i denti, giurando che gliel'avrebbe fatto vedere lui che non era un incapace. Non sapeva quanto lontano sarebbe dovuto andare per dimostrare ciò che valeva ma, certo, a casa non sarebbe tornato finché il volto non avesse smesso di bruciargli.

Aveva scelto la Sicilia senza un motivo preciso. Non aveva davvero una meta, ma sapeva che in quel triangolo di terra in mezzo al mare, così remoto, erano vissuti i ciclopi e le ninfe. Don Pietro gli aveva raccontato dei miti e dei misteri e, ascoltando la storia di Odisseo, Luigi si era lasciato trasportare dalle sue sventure.

Sulla banchina ringraziò Dio per avergli dato la forza di abbandonare il padre e per averlo fatto arrivare fino in Sicilia ma, dopo i giorni di mare, gli parve che anche la terra ondeggiasse. Era un'isola, lo sapeva, e forse si muoveva perché galleggiava sull'acqua.

«Stai bene, ragazzino?» gli disse il vecchio della nave raggiungendolo e stringendogli un braccio. Luigi era pallido, gli occhi ridotti a due fessure livide e il suolo che non smetteva di muoversi sotto i suoi piedi.

«Colapesce c'è sempre là sotto, vero?» si affrettò a chiedere soffocando un conato.

Il vecchio sorrise. «E chi lo sposta quello?» rispose. «Allora, ce la fai da solo?» aggiunse poi fissandolo. Luigi annuì e l'uomo scomparve tra il formicolare della folla nel porto.

Si tolse il berretto, sudava e i capelli si erano appiccicati sulla nuca. Si asciugò la fronte con il braccio e cominciò a camminare. Il sole picchiava, la valigia era pesante e la testa gli girava ancora forte. Desiderava trovare un angolo all'ombra, si sarebbe tolto la giacca, avrebbe mangiato un pezzo del formaggio che aveva in valigia e avrebbe bevuto. La sete era una matassa di paura aggrovigliata in gola, ma don Pietro gli aveva raccomandato di fare piccoli sorsi dutante il viaggio, per evitare il vomito che prende quando l'acqua nella pancia comincia a rollare come la nave.

Pieno di gente il porto non sembrava così grande, eppure Luigi camminava già da un po' e non riusciva a vedere che banchine, cordame, navi e, in fondo, sempre e solo mare. Possibile che ci fosse mare dappertutto? La città sembrava non esistere, oltre al porto probabilmente non c'era altro. Magari però avrebbe trovato un posto dove chiedere da lavorare, mancavano ancora molte ore al tramonto e qualcosa avrebbe rimediato prima di sera.

Stava giusto pensando queste cose quando lo sovrastò un'ombra: enorme, quasi minacciosa. Luigi si fermò e alzò gli occhi verso il cielo. Rimase immobile, fissando verso la macchia stagliata contro la luce, avvolta malamente in vecchie coperte, che oscillava a mezz'aria. Alcuni uomini urlavano parole che Luigi non riusciva a capire, ma sembravano preoccupati almeno quanto lui. Le corde che tenevano l'oggetto non parevano così robuste e la cosa continuava a ondeggiare mentre scendeva verso terra. Quando fu così vicina che gli scaricatori sulla banchina potevano toccarla, le urla si fecero ancora più forti. Poi, di colpo, le funi si allentarono, le vene sulle braccia degli uomini si gonfiarono fin quasi a scoppiare e le coperte scivolarono giù.

Era la più grande cosa nera che avesse mai visto. Una grossa goccia nera e lucida, tutta piatta sopra e come tagliata da un lato. Toccando terra fece uno strano rimbombo, quasi avesse avuto dentro mille spiriti. A Luigi il rumore ricordò l'armonio della chiesa di sant'Andrea e si sentì rassicurato. Una cosa che suonava non poteva essere cattiva, di questo era certo.

Adesso le parole di quelli che lo avvicinavano gli arrivavano attutite dalla meraviglia, come un'eco incomprensibile. Rapito dalla visione, si allontanò dal flusso della folla che continuava a strattonarlo lasciandogli sui vestiti le tracce malinconiche del viaggio. Schivò quattro vagabondi cenciosi, trovò delle casse sul molo, dietro alcuni barili impilati uno sull'altro, e decise di sedersi per osservare meglio cosa sarebbe accaduto.

L'avevano poggiata su delle assi e tre uomini la stavano assicurando alla base. Una parte era nera e lucidissima, dall'altra si vedeva il legno, opaco e chiaro. Sembrava che avesse un solo piede, con una forma buffa che somigliava a certe strane chitarre senza manico in braccio ai cherubini della chiesa. Lire, don Pietro gli aveva spiegato che erano lire e che producevano suoni celestiali, per questo le suonavano gli angeli.

Trasalì a uno scalpiccio di ruote e di zoccoli e vide arrivare un grosso carro che si era fatto largo nella calca. Gli uomini cominciarono a caricarci sopra quella cosa. Luigi sentì nuovi suoni uscire da lì dentro: gli venivano addosso come un canto di sirena, lo chiamavano irresistibilmente e fu così che si alzò, riprese la valigia e si avvicinò al carrettiere per chiedergli se aveva bisogno di due braccia.

«Sono robusto, posso aiutare col carico» gli disse manifestando una sicurezza che non era certo di avere.

L'uomo lo guardò perplesso, studiandolo da capo a piedi per qualche minuto. «E vorresti essere pagato?» domandò alla fine.

«Cerco da lavorare.»

«Qui lavoro non ce n'è, posso portarti con me fino a Capo Scirocco.»

«È una città grande?» chiese Luigi.

«Grande è. Sali e non farmi perdere tempo» rispose il carrettiere indicandogli una sistemazione accanto al carico.

Luigi si acquattò in un angolo del carro con una spalla appoggiata alla sponda, tra le coperte che proteggevano la grande goccia nera, e per un po', impaurito, non riuscì nemmeno a muoversi. Solo dopo un'ora di viaggio si fece coraggio, si spostò di poco, aprì la valigia e tirò fuori una pezza di formaggio e un coltello. Tagliò una fettina di cacio e iniziò a mangiarla mentre i suoni dell'ingombrante compagno di viaggio cominciavano a diventargli familiari. Con la pancia piena tutto gli parve più semplice. La nuova vita era già cominciata e non sembrava troppo pericolosa.

Poco dopo Livaredda si fermarono in una radura. L'uomo scese e chiamò Luigi. Osservò curioso la faccia del giovane: aveva un'espressione plasmata di fretta, si guardava la punta delle scarpe e muoveva un piede come a cercare l'equilibrio.

«Grosso il pianoforte, vero, ragazzino?»

Luigi annuì facendosi rosso come quando don Pietro si era accorto che si toccava il davanti dei pantaloni di fronte a un quadro della Maddalena col petto nudo. Dunque quello era un pianoforte, pensò. Don Pietro glicl'aveva detto che era grande. Ma così tanto non se l'era proprio immaginato.

«Un solo piede?» disse per darsi un contegno.

L'uomo si avvicinò al carro e, avvolti in tanti panni morbidi, scoprì tre pezzi di legno nero e panciuto lunghi poco meno di un metro, decorati con grande cura.

«Tre piedi» sorrise.

«Quattro» replicò Luigi indicando il piede buffo a forma di lira.

«Quelli i pedali sono.»

«Già» finse Luigi, che non aveva capito.

«Un commerciante di agrumi lo regala alla figlia.»
«Sono ricchi, allora?» si stupì il ragazzo.
L'uomo lo ignorò, bevve un sorso di vino, si sfregò la bocca con la manica della camicia e porse il fiasco a Luigi che ne ingoiò una lunga sorsata.
Ripresero il viaggio dopo poco. Il carro procedeva cauto sulla strada sconnessa e polverosa. All'imbrunire, col sole meno cocente, Luigi, che aveva guadagnato un posto a cassetta, respirò forte e si sentì felice.
Rosario Cammarata in realtà non era un carrettiere ma l'uomo di fiducia di Santino Cucè, il commerciante di agrumi che aveva acquistato il pianoforte. Teneva le redini sicuro e ogni tanto guardava il ragazzo che aveva preso a cantare gli stornelli. Non era stata una cattiva idea portarselo dietro, pensò. Il viaggio era lungo e lui non amava restare troppo tempo solo. In due si rischia meno di essere fermati dai briganti.
«E dove l'hai pigliata quella voce?» disse Cammarata a un certo punto, dopo che Luigi aveva mandato un acuto da fargli rimbombare la testa.
«Ce l'ho sempre avuta. Don Pietro dice che sono un tenore.»
«E tu cosa dici che sei?»
Ci pensò sopra un attimo. «Luigi» rispose alla fine, «sono Luigi.»
«Sei Luigi e vuoi cantare, giusto?» chiese cominciando a trovare simpatico il ragazzino.
«Voglio studiare la musica e voglio cantare» precisò.
«Sai, a Capo Scirocco c'è un grande teatro, ci fanno l'opera lirica» gli raccontò l'uomo.
Luigi tacque col cuore che picchiava forte nel petto. Aveva imparato tante arie ma un teatro e un'opera non li aveva mai visti. Voltò la testa e guardò la strada scorrere via veloce tra i muri di pietra che la dividevano dalla campagna: Capo Scirocco, dunque, era la sua meta.

La città si cominciò a scorgere molte ore dopo, da un punto in cui la carreggiata scendeva verso la costa. Un vasto agrumeto si alzava sopra il mare dove le rocce, nere come la paura, si tuffavano nell'acqua disegnando sagome mostruose. Demoni di pietra si perdevano possenti in mezzo alle onde e, davanti a un piccolo golfo, tre enormi macigni pareva fossero stati scagliati lì da una mano gigantesca.

«Quelli sono i faraglioni» spiegò Cammarata, «ce li buttò Polifemo dall'Etna per colpire Ulisse che l'aveva accecato.»

«La so questa storia. Era Odisseo.»

«Ma allora hai studiato!» si girò stupito il carrettiere.

«No, me l'ha raccontata don Pietro.»

«Di nuovo questo don Pietro. Un tuo parente è?»

«No, è un prete. Quello che mi ha battezzato» rispose Luigi, che aveva aggiunto il battesimo per far capire che don Pietro non era mica uno qualunque.

«E non ti mancherà adesso don Pietro?» chiese l'uomo.

Il ragazzo fece spallucce. «Anche lui voleva che andassi via» disse tristemente. Che importanza aveva che don Pietro l'avesse aiutato ad andar via? Certo che gli sarebbe mancato, pensò Luigi. Anzi, gli mancava già. Quasi quanto la mamma.

«E di tuo padre niente mi dici? Tuo padre non ti mancherà?»

«No.» La risposta partì secca come lo schioppo di un fucile e così definitiva che Cammarata non aggiunse altro.

Man mano che procedevano, l'odore della zagara si mescolava a quello del mare che adesso, visto da lontano, a Luigi sembrava più rassicurante di quanto non lo fosse stato dalla nave.

Quando arrivarono a Capo Scirocco il sole non era ancora tramontato e la piazza davanti alla chiesa era vuota.

«Sono tutti là dentro, per i vespri» spiegò Cammarata

tirando le redini e anticipando la curiosità del ragazzo. Il cavallo si fermò scuotendo il muso. «Tu scendi qua e io vado a finire il mio lavoro. Il Signore t'accompagna.»

Luigi saltò giù dal sedile e con un certo sforzo prese la valigia.

«È pesante la valigia. E che ci porti dentro, le pietre di Subiaco?» gli chiese notando la faccia arrossata del ragazzo. Lo fissò ancora per qualche istante, poi si sistemò la coppola, mosse le briglie e si incamminò.

Luigi era rimasto dritto nel mezzo della piazza a guardare il carro inoltrarsi in una strada a destra della chiesa. «Ci porto la musica» replicò a voce bassa quando ormai quello non poteva più sentirlo.

Al centro della piazza, quattro aiuole delimitate da vialetti di ciottoli bianchi circondavano una fontana sovrastata da una Cerere con un mazzo di spighe tra le braccia. Le gocce d'acqua producevano un piacevole ticchettio. Infilò una mano dentro la vasca e si bagnò la nuca. La dea, col peplo molle sulle gambe, guardava la scena con aria benevola.

La facciata dell'edificio sacro pareva la scenografia di un teatro. Le alte lesene la dividevano in cinque scomparti; al loro interno si aprivano le tre porte d'ingresso e le due nicchie con le statue del Battista e di sant'Anna. La statua sul timpano, decorato a bassorilievi, rappresentava invece la Vergine col Bambino. L'abside, che sembrava assai più antica della facciata, era rivolta verso il mare come a dichiarare il divieto d'ingresso nella casa di Cristo per gli infedeli venuti dalle coste africane.

Sui gradini del sagrato una vecchia, coperta di cenci, con la stampella poggiata accanto, aspettava la fine della funzione per elemosinare qualche moneta.

Di fronte alla chiesa la città si arrampicava verso la montagna come una macchia scura tagliata da strade dritte e lunghe. Una passava accanto alla piazza: da una parte pareva scendere al mare e dall'altra si perdeva fin sotto il vulcano che, stagliato contro il cielo, sovrastava il paesaggio. I palazzi intorno erano pesanti, di pietra nera e, dietro le imposte chiuse, Luigi immaginò indicibili misteri.

La vasta marina si allargava verso sud in una spiaggia di sabbia gialla e rassicurante mentre a nord era stata inghiottita dalla lava che, arrivata fino a mare in un'antica eruzione, aveva formato alte pareti dalle quali i ragazzini si buttavano in acqua facendo a gara a chi schizzava di più.

Su un promontorio scoglioso affacciato sul mare si innalzava il convento del Sacro Cuore Trafitto dalle Sette Spade, che la fondatrice dell'ordine, suor Trafitta, aveva voluto intitolato alla Madonna Addolorata. La sacralità del luogo, si diceva, vent'anni prima aveva addirittura fermato Garibaldi e i suoi picciotti che, vinti dal suo fascino, avevano ripiegato verso Catania, occupandone il monastero dei Benedettini grazie alla disposizione del Governatore. Punto di riferimento spirituale per l'intera comunità, il convento di Capo Scirocco custodiva le reliquie della martire. Le rocce investite dal mare sembravano fondersi quasi naturalmente con la struttura di pietra arenaria del monastero.

Luigi rimase al centro della piazza senza riconoscere nulla di ciò che aveva intorno. Sì, erano strade e palazzi, ma l'irreale vuoto di gente e lo spazio stesso ingombro di case creavano una situazione incomprensibile. Non si accorse nemmeno di un giovane elegante che, a passo svelto, camminava fischiettando. Strizzò gli occhi come per mettere a fuoco qualcosa di molto lontano e decise che quel luogo, in un modo o nell'altro, gli sarebbe dovuto diventare familiare. I brandelli di ricordi che aveva di Subiaco se li sarebbe strappati dal petto e se qualcuno gli fosse rimasto appiccicato al cuore, se lo sarebbe sfregato con una spugna di crine, finché non fosse sparito del tutto.

Guardò la chiesa, così ricca e diversa da quella austera cui era abituato, si fece il segno della croce ma continuava a non sapere dove andare.

Aveva fame e la stanchezza del viaggio gli piegava le gambe. Arrancando con la valigia al fianco che gli strusciava sui calzoni, infilò una viuzza buia dove pensò di cercare riparo per la notte. Stentava a camminare e la caviglia gli si piegò in una buca. Sentì il dolore pulsare nelle vene eppure andò avanti. Dopo qualche metro trovò un'osteria. Si bloccò accanto all'entrata, posò la valigia e si tolse una scarpa. Si massaggiò il malleolo, si guardò intorno circospetto e dal calzino tirò fuori una banconota. La stese per bene tirandone i lembi, poi se la mise in tasca ed entrò.

Un fumo bianco era fermo a mezz'aria e l'odore ristagnava insieme a quello del cibo. Quattro uomini seduti a un tavolo lo esaminarono diffidenti e poi ripresero a parlare. A un altro tavolo, un tipo grasso con una coppola nera gettò una carta sul tavolo e gridò al compagno di gioco «Sett'oro!».

Luigi con cautela si sedette vicino all'ingresso, atterrito all'idea di trovarsi ancora in mezzo a sconosciuti. La solitudine cominciava a ferirgli la carne.

Gino Li Causi era lungo e dritto come un fuso, coi capelli impomatati e divisi al centro da una riga che pareva disegnata col gesso. Aveva una camicia bianca vistosamente macchiata di olio e di vino, le maniche arrotolate sugli avambracci e due bretelle larghe e scure che la segavano da parte a parte. Dal colletto sbottonato si intravedeva una catena d'oro con un crocefisso perso tra i peli del petto. Da dietro il bancone si asciugò le mani in uno strofinaccio e sollevando il mento chiese a Luigi cosa volesse.

«Ce l'avete da mangiare qui?» disse il ragazzo.

«Certo, la meglio caponata di Capo Scirocco abbiamo» rispose Li Causi con la voce cantilenante.

Luigi accennò un sì con la testa senza sapere cosa fosse la caponata.

«Mariù, una caponata» urlò verso la cucina.

L'attesa fu breve ma nel tempo che Luigi trascorse aspettando, sentì gli occhi di tutti addosso. Finse allora di interessarsi ai caciocavalli che pendevano appesi a una trave e a uno specchio rovinato alle spalle del bancone. Poi, sentendosi ancora oggetto di attenzioni, si infilò una mano in tasca, come per cercare un appunto o qualcosa di importante. Sentì la banconota ripiegata e, incerto, preferì tirar fuori il fazzoletto. Se lo strofinò due volte sotto il naso e lo ripose di nuovo nei calzoni.

«Sapete un posto dove si può passare la notte?» chiese a Li Causi mentre lo serviva, sperando che quell'osteria avesse delle stanze da affittare. Quello si voltò a guardare i quattro al tavolo poco distante e, vedendo Luigi così malridotto, rise.

«Sotto gli archi della marina» disse prendendosi gioco di lui dietro una chiostra di denti aguzzi e gialli. «Dalla parte sbagliata della città arrivasti, ragazzino» precisò l'oste, «a sud, verso la marina ci sono alberghi e magari stanze che si pigliano a ore.»

Luigi ringraziò guardandosi gli abiti sporchi e stazzonati e si sentì umiliato. Mangiò però di gusto, con l'olio fritto delle melanzane che gli colava lungo il mento e le molliche di pane sui vestiti. Pagò e quando fu fuori si accorse che era già buio, attraversare la città a quell'ora e con la valigia non era una buona idea. Continuò a vagare incerto lungo la strada fissandosi nella mente ogni particolare, scrutando le pietre e ascoltando i rumori, finché scorse un arco che immetteva in una piazzetta e ci si accomodò sotto. Si distese a terra e appoggiò la testa sulla valigia. Era un buon posto per passare la notte. L'indomani ne avrebbe cercato uno migliore.

Folate di vento rimescolavano nell'aria un odore di mare e di terra. Un brivido percorse Luigi che, per farsi coraggio, chiuse gli occhi e cantò nella sua mente una preghiera. I suoni nella sua testa si confondevano col ricordo del lamento che veniva da dentro il pianoforte.

Una cosa che suona non può essere cattiva, come l'armonio della chiesa, come la sua pancia dalla quale venivano le note che salivano in alto, fino alla bocca, venivano fuori e, una volta uscite, continuavano a muoversi. Si ingrossavano e assediavano ogni angolo della chiesa, sfioravano le seggiole, i confessionali, correvano lungo la navata e giunte davanti all'altare si sollevavano schiacciandosi contro gli affreschi della cupola per ricadere poi a terra. Ma lentamente, così lentamente che chiunque si trovasse dentro la chiesa, in qualsiasi angolo, veniva investito da un pezzetto di nota e allora aveva voglia di cantare pure lui, di unire la sua voce a quella dell'armonio e riempirne la chiesa.

Era un prodigio la sua voce, questo era sicuro. Eppure suo padre non lo capiva. Per lui contavano solo il gregge, la terra da arare. Nemmeno Assunta aveva contato molto. Un figlio solo era riuscita a fargli. Glielo ripeteva di continuo, pure quando lei, col cucchiaino storto per salvare la bavetta, raccoglieva una goccia di tuorlo scivolato lungo il mento e la rimetteva dentro il guscio bucato dell'uovo per ricominciare a imboccare il bambino. Avrebbe finito col viziarlo, ci si poteva scommettere. Anche quei libri che gli dava don Pietro erano una cosa cattiva. Che bisogno c'era di imparare a leggere e scrivere se a suo padre era bastato sempre mettere una croce? Solo idee storte possono venire dai libri, gli aveva sentito dire una volta.

A Luigi però piacevano i libri con le parole e ancora di più quelli coi numeri, sapeva fare tutte le operazioni anche a mente. Ma i suoi preferiti erano i libri delle note. Spartiti, così si chiamavano. Per questo si era portato dietro quelli che aveva potuto. Alcuni erano scritti a mano: corti e larghi, sembravano fatti proprio per stare sul leggio dell'armonio. La carta era gialla e grassa e sembrava preziosa. Se glieli avessero rubati nessuno avrebbe potuto capire cosa c'era scritto, Luigi ne era sicuro. Libri segreti. C'erano tanti gruppi di cinque righe e tante note e sotto c'erano le frasi. Pentagrammi: era stata una delle parole più difficili che aveva dovuto imparare. Quasi tutti i libri erano in latino ma ce n'erano anche con le scritte in italiano.

Uno aveva una copertina bellissima, da non stancarsi mai di accarezzarla. Le lettere sul primo foglio erano difficilissime da leggere perché stavano dentro mille disegni come se li avesse fatti una farfalla. Don Pietro gliele aveva insegnate, col dito su ogni sillaba, e lui aveva imparato: LELISIRDAMORE. Un elisir è una medicina magica, gli aveva detto, che se uno se lo beve si innamora per sempre. Era uno dei suoi libri preferiti perché c'erano cose bellissime da cantare là dentro.

Non le capiva tutte le arie che cantava, però sapeva che si trattava di amore. Che parole strane avevano le cose che Luigi aveva imparato a intonare. Non solo le parole in latino, per le quali doveva chiedere spiegazioni di continuo a don Pietro, ma anche quelle in italiano. Aveva faticato il prete a insegnargli l'italiano. Era la lingua, gli aveva spiegato fremendo come se parlasse di una donna, della poesia e della musica, e lo avrebbe reso libero. Luigi aveva dovuto credergli per forza.

Si allentò il cavallo dei pantaloni tra le gambe, si alzò il bavero della giacca, si calò il berretto sulla faccia e aspettò che venisse la notte.

Lontano gli parve di udire un canto, come una nenia trasportata dal vento giunta proprio sul limitare del sonno, quando il corpo pareva tuffarsi nel vuoto senza opporre resistenza, in caduta libera dentro una cavità buia e senza fondo, come il mare. Fu colto da un brivido, ma Capo Scirocco stava cantando per lui, pensò, e il pensiero gli riempì il cuore.

I

Palazzo Platanìa si affacciava su una piazzetta poco distante dall'osteria di Gino Li Causi. Coi musi rivolti contro un muro, a destra del caseggiato, due cavalli ruminavano fieno attaccati ai larghi anelli di ferro infissi alle pietre.

La domenica a palazzo c'era sempre un certo fermento. Donna Rita Agnello metteva una gran cura nel prepararsi per la messa e, come ogni settimana quando il tempo era bello, arrivava a piedi fino alla chiesa matrice scortata dal vecchio Tanino, il servo, che mai l'avrebbe mandata sola per la strada. Era ancora molto bella e l'uomo aveva un gran da fare a voltarsi a destra e sinistra per freddare col suo sguardo quelli che parevano farsi troppo arditi. Certi ragazzini, poi, se ne stavano acquattati nella piazza e sembrava aspettassero le signore per bene per rivolgere loro complimenti non richiesti. Ma anche i signori, quando donna Rita passava, la trovavano una gran femmina, con quel qualcosa di veramente terreno e capace di metterti addosso tanti di quei diavoli che non sarebbero bastati tutti i preti della santa Chiesa per scacciarli.

Era una domenica assolata, l'aria era limpida e pareva che la luce si compiacesse di battere sulla pietra nera degli edifici facendoli quasi brillare. Sugli alberi della piazza si levavano a tratti stormi di uccelli che, nel cielo, disegnavano strane forme, si dividevano in due gruppi, poi si riunivano e infine scomparivano del tutto nascondendosi nel fitto fogliame.

Quando la governante scostò le tende della camera di

donna Rita e il sole inondò la stanza, il sogno si dissolse nella luce.

«Credo di aver sognato mia madre» esordì con aria malinconica sedendosi sul letto, «ma adesso non ricordo più nulla. Sarà un presagio?»

«Come vuole Dio, signora» rispose Cettina porgendole la vestaglia.

Donna Rita rimase ferma un attimo cercando di riafferrare le immagini viste durante il sonno. Era certa che qualcosa le stesse sfuggendo ma non riusciva a metterne a fuoco il senso. Si riscosse e, canticchiando, si sedette alla toletta. La seta blu della vestaglia ricadeva come una corolla sul pavimento. La scollatura sul seno lasciava vedere, sotto, i piccoli fiori realizzati allo sfilato sul lino leggero della camicia.

«Signora, sempre a cantare l'opera siete» la rimproverò la governante levandole la cuffia per pettinarla.

«Oh, ho un gran desiderio di una bella storia d'amore. Le opere del Verdi, Cettina, o del Bellini. L'altra settimana all'arena *La campana dell'eremitaggio* fu una vera delusione. Di questo Sarria tra un anno o due nessuno si ricorderà più, stanne certa.»

«Verdi, Sarria. La signora lo sa che non m'intendo di queste cose. Ma mi sembrano un poco pericolose. Troppa passione, troppi morti.»

«Figurati! Se non avessi la musica non mi resterebbe che la preghiera.»

Da tempo Rita Agnello aveva cominciato a trovare la vita a Capo Scirocco piuttosto vuota, quasi stantia. Soprattutto si accorgeva del tempo che era trascorso quasi a sua insaputa, senza che lei fosse ancora riuscita a mettere in atto la sola cosa cui tenesse davvero. Era un'antica promessa che le pesava sul petto e la certezza di non poter andare oltre senza aver restituito ciò che la vita le aveva dato.

La sola cosa capace di toglierle di dosso questa sensazione era il tenue corteggiarla dell'orchestra, con quelle arie melanconiche che suscitavano in lei la seduzione della tristezza e che parlavano d'amore e di morte. Come accade a molte donne, anche a Rita Agnello piaceva che le venisse indicato quali sentimenti provare. Per il resto, non sembrava avere altre occupazioni. Non in società almeno: riceveva poco e trascorreva la maggior parte del tempo a leggere o a ricamare, attività nella quale eccelleva.

La governante, indecisa, continuava a spazzolare i lunghi capelli della signora.

«La giornata calda è, vi piglio la mantella corta?» chiese appuntando l'ultima forcina alla crocchia che le aveva stretto sulla nuca, lasciando libere due ciocche a incorniciarle il viso.

«Sì, e il parasole. Non vorrei arrossarmi.»

«I rossori li fanno venire quelle storie scostumate» brontolò la vecchia.

«Quali, di grazia?» domandò la signora conoscendo perfettamente la risposta.

«E che so io? Tutte quelle donne perdute che s'innamorano dei giovanotti, tutti quei canti.»

Donna Rita sorrise, si tolse la vestaglia e cominciò a sfilarsi la veste da notte mentre Cettina le porgeva il busto.

Prima di uscire, passò dallo studio e guardò la corrispondenza che si era accumulata. Trovava così noioso doversi occupare di certe cose. Spiteri, che le faceva da segretario, era un brav'uomo ma non riusciva a star dietro a tutto. Purtroppo valeva poco se non per le faccende più semplici, e restava sempre a lei la posta da sbrigare. Si sedette allo scrittoio, guardò la prima lettera: un litigio tra due contadini. Alzò gli occhi al cielo, sospirò e la rimise nel mucchio insieme alle altre.

Avrebbe dovuto trovarsi qualcuno per risolvere le beghe nei feudi, si disse, ci voleva un uomo più giovane e deciso, con un po' d'istruzione, non certo un vecchietto timido come il povero Spiteri. Sì, aveva bisogno di un nuovo segretario, risolse dopo aver raddrizzato la calamariera d'argento, doveva essere abile, di polso e con una bella grafia.

Quando fu ora di uscire, Tanino la seguì con rispetto a qualche passo di distanza, pronto a badare che nessuno la importunasse. L'aria era calda e profumata di glicine e donna Rita s'incamminò sicura verso lo stretto vicolo che, dalla piazzetta prospiciente il palazzo, portava al centro cittadino. Il servo la osservava da dietro e, come ogni domenica, annuiva tra sé pensando che manco una regina aveva quel portamento.

Proprio sotto il vecchio arco con l'immagine della Sacra Famiglia chiusa in una graziosa mandorla di pietra bianca, si arrestò davanti a un ragazzetto che dormiva per terra, appoggiato a una grossa valigia marrone, rannicchiato come un capretto.

«Donna Rita, lo caccio?» chiese pronto Tanino raggiungendola.

La signora fece un gesto con la mano per zittirlo. Restò a guardare il giovane per un istante e poi riprese il cammino verso la matrice.

Quando fu davanti alla chiesa però, cominciò a rallentare il passo. Si sentiva leggermente stordita: qualcosa in testa aveva preso a girare come un moscone, senza fermarsi, sbattendo di qua e di là e impedendole così di capire. Alzò gli occhi verso la chiesa e vide il sorriso della Madonna illuminato dal sole del mattino. Ebbe un sussulto e si bloccò di colpo. Tanino, stupito, si avvicinò per accertarsi che tutto andasse bene quando la signora si girò di scatto e riprese la strada verso casa, passando accanto al servo senza nemmeno vederlo.

Adesso il senso di quella giornata le si era rivelato, il sogno fatto, il volto di sua madre, la Vergine col Bambino in braccio. E soprattutto il pensiero del voto da onorare. Sorrise e inchiodò il cuore alla sua promessa, ci si crogiolò un momento. Eccolo là disteso, il ragazzo sotto l'arco.

Il servo la seguì, provò persino a dire qualcosa ché, ci si poteva giurare, in tanti anni la signora non aveva mai cambiato il suo tragitto della domenica verso la chiesa, ma donna Rita aveva accelerato tanto il passo che Tanino quasi faticò per raggiungerla. Quando fu a meno di un metro da lei, fissò la sua figura e sospirò: che avesse in testa un'altra delle sue stranezze?

La signora si dirigeva sicura verso casa ma, superata l'osteria di Li Causi, proprio sotto l'arco, si bloccò e osservò il ragazzino addormentato per terra. Il corpo di donna Rita gli proiettava addosso un'ombra sbilenca e, Luigi, avvertendola, si scosse dal dormiveglia.

Sollevò il berretto e in controluce vide una sagoma scura c larga. Dalla testa, grossa e irregolare, partivano due lunghe punte. Le braccia erano gonfie come palloni, le mani non si vedevano ma il resto del corpo era come una campana poggiata a terra. Si levò di scatto, si stropicciò gli occhi impastati dal sonno e guardò meglio.

«Buongiorno. Hai dormito bene?»

Donna Rita aveva un cappellino di paglia di Firenze a tesa larga sul cui lato sinistro scendeva un tralcio di fiori azzurri con sopra un uccellino dalle ali spiegate verso l'alto, come se si stesse posando in quell'istante sul copricapo. Le maniche della camicetta di mussola venivano fuori da sotto una mantella corta giallo oro e si aprivano a corolla per richiudersi in un elegante fiocco all'altezza del gomito. La gonna di un blu scuro su cui si disegnavano radi mazzetti di mughetto era lunga fino a sfiorare le scarpe.

«Hai passato la notte qui?» continuò la signora.

Luigi non era certo che fosse il caso di rispondere a

tutte le domande ma lei continuava a sorridere e accennare un sì con la testa gli venne quasi spontaneo.

«Ti sei perduto?» lo incalzò.

Luigi fece segno di no e la donna rise.

«Hai scosso la testa. Se fossi di queste parti, per negare avresti sollevato il mento. Vieni da lontano?»

«Sono arrivato con la nave a vapore» disse finalmente Luigi col sonno che gli frenava la lingua.

«Ma qui non c'è un porto» osservò lei.

«Poi sono salito su un carretto.»

«Capisco. E non hai trovato un posto per dormire, giusto?»

Annuì mentre si alzava; sentiva male da tutte le parti e la testa gli girava. Il servo stava per dire qualcosa ma la donna gli fece cenno di tacere. Se ne stavano in piedi uno di fronte all'altra, muti, a studiarsi come due animali poco prima di attaccare, sotto lo sguardo perplesso di Tanino. Per un istante a donna Rita tornò in mente un'immagine del sogno dissoltosi al risveglio. Vide il volto della madre sorridente, con una mano tesa verso di lei, e si sentì pervasa da un senso di appagamento. Incrociò le braccia, appoggiò il mento su due dita e, dopo qualche istante di silenzio con gli occhi di Luigi puntati addosso, si rivolse a Tanino.

«Non mi avevate detto, Tanino, che vi sarebbero servite altre due braccia per occuparvi dei cavalli? Il ragazzo sembra robusto.»

Il servo, che non ricordava affatto quella richiesta, sollevò le spalle e aprì le braccia. «Se lo dite voi, signora...» rispose titubante.

«Ma certo che vi serve aiuto e, vedete, il cielo manda sempre i suoi doni quando meno ce lo aspettiamo» concluse soddisfatta. Il ragazzo però, pensava la signora, si esprimeva bene in italiano, si capiva subito, non sembrava uno di quei ladruncoli che si vedevano per le strade e aveva un viso simpatico, ispirava in qualche modo fiducia.

Luigi continuava a fissare donna Rita non capendo cosa stesse succedendo. Gli sembrava impossibile che una simile fortuna stesse capitando proprio a lui.

«Magari prima gli daremo una ripulita» osservò la signora, «e poi decideremo cosa fare di questo ragazzo.»

Luigi avrebbe voluto replicare qualcosa, invece tacque e preferì aspettare.

«Su, torniamo a casa, Tanino. Per oggi Dio troverà il modo di perdonarmi se manco alla santa messa. Prendi tu la valigia del signore.»

Il vecchio servo fece una smorfia e seguì i due che si dirigevano verso palazzo Platanìa. Questa ci mancava, si disse tra sé, a Capo Scirocco pareva diventata una moda e tutte le signore raccattavano giovani servi dalla strada, pensò sbuffando. E ora che la Panebianco s'era presa un trovatello come ragazzo di fatica, donna Rita non aveva voluto essere da meno, pensò. Ma portargli addirittura la valigia, a Tanino pareva davvero troppo.

"Signore?" la sconosciuta l'aveva davvero chiamato così? si domandò Luigi. Certo non ci si rivolge in questo modo a uno che si vuol prendere come stalliere. Forse, però, le cose a Capo Scirocco erano diverse e gli stallieri erano gente tenuta in gran conto.

Donna Rita camminava tenendo il mento alto e stringendo il manico del parasole all'altezza della vita, quasi fosse l'elsa di una spada. Rifletteva sul fatto che il ragazzo non poteva certo usarlo per mansioni umili: un voto è un voto e va onorato come si conviene, si deve restituire ciò che ci è stato donato, si ripeté. Ma lui avrebbe dovuto dimostrarsi degno. E che il cielo continuasse a guidarla: se fosse stato capace e intelligente, lei gli avrebbe dato persino un'istruzione.

In realtà, Rita Agnello non era mai stata riflessiva e, piuttosto, amava lasciarsi andare alle emozioni nello stesso modo in cui si lasciava accarezzare dalle arie d'opera, senza valutare le conseguenze delle sue azioni. La convenienza, le regole sociali, il reale valore del giovane, tutto passava in secondo piano di fronte al nuovo progetto che il suo cuore stava dettando incurante della ragione. Ora ogni altra considerazione sarebbe stata inutile.

Luigi procedeva e, di tanto in tanto, la spiava con la coda dell'occhio o si voltava indietro per sincerarsi che la valigia li stesse seguendo.

Rita Agnello abitava in un appartamento di quattordici stanze al piano nobile del palazzo appartenuto un tempo alla sua famiglia. Giovanissima era rimasta vedova del barone Antonino, del quale aveva conservato qualche possedimento e il cognome e, dopo il lutto, da Villabate era tornata a Capo Scirocco. Conducendo una vita abbastanza ritirata e concedendosi solo gli spettacoli d'opera nel teatro dove da sempre la famiglia aveva un palco di second'ordine, di lei si sapeva poco. Oltre ad apprezzare il suo fascino, la gente ne elogiava anche la devozione a santa Trafitta.

Luigi alzò la testa verso il palazzo. Scuro e imponente, l'avrebbe impaurito se tutte le finestre e il portone stesso non fossero stati incorniciati da una pietra chiara che si faticava davvero a pensare immobile, tanto era ripiegata in volute, tralci di frutta e visi d'angioletti che parevano fatti di crema di latte.

«Ce l'hanno la lira?» chiese Luigi.

«Prego?»

«Gli angeli. Quelli della chiesa hanno la lira.»

Donna Rita sorrise, sembrava istruito il ragazzo, forse non era adatto per badare ai cavalli. «Sono sicura che negli affreschi della casa troveremo anche qualche putto con la lira» rispose compiaciuta.

Il cortile era arioso e pieno di piante. Una grossa buganvillea dal tronco contorto si alzava fin oltre il primo piano, macchiando di verde e di viola il nero della pietra lavica. A destra e a sinistra si aprivano due archi dai quali partivano le due rampe di scale.

Quando varcarono la soglia dell'appartamento, Luigi non riuscì a trattenere la meraviglia. «Ma è tutto vostro?» chiese guardandosi intorno.

La signora osservò con attenzione il suo stupore. Era soddisfatta. Sì, il giovane parlava un buon italiano, sarebbe stato senz'altro un errore usarlo per la stalla. E poi Tanino, lo sapeva benissimo, non aveva alcun bisogno di aiuto per quelle due bestie mansuete che adoperavano per la carrozza. Meditò un attimo e si disse che era davvero un bene dare una possibilità al giovane.

Chiese a Cettina di preparare una stanza e, quando fu pronta, la governante indicò a Luigi la vasca in cui avrebbe potuto lavarsi.

Nell'acqua tiepida il ragazzo pensava al suo presente. Del futuro non riusciva a immaginare nulla e ciò che era appena accaduto gli sembrava già così sorprendente da non concedergli di riflettere su altro. A Subiaco le signore non se ne andavano in giro a raccogliere trovatelli per dare loro un alloggio. La vita in città era davvero molto diversa, pensò Luigi. O forse quello era l'uso in Sicilia, che ne poteva sapere lui che fino a un mese prima non aveva mai messo il naso fuori da Subiaco?

Aveva appena sentito suonare le campane dell'*Angelus* quando la governante aprì la porta per lasciare un vassoio sul tavolino.

«La signora ha deciso di non consumare il pranzo in sala» spiegò freddamente uscendo dalla stanza. Tornata in cucina, Cettina trovò Tanino che andava avanti e indietro per la stanza senza capacitarsi di quanto era successo.

«Cose, cose... Cose di pazzi» mugugnò mentre la governante si sedeva su una seggiola.

«Pure la stanza verde gli diede» commentò lei con tono di rimprovero, «quella con l'esposizione migliore, la più fresca. E con la biancheria da letto migliore!»

Tanino le sedette di fronte e Cettina versò il vino. Lui lo mandò giù tutto d'un fiato e posò il bicchiere sul tavolo.

«Una moda, ecco cos'è, una mania delle signore» dichiarò il servo.

«Sicuro» chiosò Cettina asciugando con la manica una goccia rossa caduta sul piano di marmo, «ma fosse solo questo...»

«Che venite a dire?»

«Ma che so io, idee che ha in testa la signora, pensieri, cose antiche.»

Tanino non capiva. «Cose pericolose?»

«E certo» sbottò lei con un'espressione dura in volto. «Un verso, voi m'insegnate, è pigliare un ragazzo e metterlo a pulire le bestie, un altro è portarselo dentro casa, dico bene?»

Lui annuì gravemente. «Uno scandalo, non ne verrà niente di buono. E poi che ne sappiamo da dove viene. Potrebbe essere un ladro e ora ci circola dentro casa, con tutta la roba bella che c'è da rubare. Ve la ricordate quella giovane che prese due anni fa la Muscatello? Tempo un mese si fece ingravidare e dovettero buttarla fuori e quella si portò quattro servizi da letto e due tovaglie di macramè.»

Cettina fece un cenno di diniego e tacque. In città se ne sarebbe parlato e questo non era una cosa buona per una vedova. Ripensava anche alle parole che donna Rita aveva pronunciato al risveglio e il ricordo, invece di calmarla, la preoccupò ancora di più. Forse si trattava dell'ennesimo capriccio della signora, osservò. Mise il tappo alla bottiglia di vino e si alzò per riporla nella dispensa. Perlomeno il ragazzo non sembrava cattivo e, in fondo, non è che una governante e un servo si potessero mettere a giudicare i disegni divini, e magari in quell'incontro ce n'era uno, pensò per tranquillizzarsi.

«Tornate dai cavalli, adesso. Che ne possiamo sapere noi, se il Signore ha in mente qualcosa che noi non possiamo capire.»

Il servo si avvicinò alla porta poco convinto, calzandosi il berretto sulla testa. «Con la grazia di Dio, auguriamocelo» disse poi uscendo.

Luigi aveva mangiato in fretta i maccheroni e la verdura bollita spezzandoci dentro il panino che aveva trovato avvolto nel tovagliolo di lino, aveva bevuto il mezzo bicchiere di vino rosso e, preso uno spartito dalla valigia, si era sdraiato sul letto.

Le note gli scorrevano sotto gli occhi e per ogni sillaba i suoni si disegnavano sulle sue labbra. Rileggeva una bella serenata e pensava che la signora non gli aveva chiesto nemmeno come si chiamasse. Se ne dispiacque e continuò a leggere risentendo in testa la melodia che conosceva a memoria.

Ripassò a lungo quasi tutto lo spartito, forse assopendosi di tanto in tanto. Quando guardò dalla finestra il cielo era già scuro. Si sistemò alla meglio e uscì dalla camera.

La casa sembrava deserta. Aprì alcune porte e, dopo essersi affacciato in varie stanze buie, ne trovò una in cui la credenza brillava alla luce gialla delle candele.

«Si cena alle otto in punto in questa casa e apprezziamo che ci si cambi per venire a tavola» disse la signora fissando la patina di polvere su una scarpa del ragazzo.

Luigi si guardò i pantaloni che, dopo il bagno, aveva tirato fuori dalla valigia insieme a una camicia pulita che però odorava ancora del cacio accanto a cui l'aveva riposta, si lustrò la scarpa destra contro il polpaccio sinistro e provò rabbia per quel modo di accoglierlo. E cosa ne sapeva lui che ci si cambia per la cena? pensò. A Subiaco doveva farlo solo per la messa della domenica.

«Vieni a sederti, immagino che dovremo chiamare un sarto quanto prima» continuò scrutando ogni centimetro dei suoi abiti.

Il giovane si sedette di fronte alla signora e aspettò che facesse un gesto per imitarla. Lei prese la posata e Luigi prese la sua.

«Sono Luigi» disse finendo di ingoiare un filetto di merluzzo.

«Molto bene. Per quanto sarebbe meglio aspettare di finire la cena per fare conoscenza, non trovi?»

Avrebbe voluto rispondere ma capì che non era il caso.

Dopo il pasto donna Rita si spostò in un salottino con un piccolo tavolo tondo a tre piedi e due poltrone ricoperte di raso azzurro.

«Cosa ne dici di venire qui vicino e raccontarmi come sei finito sulla mia strada?»

«È sua?» chiese di rimando lui.

La signora scosse la testa e decise che avrebbero dovuto trovare un modo migliore per parlarsi. Sorseggiò il rosolio, si leccò il labbro superiore e riprese: «Dimmi, cosa sai fare, Luigi?».

«So cantare.»

«Molto interessante, ma probabilmente non ti procurerà di che vivere» osservò lei.

«Bado alle pecore e so fare i conti» si affrettò ad aggiungere.

«Be', considerato che non ci sono molte pecore in città, direi che saper fare i conti è una buona cosa. Sai leggere, quindi?»

Luigi annuì un po' offeso. Non andava bene il vestito, non si poteva parlare a tavola, non c'erano pecore: perché aveva da ridire su tutto, questa donna? Mica gliel'aveva chiesto lui di prenderselo in casa, pensò.

«Allora direi che dovremo trovarti anche un insegnante e vedere se puoi prendere un diploma» concluse pensando a come il suo disegno stesse prendendo forma. Si sentì in pace, il cammino era lungo ma lei era risoluta a mantenere la promessa fatta tanti anni prima.

L'idea di studiare e avere un diploma a Luigi parve incredibile ma la signora sembrava essere molto sicura del suo progetto e tanto valeva non scontentarla per il momento.

Dopo poco donna Rita finì il rosolio e si alzò dalla poltrona mentre domandava a Luigi di farsi trovare pronto per le nove dell'indomani, perché il sarto potesse prendergli le misure. Poi, quando il ragazzo uscì, chiamò Cettina e ordinò che Tanino andasse a casa di Vitagliano per fissare l'appuntamento.

La mattina seguente, alle otto in punto, Luigi era già seduto a consumare la colazione ed era deciso a non commettere troppi errori. La signora non era tanto simpatica ma sembrava una gran dama e in quella casa c'erano cose splendide, che lui non immaginava nemmeno esistessero. Aveva messo una camicia fresca e stava molto attento a non sporcarsi. Non aveva mai visto un sarto, i vestiti glieli cuciva mamma, e pensava che l'occasione fosse in qualche modo solenne.

Quando donna Rita sollevò lo sguardo dalla tazza, notò l'eccitazione di Luigi.

«Che Dio ci protegga! Sei assolutamente infantile. Ne deduco che tu non abbia mai visto un sarto e non ti sia mai lavato in una vasca. Ma quanti anni hai?» chiese preoccupata di essersi sbagliata sul conto del ragazzo e di veder così sfumare i suoi progetti.

«Diciotto» rispose arrossendo e, in un moto di prudenza, precisò «quasi diciotto.»

«Ti pensavo più giovane» si stupì la signora, «sarà per il modo in cui vesti, ma a questo stiamo rimediando.»

Così dicendo sorrise fiduciosa e Luigi ingoiò rabbia e vergogna insieme all'ultimo sorso di latte.

Vitagliano arrivò puntuale per prendere le misure al ragazzo. Quando ebbe finito, la signora si intrattenne a lungo per parlare di tessuti e di tonalità. Sembrava non badare a spese indicando le lane migliori, le sete, i cotoni più sottili, il lino più pregiato. E, col pensiero fisso al voto fatto, continuava a raccomandarsi per il taglio dei gilet e delle giacche, parlava delle cravatte e confidava nella morbidezza delle stoffe per la biancheria, quasi stesse scegliendo l'occorrente per il proprio guardaroba. L'arrivo del ragazzo, oltre a sembrarle un dono del cielo, la divertiva e l'idea di plasmarlo le pareva anche un ottimo rimedio alla noia delle sue giornate.

Il sarto uscì soddisfatto da palazzo Platanìa. Di conti non si era proprio fatta menzione e donna Rita non si sarebbe potuta stupire quando, alla prima prova, lui avesse chiesto un anticipo piuttosto salato.

Fece appena in tempo a rientrare in bottega, la più rinomata sartoria maschile della città, che il campanellino sulla porta tintinnò. Secca e giallastra, con due boccoli di un castano spento che uscivano fuori dal cappello, Francesca Monciino, moglie dello stimato farmacista di Capo Scirocco – noto per un unguento a base di allume di potassio indicato come astringente – entrò col solito fare deciso.

«Sono pronti i panciotti del farmacista?» disse senza nemmeno salutare.

Il sarto posò in fretta le carte con le misure di Luigi e rivolse un inchino eccessivo alla signora.

«Giusto un momento per fermare un paio di bottoni e sono vostri» si affrettò a dire l'uomo con una vocetta acuta.

Vitagliano era piccolo e calvo, con due ciuffetti di

capelli biondi e crespi sopra le orecchie larghe e una faccia da sorcio in cerca di cibo.

«Non vi avevo forse detto che sarei venuta questa mattina?» lo apostrofò la Monciino mentre quello tirava fuori dall'armadio i panciotti.

«Certo, certo, ma sapete, una commissione improvvisa mi portò a palazzo Platanìa» si giustificò Vitagliano cui non sembrava vero di poter raccontare della commessa e dell'ospite della vedova Agnello.

La signora si fece attenta. Con malagrazia si avvicinò alla poltroncina a destra della specchiera, appoggiò il parasole a un bracciolo e dopo aver cercato il tono giusto di voce riprese: «Fate pure con comodo su quei bottoni, non voglio certo doverli riattaccare tra una settimana». Poi si slacciò il nastro che chiudeva la mantella e lo scrutò.

«Donna Rita Agnello fa rifare l'abito al vecchio Tanino?»

«Proprio no» rispose il sarto reticente.

Quella attese con pazienza, sapeva come la lingua di quell'uomo, quando voleva, potesse essere più pungente del suo ago. Dopo aver infilato una gugliata di filo e aver inforcato le lunette, Vitagliano si sentì a suo agio.

«Un intero guardaroba. E che guardaroba» fece con aria complice.

La Monciino si lasciò scappare un suono curioso che tra le sue labbra sottili, più che un'esclamazione, sembrò un rantolo.

«Presi le misure a un giovane» aggiunse l'uomo.

«Un parente del barone?» si affrettò la Monciino.

Vitagliano rimase dubbioso. «Non si direbbe proprio. Tanto era sciatto e timido che mi parve non avere alcun uso di mondo.»

«Ma avete detto che è solo un ragazzo.»

«Ah, sì, su questo non c'è dubbio. Non avrà vent'anni» precisò.

«Viene da Villabate?» incalzò lei.

«Parlò pochissimo ma con una parlata strana, un accento forestiero. Altro non so, sapete come va per le misure, giusto poche parole per servire al meglio quando richiesto» si giustificò.

«Potrebbe sempre essere un parente del barone» insistette distrattamente la donna giocherellando col nastro.

«No, questo è sicuro.»

Il sarto tacque qualche istante e poi ricominciò: «Che gran signora donna Rita. Mi commissionò il meglio, dalle cravatte alla stoffa per la biancheria».

La Monciino, che aveva allungato il collo per specchiarsi e sistemare un boccolo, si drizzò sulla poltroncina. «Biancheria addirittura?»

«Tutto, tutto. Guardaroba completo e senza badare a spese.»

Nel frattempo Vitagliano aveva tagliato il filo dell'ultimo bottone e stava impacchettando i due panciotti.

«Sapete quanto poco mi interessino le faccende altrui, caro signor Vitagliano» disse la moglie del farmacista raggiungendo il bancone. Afferrò il pacco e salutò con un sorriso pieno di denti storti.

Tornando verso casa, invece di salire subito a posare i panciotti, la donna decise di passare dalla farmacia. Come ogni mattina a quell'ora, al negozio col marito c'erano il garzone intento a spolverare le bocce dei rimedi e delle erbe e il barbiere. Quel giorno, però, da qualche minuto era entrata anche la serva di palazzo Toscano per ritirare un purgante per la padrona, la signora Bonadies.

Francesca Monciino esordì con aria stanca interrompendo la serva. «Non sapete quanto tempo ho perso per questi due panciotti» disse rivolta al marito come se lo sforzo l'avesse devastata. «M'ero raccomandata eppure non erano ancora pronti.»

Salvatore Monciino, che era sempre stato un uomo mite e servizievole, guardò la moglie da sopra le lenti, atteggiando il viso a una certa preoccupazione, e chiese il motivo di tanto ritardo.

«Il signor Vitagliano stamattina dovette andare addirittura a palazzo Platanìa a prender certe misure. E di premura.»

Poi la donna tacque e soppesò con lo sguardo l'effetto delle sue parole. Il barbiere aveva socchiuso la bocca e mosso appena il labbro inferiore come se avesse voluto imboccare le parole alla signora. Rita Agnello conduceva da anni una vita talmente riservata che qualsiasi notizia la riguardasse poteva essere considerata un evento a Capo Scirocco. E un uomo in casa sua era senza dubbio un fatto rilevante.

«Certe misure per il guardaroba di un ospite» continuò la moglie, che aveva calcolato mentalmente il tempo necessario a far crescere la curiosità del barbiere.

«Donna Jolanda Bonadies non riceve da anni» si intromise la serva con una certa nostalgia per tutti i signori eleganti che molto tempo prima riempivano i saloni di palazzo Toscano.

«Donna Jolanda, santa donna, è molto anziana» sentenziò la Monciino.

Tutti annuirono come di fronte a una verità rivelata, quando lei riprese a voce più bassa: «Pare che la vedova Agnello abbia un ospite che a quanto pare si fermerà a lungo a palazzo. E da vestire e calzare di tutto punto» aggiunse trionfante alla fine.

«Un figlioccio?» domandò il barbiere mentre il farmacista scuoteva la testa e versava il purgante in una boccetta.

«Un forestiero. E assai giovane» replicò lei guardando la serva che pagava lo specifico. Ma proprio quando il barbiere stava per chiedere qualcosa, Francesca Monciino sorrise e salutò tutti dicendo di una faccenda urgente da sbrigare in casa.

Un'ora dopo, la serva di palazzo Toscano raccontava alla cuoca del giovane uomo a casa Agnello e nel salone del barbiere si affilavano i rasoi commentando la bellezza di donna Rita che, certo, era rimasta vedova troppo presto ed era ancora così desiderabile.

2

Una sera nel salottino azzurro, all'ora del rosolio, Luigi, che ormai cominciava ad ambientarsi, decise di parlare a donna Rita del suo desiderio di studiare musica. Il pensiero continuava a martellargli in testa da tempo: tra tutte le cose che stava imparando, quella non c'era e pareva strano che una signora così bella e raffinata, che girava per la casa canticchiando le arie dell'opera, non l'avesse mai menzionata con lui. Eppure gliel'aveva detto subito che sapeva cantare. Erano ormai otto mesi che studiava con Nicolosi ma di musica non si era ancora parlato.

«Il professore Nicolosi sostiene che sei molto versato per il calcolo» disse la signora che, proprio quel giorno, si era informata sui progressi del ragazzo col precettore assunto per lui.

«Grazie, signora» rispose Luigi aspettando il momento giusto per iniziare il discorsetto che si era preparato.

«Ho fiducia in quell'uomo, è anziano ma molto preciso. Grande studioso, sai? Ha insegnato per quarant'anni al liceo e quando prende un allievo privato deve essere certo delle sue qualità» precisò lei senza aggiungere che, oltre alle qualità, a convincere Nicolosi era stato soprattutto il cospicuo mensile che lei gli aveva promesso raccomandandosi che in quel pagamento fosse compresa la discrezione assoluta. Le dava fastidio l'idea che in città si potesse parlare alle sue spalle e, davvero, non riusciva a capire come la presenza di Luigi potesse incuriosire tanto la gente. Anche la Panebianco aveva preso a servizio un trovatello e non vedeva perché sul suo conto non ci fosse nulla da dire. Certo, la Panebianco era sposata e lei invece era una donna sola, in una casa così grande, rifletté. Per placare le maldicenze aveva preferito tenere la cosa abbastanza riservata, evitando soprattutto le uscite pubbliche di Luigi: non si era mai fatta vedere in strada con lui in modo che fosse chiaro che si trattava semplicemente di una persona a servizio. Col tempo avrebbe deciso. Intanto aveva cominciato a fargli sbrigare qualche faccenda: spedire la corrispondenza, curare le ordinazioni dell'olio e della farina, andare dal notaio per consegnare documenti o ritirarne. Il giovane era affidabile, concludeva ogni commissione senza lasciarsi andare ad alcuna distrazione; aveva visto giusto lei, non destinandolo ai lavori manuali.

Luigi la fissava attendendo l'istante adatto per parlare. Non era il caso di commettere un errore banale come interromperla, donna Rita detestava essere interrotta. Così, quando gli sembrò che il discorso su Nicolosi si fosse esaurito, si schiarì la voce.

«Pensavo, signora» disse cercando di ricordare tutte le frasi che aveva provato davanti allo specchio, calibrando il tono e assumendo un'aria modesta ma nello stesso tempo sicura, «che potrei cominciare, col vostro permesso, a studiare anche la musica. Don Pietro mi diceva sempre che ho una buona voce.» La sua attenzione si sciolse lentamente appuntandosi sulle palpebre di donna Rita che, ascoltandolo, aveva abbassato lo sguardo sul bicchierino di liquore. Le sopracciglia, che di solito disegnavano due archi perfetti, si incresparono assumendo un'angolazione quasi minacciosa.

«E quando, di grazia, ti sarebbe venuta in mente una simile idea?» chiese con intonazione ferma.

«Credo di averla sempre avuta» gli parve il caso di rispondere.

«Molto bene» commentò donna Rita fredda, alzando

il volume della voce. «Dunque, mentre io mi impegno a darti un futuro, tu insegui farfalle, giusto? Ma cosa ti sei messo in testa, di essere un artista, forse? In questa casa non c'è spazio per certe sciocchezze, vorrei ti fosse chiaro» concluse bruscamente.

«Vi assicuro, signora, che vi sono grato e non era mia intenzione scontentarvi» cercò di giustificarsi Luigi dominando un fremito.

«Ecco, se non è tua intenzione, evita in futuro certe richieste. Adesso puoi anche ritirarti, grazie. Domani intendo avvalermi del tuo aiuto per sbrigare la corrispondenza» concluse facendo un cenno con la mano che invitava Luigi a uscire dalla stanza.

La lasciò augurandole la buona notte e camminò con passo saldo, quasi marziale, come a sottintendere che per lui l'argomento non era affatto esaurito ma soltanto accantonato.

Rimasta sola, Rita Agnello appoggiò la testa alla poltrona e si pentì della sua reazione. Povero ragazzo, chissà come doveva essersi sentito. Era così ossequioso che non meritava un rimprovero simile. Sospirò e rifletté che avrebbe trovato il modo di rimediare.

Luigi raggiunse la camera con la rabbia che gli cresceva dentro. Che donna impossibile, pensava, gli aveva dato alloggio e credeva adesso di poter decidere della sua vita. Teneva la mascella serrata e il suono della voce di donna Rita gli rimbombava fastidiosamente nelle tempie. Si buttò sul letto senza nemmeno togliersi le scarpe. Davanti agli occhi gli passavano le immagini del colloquio e, senza motivo, d'un tratto, la mente si fermò sulla fronte di donna Rita. Rivide le palpebre e le sopracciglia proprio nell'attimo prima di corrucciarsi, quando la pelle era ancora distesa, liscia e bianca. Il ricordo scivolò sul naso e poi sulle labbra che, appena sollevate dal bicchiere, erano ancora intrise di rosolio. Senza accorgersene, qualcosa in lui aveva iniziato a trovare la signora desiderabile. Forse per le dita così elegantemente strette intorno al cristallo, forse per il contrasto tra la delicatezza dei suoi tratti e la durezza della voce. Ma per la prima volta si rese conto di non averla mai sfiorata o, se pure lo aveva fatto, in quel momento gli sembrò di non aver approfittato dell'occasione per sentire la morbidezza della sua pelle. Sospirò, e la scena di poco prima gli si ripropose ancora e le parole della signora gli apparvero chiare e sagge, quasi come quelle di una madre. Lei stava facendo tanto per lui, più di quanto qualsiasi altra persona avrebbe potuto fare. E così, all'improvviso, tutto si stemperò in un caldo sentimento di gratitudine che cominciò a cullarlo con dolcezza.

Al mattino, donna Rita passò dalla camera di Luigi per raccomandare a Nella, la giovane cameriera che aveva assunto da circa un anno per aiutare Cettina nelle faccende più pesanti, di far prendere aria a materassi e guanciali prima di cambiare la biancheria. Ci aveva sempre tenuto a controllare di persona alcune cose. La serva aveva appena disfatto il letto di Luigi e se ne stava davanti alla signora col fagotto delle lenzuola sporche tra le braccia. Bisognava far presto, per lavare e poi stendere tutto mentre il sole era ancora alto, in modo da ritirarlo a sera prima che salisse l'umidità dal mare. In piedi vicino a Nella, Rita Agnello avvertì l'odore che veniva dalle lenzuola. Si fermò un momento e poi riprese con le raccomandazioni, che usasse la biancheria senza merletti, precisò, quella preferiva lasciarla per la stagione fredda quando si dorme più tranquilli e non si rischia di strappare le trine muovendosi nel sonno.

La cameriera uscì dalla stanza e la signora rimase un attimo a pensare. Per la prima volta da quando il marito l'aveva lasciata, aveva avvertito così prepotente l'odore di un uomo. Quelle lenzuola conservavano gli umori del sonno di Luigi e, per un istante, la signora ne fu turbata. Si avvicinò alla finestra per respirare l'aria fresca del mattino, riempì i polmoni prima di avviarsi verso lo studio. Che stolta era stata, si disse, era solo un ragazzo e non c'era nessuna ragione per turbarsi.

La stanza era buia e, mentre si chiedeva se non fosse meglio lasciare le imposte accostate per proteggersi dalla calura e accendere piuttosto il lume, entrò Luigi.

«Vieni, ti stavo aspettando» lo accolse sorridendo e con un garbo che voleva in qualche modo riparare alla freddezza della sera precedente.

Il ragazzo si avvicinò allo scrittoio.

«Siedi qui» disse porgendogli la sedia che era solita occupare per sbrigare la corrispondenza. «Ho delle lettere arretrate e vorrei dettarle a te, hai una buona grafia?» chiese.

«Sì, signora, ma temo sia troppo buio per poter scrivere» ribatté rispettosamente lui.

«Stavo proprio accendendo il lume. Col caldo che c'è oggi, forse è meglio tener chiuso» rispose lei chinandosi sulla lampada.

Il ragazzo aveva aperto la cartella di cuoio e preparato alcuni fogli, sulla sinistra aveva sistemato il tampone quando, prima di allungare un braccio verso il calamaio, donna Rita avvertì di nuovo un odore fragrante di pelle appena sbarbata. Si bloccò di colpo, si sollevò e si diresse verso una delle due finestre in fondo alla stanza. Aprì le tende, spalancò i vetri e spinse con forza le imposte verso l'esterno. Il sole invase la stanza mentre Luigi guardava la figura della signora controluce.

«Non preferivate tener serrato per il caldo?» domandò.

«Sì, ma ho già cambiato idea. Con un cielo come questo non possiamo certo starcene rinchiusi come topi, non credi?» disse donna Rita girandosi e restando appoggiata alla finestra.

«Penso abbiate ragione.»

«Anzi, sai cosa faremo? Io resterò qui a rispondere alle lettere e tu andrai dal notaio a ritirare la busta che mi ha preparato» aggiunse in fretta avvicinandosi di nuovo allo scrittoio, «su, vai.»

Luigi salutò e uscì. Aveva il cuore gonfio di gratitudine. Anche a questo aveva pensato la signora, a concedergli una mattinata libera per passeggiare, invece di costringerlo dentro casa a redigere documenti noiosi. Camminare per le strade di Capo Scirocco gli piaceva. Amava stordirsi coi suoni della città, guardare le carrozze sfrecciare e immaginare cosa gli riservasse ancora il futuro. E con questi pensieri, il ricordo della brusca risposta avuta a proposito delle lezioni di musica sembrò dissolversi del tutto.

3

Era trascorso poco più di un anno dal suo arrivo a Capo Scirocco, quando donna Rita decise di portare per la prima volta Luigi fuori di casa con sé. La messa della domenica le parve un'ottima occasione. E quella mattina si faticava a riconoscere il giovane ospite di palazzo Platanìa.

Aveva passato l'ultimo anno studiando con Nicolosi, aveva preso lezioni di ballo e letto molti dei volumi della ricca biblioteca del barone. Solo la musica gli era mancata ma, dopo il timido tentativo di discussione con la sua benefattrice, aveva capito che si trattava di un argomento da non riprendere. A volte, alla sera, donna Rita faceva preparare la carrozza, indossava un abito elegante e andava all'opera. Luigi la spiava per vederla uscire, era bellissima e austera, più bella di qualsiasi altra donna lui avesse mai visto.

Un giorno il ragazzo, passando davanti alla sua stanza, vide che la porta era rimasta socchiusa. Aveva rallentato il passo e, quasi in punta di piedi, si era avvicinato fino ad appoggiare la fronte alla fessura aperta. Cettina aveva sistemato un candeliere accanto alla toletta e la signora stava controllando la sua acconciatura nello specchio. Tra le luci, Luigi vide riflessa l'immagine di lei, le labbra sembravano ancora più lucide e carnose del solito e a tratti le palpebre si serravano languidamente sugli occhi. Lui era immobile, tratteneva il fiato senza nemmeno rendersene conto. Poi donna Rita prese una boccetta di profumo, si bagnò un polpastrello e sollevò il collo per picchiettare col dito umido dietro il lobo di un orecchio. Gli parve che quella fragranza arrivasse alle sue narici e, d'improvviso, inalò l'aria a pieni polmoni per non lasciarsene sfuggire nemmeno un poco.

Quella domenica a Luigi i vestiti calzavano a pennello e, così pettinato ed elegante, tirato a quattro spille, dimostrava quasi vent'anni. La signora, fiera, si sentiva compiaciuta ed era abbastanza in età da essere lieta della vanità e delle gioie infantili di lui.

In chiesa occuparono il banco in cui era solita sedersi, nella navata destra, sotto il quadretto di ceramica della quinta stazione della Via Crucis. Di deliziosa fattura calatina, donata alla fine del Settecento dalla famiglia Cosentino Calì alla chiesa matrice, l'opera colpì subito l'attenzione di Luigi che rimase con gli occhi puntati su una figuretta azzurra. Simone di Cirene, che sporgeva dalla cornice, sembrava non avvertire il peso della croce che si caricava sulla spalla sotto lo sguardo grato del Cristo. Luigi pensò a come donna Rita si fosse assunta il peso di accoglierlo presso di lei ed educarlo, la osservò mentre recitava a bassa voce un'*Ave Maria* sulla corona del rosario di granato e, per un attimo, ebbe voglia di prenderle la mano.

La presenza del giovane seduto accanto alla vedova Agnello non stava certo passando inosservata tra quanti riempivano la navata. A messa con un uomo, donna Rita non si era mai vista. Luigi non era molto alto ma aveva un fisico asciutto che lo faceva sembrare slanciato. L'abito cucito per l'occasione gli allargava le spalle e le movenze eleganti che aveva ereditato dalla madre gli davano una certa raffinatezza. Entrando in chiesa si era levato la paglietta rivelando una chioma castana mollemente riccioluta ma assai curata. Gli occhi curiosi catturavano ogni immagine intorno a lui e a malapena riusciva a non far trapelare le sue emozioni sotto i sottili baffetti che il barbiere gli aveva consigliato di far crescere per sembrare un vero uomo.

Donna Rita aveva notato che alcune delle signore ai primi banchi si voltavano spesso, fingendo noncuranza, per guardare in direzione di Luigi. Strinse con maggior vigore le mani che teneva giunte e innalzò una preghiera al cielo.

Quando la campanella suonò e dall'altare maggiore don Calogero tuonò il suo *Introibo ad altare Dei*, facendo ondeggiare la ricca pianeta, anche Francesca Monciino dovette distogliere lo sguardo dal ragazzo e rivolgere il cuore all'Altissimo.

Lo spirito di Luigi era altrove però. Per la prima volta dopo tanto tempo si sentiva sicuro di sé e così, quando il *Sanctus* si levò verso il cielo, il giovane inalò il sentore d'incenso e di fiori quasi appassiti, riempì i polmoni e l'addome d'aria come aveva imparato da don Pietro e decise di aggiungere la sua voce al canto dell'assemblea. L'aria mise in moto le corde vocali, arrivò sulla lingua e divenne tonda nell'alveo delle guance e poi, miracolosamente, vibrò. Alta, possente, precisa. Nel momento in cui venne fuori, Luigi ebbe timore e avrebbe voluto risucchiarla in gola ma quella, incurante del suo volere, rimase per un attimo immobile nello spazio proprio davanti al suo naso, poi scappò via. Fu come una ventata che scosse i merletti sul capo delle donne, annodò i riccioli ai bambini, giocò a sfiorare i lobi delle orecchie degli astanti e, alla fine, si riversò magnanima sulle sottane del parroco. Fu tutto in un batter di ciglia. Donna Rita si stupì, arrossì e poi subito sorrise. Nascose il volto dietro le mani giunte e si accostò a Luigi sussurrando: «Vero era, sei un tenore».

Il tempo d'un soffio e Luigi dietro la prima nota ne emise un'altra, poi un'altra ancora e la chiesa sembrava risuonare solo del suo canto e pure i puttini di stucco aggrappati sotto il pulpito pareva volessero spiccare il volo per unirsi al canto del giovane sconosciuto che rendeva grazie a Dio con la sensualità di un amante.

L'*Ite missa est*, pronunciato dal parroco con gli occhi fissi sul viso del ragazzo accanto a donna Rita, colse tutti in un sognante stato di giubilo. La signora si attardò inginocchiata, a testa bassa: vedeva la navata riempirsi di sottane di merletto, scarpine di seta con fiocchi di gros grain e bastoni da passeggio che, dimentichi dei morti, raggiungevano l'uscita sui sacelli di nobili resti sepolti sotto i marmi della chiesa. Sentiva sfilare gli sguardi mentre Luigi taceva provando a evitare le occhiate che le donne gli rivolgevano di sottecchi.

Quando tutti se ne furono andati, il parroco si avvicinò deciso verso il banco della signora.

«Donna Rita, ci presentate questo giovane prodigio?»

Lei alzò il capo, si segnò e baciò l'anello di don Calogero.

«Luigi, padre. Attualmente nostro ospite.»

Luigi abbassò lo sguardo con modestia e non aggiunse una parola alla reticenza della sua benefattrice.

«Che gran voce, potremmo farne un cantore» azzardò il prete.

«Vedremo» disse lei distrattamente. Si inginocchiò per accommiatarsi e guadagnò l'uscita.

Cantore, pensava stizzita per via delle occhiate che aveva notato poco prima, ci voleva solo questa a condire l'insalata.

Camminarono verso palazzo Platanìa senza dire una parola. Le carrozze passavano nelle strade limitrofe con un rumore sempre più sordo man mano che si allontanavano dalla piazza. Sembrava che il fiato si fosse ingorgato dentro la gola di Luigi. Lo stesso fiato capace di creare la magia delle note adesso si era fermato poco sopra lo stomaco e pesava come un sasso. Provava ad allargare le narici e tirar dentro l'aria, come faceva prima d'iniziare a cantare, ora però l'aria era gesso e gli intasava il naso. Quel macigno restava lì, immobile proprio dove Luigi pensava dovesse esserci l'anima. Avrebbe voluto dire che, sì, cantare era il suo più grande desiderio ma non voleva certo scontentare di nuovo la signora. Se lei aveva altri progetti lui si sarebbe fatto guidare. Voleva dirle grazie con gli stessi occhi del Cristo della Via Crucis e prenderle una mano tra le sue e baciarla. Eppure le mani di donna Rita stringevano la sacchetta di seta con tanta di quella forza che le nocche si erano fatte gialle, puntute, e tutto questo lasciò Luigi inerme mentre le gambe, fuori controllo, seguivano il suo passo veloce e sicuro.

Quando furono a casa, le loro strade si divisero silenziosamente. Luigi si ritirò e all'ora del pasto nella sala da pranzo non trovò nessuno. Cettina se ne stava immobile nell'ombra e pareva un fantasma, tanto era secca e grigia. Vedendo Luigi così indifeso, come avesse un sasso sulla pancia che non si decideva a spostarsi, fece un cenno col capo, a indicargli di uscire. E Luigi uscì.

Ripercorse il tragitto che aveva affrontato il suo primo giorno a palazzo, ora così familiare e, all'improvviso, si accorse che le due grandi ante, con Polifemo intento a guardare la bella Galatea dipinto sul sopraporta, per la prima volta erano socchiuse. Incuriosito spiò dentro la stanza.

Un raggio di sole filtrava tra il merletto a tombolo delle tende e colpiva come in un cameo i riccioli scuri che donna Rita lasciava ricadere dall'acconciatura ai lati del viso. Con una mano la signora accarezzava il coperchio di un pianoforte ma con lo sguardo fissava il vuoto davanti a sé.

«Entra, ti prego» disse riscuotendosi.

Luigi si avvicinò al pianoforte e il sasso in pancia si fece d'un tratto leggero, poi venne su fino alle labbra in un singhiozzo smorzato.

«Apparteneva a Elisabetta» aggiunse con un filo di voce.

Si accomodò sul sofà davanti alla libreria di carte musicali e aspettò che Luigi le sedesse accanto.

«Elisabetta era mia sorella» cominciò a raccontare, «una bambina tonda, bellissima. Quando nacque, i miei genitori erano già avanti con gli anni e, temendo per quel parto in età avanzata, avevano fatto voto alla madre del Battista di chiamare il figlio Giovanni, se fosse stato un maschio, ed Elisabetta se fosse nata una femminuccia. Venne al mondo in una notte tiepida, c'era la luna piena, e il travaglio fu miracolosamente breve. Cettina venne ad avvisarmi, avevo dieci anni allora, e mi portò nella stanza di mamma. Mio padre Vincenzo aveva aperto la finestra, l'aveva presa tra le braccia e sollevata verso il cielo. Pareva che la volesse offrire alla benedizione di Dio.»

Luigi inghiottì imbarazzato. «Vi somigliavate?»

«Elisabetta non aveva nulla in comune con me» riprese, «aveva i capelli biondi e ricci, gli occhi verdi, come mia madre. Era curiosa di tutto e da subito la casa incominciò a girare intorno a lei.»

Donna Rita sorrise come se stesse rivedendo nella memoria le immagini che narrava, come se risentisse l'odore di buono della pelle della sorella. «Si muoveva come un micetto, scendeva nelle cucine e metteva le dita dentro ogni intingolo che la cuoca stesse preparando. Ma, soprattutto, aveva la voce di un angelo.»

«Sapeva cantare?»

«Imparava subito ogni cosa le venisse insegnata. Quando compì sei anni, se non ricordo male, i miei presero a servizio il più stimato maestro della zona che le diede lezioni di musica.»

Donna Rita tacque d'un tratto. Si accostò lentamente al pianoforte e sollevò il coperchio. Sfiorò l'avorio dei tasti e continuò. «Con il tempo, la vocina di Elisabetta si era fatta solida e aggraziata. Spesso si sedeva qui e con le manine piccole piccole suonava canzonette infantili.»

«E voi cantavate con lei, signora?»

«Non ho mai avuto talento per la musica» bisbigliò lei malinconica. «Per la musica sono un'amante non ricambiata. I miei hanno fatto studiare anche me ma pare proprio che io non abbia la dote. Elisabetta, sì, l'aveva.»

«Vostra sorella non abita più con voi?»

Donna Rita chiuse gli occhi e sospirò per arginare la commozione, fu invasa da un carosello di ricordi che assunsero la forma del sapore dolce dei baci della bambina, dell'odore di latte e di biscotti al miele, del colore abbagliante dei suoi capelli.

«Ci fu un inverno molto freddo ed Elisabetta si prese una febbre di gola, le venne una tosse stizzosa che ci teneva svegli. Il medico parlò di un male ai polmoni. Se la portò via in una notte, all'improvviso. È da allora che questa stanza è rimasta chiusa.»

«E nessuno l'ha più suonato, il pianoforte?» chiese Luigi.

«Ti piace? È francese. Si chiama Pleyel. Vieni, toccalo.»

Il ragazzo si avvicinò e osservò il legno chiaro della cassa.

«Il Pleyel era il pianoforte preferito da Chopin. Anche lui se n'è andato con un male ai polmoni, lo sapevi?»

Donna Rita tacque e un turbine di suoni le invase le tempie, risentì il canto così sottile che a tratti si faceva respiro e soffocava quasi, come il lento, impercettibile rallentare di un motivetto da carillon, come se anche il pianoforte avesse polmoni da proteggere dall'umidità e dal male portentoso che consuma le eroine dei melodrammi, gli artisti e le bambine troppo belle.

Scosse la testa come per far cessare quei ricordi dolorosi. «Avevi ragione, credo sia ora che insieme allo studio tu prenda anche lezioni di musica. Hai talento» concluse accarezzando ancora il legno del coperchio, quasi fosse la bara di Elisabetta.

Gli occhi di Luigi si gonfiarono, aveva l'impressione che il Pleyel, rimasto senza voce dopo la morte della bambina, avesse adesso risucchiato tutto il suo fiato e quello, d'un tratto, si fosse sciolto in lacrime.

Abbassò la testa e non riuscì nemmeno a dire grazie.

Per tutta la giornata restarono in silenzio ma l'episodio aveva creato tra loro un'inedita complicità. La signora aveva sollevato più volte la testa per sorridergli e lui l'aveva fatto di rimando, grato a Dio e a quella donna per la nuova vita che gli era stata donata.

A Rita Agnello l'idea di tornare a sentir suonare un pianoforte a palazzo Platanìa metteva addosso sentimenti contrastanti, a volte s'immalinconiva pensando alla sorella, altre invece era euforica e non faceva che parlare dell'opera.

Un pomeriggio, Luigi era ancora nella sua camera quando lei gli bussò alla porta.

«Signora!» si stupì Luigi trovandosela davanti «Avete bisogno di me?»

Lei rise piano per nascondere l'imbarazzo. «Quegli spartiti, Luigi, quelli che hai portato da Subiaco, sono tanto curiosa di vederli» disse alla fine fissando il ragazzo che, così sorpreso, aveva proprio l'espressione di un bambino.

«Certo, accomodatevi» si affrettò a rispondere.

Donna Rita si sedette sulla poltrona e guardò Luigi che si allungava sopra l'armadio per tirare giù la valigia marrone.

«Oh, cielo, hai ancora quell'arnese?» chiese la signora alla vista del vecchio bagaglio.

«Ve lo ricordate?» disse Luigi posandolo sul pavimento per aprirlo. «Li ho sempre tenuti qui gli spartiti, eccoli» affermò porgendone uno alla signora.

Lei lo guardò con attenzione apprezzando la bella rilegatura di pelle nera coi caratteri impressi in oro, lo scorse per un po' e poi si rivolse al ragazzo.

«Ti piace molto cantare, non è vero?»

«È la cosa che amo di più, signora» si affrettò col cuore che sembrava esplodergli di gioia.

«Bene, caro, dunque canterai» concluse lei alzandosi.

Per la prima volta lo aveva chiamato caro e le era parso naturale.

4

Approfittando della lunga stagione calda, Rita Agnello aveva preso a uscire sempre più spesso al tramonto. Passeggiava con Luigi per le vie di Capo Scirocco e lungo la marina, dove la risacca intonava il suo canto eterno: il ragazzo sembrava un soldatino dentro i vestiti cuciti su misura. Anche donna Rita aveva commissionato alla modista alcuni abiti nuovi con la scusa del tempo afoso, per il quale sarebbe servito qualcosa di più leggero, forse di più scollato. Poi però, dopo il tramonto, si alzava sempre la brezza e lui prendeva lo scialle dal braccio della signora e glielo posava sulle spalle. Lei guardava il mare e si sentiva molto più giovane di quanto non fosse. Avere in casa Luigi, soprattutto adesso che aveva cominciato a prendere lezioni di canto, le aveva fatto riaffiorare sentimenti quasi materni, come quelli che provava per Elisabetta. Il ragazzo, d'altra parte, era talmente modesto e garbato...

Una sera, camminando per il centro, decisero di bere qualcosa. In piazza dell'Università il lampionaio si fermò solerte sotto l'elegante colonnina di ghisa, ne accese i due becchi a gas e un chiarore giallo e tenue illuminò il chiosco ad archetti a tutto sesto. Dentro la piccola garitta dove la gente si recava per bere qualcosa di fresco o per prendere un frutto e alleviare così la calura, Alfio era sempre intento a lavare bicchieri e sbucciare frutta sul marmo bianco del ripiano, con le mani gonfiate e illividite dall'acqua. Quando donna Rita e Luigi si avvicinarono, schiacciò dentro la tenaglia di rame tre limoni e mescolò il succo con l'acqua di seltz in due bicchieri alti.

«Mettetecene una punta e girate forte» disse a Luigi porgendogli un barattolo di sale e un cucchiaino dal manico lungo.

Il ragazzo obbedì e in superficie si formò una schiuma leggera, bevve una sorsata e sentì il pizzicore fresco del limone scendergli nella gola.

«Vieni qua, che ti pulisco» rise donna Rita passandogli un fazzoletto sui baffetti macchiati di bianco. Non prestò nemmeno attenzione al saluto ossequioso che le avevano rivolto i duchi di Misterbianco attraversando la piazza. Continuò a ridere e non si accorse che la duchessa seguitava a voltarsi verso di loro.

Rientrati a palazzo Platanìa, Cettina avvisò la signora che don Calogero era passato per la benedizione della casa ma sarebbe tornato l'indomani. Come aveva fatto a dimenticarsene? Erano anni ormai che il prete veniva sempre lo stesso giorno.

«Mi è proprio sfuggito di mente, che sciocca, dev'essere questo gran caldo.» E canticchiando a mezza voce un'arietta donna Rita si avviò verso la sua stanza.

Rimasta sola, si specchiò e mosse un piccolo passo di danza, come faceva da ragazza. Si sentiva una regina. E il mondo aveva bisogno di una regina, pensò accarezzandosi il collo sottile come a stendere i segni del tempo. Si sentiva euforica. Sì, Luigi era la sua creatura e le stava dando grandi soddisfazioni. Tutto, le sembrava, rientrava in un ordine perfetto.

La sera successiva, dopo il vespro, il parroco chiese a Cettina di annunciarlo alla signora.

Calogero Di Dio aveva da poco compiuto sessant'anni e a volte pareva vestire l'abito talare quasi con sussiego. Suo mentore negli anni giovanili era stato un gesuita palermitano dal quale, più che la dottrina, aveva appreso soprattutto l'amore per la conoscenza. Certe sere in cui la solitudine lo assaliva più forte, pensava che

Roma sarebbe stata una sede più adatta a lui ma poi si scopriva sempre molto premuroso nei confronti dei suoi concittadini. Dopo tanto tempo, considerava Capo Scirocco come casa sua. Era sempre molto attento affinché tutti tenessero comportamenti degni. Osservava i parrocchiani con lo scrupolo di un'istitutrice severa ma benevola, sentendosi in diritto di redarguire anche fuori dal confessionale. Con gli anni certe asperità del carattere, però, si erano ammorbidite e nei suoi simili ricercava piuttosto le ragioni profonde di certe azioni, non azzardandosi più a giudicarle.

Nella penombra del salotto azzurro, Rita Agnello lo ascoltava con apparente distacco sorseggiando il suo rosolio. Il liquore brillava nel bicchierino di delizioso baccarà, un piccolo lusso cui la signora non riusciva a rinunciare.

I capelli scuri, divisi al centro da una riga sottile, si raccoglievano in una larga crocchia sulla nuca, tenuti da un pettine di tartaruga. Erano striati da qualche filo bianco che, invece di farla sembrare più vecchia, donavano una luce nuova al suo volto. La carnagione era chiara e gli occhi neri come due scarafaggi recavano come unico segno del tempo delle piccole rughe agli angoli. La pelle del volto era tesa per la leggera pinguedine delle donne della sua età. La bocca si apriva su una fila di dentini bianchissimi e perfettamente allineati, sotto un naso all'insù. Le mani candide e lisce non si erano mai occupate di faccende domestiche. Aveva un fare fiero, una conversazione colta anche quando appariva futile.

Il suo viso era immobile e la gioia della sera precedente pareva del tutto svanita. Posò il bicchierino poi decise di parlare.

«So bene che non è un bambino, don Calogero, non lo era nemmeno quando arrivò qui, ma san Paolo ci insegna che *omnia munda mundis*. Tutto è puro per i puri.»

«E dunque, donna Rita, *omnia immunda immundis*. Se posso permettermi, cioè, tutto appare impuro se guardato con occhi impuri» parafrasò arditamente il parroco di santa Maria Ausiliatrice.

«Il vostro gregge è dunque costituito da esseri immondi?»

«Certo che no. Nel gregge di un pastore, però, ci sono pecore di ogni tipo e la Chiesa, come sapete, accoglie qualunque anima si voti al Signore.»

«È ciò che deve fare» assentì lei.

«Preciso che non mi riferivo a nessuno in particolare.»

«Voglio crederlo» acconsentì lisciandosi una piega della gonna. «Luigi mi è indispensabile, amministra questo palazzo, tiene i rapporti con i contadini dei feudi, si occupa della corrispondenza e di ognuna delle sciocche faccende per le quali fino a qualche tempo fa ero costretta a pagare Spiteri e con risultati assai deludenti.»

«E infatti la signora Spiteri è tra quelle che si pongono, diciamo così, più domande sui vostri rapporti col giovane.»

«Rapporti, rapporti! Don Calogero, spero non intendiate insinuare alcunché di sconveniente e comunque non credevo che la Chiesa dovesse occuparsi delle chiacchiere delle donnette» disse con animosità.

«Ma un buon pastore deve muovere ogni passo possibile per salvaguardare le sue pecore dalla malizia» replicò cercando di smorzare i toni.

«Fateli dunque questi passi, con la Spiteri in particolare e con tutte le altre che dimostreranno di avere qualcosa da ridire.»

Don Calogero si fermò un attimo a riflettere.

«L'amore non invidia, donna Rita, ma voi sapete anche che molti hanno difficoltà ad amare» commentò alla fine.

«Ed è per insegnare l'amore di Dio che è nato il vostro ufficio, padre. A questo punto mi pare che siate voi a dover continuare a insegnare, non io a dover smettere di amare» e si accomiatò dal religioso bruscamente.

Follia, aveva pensato attraversando con andatura pesante il corridoio. Chi mai poteva permettersi di dubitare della sua onorabilità? Lei e il ragazzo, ma figuriamoci, doveva essere pazza la Spiteri! Il colloquio con il prete l'aveva scossa e indispettita. Luigi, in effetti, si era fatto un bel giovane e, anche se lei ricacciava il pensiero, in città erano molti i sorrisetti quando i due uscivano da palazzo Platanìa. Maldicenze di popolani, si disse. E la moglie di Spiteri è solo una vecchia pettegola. Eppure il tarlo la rodeva. I Moncada le avevano fatto sapere che non avrebbero festeggiato la Madonna del Carmelo. Era un'occasione di mondanità cui non rinunciava mai, insieme alle prime a teatro naturalmente. Non aveva motivo di sospettare che non l'avessero invitata ma era stata incauta. Fin dall'inizio. Prendendo il ragazzo in casa avrebbe dovuto riflettere, d'altra parte nessuno se non Cettina sapeva del suo voto. Certamente, avrebbe dovuto trovare subito una scusa per giustificare la presenza di Luigi. Forse avrebbe potuto inventare un nipote venuto da Villabate e nessuno avrebbe trovato da ridire. Il figlio di un cugino del povero barone... Ormai era troppo tardi per porvi rimedio.

Si recò nella stanza della musica e trovò Luigi concentrato nella lettura di uno spartito. Si chinò sul volume e seguì l'aria insieme a lui. Accarezzò una pagina e le sue dita sfiorarono quelle del ragazzo. I due si fissarono per un attimo e subito la signora distolse lo sguardo.

«Canteresti per me?» domandò posando lo spartito sul leggio.

«Non conosco ancora bene quest'aria, donna Rita» si schermì lui.

«Sono certa che farai del tuo meglio.» Ruotò lo sgabello del pianoforte fino a raggiungere l'altezza desiderata e, accompagnata da un leggero scricchiolio del legno, si sedette sulla paglia viennese sistemando la gonna. Mise le mani sul pianoforte, spostò il braccio di un candelabro che faceva ombra sulla carta da musica e fissò Luigi in attesa di un cenno. In quei pochi secondi in cui il flusso d'energia arriva alle mani dell'accompagnatore, si fa fiato, riempie i polmoni del cantante e, dal silenzio, crea il suono, il giovane inalò l'aria, pensò al suono che saliva lungo il suo corpo e atteggiò il viso a un indefinito sentimento di mestizia. E donna Rita, pur incerta sui tasti che non aveva mai imparato a padroneggiare bene, incalzò con l'accompagnamento. Luigi riprese al secondo verso e lei si bloccò sforzandosi di sorridere. Le si avvicinò, posò le sue mani su quelle della signora e corresse con dolcezza la posizione sulla tastiera. Tremava, la donna, ma le sue mani restarono immobili, quasi si rifiutassero di far forza sull'avorio ingiallito.

«Che terribile accompagnatrice, ragazzo mio. Bisognerà che te ne trovi una più accorta» disse col petto che si arrossava e liberandosi dal contatto con la pelle calda del ragazzo.

Chiuse lo spartito e lo riconsegnò a Luigi, pentita di aver tentato con *La traviata*. L'emozione l'aveva tradita. Una scheggia impazzita dell'opera era sfuggita alle pagine dello spartito e le si era conficcata nella carne, squassando le sue convinzioni, il suo equilibrio. E così, di colpo, l'amore di cartapesta racchiuso in quelle note era diventato l'amore disperato di ogni donna, dentro il quale in quel momento veniva risucchiata anche lei.

Si riebbe, raggiunse la porta e poco prima di lasciare la stanza si voltò a guardare Luigi. Lui la stava scrutando col capo leggermente reclinato su una spalla, come un uccellino curioso.

«Ti piace quest'opera?» chiese con un filo di voce.

«È una delle mie preferite, signora.»
«È molto triste» commentò lei.
«Ma parla d'amore» aggiunse il ragazzo.
«Temo che l'amore sia triste, mio caro.»
Si ritirò in camera e provò a calmarsi. Follia, follia, continuava a dirsi mentre sul volto le bruciavano le parole del parroco e sulla pelle scorreva liquido il suono della voce di Luigi. In bocca aveva un sapore metallico e, se avesse potuto dargli un nome, l'avrebbe chiamato senso di colpa. La sensazione, forse, di essere sul punto di compiere qualcosa di sbagliato, o di averlo già fatto. Maledetta l'opera e le sue suggestioni, si trovò a pensare. E quell'ignorante della Spiteri e i rimproveri di don Calogero, le mani calde di Luigi, tutto la stava confondendo e tutto la opprimeva. Si appoggiò sul letto e respirò a lungo.

Nel primo pomeriggio, dopo la lezione di canto, Luigi dovette recarsi nella zona ovest di Capo Scirocco per consegnare al notaio alcuni documenti riguardanti quattro salme di terra in contrada Coda Lupo. A est della città si estendeva una vasta piana coltivata in massima parte a grano. In fondo, oltre i ruderi di un antico insediamento contadino, sorgevano limitrofe contrada Coda Volpe e contrada Coda Lupo. La prima apparteneva alla famiglia Paternò, che la usava soprattutto per l'allevamento dei cavalli. Una parte di contrada Coda Lupo, gestita da alcune famiglie di pastori, era invece della famiglia Platanìa, che l'aveva adibita a pascolo.
Luigi attraversò la piazza della fontana di Cerere, una carrozza gli passò davanti con un tintinnio di finimenti e lui si fermò a guardare un gruppo di bambini vestiti da marinaretti inseguire i cerchi spingendoli col bastoncino. Il più piccolo, correndo dietro i fratelli, cadde a faccia

in giù. La governante, che leggeva all'ombra di un salice su una panchina vicino alla fontana, lasciò in fretta il libro e gli andò incontro per soccorrerlo. Appena gli fu accanto il bambino, che fino a quel momento era rimasto tranquillo, cominciò a piangere mostrando una manina sporca e punteggiata di rosso. La donna la ripulì con un fazzoletto inumidito di saliva, la baciò e il gesto parve lenire del tutto il dolore del piccolo, che riprese a correre con i calzoncini imbrattati di terra.

Luigi imboccò la strada che si apriva a destra della chiesa. La via era larga e in declivio ma il sole che la colpiva era caldo. Decise di allungare il percorso di qualche passo prendendo una traversa laterale in ombra. Fu allora che, nel silenzio del pomeriggio, udì dei suoni provenire da un caseggiato. Era una melodia bellissima e struggente. Si arrestò su una nuvola di note che fioriva tra le dita dell'ignoto pianista spiegandosi subito con languore. Chiuse gli occhi e sotto le palpebre si compose l'immagine delle mani bianche di donna Rita e si sentì indefinibilmente sereno. Era Chopin, un notturno, lo riconosceva. Don Pietro lo canticchiava a volte, riordinando le carte da musica, e Luigi restava ad ascoltarlo prima di chiedergli quali fossero le parole. Il notturno è senza parole, precisava sempre don Pietro, anche se per lui era inconcepibile che una musica così bella non le avesse. Non si canta tutta la musica, aveva imparato. E quella che si suona sa perfino raccontare cose che non si possono racchiudere nelle parole. Chopin per esempio affidava tutto ai suoni e li liberava, tremolanti e flebili come un respiro sommesso.

Quel notturno per Luigi cantava le mani di donna Rita, bianche e affusolate sull'avorio dei tasti. Stava ancora ascoltando quando si aprì il portone del caseggiato. Dalla corta rampa del numero 10 di via Pescatore, tra due vasi ricolmi di gerani rosa, uscì Rosario Cammarata.

«Buongiorno, sono Luigi!» esordì sorridendo il ragazzo.

L'uomo lo guardò dubbioso.

«Luigi, quello del porto» lo aiutò a ricordare.

«Il tenore sei! Bontà del cielo, così assignorato non ti riconoscevo.»

«Abiti qui?» chiese Luigi.

«No, qua ci sta don Santino. Senti? È sua figlia che suona.»

Il ragazzo sollevò lo sguardo verso il balcone del primo piano e dietro i due pannelli di merletto sui vetri, immaginò la ragazza piegata sulla grande cosa nera, intenta a strappar via i suoni, e restò a bocca aperta.

Tornato a palazzo avrebbe voluto raccontare tutto a donna Rita ma gli parve così triste e silenziosa che, finita la cena, si ritirò nella sua stanza augurandole solo la buona notte.

Quella notte però non aveva nulla di buono. Quando la pendola dell'ingresso batté le due, donna Rita si svegliò agitata. Le sembrava che le lenzuola di lino si fossero fatte di pietra, tanto le pesavano addosso. Ed erano bollenti come le mani di Luigi sulle sue. In bocca risentiva il terribile sapore metallico di una colpa.

Si alzò per aprire la finestra e un refolo di brezza le gelò il sudore. La camicia aderiva al suo corpo e disegnava l'ovale del seno fra le trine. Abbassò la testa e si trovò terribilmente grassa, invecchiata. Cosa ci faceva quella pelle molle sotto le braccia? E i fianchi, quando le si erano allargati in modo così osceno? Possibile che il tempo si fosse preso gioco di lei a sua insaputa? Si accasciò sul letto e gli occhi si riempirono di lacrime.

Nella sua stanza anche Luigi non riusciva a dormire. Ripensava alla melodia che proveniva dal primo piano di via Pescatore e, per quanto fosse curioso di vedere i suoni nascere dal martellare dei tasti del pianoforte, adesso, tornandogli alla mente, avevano un senso solo perché gli evocavano il ricordo delle mani morbide di donna Rita. Si rigirò nel letto stringendo forte i pugni, provò a ricreare la voce della mamma e i suoi canti antichi. Tentò anche di sussurrarne uno ma il viso di sua madre non si compose. Nella sua mente c'erano soltanto mani. Polpastrelli delicati, manine bianche e fredde contro le sue brucianti. Le sentì addosso a imparare il suo corpo, a frugargli il cuore che prese a battere come un tamburo e a un tratto si trovò eccitato, con i muscoli rigidi e tesi per il desiderio. Lasciò scivolare una mano su di sé e solo dopo si sentì più calmo.

Quando al mattino si sedettero di fronte per la colazione, a fatica Luigi riusciva ad alzare gli occhi verso la signora. Lei sbocconcellava una brioche ricoperta di zucchero di quelle che Nella prendeva ogni mattina dal panettiere, calde e fragranti, e teneva lo sguardo fisso su un punto indefinito sopra la testa di Luigi. Lui continuava a tenere la testa bassa per evitare di scoprire la mano della signora che, svogliatamente, spezzava il dolce dentro la tazza. Poi lasciava che si gonfiasse di latte, con il mento appoggiato al palmo e, solo quando stava per affondare del tutto, prendeva il cucchiaio e lo tirava su, gocciolante, per mangiarlo. Gli sembrava una strana inquietudine, la sua. Non era nuova, ricordava bene l'eccitazione che provava già a Subiaco, vedendo le donne ancheggiare sotto il peso delle fascine di legna, al ritorno dai campi. Questa volta però non riusciva a capire e non comprendendo si smarriva. La colazione fu un trionfo di prudenza finché Luigi raccolse il fiato e decise di parlare.

«Le vostre mani» disse.

«Prego?» si stupì la signora.

«So qual è la musica delle vostre mani, donna Rita.»

Lei provò a sorridere dissimulando ma arrossì.

«Vi piace Chopin?»

«Naturalmente» rispose seria.

«Le vostre mani sono un notturno.»

Donna Rita non aspettò oltre e uscì in fretta dalla stanza. Luigi la raggiunse mentre si dirigeva nello spogliatoio. Serrò le palpebre e con tutta la tenerezza di cui fu capace modellò una piccola delicatissima nota, un Si bemolle che si mosse lento verso il lobo dell'orecchio di donna Rita. Lo sfiorò appena e aspettò che un Sol lo incalzasse prima di sciogliersi sulla spalla di lei. Mentre un Mi bemolle le scendeva aereo lungo il collo, si girò.

«Questo notturno canta le vostre mani.»

Reprimendo il languore la signora rise.

«Che sciocco! È solo musica.»

«No, non può essere solo musica.»

Ma lo udì appena perché aveva già chiuso alle sue spalle la porta dello spogliatoio.

Donna Rita trascorse l'intera mattina mostrandosi occupata in mille faccende di vitale importanza pur di non esser costretta a parlare ancora con Luigi. Continuava a chiamare Cettina ordinandole di lucidare gli argenti; andava e veniva dalla cucina per controllare la dispensa; strepitava contro Nella per via delle tendine che quel mese non erano state lavate; ispezionava la biancheria da letto e scopriva i merletti mal stirati. Nel primo pomeriggio trovò anche il modo di far avvertire Luigi dalla governante che c'era urgenza di andare a portare certe carte al notaio. Il ragazzo non era abituato a discutere quanto gli veniva chiesto e, nonostante gli sembrasse curioso dover tornare dal cavalier Motta, prese il cappello e uscì.

Scendendo da via della Corsa, l'antica strada che fino a un cinquantennio prima aveva ospitato la corsa dei cavalli berberi, non resistette al desiderio di risentire il pianoforte e imboccò via Pescatore. Procedeva lentamente per godersi l'epifania di quei suoni ma, avvicinandosi al numero 10, non sentì nulla se non i gemiti di uno storpio che dal marciapiede di fronte chiedeva la carità. Quando fu sotto il balcone dietro il quale aveva immaginato la ragazza suonare, in alto scorse appena un'ombra che sistemava le tendine. Rallentò sperando, ma nulla.

Arrivò allo studio del notaio di malumore e accaldato. Lasciò le carte e risalì piano verso il centro di Capo Scirocco. All'incrocio con via Pescatore si sentì mancare. Una melodia difficile e bellissima lo aveva raggiunto. Non sapeva cosa fosse e restò ad ascoltare.

Si acquattò sotto la finestra e una sonata di Beethoven cominciò a dispiegarsi in larghe volute. Allora immaginò un volto concentrato sul pentagramma e un fare stizzito contro la dentiera gialla dello strumento. Il suono era un fiume in piena. Ci voleva un temperamento combattente per dominare la belva di legno nero così diversa dal lezioso Pleyel di casa Platanìa, color castagna e con la voce lieve da signorina col naso all'insù.

Prima di tornare a palazzo, si fermò da Gino Li Causi a bere un bicchiere di vino. Era tutto cambiato dalla prima volta in cui era entrato nell'osteria. I suoi vestiti erano puliti e ordinati, non era affamato e stanco, aveva solo bisogno di sentirsi libero. Ma gli avventori, con le loro coppole e i giochi di carte, sembravano ancora gli stessi, come se il tempo si fosse fermato al giorno del suo arrivo in città.

Anselmo, mastro d'ascia noto per i suoi lavori a traforo, si era sollevato il berretto sulla fronte rugosa. Seduto a un tavolo sotto il bancone dell'osteria, discorreva animatamente con Sebastiano Burgio a proposito di un certo albero di pere che non dava più frutto e che l'altro voleva vendere per legna.

«E cosa ne dovrei fare? Sentiamo che consiglia vossìa» strillava infervorato il falegname.

«Una bella statua per la chiesa» lo beffava Burgio.

«E certo, non fece pere quando era pero e ora ne caviamo un santo perché faccia i miracoli» ironizzò concitato.

Come allora, Luigi avvertì gli sguardi degli uomini addosso. Anche Burgio e il falegname smisero di parlare per voltarsi verso Luigi. Una coppia impegnata in una partita a scopa posò le carte e lo osservò mentre si accomodava al tavolo vicino all'ingresso. L'oste gli servì un bicchiere di vino nero come il sangue di Giuda e lui si sentì a disagio.

Il silenzio era insopportabile al punto da fargli rimpiangere la sera in cui, appena sbarcato, non aveva un posto dove dormire ma, almeno, per la gente di Capo Scirocco era solo uno sconosciuto.

Stava per andarsene quando Basilio Pappalardo, il suo insegnante di canto, entrò nell'osteria e lo invitò a sedersi con lui. Luigi ne fu rinfrancato, finalmente un volto amico. Parlarono del caldo che non dava tregua, della pioggia che avrebbe fatto un gran bene alle campagne, del vino che sarebbe stato forte quell'anno e del teatro che proprio quella sera avrebbe ripreso la stagione.

«E vossignoria ci va a vedere le opere?» chiese Luigi finendo il vino.

«Certo, non me ne perdo una. Questa stagione canterà la Rosina Caponetti, un usignolo!» aggiunse il maestro stringendo gli occhi come se la risentisse nella sua mente. «Dovreste andare anche voi all'opera, vi servirebbe, signorino.»

«Conoscete la figlia di Santino Cucè?» domandò d'un tratto Luigi.

«Grande talento e grande temperamento. Studiò con il maestro Scillichenti. L'ascoltai per caso una o due volte.»

«Potrei studiare le romanze con lei, maestro» azzardò.

«Ah, sì, la ragazza è molto dotata ma non so se sia disponibile a farvi da accompagnatrice. Il padre mi pare molto geloso» disse abbassando la voce.

«Ma voi potreste garantire per me, sulla mia serietà, maestro» insistette Luigi.

A Pappalardo l'idea di affrontare don Santino piaceva pochissimo. Incrociò le mani sulla pancia e ci pensò su. Donna Rita era ricca e forse non era il caso di scontentarla.

«Certo è che avreste bisogno di provare le arie con un pianista come si deve» concluse alla fine. «Vedrò se ci sarà il modo di parlare a Cucè» e raggiunse l'uscita mormorando qualcosa tra i denti.

Tornato a casa, Luigi trovò la signora già a tavola, insolitamente presto rispetto ai suoi usi, non erano ancora le sette. Posò il cappello nella sala e si sedette subito a cena. Era contento del colloquio col maestro di canto e, pur sapendo che donna Rita non amava le conversazioni durante i pasti, non riuscì a frenare il suo entusiasmo.

«Forse ho trovato chi possa accompagnarmi al piano» esordì.

«È stato Pappalardo a consigliarti l'accompagnatore?»

«Accompagnatrice, donna Rita.»

«Abbiamo dunque qualche pia signora, qui a Capo Scirocco, che sappia suonare tanto bene?»

«Credo sia assai giovane eppure anche molto dotata, dice il maestro.»

«Dunque non la conosci?»

«No, cioè, non ancora. Ma se il maestro convincesse don Santino...» tentò.

«Buon Dio, la figlia di Cucè! È una bambina e poi sono solo commercianti» fece sdegnata, «credi sia il caso di mischiarsi con certa gente?»

Luigi abbassò il capo e stropicciò le biete con la forchetta. Era certo che donna Rita sarebbe stata contenta per lui. E poi la musica non aveva nulla a che vedere con la nobiltà, sennò perché il figlio di un contadino avrebbe dovuto possedere una voce come la sua?

«I miei genitori lavoravano la terra, signora» replicò restando a capo chino.

«E questo cosa c'entra? La tua famiglia lavorava la terra ma mi pare che questa sia cosa che sappiamo solo noi due. Tu sei il mio amministratore e abiti a palazzo Platanìa, ospite della vedova del barone Agnello. Ti sarei grata se te ne ricordassi in futuro.»

Donna Rita si era subito pentita delle sue parole. Conosceva Santino Cucè e sapeva che nel commercio di agrumi non c'era nulla che non andasse bene. Un brav'uomo che dopo aver perso la moglie aveva dedicato ogni energia a rendere felice la figlia e farle dimenticare la morte prematura della madre. Un po' burbero forse. Già, la figlia. Annuzza. Fiera e risoluta, l'aveva tirata su come un pulcino nella bambagia. Quanti anni aveva adesso? Non più di quindici, sicuramente. Una ragazza in fiore, di certo una distrazione per Luigi. Ma no, forse le sue paure erano infondate. Annuzza era ancora troppo giovane mentre lui era già uomo fatto, cosa avrebbe potuto trovarci in una bambinetta che suona il pianoforte? Quegli occhi blu, però, avevano una malìa, l'avevano colpita subito la prima volta che l'aveva vista. Detestava comunque che gli eventi la trovassero impreparata e rifletté qualche istante. Poi riprese a mangiare e provò a scacciare il pensiero.

«Non abbiamo molto tempo, vai nella tua stanza e cambiati. Indossa l'abito scuro. Ho una sorpresa per te. Cettina ti aiuterà con la camicia e la cravatta» risolse posando il tovagliolo sul tavolo. Staccò un garofano bianco dal mazzo sulla credenza e lo appoggiò accanto al bicchiere di Luigi.

«E metti questo all'occhiello» disse ritirandosi nella sua stanza.

Poco dopo, donna Rita e il ragazzo erano davanti al portone di palazzo Platanìa, dove la carrozza li aspettava. Era una Fratelli Tagliabue di noce dipinta di verde che la signora aveva acquistato circa dieci anni prima. Aveva una tappezzeria di seta gialla assai raffinata che a lei era sempre piaciuta molto.

Appena saliti, la carrozza si avviò sulle larghe basole di pietra lavica con un rumore di legno e ferro.

«Dove andiamo?» chiese Luigi scostando il pizzo di una tendina per guardare che direzione stessero prendendo.

«Vedrai» sorrise lei, che pareva aver dimenticato il colloquio avuto durante la cena.

Il teatro di Capo Scirocco era un tripudio di oro e velluto rosso. C'era odore di fiori e di lumi accesi. Una tale magnificenza Luigi non l'aveva mai vista. Dal palco di second'ordine riusciva a dominare tutta la platea. Tra il frusciare delle stoffe, il lucore delle spalle scoperte delle signore attraeva la sua attenzione. Le acconciature erano complicate e sopra ciascun capo risplendevano gioielli, perle, piume, fiori e nastri.

Donna Rita scuoteva disinvolta il ventaglio e pareva non fare caso alla ricchezza intorno né tantomeno a certi sguardi insistenti che, di tanto in tanto, notava rivolti verso il suo palco. Aveva il busto modellato in un corsetto di taffetà color carminio dal quale due piccole ali, punteggiate di cristalli scuri, si posavano sulle spalle fingendo d'essere maniche. Il seno, schiacciato sotto l'armatura di stecche di balena, si disegnava sodo e tondo sull'orlo rosso. La gonna che fasciava i fianchi si svasava a godè all'altezza del ginocchio, finendo in un'ampia coda impreziosita da rose di tessuto nero. Era più bella della Maddalena di sant'Andrea e di un'avvenenza diversa da quella delle altre donne, pensò Luigi. La sua pelle sembrava avere una luce capace di abbagliare e il modo in cui muoveva la testa o una mano erano una sorta di richiamo irresistibile. Quando l'orchestra intonò il preludio, la signora abbandonò sulle gambe il libretto della *Traviata* e Luigi si sentì svenire. Il suono, prima leggero e quasi soffocato, era più struggente delle nenie che la madre cantava per addormentarlo. Poi si faceva forte, più potente di quello dell'armonio in chiesa, più ricco di quello del Pleyel. Gli strumenti parevano uno solo, come se una grossa macchina infernale potesse far vibrare contemporaneamente centinaia di corde e dare fiato a mille canne. E la musica, spandendosi sulla platea, risalendo lungo gli ordini di palchi, investiva il pubblico simile a un ciclone bonario, a un vento caldo di scirocco che mette un fremito languido addosso. Un andamento in tre quarti faceva venir voglia alle gambe di muoversi, prima di perdersi in un delicato incedere dei violini. Ed era come se parole misteriose fossero celate dal vibrare continuo degli strumenti. Parole che dovevano parlare d'amore.

«Non avevi mai sentito un'orchestra, non è vero?»

Luigi scosse la testa come un bambino. Donna Rita appoggiò due dita avvolte di raso nero sotto il mento del ragazzo e gli sollevò poco il capo.

«Così. Da noi, "no" si dice così» gli sussurrò.

Il sipario si aprì sulla scena colma di gente elegante. I flauti frullavano l'aria nei loro tubi e i piatti scrosciavano. Luigi spalancò gli occhi per riempirli di bellezza e aspettò che il tenore sollevasse il calice in un brindisi. Fu in quell'istante che sognò di prendere donna Rita tra le braccia, allacciarla alla vita e cantare per lei di baci e di sentimenti. Lei intanto sorrideva soddisfatta dietro il ventaglio.

Al secondo atto Luigi fu certo che non si sarebbe mai saziato di uno spettacolo del genere. Il tenore cantava ancora mentre lui pensava a come si sentiva rinato da quando abitava a palazzo Platanìa. I suoni, fuggendo il resto degli astanti, raggiunsero il suo polso e la mano impotente si diresse verso quella di donna Rita, la afferrò e la strinse con tutta la gratitudine che il suo cuore riusciva a esprimere. Sentì l'affetto della benefattrice arrivargli al cuore e, guardando la scena, scordò lo schiaffo del padre e il dolore per l'assenza della madre.

Rientrati a palazzo la servitù dormiva ma Luigi non riusciva a stare zitto un attimo, tanto era eccitato da ciò che aveva visto.

«Fai piano, sveglierai Cettina» disse lei ubriaca di musica e di desiderio.

Luigi avvertì l'odore dolce del suo sudore misto alle note fiorite dell'acqua di colonia. Le circondò la vita con un braccio, l'annodò al suo corpo e cominciò a cantare sottovoce. Il fiato era un sottile filo di seta che li proteggeva. Si aggrapparono l'una all'altro e i seni di lei si appoggiarono al petto di lui mentre tutto intorno risultava nuovo e tiepido. Semplicemente smisero di pensare con un sollievo quasi penoso e, cominciando a ballare, si limitarono a respirare. Le due sagome volteggiavano nel buio della sala come marionette in un teatrino. Lei si scoprì troppo vicina a Luigi e lo fissò negli occhi. Si fermò un istante e, d'un tratto, le parve che quello sguardo le suggerisse che l'amore può tutto.

«Smettila, adesso, mi fai girare la testa» bisbigliò sciogliendosi dall'abbraccio prima di lasciarsi cadere sul divano, rossa in viso, felice come non era da molto tempo. «Sarà meglio andare a letto ora.»

«E pensate che possa dormire dopo tutte queste emozioni?» chiese porgendole la mano come per invitarla a riprendere la danza.

«Troveremo entrambi le ragioni per riposare» rispose lei raccogliendo un briciolo di buonsenso.

Si avviarono così verso le loro stanze, girandosi di tanto in tanto verso l'altro e scoprendosi a ridere senza alcun motivo.

Seduta alla toletta, Rita si spazzolava i capelli. *La traviata* le risuonava ancora nelle orecchie. Qualcosa le si stava risvegliando dentro e il petto le si allargò in un sospiro vasto quanto una modulazione. Come aveva fatto a rimuovere quell'emozione dalla sua vita dopo la morte del barone? Poi la bocca diventò secca e il solito sapore metallico si distese sulla lingua, poi sul palato mentre lei si faceva scura in volto e ai lati delle labbra si disegnavano due rughe di dolore. Doveva essere pazza a pensare di poter provare ancora simili sentimenti. In un moto d'ira scagliò una bottiglia di profumo per terra e scoppiò in un pianto dirotto. Uscì in preda alla disperazione dalla camera e corse a picchiare alla porta di Cettina.

La governante, impaurita, saltò dal letto e aprì la porta accogliendo tra le braccia la signora.

«Gesù, Giuseppe, sant'Anna e Maria! Signora, che vi fecero?»

Quella non riusciva a calmarsi. Non portava la cuffia e i capelli le ricadevano sulla camicia da notte come serpenti neri. La serva scostò una ciocca dal viso di donna Rita e le asciugò una lacrima.

«Venite qua adesso e smettete di piangere.»

Tacquero per qualche istante poi la vecchia la condusse a sedere sul letto e le prese le mani.

«Cettina, me la racconti un'altra volta?» domandò la signora tra i singhiozzi, con un broncio che la faceva sembrare una bambina impaurita.

«Un'altra volta?» sospirò.

Rita Agnello annuì asciugandosi gli occhi col dorso della mano.

«Ma la storia la conoscete a memoria.»

«E tu raccontamela lo stesso, Cettina, ti prego.»

La governante irrigidì la schiena, si sistemò il nastro della camicia sotto il collo e si aggiustò la cuffia da notte.

«Come comandate, signora. Una notte di trentasette anni fa...»

«Trentotto» corresse l'altra.

«Già trentotto, sono? Madonna benedetta, non ci pensavo. Una notte di trentotto anni fa, una donna bussò al convento.»

«Il convento del Sacro Cuore Trafitto dalle Sette Spade» precisò la signora.

«Certo, il nostro convento. La donna era stanca, disfatta e in grembo aveva un figlio, che Dio la perdoni. La suora portiera si svegliò e si avvicinò al portone. Sentì il pianto della disgraziata che chiedeva aiuto con la voce piccola piccola. Pareva una voce dell'oltretomba. La vecchia si spaventò e corse a chiamare la superiora. La badessa, suor Carmela, non era una che si commuoveva facilmente ma quella poveretta, tutta sporca e per di più gravida, le fece pena. Decise di ospitarla in convento.» Cettina fece una pausa. «Mancavano due mesi al parto, e la superiora si recava spesso a trovare la disgraziata.»

«Era una poveretta, vero?» chiese donna Rita abbassando la testa. Si commuoveva sempre in quel passaggio del racconto.

«Sì, mischina, una poveretta era. Ma la superiora aveva anche lei una storia triste e sapeva riconoscere il dolore vero. Suor Carmela veniva da Caltagirone, era la figlia più piccola della famiglia Cosentino Calì, che regalò la Via Crucis alla chiesa matrice. Ebbero però dei problemi e a Carmela non ci poterono assicurare manco la dote. Per fortuna un vecchio zio prete aveva garantito per lei ed era riuscito a farla entrare al Cuore Trafitto, anche se il suo desiderio non era di farsi monaca. Insomma, aveva sofferto tanto e quando vide Ninetta... La mischina Ninetta si chiamava, ve l'avevo detto?»

Donna Rita non rispose, a quel punto della storia Cettina chiedeva sempre se lei conoscesse già il nome della disgraziata e il ripetersi sempre uguale del racconto confortava la signora. Appoggiò la testa sulla spalla della governante e chiuse gli occhi aspettando che riprendesse.

«La badessa, dopo la Terza, si sedeva sempre nel chiostro accanto a Ninetta, che un giorno cominciò a parlare. Veniva da una famiglia molto povera e il padre aveva sei bocche da sfamare. Quando il fratellino si ammalò, lei per procurare i soldi delle medicine si vendette le trecce. Aveva lunghissimi capelli neri, molto belli, sapete, come i vostri» aggiunse accarezzando la testa di Rita.

«I soldi però non bastavano mai e un giorno, che Dio la perdoni, un uomo la vide per strada e le offrì del denaro per... per fare le cose sporche» si fermò un momento e si fece il segno della croce.

«Dopo qualche mese la pancia si iniziò a vedere e i genitori la cacciarono di casa. Era una figlia perduta, che cosa potevano fare? Il padre la picchiò fino a spezzarle un braccio e lei se ne andò. Era disperata, si vergognava, dormì per strada qualche tempo e poi, non avendo altra soluzione, risalì la marina e bussò al convento.»

La signora sembrava essersi assopita ma Cettina sapeva che sarebbe dovuta arrivare fino in fondo alla storia per calmarla. La fece sdraiare sul suo letto, le sistemò il cuscino, accostò la poltrona al capezzale e continuò.

«Quell'anno la primavera fu bellissima. Era l'alba e suor Carmela era stata chiamata in infermeria. Ninetta stava sgravando dopo una notte intera di dolori. Mentre sorgeva il sole, in mezzo alle gambe della poveretta, Dio sia lodato, spuntò una testina a punta, piena piena di riccioli neri. Suor Veronica, la sorella infermiera, si rimboccò le maniche della tonaca e tirò fuori la piccola dalla pancia della madre.

«Stava bene anche se era molto minuta. Una goccia di sangue le era rimasta appiccicata sulla fronte, pareva precisa all'immaginetta di santa Rita bambina. La superiora se la prese in braccio e quella piangeva e scuoteva i pugnetti come fanno i bambini, sapete? Sempre nella disperazione si viene al mondo. Suor Carmela conosceva i segni del cielo e una macchia di sangue sul capo poteva significare santità. A lei però fece paura, la cancellò con un dito e rimise la nutrica in braccio a Ninetta. Era il 22 maggio, il giorno di santa Rita, la santa degli impossibili. La superiora aprì la finestra e c'erano le rose rampicanti che profumavano da levare il fiato. Guardò la bambina e ci mise nome Rita.»

La signora dormiva e Cettina smise di parlare. Dopo qualche minuto però aprì gli occhi e chiese con un filo di voce «E la mamma?»

«Ninetta non ce la fece. Era troppo debole, pareva una pianta secca e la figlia le stava succhiando dal petto le ultime forze.»

Il volto di donna Rita si bagnò di lacrime e, dolorosamente, nascose il viso nel cuscino. La governante taceva. Poi, quando il respiro della signora si fece regolare, riprese la storia.

«Suor Carmela era una donna saggia e, anche restando chiusa in convento, di cose ne sapeva molte. Si ricordò che quando ancora non era superiora, in convento era arrivata donna Lina Platanìa. Stava male, era molto triste e mangiava come un uccellino, si era fatta pelle e ossa. Aveva un male nell'anima che se la stava portando via. Da tanti anni cercava di dare un figlio a don Vincenzo. Aveva fatto voti alla Madonna, pellegrinaggi. Niente, la gravidanza non veniva e lei si sentiva inutile. Pensava che Dio l'avesse voluta punire rendendola sterile. Per questo il marito aveva domandato che rimanesse un periodo al Cuore Trafitto. Lì, con la pace che c'era, forse si sarebbe ripresa. Un fantasma pareva, bianca, con i capelli chiari e così magra che si poteva spezzare da un momento all'altro.

«Quel 22 maggio, suor Carmela si rammentò dunque della donna infelice che passava le ore in silenzio, leggendo libri di devozione, osservò la piccola Rita che aveva bisogno di una madre, e mandò un biglietto ai Platanìa, pregandoli di presentarsi al convento.

«Così la famiglia crebbe Rita come se fosse figlia loro. Se ne partirono la notte stessa verso i vigneti sull'Etna e quando tornarono, donna Lina aveva in braccio l'erede e pareva rinata.»

«Continua, Cettina, ti prego» disse la signora stringendole la mano.

«Signora bella, sapete la storia come finisce. Dormite, adesso.»

«Fallo per me, dimmela fino alla fine» la implorò con voce lamentosa.

Cettina prese un sorso d'acqua dal bicchiere che aveva sul comodino e si rassegnò a continuare.

«Donna Lina era timorata di Dio e Dio, vedendo con quale amore stava crescendo la piccola, quando questa aveva già dieci anni, volle benedire la famiglia con la nascita di Elisabetta. Un miracolo! Non aveva potuto fare figli quando era giovane e il Padre Eterno la ricompensava da vecchia per le sofferenze.

«Quando donna Lina mi chiamò per portarti da lei perché voleva dirti tutto, io, che Dio mi assista, la pregai di non farlo. Che cosa c'entravi tu, povera figlia?» A quel punto della storia, la commozione sopraffaceva sempre Cettina che, guardando Rita, rivedeva la bambina di allora, e prendeva a chiamarla per nome, dimenticandosi l'etichetta, il voi che le doveva e il suo essere solo una serva.

«Ma tua madre non mi dette ascolto, diceva che era Dio a volerlo. Davanti a Lui non si può essere menzogneri. Quando ti portai da donna Lina eri felice, pensavi di poter prendere in braccio Elisabetta come se fosse una bambolina. Lei invece ti fece sedere e, mentre io tenevo tua sorella, ti raccontò della donna perduta, di come eri venuta al mondo, di come ti avevano cresciuta per figlia loro.»

Rita riviveva il racconto riprovando la sofferenza di allora e, tra i singhiozzi, aprì gli occhi, fissò la governante e finì lei la storia.

«Mi buttai in ginocchio e giurai a Dio che avrei espiato io la colpa di mia madre. Avrei dato una famiglia a un orfano così come era stata data a me e avrei rimesso a Dio i peccati della mamma.»

Cettina tirò fuori dalla manica un fazzoletto stropicciato, si asciugò il naso e, appoggiando la testa alla poltrona annuì: «E la grazia di Dio avrebbe fatto il resto».

La signora, con gli occhi gonfi di pianto, cadde esausta in un sonno doloroso.

5

Donna Jolanda Bonadies, vedova del settimo conte del Toscano, spirò nel suo letto col conforto dei sacramenti, la notte tra il 9 e il 10 ottobre del 1881. Aveva novantuno anni. Al capezzale erano accorsi Cecè, Rosalia, Casimiro, Addolorata e Catena, i cinque nipoti ed eredi, figli del marchese Rinaldo. L'unica figlia di donna Jolanda, Giuseppa, non era sopravvissuta alla madre, morendo di febbre biliare quindici anni prima, sola e gialla come l'invidia. Per quanto i medici chiamati da Palermo avessero certificato che il male che affliggeva la figlia non fosse contagioso ma dovuto piuttosto a fatiche straordinarie, patemi o sconcerti del sistema gastrico, donna Jolanda aveva ritenuto prudente non avvicinarsi più a lei ed evitare persino di entrare nella sua stanza. D'altra parte ai medici non aveva mai creduto.

Il corpo rinsecchito dagli anni e dalla morte era stato composto tra due candelabri d'argento e, secondo le disposizioni testamentarie, nell'abito ingrigito con cui era andata in sposa all'età di sedici anni. Più che generare commozione, la piccola salma faceva l'effetto di una bambina scarna e grinzosa che avesse rubato il vestito della festa a chissà quale signora.

Quando a palazzo Platanìa Cettina, aprendo le finestre della stanza, comunicò a donna Rita il tragico evento, la signora si alzò in fretta e le ordinò che facesse prendere aria al velo di crespo nero. Si fermò un attimo a riflettere se l'anima di Jolanda Bonadies meritasse un momento di raccoglimento e subito si pentì del cattivo pensiero.

A colazione Luigi la vide pensierosa. Era in effetti tanto assorta che, quando la governante era entrata per portare una caraffa d'acqua fresca, lei l'aveva guardata stupita, senza ricordarsi nemmeno di aver chiesto da bere.

«Qualcosa vi turba, signora?» domandò Luigi.

«È venuta a mancare Jolanda Bonadies, pace all'anima sua» rispose senza distogliere lo sguardo dal piatto.

«Era una vostra amica?» si informò il ragazzo.

«Donna Jolanda era molto anziana e non lasciava le sue stanze da anni ormai» precisò lei.

Lui tacque e svuotò la tazza di latte con una sorsata.

«I funerali mi mettono di cattivo umore» aggiunse pensando a quanto poco le donasse il vecchio velo sui capelli scuri.

All'ora del rosario, Tanino fermò la carrozza davanti a palazzo Toscano e aiutò donna Rita a scendere. Il palazzo, la cui costruzione era iniziata nel secondo decennio del Settecento su un progetto di un allievo di Vaccarini, si alzava per soli due piani sugli ampi locali di servizio prospicienti la strada. Gli archi di pietra bianca sulla facciata nera si arricciavano in piccole volute intorno alle grandi finestre. Un'edera striminzita su un lato del portone dava all'edificio un senso di abbandono.

La signora superò lentamente l'ingresso e raggiunse la sala rivestita di marmo in cui era stata allestita la camera ardente. Nella penombra, durante il sommesso sgranarsi del rosario, gli ospiti arrivati a rendere omaggio alla defunta stavano seduti in circolo.

Cecè era terribilmente ingrassato, pensò donna Rita entrando. Non lo vedeva da molti anni e aveva il ricordo di un ragazzone alto e ben piantato. Avvicinandosi al cerchio delle sedie, l'abito di donna Rita produsse un lieve crepitio di seta e di mondanità. Rosalia e Catena alzarono gli occhi verso di lei ma, mentre quella accennò ad accostarsi a loro con un gesto di cordoglio, Gioiosa

Grimaldi la freddò con lo sguardo e sussurrò qualcosa all'orecchio di Rosalia. Catena, che aveva intuito solo poche parole tra le signore, si limitò ad accennare un saluto distaccato.

Donna Rita prese posto al lato sinistro della salma tra il farmacista e la moglie. Fu allora che Francesca Monciino, come a sistemare la veste, agguantò la sedia e con due brevi scosse la allontanò dalla vedova Agnello. Dalla parte opposta la presidentessa delle Dame di carità, Maria Panebianco, che aveva dipinta in volto una studiata espressione di commozione, fissò la Monciino e incurvò verso il basso gli angoli della bocca con un certo disgusto.

Donna Rita notò gli scambi di sguardi, alcune teste che si avvicinavano le une alle altre, certi sussurri e la sedia cominciò a sembrarle molto scomoda. Quand'erano ancora alla seconda stazione del rosario cominciò ad agitarsi come se uno spillo fosse rimasto nella sottana e la pungesse sotto le vesti. Così strinse più forte la coroncina tra le dita e provò a pregare.

Poco prima dell'inizio delle litanie della Beata Vergine, quando ormai tutte le signore la osservavano e il farmacista continuava a girarsi verso di lei sorridendole con fare benevolo, donna Rita si alzò di scatto. La preghiera tacque d'improvviso. A Catena si allargarono le narici come se lo sdegno per il gesto dovesse produrre chissà quale deflagrazione e la vedova Agnello, pallida e composta, accennò il segno della croce e lasciò la sala su un chiacchiericcio che non le parve preghiera.

All'ingresso di palazzo Toscano incontrò don Calogero con Nicolino che agitava il turibolo furiosamente, quasi fosse una fionda per cacciare i cani randagi.

«E fermo statti» disse tra i denti il parroco agguantando il braccio del chierichetto. «Andate già via?» chiese poi a donna Rita.

«C'è una strana atmosfera, credo che tutti soffrano molto per la scomparsa di donna Jolanda» rispose seria.

«Dio abbia misericordia della sua anima.»

«E sostenga i vivi» chiosò la signora.

«Immagino che i nipoti siano sconvolti dalla perdita.»

«Se lo sono, hanno certo un modo curioso di dimostrarlo, don Calogero» replicò stizzita senza riuscire a contenere la rabbia.

Il parroco le prese le mani e socchiuse gli occhi come per proferire una verità inconfutabile. «Pazienza, pazienza e modestia, cara Rita.»

«Ci vedremo all'officio funebre» troncò lei liberando le mani dalla presa e avviandosi verso il portone.

Don Calogero si fermò a guardare la figura in controluce. Incedeva sicura, tesa come una danzatrice. Pareva che il corpo non si appoggiasse sui fianchi come accadeva alle altre donne ma, piuttosto, che l'intero busto avesse il suo fulcro su un'unica vertebra, proprio all'altezza della vita, dalla quale la figura si protendeva verso l'alto pronta a sfidare chissà cosa.

Appena in casa, la signora si strappò dalla testa il velo di crespo come se il contatto con la seta bruciasse. Brontolò raggiungendo il salotto e sprofondò sulla poltrona sfilandosi le scarpe con furia. Sciocche pettegole e zitelle acide, ecco così erano quelle donne, pensava Rita Agnello. Ma se credevano di farle paura avevano sbagliato di grosso. Senza badare alle scarpette lasciate ai piedi della poltrona, si affacciò in corridoio chiamando Cettina.

«Vengo, vengo» disse la governante accorrendo mentre si asciugava le mani nel grembiule.

Donna Rita si ricompose e ordinò. «Date aria al vestito scuro del signorino, oggi pomeriggio mi accompagnerà al funerale.»

Cettina strabuzzò gli occhi e seguì i suoi piedini dentro le calze bianche muoversi veloci sul pavimento.

Quando si chiuse nella stanza per togliersi il vestito e allentarsi il busto, la signora ripensò a quanto le era accaduto. Certo il mondo doveva essersi messo a girare al contrario se qualcuno credeva possibile che tra lei e il ragazzo... Il pensiero rimase a mezz'aria e lei si sedette alla toletta per togliersi qualche forcina dai capelli, quasi fosse quell'acconciatura stretta a tenerle ferme in testa le strane idee che le venivano.

Alle tre in punto la carrozza nera, tirata da una coppia di cavalli coperti da drappi a lutto e con lunghe piume scure sulle teste, partì da palazzo Toscano per dirigersi alla matrice.

Quando la bara fece il suo ingresso nella navata, molti erano già sistemati nei banchi e donna Rita, sfidando le male lingue, era tanto vicina a Luigi che la sua manica destra strusciava continuamente contro la spalla sinistra del giovane.

Nunzio Scillichenti, dotto contrappuntista sempre affamato di ogni novità musicale d'Oltralpe, controllò la pedaliera dell'organo, poi posò le mani sulla tastiera e la chiesa fu invasa dal suono pieno e cupo del *Requiem aeternam*.

I nipoti di donna Jolanda Bonadies non sarebbero riusciti a sembrare commossi nemmeno se avessero studiato le espressioni allo specchio per giorni, così quando Catena giunse all'altezza del banco della vedova Agnello, questa a bella posta lasciò cadere la sua sacchetta per terra. Subito Luigi si chinò a raccoglierla e donna Rita, calibrando bene il volume della voce in modo che fosse udita, si affrettò a pronunciare il più dolce «grazie, mio caro» di cui fu capace. Se avevano bisogno di qualcosa di cui parlare, che si servissero pure. A lei non importava niente. Ma si pentì quasi subito del gesto e di nuovo sentì in bocca il sapore amaro della colpa. Quindi attese la fine della celebrazione in muto raccoglimento, fingendo di pregare mentre provava a dirimere tutto il caos che aveva dentro. Quante altre volte l'aveva chiamato "mio caro" e gli aveva manifestato in qualche modo il suo affetto?

Luigi se ne stava con la schiena tesa e il petto in fuori a cercare di capire. Come a volersi sincerare della presenza di altri in chiesa, di tanto in tanto muoveva la testa a sinistra e a destra e, dopo alcune di queste manovre, si accorse che qualcosa in lui aveva studiato l'espediente per poter guardare il profilo silenzioso della signora. Le palpebre chiuse avevano un tremore sottile, come se un pensiero molesto passasse per la sua mente infrangendo la quiete della preghiera. Donna Rita in realtà avrebbe desiderato trovare la forza per pregare per se stessa invece, rivedendo nel buio il volto di Catena, la bocca piena di denti della Monciino e l'espressione della Panebianco, avvertì due grosse, dense lacrime di rabbia e di paura gonfiarle gli occhi. Rimase immobile ricacciando in gola un singhiozzo ma una leggera scossa la fece sussultare. Luigi si cavò di tasca un fazzoletto e glielo porse mentre il mantice dell'organo dava fiato a tutte le sue canne.

«È solo l'odore» sussurrò Rita Agnello tamponandosi un occhio. «Senti com'è nauseante il profumo dei fiori?»

Luigi respirò forte l'atmosfera di incenso e di morte e si convinse di come lei stesse soffrendo al ricordo dei funerali dei genitori, della piccola Elisabetta e del barone.

Tornarono a palazzo Platanìa in silenzio, con la mestizia che viene sempre dopo una cerimonia funebre.

Il mattino seguente donna Rita si alzò di buon'ora e, dopo colazione, si ritirò nel salottino a ricamare. Aveva per le mani una federa di cuscino sulla quale stava realizzando la figura di un paladino a cavallo. Mentre sceglieva il filo per il piumaggio del cimiero, un pensiero, veloce e inopportuno, la pervase e la impaurì. Fu solo un momento eppure, lasciando andare le braccia in grembo, si sentì a disagio. No, tutto ciò che la gente pensava era follia. Non provava nulla per il ragazzo. Alla sua età poi, continuava a ripetersi. Riprese in mano la federa ma quel tarlo assunse rapidamente le sembianze di Luigi che le sussurrava qualcosa giusto vicino all'orecchio. Si sentì avvampare e la furia con cui il viso le divenne rosso fu tale che un "no" secco le esplose sulle labbra.

Nella entrava in quel momento nel salottino con i centrini appena stirati.

«Ero venuta per cambiarli, signora, ma se preferite tenere gli altri, vado» disse la cameriera imbarazzata.

«Nella, fai pure. Mi lamentavo con questo stupido filo» si affrettò a giustificarsi, «è tutto ritorto e ogni gugliata mi fa impazzire.»

La cameriera, senza far rumore, spostò uno a uno i soprammobili sul tavolinetto e sostituì il centrino. Poi terminò con quelli sui ripiani in alto e uscì in silenzio com'era entrata.

6

La giornata era stata soleggiata e il pomeriggio era chiaro ma si respirava nell'aria uno strano odore di cambiamento, come se il tempo si preparasse a sorprendere Capo Scirocco. I gabbiani volavano bassi sulla marina e le donne, capaci di leggere negli occhi degli uomini i loro tradimenti e nelle nuvole segni imperscrutabili, la mattina avevano evitato di stendere il bucato all'aperto. La luce faceva sembrare i colori più accesi: gli alberi, le case, la strada stessa sotto i piedi dei passanti sembravano incombere in modo innaturale. Sotto i platani intorno alla fontana di Cerere un paio di ragazzini cercavano di colpire con la cerbottana i passeri sui rami ma, accecati dai coriandoli di cielo tra le foglie, ad ogni colpo mancato riuscivano solo a far alzare in volo qualche uccelletto disturbato dal gioco. Davanti a palazzo Platanìa i cavalli legati agli anelli erano nervosi, uno nitriva e continuava a battere uno zoccolo per terra, tanto che il fieno era diventato una poltiglia gialla e maleodorante.

Basilio Pappalardo camminava pensieroso per via della Corsa, di tanto in tanto scuoteva la testa e si pentiva di essere entrato da Gino Li Causi la settimana prima. A casa doveva tornarsene, e questo era tutto. Certo, poi il signorino l'avrebbe trovato comunque il modo per fargli la richiesta.

«Insegnare canto può essere un mestiere pericoloso» borbottò incrociando Giuseppe Picchialepri, proprietario dello spaccio di granaglie a nord di Capo Scirocco.

«Salutiamo» disse quello divertito. Pappalardo

parlottava spesso da solo e la gente aveva finito col credere che andasse componendo versi e musiche per romanze. Ma nessuno, in verità, aveva mai sentito una sola nota né cantata né scritta dal maestro.

Pappalardo sollevò distrattamente una mano verso l'altro in segno di saluto e girò per via Pescatore.

Trovandosi di fronte a Santino Cucè, cercò di mettere insieme al meglio le parole. Non si conoscevano bene, di lui sapeva solo che era un tipo molto chiuso e collerico e il maestro provava da sempre un naturale imbarazzo quando si trattava di discutere con gli estranei. Figurarsi con i tipi inclini all'ira. In breve, introdotto in casa Cucè, spiegò del signorino Luigi che aveva una splendida voce ma necessitava di un accompagnatore per preparare le romanze. Come era facile prevedere, il padre di Annuzza non l'aveva presa bene, la proposta gli era parsa fuori luogo, inaccettabile con tutte le voci che circolavano su donna Rita e il suo pupillo.

«Vi prego di credermi, mai vi avrei proposto qualcuno che non fosse di specchiata moralità» provò a giustificarsi il maestro di canto.

Don Santino, scuro in volto, coi pollici infilati nei due taschini del panciotto, guardava Pappalardo come se avesse avuto davanti il demonio.

«Se la gente parla, lasciatela parlare. Gente malevola. E poi sapete che la vedova Agnello è tanto timorata di Dio» sottolineò ancora, giungendo le mani e alzando gli occhi al cielo quasi stesse descrivendo una santa.

«Quando la gente parla vuol dire che il prossimo la fa parlare» grugnì Cucè andando avanti e indietro per la stanza come una bestia in gabbia. «Lasciatemi solo adesso.»

«Ci penserete almeno?» chiese il maestro.

«Ciò che penso io a voi non deve interessare» fu il commiato.

Subito dopo Santino Cucè raggiunse la figlia in salotto

e si versò da bere, doveva mettersi in corpo un po' di vino, e che fosse di quello buono, per calmarsi lo spirito. Annuzza era seduta al lato stretto del tavolo, con le spalle alla finestra e la sedia un po' scostata, in modo che la luce del lume colpisse meglio una tabacchiera sulla quale continuava a fregare un pannetto morbido.

«Che fai?» domandò il padre distrattamente.

«Sapete la vecchia tabacchiera del nonno? La trovai stamattina nel vostro comò sistemando la biancheria. Proprio in fondo stava, dove tenete le giarrettiere per le calze e la scatola con le chiavi vecchie.»

Don Santino sbuffò poco interessato.

«C'è un alone sopra e proprio non ci riesco a toglierlo» continuò lei sfregando con violenza sul coperchio. «È d'argento e mica possiamo tenerla così, come una cosa senza valore.»

La macchia se ne stava lì, scura e molesta, appena sopra una delle due cornucopie sbalzate in mezzo a un trionfo di frutti e foglie. Annuzza non si era nemmeno voltata a guardare suo padre. Era così intenta a pulire che una ciocca le era scappata via dal fermaglio e le pendeva davanti agli occhi, vibrando impazzita al movimento della sua mano. Aveva le guance tonde e arrossate come due mele e, nello sforzo della concentrazione, aveva tirato fuori un pezzetto di lingua.

«Per lucidarla che ci mettesti?» chiese don Santino dopo aver bevuto tutto d'un fiato il suo bicchiere.

«Latte acido» rispose la ragazza allontanando da sé la piccola scatola.

Cucè si alzò e con una delle scodelline che usavano per l'olio prese un poco di cenere dal focolare. La mise sul tavolo davanti alla figlia e rimase per un momento a guardarla. Bella si stava facendo, si disse, bisognava stare attenti che non gliela portassero via. Malacarne, gli uomini sono malacarne e i cantanti peggio.

«Con la cenere devi provare» commentò alla fine con serietà.

Anna posò la tabacchiera, si rigirò lo strofinaccio tra le mani, scelse la parte della pezza che pareva più pulita, se la portò alle labbra per inumidirla e poi la intinse nella cenere. Il padre continuava a osservarla mentre riprendeva a fregare il coperchio. Dopo qualche minuto si interruppe e, soddisfatta, allontanò di nuovo da sé la tabacchiera.

«Un mago siete» si stupì porgendola a don Santino. «Guardate che lucida venne, come nuova.»

«Tu sei che hai le mani d'oro» disse prendendola. Poi si cavò di tasca il fazzoletto, svuotò lì la vecchia tabacchiera e riempì quella del nonno. La richiuse e se la rigirò tra le mani sorridendo.

«Ora sei contenta?»

Annuzza, leggera come un uccellino, andò a baciarlo. Fu un bacio morbido e infantile, con le labbra appena dischiuse che silenziose si posarono sulla guancia del padre. Una cosa rara era quella figlia.

Pappalardo, nel frattempo, non riusciva a quietarsi. Magro bottino, rifletteva. Certo non era una bella cosa scontentare il signorino e donna Rita. E se avessero preferito un altro maestro che ne sarebbe stato di lui? Gli sarebbero restate le sorelle Miuccio che, con tutto il rispetto, due galline parevano. Forse una buona parola del parroco avrebbe potuto aprirgli qualche porta. Dunque, invece di voltare per via Siracusa, arrancando, decise di continuare fino a piazza del Borgo. Mancavano ancora un paio d'ore al vespro e don Calogero doveva essere nel suo studio.

Quando il prete se lo trovò davanti, ansimante, sotto il peso della grossa pancia, pensò che fosse successo qualcosa a casa Agnello e, Dio lo perdonasse, temette il peggio.

«No, per carità, il ragazzo è una perla di umiltà e donna Rita lo tratta come un figlio» si affrettò il maestro.

Don Calogero ringraziò il Creatore. Ecco, proprio a un figlio doveva pensare quella benedetta signora, invece di andarsene a passeggio vestita come una cocotte. Alla sua età poi...

«Il fatto è che il giovane si potrebbe fare, la voce è un dono del cielo. Ma certo se avesse qualcuno per provare le romanze migliorerebbe molto.»

«Ci siete voi per questo» constatò Di Dio allargando le braccia.

«Mi volete prendere in giro? Guardatemi le mani, padre: ormai non riesco manco più a chiudermi il panciotto da solo.»

Il prete guardò i bottoni del gilet in pericolo di esplodere dentro le asole e pensò che non erano certo i reumi l'unico problema di Pappalardo.

«Ve la faccio breve: il ragazzo passando da via Pescatore sentì suonare Annuzza e mi chiese di intercedere presso il padre. Ma quello... lo sapete com'è.»

A don Calogero non sembrava vero. Le sue preghiere erano state accolte. Se Luigi avesse frequentato qualcuno fuori da palazzo Platanìa, la gente si sarebbe messa il cuore in pace. Niente più teatri, risate dentro la carrozza, passeggiatine serali sottobraccio, donna Rita non sarebbe stata più l'occupazione principale del ragazzo e in città si sarebbe smesso di malignare.

«In effetti, maestro, avete avuto una bella idea.»

«Le idee però hanno bisogno di una spinta certe volte» fece Pappalardo cavando dalla tasca un fazzoletto con cui si asciugò la fronte.

«Avete già parlato con Annuzza?»

«Ma figuriamoci! Cucè se la tiene nascosta come una reliquia.»

«Don Santino è restio?»

«Restio? Parliamoci chiaro, don Calogero: vivo per miracolo sono.»

Il parroco sorrise. Il maestro, anche se non aveva mai calcato le scene, aveva sempre avuto una certa propensione alla teatralità. Assicurò che avrebbe fatto tutto il possibile e lo salutò.

In via Pescatore, Annuzza aveva concluso le sue ore di studio giornaliero e stava chiudendo il coperchio del Bösendorfer, nero più del guscio di una cozza di Messina, quando il padre entrò nel salone.

«Che avete da guardarmi in quel modo?» disse la ragazza.

«Quando ero a Palagonia per le arance, sei andata in chiesa?»

«Ci vado tutte le domeniche» rispose pulendo con la manica le impronte che aveva lasciato sulla lacca. Aveva un abito garbato, di un celeste cielo che sfumava in verde acqua lungo le tre balze della gonna. Dal corsetto venivano fuori larghe maniche di organza col polsino alto chiuso da sei bottoni di madreperla e un colletto con la rouche. Sulle spalle aveva un piccolo scialle a triangolo appuntato con una spilla. Si trattava di un vestito della madre riadattato dalla sarta alle sue misure, la faceva sentire molto elegante e sembrava addirittura alcuni anni più grande.

«E ti mettesti a osservare chi c'era in chiesa?» indagò il padre.

«Io in chiesa ci vado per pregare» sentenziò Annuzza.

Che caratterino aveva la bambina, pensava soddisfatto don Santino, tutta sua madre era. Quando faceva la stizzosa, quell'uomo, grande e grosso com'era, si scioglieva come un panetto di burro al sole.

«Giusto» annuì lui.

«Infatti, giusto.»

La figlia era la sola in grado di tenergli testa e lui si sentì così indifeso che in quel momento sarebbe stato addirittura capace di proporle di accompagnare al piano il signorino Luigi. Ma che cosa andava a immaginare, soltanto quella specie di maestro poteva avere avuto un'idea del genere. E poi la bambina odiava avere gente intorno quando suonava. Certo era che non si trattava di traffici dei due ragazzi, come aveva sospettato Cucè. Annuzza non doveva manco essersi accorta dell'esistenza del giovane. Meglio così.

Il giovedì successivo Rosario Cammarata era a Francofonte a ritirare il vino e don Santino dovette recarsi di persona a Maria Ausiliatrice per pagare al parroco un mese intero di messe in suffragio dell'anima della povera moglie. Camminò in fretta come se fosse preoccupato per qualcosa. Attraversando la piazza incrociò un fittavolo dei Paternò ma era talmente distratto che quasi gli diede una spallata e continuò oltre, senza nemmeno fermarsi per chiedere scusa.

Don Calogero lo accolse con fare gioioso.

«Carissimo» esordì il prete lasciando su una panca il foglio dell'omelia che aveva preparato per la domenica successiva.

«E che fu, oggi non lo lodiamo Gesù Cristo?» chiese Cucè insospettito da troppa cordialità.

«Naturalmente, come sempre. Sempre sia lodato» si affrettò il parroco.

«Per le messe ero venuto.»

«Puntualissimo. Se tutti i fedeli fossero come voi, avremmo già potuto riparare le tre canne dell'organo.»

Don Calogero era un uomo abile e non gli ci volle molto per portare il discorso su Annuzza e sulla proposta di Pappalardo.

«Non darete a certe malelingue più credito di quanto ne date e me? Su questo abito, don Santino, garantisco per l'integrità morale della signora. E il ragazzo poi, credetemi, una perla.»

Cucè non era convinto e taceva.

«E gli affari?» continuò cambiando a bella posta discorso. «Ho saputo che quest'anno la raccolta è andata male.»

«Ci venne la tristezza agli aranci» confermò l'altro, pensando alla maledetta malattia dal nome così romantico, che aveva rovinato gran parte delle piante.

«So che le perdite sono state ingenti per molti.»

«Enormi. E per il pianoforte avevo già messo mano a certi risparmi.»

«Pure voi, fino dalla Germania ve lo siete fatto arrivare. Mancavano pianoforti in Sicilia?» constatò con una punta di rimprovero.

«Dall'Austria. Comunque solo il meglio per Anna» non usava mai il vezzeggiativo quando gli pareva che il discorso fosse grave. «È una combattente e ci voleva una bestia indomabile, non come quella roba francese che i Platanìa avevano preso per la povera Elisabetta, che Dio l'abbia in gloria.»

Don Santino tacque come se mentalmente stesse ricalcolando le spese che aveva affrontato per acquistare il Bösendorfer. Poi annuì, aveva fatto bene, era il pianoforte adatto a sua figlia. Quasi due metri e mezzo, un suono pastoso più del vino vecchio sulle note basse, ma che saliva come il canto di un cardellino all'acuto. Proprio come la voce di Anna, così scura se aveva un cattivo pensiero e sottile sottile quando buttava le braccia al collo del padre e gli baciava la fronte chiamandolo "papuzzo". E la tastiera che pareva una bocca piena di denti, lunga e pericolosa. Perfetta per le mani della bambina: duro e implacabile, ogni volta che Annuzza aveva ragione di un tasto, un martello rivestito di pelle, alla maniera dei costruttori viennesi, si alzava veloce come una scudisciata e batteva una corda con forza. Se ci pensava, don Santino risentiva le vibrazioni trasmettersi alla cassa armonica, al pavimento e, con fremiti impercettibili, raggiungere il suo petto. Era allora che il cuore gli cominciava a tremolare come il gelo di melone sul piattino del dolce.

«Quindi un'entrata in più in casa...» riprese il prete cercando un tono convincente.

«Mai! Mia figlia non lavorerà mai» scattò adirato Cucè che aveva capito bene dove voleva arrivare il parroco.

«Lavorare, ma figuriamoci, cosa andate a pensare?» lo rabbonì don Calogero invitandolo a spostarsi in canonica.

«Prendete, me lo portò Tanino per l'ufficio di domenica. Sapete, il servo di donna Rita...» disse versando un bicchiere di vino. «Certo, quella donna sa essere molto generosa.»

«Scusate?»

«Nel senso che sta crescendo Luigi come un figlio e sarebbe disposta a tutto per farlo felice.»

Santino Cucè non era proprio convinto ma, tornando verso via Pescatore, sembrava aver perso la sua aria sicura e continuava a sollevarsi la coppola e grattarsi la testa confuso. In lontananza vide l'ambulante, che alla sera metteva sempre il carrettino dalle parti della piazza, salire da via della Corsa con aria stanca. Lo fermò, prese una mela caramellata per Annuzza e un cartoccio di semi tostati per sé, poi fece cadere tre monete nel bicchiere di alluminio legato all'asta con la bandierina e ascoltò il tintinnio perdersi nel silenzio del tramonto.

A Capo Scirocco imbruniva. Le giornate si stavano accorciando e dalla marina veniva il rumore delle onde che s'infrangevano contro le rocce.

La sala da pranzo di palazzo Platanìa odorava di melanzane fritte e Luigi mangiava con gusto. Donna Rita invece fissava il piatto con uno strano sorriso dipinto in faccia, stropicciando una fogliolina di basilico con la posata.

Le sembrava di essere tornata sposina, all'epoca a cena alzava gli occhi e scopriva quasi sempre che Antonino la stava guardando. Allora rideva nascondendo il viso nel tovagliolo perché lo sapeva a cosa pensava il marito. Immaginò che Luigi potesse fantasticare anche lui sul suo corpo sotto le lenzuola. Aveva pure perso l'appetito e la vita le si era assottigliata come quando aveva vent'anni. Avrebbe dovuto far portare i busti dalla sarta, tanto le si erano fatti larghi.

Non andava così tutti i giorni però. Più spesso Rita Agnello era nervosa, alzava la voce con la servitù e soprattutto con Nella, evitava anche di passare davanti alla stanza della musica quando c'era Pappalardo per la lezione, quasi avesse paura della voce di Luigi e, se poteva, cercava di restare sola con lui il meno possibile. E anche questo la faceva dimagrire. In quei giorni di tensione le piccole rughe ai lati degli occhi si facevano più profonde e il volto assumeva un'aria scostante, da zitella inacidita.

Dopo cena, quando si recò nella sua stanza, Cettina la raggiunse.

«Posso fare da me, grazie» disse alla governante che le si era avvicinata per slacciarle il corsetto.

«Non sono sempre io ad aiutarvi?»

«Certo. Ma oggi vorrei restare tranquilla.»

Donna Rita era euforica e sapeva di non poter dividere la sua allegria con nessuno. Aveva una smania addosso e si era rintanata nella stanza per non perdere la sensazione di intimità con Luigi che soltanto per lei aveva un certo sapore. Pregustava il brivido che danno le lenzuola fresche sul corpo e aspettava il momento in cui la sua pelle insolitamente calda le avrebbe rese accoglienti regalandole un'illusione.

«Vi conosco da quando arrivaste qui a palazzo.»

«Certo, Cettina» tagliò corto.

«Eravate un fagotto rosa, con la testa a punta come un arancino.»

«Dovevo essere assai brutta» sorrise lei.

«Ma che andate dicendo, eravate bellissima già allora. E portaste una grande gioia in casa. Siete sempre stata di buon cuore. Come adesso invece non vi avevo mai vista.»

«Non c'è nulla che non vada.»

«Ma avete avuto di nuovo paura l'altra notte» disse ricordando la sera in cui la signora era corsa da lei a chiedere aiuto.

«È passata. Non vedi che ora sto bene?»

Cettina era vecchia ormai, aveva avuto sei figli e solo tre, che ora erano per mare, erano sopravvissuti. Aveva seppellito due mariti e, per quanto avesse trascorso quasi tutta l'esistenza a palazzo Platanìa, della vita sapeva molto più di quanto la sua insignificante figuretta e il suo silenzio facessero sospettare. Prese la spazzola e cominciò a lisciare i capelli della sua signora.

«Siete sola da tanto tempo, povera figlia.»

«Adesso c'è Luigi con me.»

«Appunto. Voi lo sapete che quando non si ha più la mamma, alla governante che vi ha tenuta tra le braccia si può confidare tutto, vero?»

Donna Rita le strappò la spazzola dalle mani.

«Se e quando avrò qualcosa da comunicare non mancherò di farlo.»

Cettina uscì dalla stanza senza aggiungere una parola. Non era solo il nervoso dell'età, lo sapeva. Quello porta le vampate di calore, non lascia dormire, fa venire le palpitazioni. Ma erano altri ora i motivi che facevano palpitare donna Rita.

Adesso anche la servitù ci si metteva. Tutti a occuparsi delle faccende altrui. L'euforia di Rita Agnello era svanita di colpo e il freddo delle lenzuola non risultò affatto piacevole come aveva sperato. Aprì il cassetto del comodino ed estrasse una piccola scatola d'argento a forma di libro, il portacoroncina che le era stato regalato il giorno della comunione. Ne tirò fuori una vecchia spilletta con l'immagine di santa Trafitta. Era sempre stata per lei un esempio di prudenza e le rivolgeva le sue suppliche quando si sentiva in difficoltà. Nell'ovale l'immagine della martire era molto rovinata ma si scorgeva ancora il busto scoperto, crudelmente trapassato dalle lance dei carnefici. Lo sguardo della pia però era rivolto al cielo e non mostrava alcuna sofferenza. Quella donna aveva sopportato atroci patimenti in nome della fede e lei invece non riusciva a fronteggiare un sentimento da donnicciola. Baciò la santa e pregò di ricevere il dono della forza.

Quella notte un vento freddo si levò investendo Capo Scirocco. Un sibilo continuo si aggirava per la città infrangendosi contro i vetri come un moscone impazzito. Le piante si piegavano pericolosamente e il mare si era fatto grosso e grigio. Male nuove, pensò Cettina controllando che le finestre fossero tutte ben serrate. Dalla marina si avvertiva lo scroscio delle onde e, intorno a mezzanotte, un temporale come non se ne vedevano da anni si abbatté sulla città. La pioggia pareva venir giù a grosse secchiate, da destra e da sinistra, spostata dai capricci del vento. Le aiuole nella piazza della fontana si erano riempite d'acqua e la vasca stessa ai piedi di Cerere, per tutto lo scrosciare d'acqua, ribolliva come se le avessero messo sotto un fuoco. Di tanto in tanto, nel fragore, si sentiva un nitrito lontano. Davanti ai palazzi, il fango, il fieno e gli escrementi dei cavalli avevano creato una melma viscida. I lampi accendevano la città di una luce di piombo e i tuoni facevano tremare i vetri delle case quasi fossero i boati del vulcano.

Il mattino seguente, però, il cielo era turchese e lungo la costa i gabbiani volteggiavano alti. La tempesta della notte aveva spazzato via le nubi e l'aria odorava di buono.

Rosario Cammarata, camminando verso via Pescatore, si sentiva invece come se tutto il vento e l'acqua li avesse presi in piena faccia. Salì i gradini di casa Cucè col berretto tra le mani e l'espressione mesta di chi deve andare a confessare un peccato mortale.

Don Santino, seduto in cucina, era pallido, i tuoni l'avevano fatto dormire male. Era stato un sonno di guerra.

«Baciamo le mani» disse Cammarata entrando.

L'altro lo invitò con la mano a sedersi.

«Ieri sera andai dal ragioniere Litrico» esordì prendendo tempo.

Don Santino annuì.

«Rifece i conti. La risposta la sapete.» Continuava a torturare il berretto. «Per quanto Litrico notò che, anche se è molto difficile, si potrebbe tentare di rivendere il pianoforte. Non sarebbe una soluzione ma...»

Cucè sbatté con forza il pugno sul tavolo. «Mai! Alla bambina non mancherà niente.»

«Signore, lo sapete quanto bene le vogliamo mia moglie e io, tuttavia la situazione è disperata. Se non lo fate voi e ci riprendete qualche cosa indietro, il pianoforte finirà venduto ugualmente. Ci sono da pagare i creditori.»

«Non sarò io a toglierglielo.» Don Santino abbassò la testa come se l'ipotesi gli pesasse sul cuore quanto un lutto. In quei pochi istanti di silenzio, si sentì la porta della cucina cigolare.

«Vi ho sentito gridare, papuzzo.»

«Niente, niente fu» si affrettò a giustificare Rosario Cammarata, «è colpa mia che non faccio mai bene il mio lavoro.»

Cucè rivolse uno sguardo grato a Cammarata e, accompagnandolo alla porta, gli strinse forte il braccio.

Basilio Pappalardo era arrivato a palazzo Platanìa bardato come se la tempesta della notte fosse ancora in corso. Cettina lo invitò a lasciare pastrano e paracqua all'ingresso e lo accompagnò nella stanza della musica.

Trovò Luigi intento a scaldarsi coi vocalizzi, aprì lo spartito e cominciò a suonare, incerto forse sugli accordi ma molto attento nel mettere sull'armonia anche il canto, in modo che il ragazzo potesse ben memorizzare la nuova cavatina.

Donna Rita stava passando per caso davanti alla sala e, non appena udì l'aria, si nascose dietro la porta, accaldata, con gli occhi chiusi e le mani strette sul petto.

Le note dell'*Anna Bolena* aleggiavano intorno a lei e la signora pensava alla maestosa regina. La regina prende su di sé le sofferenze del mondo, si disse, e chiudendo gli occhi sentì una fitta, come la lama di una spada sulla nuca.

Frenò un gemito e scivolò a terra, dove rimase seduta ad ascoltare fino a che l'ultimo suono non smise di vibrare.

«Avete poi parlato a don Santino?»

La donna si riebbe dallo stordimento e, di nuovo in piedi, si concentrò sul dialogo.

«Non è così semplice. Ci sono impedimenti, difficoltà.»

«Che genere di difficoltà?» incalzò Luigi aumentando il tono della voce.

«Non è questo il momento, diciamo. Ci sono dei problemi» cercò di spiegare il maestro di canto. Il ragazzo però non si dava pace, continuava a chiedere spiegazioni che Pappalardo non era in grado di fornire. A donna Rita parve che per Luigi cantare con Anna fosse la cosa più importante della vita e scappò via ansimando.

Il ragazzo la trovò poi sul canapé. Sulle guance aveva ancora i segni delle lacrime.

«Signora, che vi accade?»

Si passò il dorso della mano su un occhio e gli sorrise. «Che fai, mi parli come a una tisica adesso?»

Anche Luigi sorrise. «Avete ragione, a forza di cantare l'opera parlo come i libretti.»

Donna Rita gli prese una mano. «Niente, non succede niente. Brutti pensieri che ogni tanto mi rattristano.»

«E voi diteli a me» rispose sedendosi accanto a lei.

«Mica tutti i pensieri si possono dire» aggiunse fingendosi scherzosa.

Rita Agnello sapeva bene che i pensieri sono inafferrabili e non lasciano traccia come i pesci nel mare e gli uccelli nell'aria. Svaniscono come gli odori. E lei ringraziava il cielo che Luigi non potesse leggere i suoi. Nemmeno lei avrebbe voluto saperli. Eppure, per quanto ci provasse non riusciva a liberarsene. Era la prima volta che non poteva padroneggiare il suo cuore.

Non era stato così con Antonino. Quando suo padre le aveva riferito la richiesta di matrimonio del barone, Rita ricordava appena chi fosse il suo pretendente. Però pensò che il padre l'amava e che avrebbe desiderato il meglio per lei. E così andò in sposa al barone Agnello. Il marito poi, per quanto assai più grande di lei, era stato un compagno amorevole. L'aveva coperta di ogni tenerezza, aveva fatto ristrutturare alcune stanze a Villabate perché lei potesse possedere tutto ciò che desiderava. Voleva che l'arredamento stesso degli appartamenti si adattasse alla fierezza della padrona di casa. Era stato un buon matrimonio, con la misurata passione che non rende infelici.

Ora era diverso, ora sentiva che la stoffa degli abiti le bruciava addosso. Era una sete di mani e di bocca. E tutto questo era sbagliato, lo sapeva. Anche se non riusciva a capire perché, se il fuoco che la faceva febbricitante era un peccato, Dio avesse messo sulla sua strada proprio quel ragazzo che le teneva la mano e la guardava negli occhi con un viso oscenamente giovane.

Si era disegnata sul volto della signora un'espressione nobile e sofferente allo stesso tempo, era prima arrossita e poi subito impallidita. Luigi la fissava.

«Sembrate una regina» disse alla fine.

«Lo pensi davvero?» chiese sollevando il busto rinfrancata dal complimento.

«Sì, una regina come Anna Bolena.»

«Finiranno col tagliare la testa a tutte le regine, mio caro, come hanno fatto con Maria Antonietta. Resteranno solo le regine dell'opera lirica.»

«E voi.»

«Credo che finiranno col tagliare la testa anche a me» aggiunse poi ridendo.

«Non potranno finché ci sarò io accanto a voi, signora.»

«Naturalmente, per proteggere una regina ci vuole un tenore» gli rispose sorridendo.

Luigi aiutò donna Rita ad alzarsi e insieme andarono in sala per il pranzo.

Le strade di Capo Scirocco si erano pian piano svuotate, le serve erano già rientrate in casa da qualche ora e, dietro le imposte socchiuse, le famiglie erano sedute a tavola. Due pescatori salivano verso la zona nord, gridando e dandosi di gomito.

Annuzza non era mai stata di buon appetito, anzi mangiava davvero poco, così non si era accorta che le porzioni nei piatti erano diventate sempre più misere.

Quella sera, durante la cena, Santino Cucè ingoiò tutto il suo orgoglio insieme all'ultimo boccone di pane e si mise in faccia un'aria rassicurante. Cominciò a raccontare di un giovane molto dotato, un parente di donna Rita Agnello, un allievo di Basilio Pappalardo, che cercava un accompagnatore per studiare l'opera. Annuzza non aveva nemmeno sollevato il viso dal piatto.

«Allora?» fece, vedendo il disinteresse della ragazza.

«Allora cosa?» sbuffò Annuzza. «L'opera è roba per zitelle ignoranti.»

Era un'età difficile, lo sapeva don Santino, in cui le ragazze un momento sembrano allegre e quello dopo sono come scorpioni pronti a pungerti. Bisognava essere attenti a trattarle. E soprattutto sua figlia era troppo intelligente, mica l'avrebbe convinta così, con due parole.

«E io che sono, una zitella pure?» riprese lui quindi ridendo.

«No, infatti non andate mai all'opera.»

«Questo che c'entra? Non ci vado perché non ci vado e basta però mi piace molto» puntualizzò il padre.

«Ah, sì? Ditemi la vostra romanza preferita dunque?»

Cucè sarebbe stato più contento di doversi confessare cento volte con don Calogero che non affrontare le domande di Annuzza.

«Gioia mia, papà tuo non ha memoria per la musica, lo sai. Mi piace quella che suoni tu.»

«Appunto. Io suono Chopin e Beethoven, non l'opera, che non è vera musica.»

«E che fa, non è scritta con le note pure l'opera?»

«Sì, ma è sciocca e banale» concluse cominciando a sparecchiare la tavola.

Dopo cena il padre la raggiunse mentre piegava la biancheria.

«Sai, se tu volessi aiutarlo questo giovane...» provò.

Anna si era fatta di pietra. Posò una tovaglia ripiegata sulla pila delle lenzuola, si girò verso il padre e sentenziò. «No, no e no. Odio l'opera e non suono per gli sconosciuti.»

«Ma lo conosceresti prima» insistette don Santino.

Lei sollevò i panni e abbandonò la stanza senza nemmeno augurargli la buonanotte.

Cucè si sedette con la testa tra le mani. Doveva far

fronte al suo tracollo e non trovava soluzioni. Pensò al giorno in cui Rosario aveva portato il pianoforte a casa, alla gioia di Annuzza. Si ricordò poi del fallimento di suo nonno, dei mobili venduti per la strada perché i creditori potessero essere risarciti. Tremò e sentì su di sé l'umiliazione subita dal padre che, giovanissimo, aveva assistito impotente alla scena.

7

Mancava più di un mese a dicembre quando donna Rita prese l'ultimo frutto di pasta reale dalla ciotola di vetro sulla credenza e si ritrovò in mano un fico d'India lustro e di un giallo acceso, punteggiato di circoletti neri lì dove la natura aveva immaginato capricciosi ciuffetti di spine. Lo addentò soddisfatta e assaporò il gusto della mandorla.

Poi si spostò nel salottino, sedette allo scrittoio e pensò alla grossa vigna che si arrampicava sui fianchi dell'Etna. Il proprietario, Alfio Sammartino, che aveva conosciuto i Platanìa all'epoca della fuga da Capo Scirocco con la bambina in fasce, si era fatto vecchio e, non avendo eredi, voleva venderla alla signora. La terra era tanta e buona. La vigna finiva in un castagneto, per metà di proprietà della famiglia adottiva di Rita. Lì sorgeva anche la loro vecchia casa di campagna. Un edificio largo, costruito in due ali su un vasto pianterreno, pieno di stanze e di letti come un convento perché in passato, nella stagione calda, tutta la famiglia vi si riuniva alla ricerca di frescura.

Dopo la nascita di Elisabetta non c'erano più tornati ma Rita ricordava la sua camera, il letto con la spalliera di ferro battuto e il materasso gonfio poggiato sulle tavole. Accanto alla finestra c'era un settimanile vecchio e con un piede traballante: ogni volta che lo apriva il mobile ondeggiava un poco e veniva in avanti come se volesse caderle addosso, ma alla fine si fermava sempre sul piede tondo. Sopra il letto campeggiava una stampa scolorita con una Madonna bellissima e sorridente, intenta a far giocare il piccolo Gesù con due piccioni grassocci sul bordo di un laghetto. Sulle pareti di calce bianca, santi e martiri se ne stavano chiusi sotto vetro come conserve di frutta.

Ciò che Rita amava di più, tuttavia, era la toletta con lo specchio mobile e il ripiano di marmo bianco. Lì allineava la spazzola col manico d'argento su cui era inciso il suo monogramma, il pettine d'osso, la scatola rivestita di velluto blu con i pochi vezzi e i nastri per i capelli. Alla sera, prima di andare a letto, dirigeva la specchiera in modo da potersi vedere al centro della stanza e accennava dei passi di danza. Chiudeva gli occhi e sognava una grande sala in cui lei, con un vestito rosa tutto merletti e fiocchi, ballava felice. Allora cominciava a ruotare su se stessa finché la testa non girava forte e i santi e la Madonna parevano altri ballerini. Solo allora si buttava sulla nuvola bianca del letto, ridendo della sua sciocca e ingenua follia.

Forse fu per il sapore dolce del fruttino di pasta di mandorla o perché il ricordo d'infanzia aveva scacciato dalla mente i travagli che la vicinanza di Luigi aveva creato, che donna Rita decise di mandare un biglietto al notaio Motta. Avrebbe visto la vigna di Sammartino e probabilmente l'avrebbe comprata. Dopotutto, l'atmosfera a Capo Scirocco si era fatta insopportabile: appena metteva il naso fuori di casa, era tutto un bisbiglio e un coro di risatine alle sue spalle. Don Calogero continuava a redarguire, Cettina a guardare in tralice e lei non smetteva di bruciare per Luigi, ritrovandosi sconfitta davanti al suo senso di colpa. Anzi, si leccò un dito zuccherino e risolse, avrebbe regalato la terra al ragazzo. Se la meritava ed era giusto che andasse così, in fondo lei non aveva eredi diretti. I possedimenti dei Platanìa le avevano assicurato un futuro sereno e adesso regalava un vigneto al figlio che aveva accolto per cancellare l'antico peccato della madre.

Tutto sembrava avere un senso e anche la strana comparsa di Luigi nella sua vita era un tassello che trovava uno spazio nell'ordine generale. Si convinse che questa fosse la soluzione: ma certo, è per un figlio che si compie un gesto così. Sì, ecco il motivo per cui amava averlo accanto. Non era desiderio, non languore. E fermò i pensieri prima di dirsi che anche per un amante giovane sarebbe possibile agire nello stesso modo. Quell'idea di maternità la inorgoglì facendola sentire padrona delle sue azioni e del destino del ragazzo. D'altra parte, rifletté, tutti hanno un periodo eroico nella vita e quello era certamente il suo.

Adesso doveva darsi da fare per la partenza. Sarebbero rimasti fuori almeno quindici giorni e occorreva organizzarsi. Sistemò il gambo di una delle rose del vaso sullo scrittoio, aprì la cartella di cuoio fiorentino e trasse due fogli di carta. Avrebbe mandato una lettera al notaio, e una con le disposizioni ai custodi della casa sull'Etna. E prima di cominciare a scrivere pensò all'atmosfera intima che lega chi viaggia.

Luigi seppe del progetto nel pomeriggio, quando con la signora stava sbrigando la corrispondenza. Aveva sentito nell'aria una particolare euforia e, non conoscendone la ragione, aveva guardato Cettina. Quella aveva alzato le spalle come a dire che era normale: le signore cambiano spesso umore senza alcun motivo.

Si era eccitato per la trasferta, eppure il pensiero di non sentire suonare Annuzza per quindici giorni lo intristiva. Non l'aveva certo detto a donna Rita e nemmeno al maestro di canto ma, appena poteva, sgattaiolava fuori con una scusa e si nascondeva dietro una giara ricolma di fiori, proprio ai piedi della scaletta di casa Cucè.

A volte gli capitava di dover restare lì a lungo e andare via senza aver udito nulla. Altre volte, invece, la musica lo raggiungeva già mentre si avvicinava a via Pescatore.

Allora cominciava a correre ammaliato dal suono portentoso.

Si fissava le note nella mente come se avesse dovuto ricantarle ma la maggior parte delle melodie gli erano del tutto sconosciute e così, per ricordarle, doveva immaginare parole da poter dare ai suoni. Tentava di inventare versi, spesso però le rime non venivano o le frasi si spezzavano ricadendo in mille pezzi ai suoi piedi. Non era tutto semplice come nelle arie che imparava da Basilio Pappalardo. Lì c'erano grappoli di note e accordi micidiali al posto di quei dolci andamenti del basso che si muovevano leggeri come piccole increspature sull'acqua; c'erano motivi che salivano su vette inarrivabili per la sua voce e, una volta toccato l'apice, si coloravano di tintinnii velocissimi, c'erano bassi che facevano vibrare il petto e picchiavano simili a martelli su incudini. Quella musica sembrava diversa, tuonava minacciosa e subito dopo volava leggera. E, soprattutto, non aveva le parole. Spesso si era chiesto quante dita occorressero per premere quei tasti infiniti e come fosse scritta una musica che pareva uscire da mille strumenti, tanto era ricca e piena.

Forse era per questo che non aveva le parole, perché si sarebbero perse tra le righe dei pentagrammi e, soffocate da semiminime, crome e biscrome, avrebbero smarrito anche il loro senso negli accordi e nelle legature.

Ascoltava la musica di Anna, comprendendo che c'erano forza e allegria in ciò che non conosceva. Così, giorno dopo giorno, cominciò a credere che dovessero esserci forza e allegria anche nella signorina Cucè che riportava in vita simili suoni e quel pensiero finì col piacergli. Spesso immaginava che lei suonasse soltanto per lui. Quando la melodia era più trascinante o più struggente, si illudeva persino che lei sapesse dei suoi appostamenti sotto la finestra e scegliesse le musiche più difficili per stupirlo e le più dolci per ammaliarlo.

Era in tali momenti che, quasi a sua insaputa, gli riaffioravano alla mente alcune immagini viste nelle chiese: la Maddalena, certe anime di donne penitenti col volto sfigurato dalla colpa ma con una malizia che finiva sempre per eccitarlo. Forse per la potenza della musica, oppure perché alla sua età fantasticare sulle donne è naturale, Luigi provava a figurarsi il corpo della pianista, le mani, il suo viso, la bocca, che vedeva morbida e rosa, dipinta ad arte su un volto seducente. Così restava a sognare la sconosciuta fin quando osservava la finestra del primo piano di via Pescatore diventare buia. Allora ripercorreva la strada verso casa carico di emozioni confuse e bellissime. La grande cosa nera, sua compagna di viaggio, gli svelava i segreti riposti e complessi dell'armonia.

Solo Rosario Cammarata si era accorto degli appostamenti di Luigi. Più volte avrebbe potuto affrontarlo o mandarlo via ma quel giovane uomo innamorato di un enorme pianoforte lo inteneriva. Così restava a guardarlo per un po' e poi filava via senza far rumore.

In una mattina di sole, con l'aria fresca e il cielo limpido, donna Rita, Luigi e Cettina trovarono la carrozza pronta davanti al portone di palazzo Platanìa. Si misero in viaggio quando Capo Scirocco era ancora silenziosa e avvolta in una nebbiolina sottile. Arrivarono alle porte dell'Etna la sera, con un'aria frizzante, sotto una volta celeste che cominciava a punteggiarsi di stelle. Il ragazzo alzò gli occhi e avvertì l'atmosfera del luogo, capace di sciogliere tutte le sue fibre.

Erano state preparate le stanze nell'ala destra. Donna Rita prese alloggio nella vecchia camera matrimoniale dei genitori e a Luigi fu riservata quella un tempo occupata dal cugino Giuseppe, un bel ragazzo dallo sguardo acuto che, sposata una Trabia, viveva ormai da molti anni a Palermo. Accanto al letto c'era un comò di noce a cinque cassetti, sul quale troneggiava un san Sebastiano di gesso colorato trafitto di dardi. Un'anta dell'armadio non si chiudeva e più ci si provava più quella, capricciosa, si riapriva con uno squittio.

Dopo cena Cettina portò castagne arrostite e un vino rosso che presto fece la sua parte mettendo allegria sul torpore del lungo viaggio.

Rita sorrideva notando la sorpresa nell'espressione di Luigi.

«Non sarà mica la prima volta che vedi una montagna» disse mentre sbucciava una caldarrosta.

Luigi scosse la testa e bevve un sorso per ingoiare l'ultimo boccone, ne aveva mangiate troppe e doveva farle scendere per la gola. «No, signora, ma le montagne per me sono dritte come coni con la punta verso il cielo» spiegò.

«E questa cos'ha di diverso?» chiese lei divertita.

«È larga di fianchi come una madre e per arrivare in cima e conquistarla chissà cosa ci vuole. Un uomo la deve prima corteggiare, scoprire di che colore è sotto il nero, perché c'è un colore sotto tutta la pietra scura, c'è sempre» rispose Luigi che continuava a non capacitarsi di trovarsi sulle pendici di un vulcano.

Rita lo osservava rapita: il ragazzo scopriva sempre qualcosa di nuovo e lei amava stupirsi ancora della realtà attraverso i suoi occhi.

«È come una femmina» riprese il giovane appuntando uno sguardo profondo sulla signora, «una femmina con un fuoco vorace dentro, capace di distruggerti ma, se sai amarla, di donarti frutti meravigliosi.»

La donna arrossì appena e allungò una mano verso il cestino con le castagne. Proprio in quell'istante anche Luigi avvicinò la mano per prenderne una e le loro dita si incontrarono intorno allo stesso frutto. I polpastrelli ricoperti di fuliggine sfuggirono al loro controllo. La signora cominciò a tossire, gli occhi le si iniettarono di sangue e subito Luigi le versò del vino e si accostò a lei porgendole il bicchiere.

«Bevete, bevete lentamente» consigliò.

La mano di Rita si era stretta come quella di una bambina intorno a quella del ragazzo, per sistemare l'inclinazione del bicchiere verso le sue labbra. Quando ebbe deglutito si sentì meglio ma le guance e il collo erano ancora rossi.

«Dovremmo ritirarci» sussurrò.

«La luna non è ancora alta, signora, usciamo a prendere un po' d'aria» propose invece lui.

Fuori dalla casa, avvolta nello scialle per ripararsi dal fresco della sera, donna Rita camminò fino a una zona in cui i castagni erano più radi e si riusciva a vedere una porzione più larga di cielo. Luigi la seguì silenzioso. Le fu accanto e le sollevò lo scialle sulla testa per proteggerla dal vento leggero che muoveva le foglie intorno a loro. Il verso di un uccello notturno li raggiunse come un richiamo. Lei si sentì libera e, senza volerlo, alzò un dito verso il cielo.

«Guarda» disse indicando la cima del monte.

Un pennacchio di fumo chiaro incideva la volta illuminata da un chiarore argentato.

«È la femmina che fa sapere a tutti di esistere» bisbigliò lui avvicinandosi ancora un po' alla signora. Non c'era nessuna voluttà nelle sue parole se non quella che viene dallo stupore davanti a uno spettacolo selvaggio. Donna Rita però lo ascoltava, la voce di Luigi era un rivolo di lava lenta e cocente sulla sua pelle, e pensò per un istante che lei fosse come quella montagna di fuoco, capace di ricordare a tutti ciò che era solo con il vezzo di un filo di fumo. Avvertì il corpo di lui e il sapore di metallo e di colpa coprì quello delle castagne.

«Guardate, lì, in alto» gridò d'un tratto Luigi scostandosi da lei.

Un grosso uccello aveva spiegato le ali e disegnava ghirigori lenti nel cielo, proprio nel cono di luce creato dalla luna. «È bellissimo» disse eccitato.

La signora sorrise della sua ingenuità e rientrò in casa. Era meraviglioso osservare il ragazzo alla scoperta del mondo ed essere il tramite di tutto ciò, pensò serena.

Per il mattino seguente, donna Rita aveva in programma una passeggiata per il podere e chiese a Luigi di accompagnarla. Il sole non si era ancora alzato e, riparati dalla montagna, i sentieri erano avvolti dall'umido della notte. Poco dopo, sotto i primi raggi, le foglie brillavano e gli insetti cominciavano a volteggiarci sopra.

Lungo la strada, di tanto in tanto, lei trovava qualche difficoltà, assumeva l'espressione confusa dei bambini che imparano a camminare e si smarriscono di fronte a un piccolo ostacolo e subito Luigi le prendeva un braccio e la sorreggeva, oppure apriva la via alla signora frustando la vegetazione con un bastone. L'orlo del vestito si impigliava negli arbusti più bassi e più d'una volta Luigi dovette fermarsi per liberare la gonna con cautela, evitando di strapparla. Stavano avanzando da almeno un'ora quando scorsero, poco distanti, grandi piante di fichi d'India. Ricoprivano una vasta area con le pale minacciose di spine e cariche di grossi frutti.

«Credo li chiamino bastardoni» disse donna Rita indicandoli. Si sedette su una pietra e tacque guardando il cielo.

«Posso prenderne qualcuno?» chiese Luigi.

«Ci vorrebbe il coppo, il bastone per la raccolta... così ti riempirai le mani di spine, stai attento.»

Luigi si avvicinò al fico, cavò di tasca il coltello regalatogli da don Pietro e, cercando di mettere le dita tra le rosette per evitare di pungersi, ne staccò uno.

Si accomodò accanto alla signora, diede due colpi di lama alle estremità del frutto, ne incise poi la buccia per la lunghezza e, venuta fuori la polpa gialla e compatta, gliela offrì. Donna Rita prese il fico e vi posò i dentini bianchissimi, masticò e lo porse al ragazzo. Luigi lo addentò e una goccia di succo gli colò lungo il labbro. Sorrise con la bocca ancora piena e fu un lampo. Un raggio di sole lo illuminò e la donna, in preda a un languore, avvicinò il viso a quello di Luigi e bagnò le sue labbra nelle labbra dolcissime di lui.

Luigi si staccò travolto dal gesto, portandosi la mano alla bocca, quasi gli fosse scappata dal petto un'ingiuria della quale si fosse subito pentito.

Fuggì via lungo il sentiero come una lepre impaurita. Si sentiva eccitato e colpevole. Dietro di sé avvertiva il frusciare delle foglie e si fermò con la testa tra le mani e una gran voglia di piangere.

Donna Rita correva con l'orlo della veste che si lacerava tra i rovi. Era sconvolta e il sapore acre del suo gesto aveva cancellato la dolcezza del frutto.

«Perdonami» gli gridò raggiungendolo.

«Lasciatemi stare, signora.»

«Era solo un gioco» provò a giustificarsi.

«Non avete mai giocato così.»

Rita cominciò a piangere sommessamente. Luigi abbassò la testa e capì di doversi comportare da uomo. Senza più dirsi una parola, si avviarono verso casa.

I giorni successivi sull'Etna si susseguirono colmi di imbarazzo. I due si evitavano e Cettina andava e veniva per le stanze scuotendo la testa.

Le notti erano una pena. In lontananza si sentivano i boati del vulcano che manifestava la sua incombente presenza con un pennacchio di fumo proprio sopra la cima. Luigi spasimava e, per trovare pace, pensava alle rime da inventare sulla musica del pianoforte di Annuzza ma in realtà sognava la bocca di donna Rita, svegliandosi sempre eccitato e confuso. Combatteva il desiderio di lasciare il letto e raggiungere la sua benefattrice ma restava immobile, con le unghie conficcate nel palmo delle mani per fermare la smania. La signora provava a pregare. Accendeva il lume sul comodino e prendeva il libro delle orazioni ma anche le immaginette che usava come segnacoli, alla luce tremolante della sua insana passione, cambiavano aspetto. Nei martiri vedeva solo corpi violati di indicibile bellezza; nelle sante dalle labbra tumide leggeva solo un'estasi d'amore carnale. Quando si sentiva così apriva la finestra e aspettava che il vento freddo della montagna la gelasse. Era tutto inutile, ogni alito che la investiva le riportava alla mente il languore della voce di Luigi sul suo collo, mentre inanellava le note del notturno di Chopin.

In fretta concluse l'affare con Sammartino e stabilì di ritornare subito a Capo Scirocco. Il giorno della partenza, sul comò, Luigi trovò le carte della vendita appena conclusa. Le scorse in fretta e si bloccò leggendo il suo nome come nuovo proprietario del terreno. Le prese e bussò alla porta della signora. Lei si era appena vestita e, mentre si sistemava il cappellino, si distraeva pensando a qualche poesia. Luigi la vide come qualcosa di immutabile e di divino, come accade spesso ai giovani che fissano i più vecchi.

«Non dovevate» disse mostrando l'atto.

«Decido io cosa devo e non devo fare, e non è la prima cosa che faccio per te. Mi sembra che la tua rendita sia già più che dignitosa. Ma io non sono più giovane e non ho che te al mondo.»

«Certo che siete giovane. E bellissima» aggiunse ammirando il suo volto riflesso nello specchio.

Anche Rita si guardò ma vide solo l'immagine sbiadita di ciò che avrebbe voluto essere. Al posto della donna che pensava c'era solo una vecchia stupida, con gli occhi cerchiati e una piega triste agli angoli della bocca. Smise di appuntare gli spilloni e lasciò andare le braccia lungo i fianchi.

«Taci, ti prego. Fa già male così.»

Luigi lasciò la stanza senza aggiungere altro. E in silenzio affrontarono il ritorno verso la città.

Durante il viaggio una ruota si ruppe e furono costretti a trascorrere la notte in una locanda lungo la strada. Ripartirono il mattino seguente per raggiungere Capo Scirocco nel primo pomeriggio. La carrozza di Rita Agnello stava attraversando piazza del Borgo proprio nel momento in cui Rosario Cammarata usciva dalla chiesa. Scorgendo la vettura, l'uomo corse fino a palazzo Platanìa e fermò Luigi prima che il portone si chiudesse alle sue spalle.

Il cielo era giallo. Le enormi nubi di sabbia giunte dal deserto, che avevano superato il mare inondando le coste della Sicilia, davano alla città un'atmosfera irreale.

Cettina sentì lo scirocco sul volto e, ritta sulla soglia di palazzo Platanìa, alzò gli occhi in su e si fece il segno della croce. Donna Rita vide Cammarata gettarsi su Luigi, strattonarlo, gridargli parole che non riusciva a comprendere e poi la sabbia rese tutto opaco. Si accorse solo del cappello di Luigi che rotolava impazzito lungo la via come un cerchio spinto dal bastone di un bambino. Lo inseguì disperata con le lacrime che scorrevano sulle guance ma, ogni volta che le pareva così vicino da poterlo afferrare, una nuova folata di vento si prendeva gioco di lei allontanandolo sempre più. Camminò ancora fin quasi alla piazza, inciampò, perse una scarpa e cadde, inerme, tra la sozzura della strada.

«Venite, signora. Rientriamo.»

Tanino le era corso dietro e la cingeva aiutandola a rialzarsi. Coi capelli scarmigliati e il volto addolorato di una prefica, si appoggiò al vecchio servo e sentì sulle spalle tutto il peso dei suoi anni.

«Adesso, lo stanno portando via ora» strillava Cammarata ma la sua voce era già lontana dietro di lui, e Luigi non riusciva più a sentirla. Scendeva disperato lungo la via della Corsa con lo scirocco che gli appiccicava la camicia madida di sudore sul petto. I palazzi intorno sembravano chiudere la strada e cadergli addosso. Il cuore gli rimbombava dentro le tempie, le vene del collo parevano scoppiare e la testa gli girava tra i mulinelli di foglie secche. La bocca era di gesso e ansimando sentiva i granelli di sabbia nelle narici.

Raggiunto l'angolo di via Pescatore, vide tre uomini con il pianoforte caricato sulle spalle. Si appoggiò con una mano al muro e, con tutto il fiato che gli restava in petto, urlò di fermarsi. La voce però, portata via dal vento, sfiorò appena i tre che con malagrazia tentavano di girare lo strumento su un fianco. Inspirò profondamente e, rosso in volto, piombò su quelli gridando.

«Che fate?»

«Il pianoforte si vende per pagare i debiti di Cucè» disse un uomo che usciva proprio allora dal numero 10, sventolando un documento.

Luigi attese qualche secondo che il cuore rallentasse.

«Lo compro io.»

L'altro squadrò Luigi e domandò sarcastico: «Voi?».

Rosario Cammarata era infine arrivato. «È il figlioccio di donna Rita Agnello. Mostrategli le carte.»

I vastasi, vedendo che la cosa andava per le lunghe, lasciarono andare il pianoforte per terra. Dalla cassa, il suono dell'arpa che fuoriuscì sembrò il lamento di una bestia ferita. Luigi avvertì il guaito nel petto e strattonò il bavero di uno dei trasportatori.

«Con attenzione» ringhiò.

Quello gli allontanò le mani e si spolverò la camicia,

quasi che Luigi l'avesse infettata col suo gesto, e sorrise ironico. «Con tutta l'attenzione che vuole vossignoria.»

Il ragazzo lesse i documenti faticando a non farseli portare via dal vento e vide l'ammontare del debito di don Santino.

«Darò mandato al notaio Enzo Motta di occuparsi del pagamento.»

«Vi faccio traslocare il pianoforte a palazzo Platanìa» propose l'uomo che aveva i documenti.

Luigi si avvicinò al Bösendorfer e lo accarezzò. Ripensò all'ombra nera sulla banchina del porto e alla paura che aveva avuto, al viaggio sul carretto di Cammarata, al suono che aveva imparato ad amare giorno dopo giorno, nascosto dietro la giara di via Pescatore. Chiuse gli occhi e immaginò quanto sarebbe stato bello poter cantare accompagnato da quel pianoforte. Si vide nella sala da musica, in piedi, con la mano appoggiata al coperchio nero, a prender fiato assorbendo dallo strumento prodigioso l'energia per le arie dell'opera. Il suo destino si ricongiungeva finalmente a quello del pianoforte.

Dalla finestra, Annuzza, pallida tra le braccia del padre, piangeva in silenzio. Rosario Cammarata alzò gli occhi verso il primo piano, fissò la piccola e poi Luigi: dopotutto, era meglio che andasse in mano a lui che non a uno sconosciuto.

«Allora, ve lo facciamo portare a palazzo?»

Il ragazzo si riebbe. «Il pianoforte resta qua. Riportatelo sopra.»

Tirò fuori dalla tasca delle banconote e le porse al tipo che l'aveva deriso. «Con cautela» aggiunse.

I tre sollevarono di nuovo lo strumento e risalirono le scalette del numero 10. Dall'esterno Luigi sentiva i versi, gli sforzi e le grida che si scambiavano arrancando verso il primo piano.

Quando tutti se ne furono andati, si lisciò i capelli ancora bagnati di sudore sulla fronte, si sistemò la giacca e salì dai Cucè. Don Santino e la figlia erano immobili come statue di cera. Annuzza aveva gli occhi gonfi di pianto e, di tanto in tanto, un singhiozzo la strozzava. Guardò Luigi e corse a chiudersi in camera.

«Mi dispiace presentarmi a casa vostra in questo stato, don Santino. Il pianoforte andrà accordato, immagino. A breve, se mi permettete, vi manderò qualcuno di fiducia.»

Salutò con un inchino composto e uscì.

A palazzo Platanìa regnava un silenzio inquietante. Luigi si ritirò in camera, si tolse la giacca e sentì bussare alla porta.

«Dite, Cettina.»

La vecchia se ne stava sulla soglia.

«Vi siete fatto un uomo. Ve lo ricordate quando vi venni a portare il vassoio col pranzo? Eravate appena arrivato.»

Sorrise e invitò la governante a entrare.

«Donna Rita è nella sua stanza?»

«A letto. Lasciatela stare per qualche giorno. Per pensare ci vogliono tempo e calma.»

Luigi assentì.

«Lo sapete che conosco la signora da quando venne al mondo? L'ho tenuta in braccio, lavata, imboccata. L'ho vestita per la comunione e per il matrimonio. È sempre stata bella. Anche ora che invecchia è bella. Ma voi siete così giovane, figlio mio.»

Il ragazzo abbassò lo sguardo.

«Me lo permettete, vero? Figlio mi potreste essere. E pure a donna Rita potreste venire figlio. L'avete visto il cielo giallo di oggi? È lo scirocco. Fa impazzire le femmine, pare che cambia tutte cose ma, quando passa, tutto è come prima. Chi era felice e cantava continua a cantare e chi soffriva deve restare con il suo dolore. Perché se qualcosa fa male al petto può essere che sbagliata è.»

Luigi pareva perplesso. «Si può soffrire anche per ciò che è giusto» disse.

«Certo, quando muoiono i genitori si sente dolore ma è la vita che va così.»

«Si soffre anche per amore.»

Cettina aveva in testa molti più pensieri di quanti non ne stesse dicendo. Tutto quel cantare l'opera aveva squietato pure il signorino.

«L'amore, l'amore benedetto da Dio non fa soffrire» e dicendo così lasciò la stanza.

8

Donna Rita aveva fatto annunciare da Cettina di non sentirsi ancora bene ed era rimasta in camera.

Luigi terminò la colazione sapendo perfettamente che la salute della signora non aveva nulla a che fare con la decisione di non lasciare la sua stanza ma preferì non fare domande e non andare a trovarla. Temeva il momento in cui l'avrebbe rivista, l'imbarazzo seguito alla loro passeggiata non era ancora del tutto svanito e lui preferiva cercare di non pensarci. Uscì di buon'ora e, dopo esser passato dal notaio Motta per l'affare del pianoforte, si recò a colloquio con Giuseppe Pane, l'accordatore. La bottega si trovava nella parte più antica della città, lungo la via del Reclusorio, l'unica strada del centro che, invece di procedere parallela o perpendicolare alla via della Corsa, accerchiava Capo Scirocco come un anello largo e sghembo sul quale si apriva una porta massiccia, di pesante pietra nera. Ci sarebbe voluta almeno un'altra mezz'ora di camminata, ma Luigi aveva bisogno di restare solo e ne approfittò per pensare.

Il vento era passato sulla città e sulla sua carne come una malattia portentosa, aveva lasciato qua e là segni inquietanti, poi com'era venuto se n'era andato. La Sicilia era una terra di misteri, gliel'aveva detto don Pietro, e bisognava saper leggere in tutto, persino nel vento.

Capo Scirocco aveva un aspetto diverso adesso: al calore abbagliante del sole si era sostituita una luce vivida che faceva apparire le cose più chiare. La tinta lavica dei muri era cruda e fredda e anche le volute di arenaria, intorno alle finestre e ai portoni sembravano solo un vezzo architettonico e non il tripudio di una ricchezza impossibile. Tutto sarebbe dovuto apparire limpido a Luigi ma le labbra di donna Rita tornavano ogni momento a tormentarlo; non riusciva a scacciarle.

Le immagini della passeggiata sull'Etna, il calore della bocca della signora e la visione del pianoforte piegato su un fianco come una bestia morente continuavano ad assediargli la mente, braccandolo proprio in quegli istanti in cui credeva di sentirsi più disteso. Lo scirocco aveva lasciato sulle strade un sottile strato di sabbia gialla su cui scorrevano le ruote delle carrozze. I cani, camminando confusi tra i passanti, disegnavano sul lastricato di lava improbabili orme.

Scansava la folla delle vie intorno al mercato e riuscì a distrarsi solo quando vide un suonatore di organetto assai malmesso. Una scimmietta con una giubba militare rossa e un anello alla zampina sinistra ballava scomposta davanti a un piccolo pubblico di ragazzini in calzoni corti, con le ginocchia luride. Luigi scorse il banco dei fiori, acquistò una rosa gialla, ne mozzò il gambo gettandolo a terra e se la mise all'occhiello. Il gesto lo fece sentire forte come non gli era mai successo. Gli sembrò che la sua figura fosse cambiata in qualche modo. Non avrebbe saputo dire come, forse si trattava della maniera che aveva di occupare lo spazio, di come fendeva l'aria con la sua persona incedendo con passo risoluto. Nessuno sarebbe parso più disinvolto e imperturbabile di lui quella mattina, era come fosse stato promosso per un merito speciale alla fase adulta della vita. Sentiva di aver affondato entrambe le mani nel cuore della maturità ed essersene impossessato.

La sicurezza che gli veniva dalla posizione economica raggiunta lo inebriava e lo eccitava. Guardò due giovani serve ferme a un banco di frutta e, per un istante, la più carina delle due alzò gli occhi e lo fissò. Luigi si sentì forte e seducente, adesso piaceva alle donne e si convinse che non gli importava nulla del bacio sull'Etna né delle mani della signora. Era stato abile a farsi amare da Rita ma non gli bastava, ora sentiva di poter avere l'universo ai suoi piedi. E così, pensò soddisfatto, mentre i coetanei si affannavano in cose inutili, lui si trovava nel mondo vero, abitato dagli uomini fatti, in cui disponeva di una rendita cospicua ed era corteggiato dalle donne. Era cresciuto e non solo il suo corpo era cambiato, ma anche ciò che gli altri pensavano di lui. Già, aveva comprato un pianoforte e chissà dove l'avrebbe portato tutto questo. Dal futuro si aspettava grandi soddisfazioni. Era arrivato fin lì con le sue forze e non poteva permettersi di mandare all'aria tutto per un capriccio d'amore.

Si specchiò nella vetrina di una bustaia, sollevò un baffo e vide se stesso riflesso nel vetro: un uomo bello e libero.

Senza rendersene conto Luigi era arrivato all'incrocio con via Ursino. Il negozio di Pane odorava di legno e di resina. Si apriva sulla strada in un bugigattolo che non faceva sospettare nulla delle meraviglie che nascondeva. Il retrobottega, infatti, inondato dalla luce che veniva dal cortile interno, era adibito a laboratorio. Lì l'accordatore portava i pezzi da riparare, le meccaniche, i candelabri da lucidare, modellava l'avorio per i tasti consunti, tagliava feltri e cuoio e ricostruiva i martelletti rotti. Il giovane varcò la soglia angusta chiedendo permesso e dal retro sentì una voce che lo invitava a entrare. Si tolse il cappello, superò il bancone di legno scuro e si fece avanti.

«Érard» disse Pane senza sollevare la testa dalla cassa di un pianoforte, «ha preso umidità. Troppa.»

Era un uomo alto e grasso, senza un capello in testa, con due mani robuste e le unghie orlate di nero.

«1840, impiallacciato in mogano, doppio scappamento.»

«Prego?» esordì Luigi.

L'accordatore alzò la testa e porse al ragazzo la mano.

«Una serie di leve permettono al martello di ripercuotere la corda una seconda volta a breve distanza, per le note ribattute, sa? Un'invenzione francese, di Érard, appunto, il costruttore di questo gioiello.»

«Sono un tenore, non un pianista» si giustificò.

«Ah, un cantante» fece Pane poco convinto, riabbassando il capo sull'arpa dello strumento.

«In che senso, mi scusi?»

«I cantanti non sono veri musicisti» replicò senza perplessità.

«Ma so anche suonare.»

«Immagino.»

«Sono venuto per un'accordatura. Se poteste andare a vedere, lo strumento si trova in via Pescatore.»

«Il Bösendorfer di Cucè, gran bel pianoforte. Lo accordai quando lo presero.»

«Provvederò io al pagamento del lavoro. Luigi Fumini.»

«Ah.»

«Sembra che pure il mio nome non vi convinca.»

«Convintissimo sono. Ho sentito molto parlare di voi. L'amministratore della vedova Agnello.»

«Per servirla.»

«Servo vostro» rimbeccò.

Luigi seguì Pane per la bottega e l'osservò mentre consultava un quadernetto con la copertina nera.

«Vi va bene domani alle quattro?»

«Perfetto.»

Posò l'anticipo sul bancone, lasciò il negozio e, risalendo verso il centro, passò da via Pescatore. Salì i gradini di casa Cucè e bussò. Attese alcuni minuti e stava per andare via quando si aprì uno spiraglio: vide quattro dita arrossate e grassottelle, con le unghie rosicchiate, avvinghiate allo stipite. Le fissò incerto per qualche istante.

«Che volete? Mio padre non c'è» disse infastidita Annuzza mostrando appena la metà del viso.

«I miei omaggi, signorina Anna.»

Aspettò qualche istante ma lei continuava a fissarlo senza fare un gesto.

«È per l'accordatura. Pane verrà domani alle quattro. Se me lo permettete vorrei essere presente.»

Non finì la frase che la ragazza aveva già serrato.

Il buonumore di prima si era dissolto in fretta. Luigi si sentiva assai meno sicuro di quanto non pensasse al mattino, non aveva voglia di tornare a palazzo e decise di scendere fino al litorale. L'aria fresca gli avrebbe giovato. Si fermò un istante accanto all'albergo Rosa di Francia, un tempo ricercata meta per i viaggiatori alla scoperta dei misteri della Sicilia, ormai ridotto a una vecchia locanda con l'insegna scrostata. Dalla finestra del primo piano una serva con la cuffia storta e le labbra maliziose scuoteva un guanciale e lo sbatteva producendo una sorda eco lanuginosa per tutta la via. Dal ristorante, dove il cibo veniva servito in ciò che restava delle porcellane decorate con scene della *Chanson de Roland*, usciva un forte odore di pesce e di olio rifritto. L'albergo alloggiava solo commessi viaggiatori con valigie consumate e vestiti lisi. Al lunedì portavano i loro campionari ai negozianti e concludevano i migliori affari coi bottegai vicino al mercato, sempre in cerca di trine vistose, nastri dai colori sgargianti e pettini guarniti di perle per le popolane che s'atteggiavano a gran signore.

Camminò ancora e raggiunse la porta sud dalla quale

si scorgeva un orlo di spiaggia tra i caseggiati. Dalla riva arrivava il profumo della salsedine e quello lo tradì. L'umidità che si alzava verso il centro cittadino gli ricordò i giorni per mare, la solitudine in mezzo agli sconosciuti, la paura e la nausea. Avvertì addosso il dolore della notte trascorsa all'addiaccio, con la testa posata sul bagaglio carico di spartiti, e poi rivide la sagoma di donna Rita in controluce, sorridente sotto il cappellino di paglia. Sentì che aveva ancora bisogno di lei e inghiottì un grumo di paura. Stava provando di nuovo a ricacciare il pensiero del bacio rubato tra i fichi d'India, ma l'inquietudine che aveva provato e la sua stessa fuga gli sembravano adesso terribilmente insensate. Si portò una mano sulle labbra e premette forte le dita come per cancellare il ricordo tatuato sulla bocca.

Invertì il cammino e allungò il passo per risalire verso palazzo Platanìa. Arrivò stanco e sudato. Il colletto rigido si era stretto come una morsa sul pomo d'Adamo. Pappalardo era passato qualche ora prima per parlargli e Cettina consegnò a Luigi un biglietto con cui il maestro fissava un altro appuntamento.

Cenò solo e senza appetito nella stanza buia. Si sforzò di non chiedere notizie della signora. Sull'angoliera della sala trovò per caso un volumetto ben rilegato. Senza nemmeno leggerne il titolo, lo prese e lo portò con sé in camera.

Nella sua stanza, seduto davanti alla finestra, continuava a torturarsi un baffo e rifletteva. Era la solitudine ad averlo ridotto così. A Subiaco, quando non era nei campi a badare al gregge, aveva amici con cui parlare, aveva don Pietro. A Capo Scirocco il tempo scorreva come dentro una boccia di vetro attraverso la quale la realtà appariva opaca e incombente. Distorto dal riflesso, stentava a riconoscersi nell'uomo intento a dare il braccio a donna Rita, nel ragazzo davanti allo specchio del sarto che si provava abiti nuovi, nell'anima in pena che passeggiava senza meta. Non avrebbe mai pensato che il lusso fosse la possibilità di occuparsi di faccende futili. La sola cosa di cui gli importasse davvero era la musica. Inalò l'aria e gonfiò il petto. Era la prima volta che poteva permettersi di spendere del denaro suo e lo aveva investito nella musica. Per questo l'acquisto del pianoforte lo riempiva di orgoglio. Adesso avrebbe chiesto personalmente a Cucè il permesso di studiare le romanze con la figlia, e lui certo non si sarebbe potuto tirare indietro. E anche Anna avrebbe finito con l'interessarsi a lui, pensò compiaciuto.

Dal tavolinetto prese il libro che aveva trovato in sala e lo rigirò per leggerne il dorso. *Storia di una capinera*. Il titolo impresso in oro brillava sul marocchino. Lo aprì a caso e lesse qualche riga. "Mio Dio! perché questo castigo così duro? Ecco che bestemmio! Oh, mio Dio!... quanto ho pianto! Oh! Dio mio... vi ha una donna più sciagurata di me?... L'amo! È un'orribile parola! è un peccato! è un delitto! ma è inutile dissimularlo a me stessa. Il peccato è più forte. Ho tentato di sfuggirgli, esso mi ha abbrancato, mi tiene in ginocchio sul petto, mi calpesta la faccia nel fango. Tutto il mio essere è pieno di quell'uomo: la mia testa, il mio cuore, il mio sangue." Lo richiuse infastidito. Scempiaggini da donnette, ecco cosa erano.

Si spogliò buttando a terra gli abiti. Donna Rita era pazza e poteva rovinargli la vita.

Dormì di un sonno profondo ma inquieto, serrando la mascella, e il giorno dopo era pronto per la lezione. Pappalardo restò stupito sentendolo cantare. Il fiato sembrava aver ribollito nella sua gola come dentro una caldaia, aveva un che di furibondo. D'un tratto il tenorino si era fatto un vocione da Otello, pensò il maestro sconvolto dai nuovi prodigi che la voce di Luigi regalava.

Prima di andar via, col solito imbarazzo che lo sopraffaceva in queste occasioni, il maestro parlò al giovane di un salotto tenuto da alcuni appassionati di musica. Ad animarlo erano due signorine, al pianoforte e al violino, e loro zio al violoncello.

«La famiglia è assai rispettabile e la casa è ben frequentata. Alla signorina Agata, poi, farebbe piacere accompagnarvi in una piccola esibizione per gli ospiti. Non è una grande pianista ma ha un suo garbo, direi» spiegò, sicuro che il giovane si sarebbe schermito e lui avrebbe dovuto affrontare lunghe discussioni per convincerlo. Luigi invece lo guardava con aria accondiscendente.

«Molto bene. Mi sembra un'ottima idea» rispose prendendo a dare dei colpetti sulla spalla di Pappalardo, come per rassicurarlo. Il maestro lasciò casa Agnello continuando a voltarsi indietro e guardare verso il palazzo. Sarà stato il vino dell'Etna a cambiare il signorino, si disse. O lo scirocco, quello fa impazzire uomini e bestie. Certo è che Fumini pareva un altro.

Luigi aveva aspettato con una certa impazienza l'incontro con l'accordatore dai Cucè e quando si accomodò in poltrona nel salottino della casa di via Pescatore, in cui ogni suppellettile era ben spolverata e posata su un centrino écru fatto all'uncinetto, si sentì estraneo al mondo. Non era più un contadino e non era un signore, eppure tutto ciò che vedeva lo disgustava e non sapeva spiegarsene la ragione.

Don Santino era rimasto appoggiato vicino alla porta, in attesa che Pane cominciasse, pronto a scappare appena iniziato il martirio di quei suoni penetranti sempre uguali. Annuzza, invece, non si era fatta vedere.

L'accordatore aprì la borsa sulla panca e tirò fuori alcuni arnesi che dispose con attenzione su un tavolinetto. Posandoli muoveva le labbra come se stesse ripetendo tra sé il nome di tutti i ferri. Cacciavite grande, cacciavite piccolo, cacciavite ricurvo, chiave da accordatura, pinza grande, pinza piccola, separatore. Compiva ogni gesto con l'accuratezza di un chirurgo. Si mise davanti allo strumento e affermò che i pianoforti vanno accordati in piedi. Chiuse gli occhi e suonò il Do centrale. Era basso. Poi fece lo stesso con gli altri Do, all'ottava inferiore e quelli in alto. Sull'acuto i suoni sfrigolavano ed erano almeno un semitono troppo bassi. Allora afferrò la chiave e cominciò l'accordatura.

Il martellare continuo sulle corde provocò in Luigi uno strano effetto e, in pochi minuti, lo fece estraniare del tutto. Gli occhi, puntati sui denti del pianoforte, in realtà non vedevano che linee sfocate e colori spenti. Sentì la gola farsi secca e il respiro pesante. Senza alcun motivo apparente, si trovò eccitato. Una mosca assaggiava il vetro della finestra a minuscoli passi nervosi. Si fermò e si lustrò un'ala con la zampetta.

Luigi non avvertì il parlottare che proveniva dalla cucina, il timbro pieno di don Santino e i rimbrotti rassegnati della ragazza. Non si accorse nemmeno di Annuzza, che si avvicinò porgendogli un bicchiere con un liquido lattiginoso.

«Acqua e zammù, signore» disse quindi ad alta voce.

Luigi si riscosse dal torpore, si sollevò sulla poltrona e prese il bicchiere imperlato di brina. «Certo, grazie, signorina Anna.»

Bevve un sorso d'acqua e gustò l'aroma potente dell'anice. La signorina Cucè era ferma col vassoio in mano.

«Siete un cantante.»

«Sì, un tenore» rispose.

«Mio padre mi annunciò la vostra richiesta. Se credete potremmo provare qualche aria.»

Luigi fissava Annuzza indeciso, quasi deluso, come avviene quando alla fine si ottiene qualcosa che s'è a lungo desiderato.

«Potremmo» si limitò a ripetere.

Poi osservò le manine piccole e grasse della ragazza e l'immagine si sovrappose al lucore affusolato delle mani di donna Rita.

«Ma ora, col vostro permesso, saluterei vostro padre e andrei» aggiunse. Posò sul tavolinetto il resto del denaro per l'accordatura e uscì.

A casa trovò la signora in salotto intenta a ricamare. Restò in silenzio a guardare l'ago muoversi sicuro e, mentre il petalo di un lillà sul lino bianco riceveva il suo ultimo punto, la salutò.

«Sei rincasato presto» commentò lei riponendo il cerchietto da ricamo.

«Sono stanco.»

«Viene freddo, forse dovresti mettere l'abito pesante» gli disse.

La signora sembrava insolitamente serena, un po' pallida forse, ma a cena tenne sempre gli occhi bassi e un vago sorriso sofferente, come se portasse addosso con coraggio tutti i dolori del mondo. Il pensiero che Luigi avesse acquistato il pianoforte dei Cucè la turbava in qualche modo. Adesso era un uomo, diceva tra sé, capace di prendere decisioni senza consigliarsi con lei.

Quando si alzò da tavola per ritirarsi, Luigi accennò a seguirla.

Cettina entrava in quel momento per sparecchiare.

«Andate a letto, signorino» bisbigliò, « è meglio così.»

9

Era un mercoledì mattina gelato da un vento di tramontana che soffiava impietoso sulla città. La buganvillea nel cortile di palazzo Platanìa sembrava soffrirne e i rami si erano ripiegati mestamente come tralci di salice. Tanino aveva messo sui cavalli delle coperte pesanti e bisunte. Uscendo di casa Luigi li vide, parevano tristi, e si avvicinò per fregare loro il muso in segno di affetto. Uno dei due scrollò la criniera in risposta.

Un ubriaco rattrappito dal freddo dormiva disteso sotto l'arco della Sacra Famiglia. Il ragazzo si fermò a scuoterlo per allontanarlo e quello brontolò nel sonno. Luigi cavò fuori dalla tasca un paio di monete, gliele mise in una mano stringendogli il pugno e gli intimò di andare via. Passò poi davanti all'osteria di Li Causi coi battenti ancora chiusi e giunse in fondo alla strada, dove si apriva un basso. Dietro il vetro, alla ricerca di un po' di luce, una donna vestita di nero rammendava una calza tesa sul guscio dell'uovo da cucito. Su Capo Scirocco era caduto un tappeto di foglie e qualcuna continuava a scendere con un leggero volo d'angelo. Puntando lo sguardo lontano, il chiarore del cielo creava una strana illusione e il giallo e il marrone sul lastricato apparivano una vasta spianata ondeggiante, come una stuoia posata su una zattera in mezzo al mare. Era questa l'immagine a cui pensò Luigi attraversando la piazza davanti alla chiesa, con una sciarpa rigirata intorno al collo a proteggere la sua ugola.

Il centro era tagliato da carrozze che andavano rapide

da una parte all'altra della città. Un uomo frustava il mulo attaccato alle stanghe di un carretto pieno di mobili diretti chissà dove. L'animale sbuffava dalle narici nuvole di vapore e di tanto in tanto si bloccava ostinato. Gruppi di servette scendevano svelte verso il mercato del pesce, imbacuccate negli scialli frangiati, ciarlando tra loro di amori passeggeri e di padrone esigenti. A tratti il vento gonfiava loro le vesti scoprendo caviglie secche che finivano in scarpe grosse e nere. Allora scoppiavano a ridere e, ricomponendo la gonna con gesti fintamente pudichi, abbandonavano la presa dello scialle sotto il mento così che la stoffa si allargava sulle spalle come ali di pipistrello.

Luigi aveva lasciato donna Rita in salotto raccomandando a Cettina di non farla uscire, dato che il ventaccio che aveva fischiato per tutta la notte non si era ancora abbassato. La signora aveva sorriso per le attenzioni ma, subito dopo, si era chiesta se Luigi non la stesse trattando come una vecchia pazza. Per questo, tornati dall'Etna, aveva provato a nascondere i suoi sentimenti e il turbamento. Non era stato facile sembrare sempre assorta nella lettura o in un lavoro di cucito... Quand'era sola, poi, spesso piangeva o cercava rifugio nella preghiera. Una sera, per arginare il male che sentiva addosso al pensiero di Luigi, aveva cominciato a mordersi un dito, a tirare una pellicina nell'angolo di un'unghia perfettamente limata. Senza rendersene conto aveva continuato finché non aveva sentito sulle labbra il sapore del sangue. L'indomani, ricamando, la piccola ferita si era riaperta e aveva lasciato un ovale rosso proprio sopra uno stelo. Quella mattina, donna Rita sospirò rivedendo la macchiolina di sangue e, infilata una gugliata di filo rosso, decise di sostituire con un tralcio di rose le margherite che aveva ideato per il tovagliolo.

Mentre scendeva con calma da via della Corsa, Luigi

sentì l'acciottolato reso instabile sotto i suoi piedi dalle foglie e il vento forte che infieriva sulle sue labbra.

A casa Cucè avvertì un fastidio alle orecchie: gli accordi erano così pieni, con le note talmente abbarbicate le une sulle altre, che non era sicuro stessero davvero bene insieme. La sensazione lo rese cauto. Entrò quasi in punta di piedi nella stanza e osservò la sagoma di Annuzza, con la testa appena reclinata sulla spalla e le mani sulla tastiera, i muscoli tesi nello sforzo, la mente concentrata nella lettura. La ragazza si accorse della sua presenza e, senza nemmeno girarsi a guardarlo, disse qualcosa che Luigi non era certo di capire.

«È il preludio del terzo atto del *Lohengrin*.»

Poi si voltò verso di lui. «Non conoscete Wagner?»

Scosse la testa e lasciò cadere la sciarpa sulla poltrona.

«È un'opera anche questa, sapete? Me la spedì un maestro bolognese.»

Luigi si accostò al piano e sul leggio scorse note che si affastellavano sui pentagrammi come sforzandosi di starci tutte su quei cinque righi.

«Ma non ha le parole» disse continuando a scrutare quei segni quasi illeggibili.

«Questa è soltanto una trascrizione per pianoforte di alcuni brani.»

«Suonate ancora, vi prego.»

Annuzza fece segno di sì, sfogliò veloce alcune pagine. Strinse un paio di volte i pugni, si fregò le mani per scaldarle, sistemò la gonna sulla panchetta e poi, finalmente, si piegò sulla tastiera. Dal coperchio semiaperto del Bösendorfer si levò la musica più complicata che Luigi avesse mai udito. Lunghe catene di note che parevano non nascere dal pianoforte ma esser sempre state lì, aspettando di manifestarsi nel suono. E adesso che prendevano vita si avvinghiavano alle gambe di Luigi, gli stringevano i polpacci, risalivano con larghe spirali lungo le cosce e, come serpenti affamati e sensuali, gli scorrevano sul corpo schiacciandolo alla poltrona.

«Dunque, vi piace?» domandò la ragazza quando ebbe terminato.

«Non saprei, sembra difficile. Cos'è?»

Prese il manoscritto e si avvicinò alla poltrona porgendoglielo.

«Una marcia nuziale, leggete.»

Luigi provò a sillabare seguendo col dito il titolo: «*Tre-u-lich ge-füh-rt*» arrotando le erre come se potesse aiutarlo a comprendere.

Annuzza rise. «Non avete studiato il tedesco?»

Luigi rispose di no e la ragazza rise ancora. «Nemmeno io, dovremo fidarci solo della musica. Quella non mente.»

Quando iniziarono a provare un'aria di Pacini, gli parve che tutto avesse perso colore. Persino la sua voce. I suoni che gli uscivano dalla bocca erano così piatti che, invece di levarsi in alto come facevano di solito, gli restavano sotto il naso e poi scivolavano giù. Scorrevano lenti come liquame lungo il coperchio del pianoforte, scendendo per le gambe dello strumento fino a posarsi sul pavimento in larghe pozze opache.

«Scusate, devo aver preso freddo. Non mi sento in voce oggi» si giustificò.

«Con questa musica nessuno sarebbe in voce, signorino.»

«Cosa volete dire?» chiese lui.

«Guardate.» La ragazza lo invitò a leggere lo spartito, prese una matita e cominciò a indicare. Luigi faticava a seguirla ma lei continuava a segnare accordi, sottolineare, e a ogni annotazione mostrava come si trattasse di una soluzione banale: se proprio doveva essere sincera, non era musica di grande qualità.

«Avete con voi qualcosa di Verdi?» domandò alla fine.

«Ho *Il trovatore*.»

«Bene, datemelo.»

Le note, adesso, erano fluide, inanellate una dietro l'altra, si levarono in alto e si misero a danzare intorno al rosone di stucco al centro della stanza. E quando Annuzza introdusse la cabaletta, nel petto di Luigi il fiato cominciò a bruciare. Com'era diverso cantare se era lei a suonare! A volte, con Pappalardo, faceva fatica a mantenere l'intonazione su certi accordi maldestri. Altre volte, poi, il maestro si fermava per leggere meglio lo spartito e a lui il senso del canto si strozzava nel petto. In quel momento, invece, avvertiva tutta la potenza dei suoni e l'incanto stesso che stavano creando.

Alla fine dell'aria l'acuto micidiale di Luigi si spense e le corde smisero di vibrare, Annuzza sollevò lenta le mani dalla tastiera e applaudì nervosamente.

Il ragazzo teneva gli occhi rivolti verso l'alto, lo sguardo fiero come se davanti avesse l'intera platea di un teatro. Poi abbassò la testa e si accorse delle mani di Anna che si muovevano nell'applauso. Non poté impedirsi di trovarla volgare.

Tornando a casa era dubbioso e soddisfatto, la ragazza conosceva della musica cose che a lui erano completamente ignote, usava termini misteriosi, non c'erano che primi e secondi rivolti, cadenze d'inganno e altre diavolerie delle quali non aveva mai sentito parlare. E lui aveva sete di conoscerli quei segreti.

«Hai fatto tardi, è quasi ora di pranzo. Dove sei stato?» lo investì donna Rita incapace di controllarsi.

«A studiare con la signorina Anna» rispose appoggiando il cappotto a un gancio dell'attaccapanni.

«Spero sia andata bene.»

«Più di quanto immaginiate» disse per ferirla.

Luigi superò donna Rita che se ne stava immobile a fissarlo e avvertì i picchi acuti della sua ira repressa che lo rincorrevano.

«Non avresti dovuto stancare la voce, hai lezione questo pomeriggio» strillò nascondendo la gelosia con la preoccupazione.

Lui si fermò e pensò di aver esagerato. Tornò indietro e prese una mano della signora tra le sue per posarvi delicatamente le labbra. Le unghie lucide avevano una perfetta forma di mandorla e il palmo era tenero come cotone egiziano.

«Siete così premurosa con me» sussurrò col capo chino, «ma cos'ha questa manina? Vi siete ferita.»

Rita Agnello la ritrasse subito arrossendo. «È solo una sciocchezza, non temere.»

«Tenetemele da conto queste mani, sapete quanto le ami.» Soddisfatto di sé, la prese sottobraccio e l'accompagnò in sala.

Dopo pranzo restarono a lungo a chiacchierare. Donna Rita ricamava e Luigi raccontava dell'accordatore, di casa Cucè e del freddo improvviso che gelava la città. Sentirlo parlare di Annuzza la inquietava e, anche se Luigi non si lasciava andare a nessun giudizio sulla ragazza, fitte di gelosia le sconquassavano le viscere.

Al pomeriggio arrivò il maestro di canto. Chiusi nella stanza della musica, Pappalardo cercava di insegnare una nuova aria al signorino.

«Di nuovo, per favore, raccontate un incubo ma all'inizio siete felice, perché avete sognato di sposare la donna che amate» spiegava.

Luigi era distratto ma provò a eseguirla con più passione.

«Troppa forza, adesso. No, non è questo il suono.»

Il maestro chiuse lo spartito e gli domandò di sedersi accanto a lui sul divano. L'amore sapeva come cantarlo, rifletté, alla sua età era normale, perché si è tutti un fuoco e ogni femmina provoca uno sconvolgimento. Ma non bastava: Luigi doveva crescere e imparare a conoscere le donne, per interpretare il ruolo di Pollione in *Norma*. E – buon Dio! – se nessuno gli aveva ancora insegnato che demoni fossero le femmine, allora sarebbe stato Basilio Pappalardo a farlo.

Non pensava certo di essere la persona più adatta, anzi. Di donne, lui conosceva davvero soltanto la madre ormai vecchia che lo comandava a bacchetta come fosse ancora un ragazzino e la zia nubile che riempiva casa loro di litigi e merletti al tombolo. Non erano così diverse da quelle donne del melodramma, a pensarci bene: dolci all'apparenza ma sanguigne e capaci di vendicarsi, di uccidere e di uccidersi. Per questo, tra grida isteriche e acuti da far scoppiare i bicchieri di cristallo, il maestro aveva ritenuto che fosse meglio non sposarsi affatto.

Cominciò allora a raccontare la storia della crudele sacerdotessa e del romano innamorato di una giovane druida. Luigi ascoltava concentrato e l'immagine di Norma si sovrapponeva a quella di donna Rita avvolta in un peplo come la Cerere della fontana. Ascoltò tutta la vicenda poi si accostò al pianoforte e guardò Pappalardo che si sedette alla tastiera. Quando il ragazzo fu pronto fece un cenno impercettibile con la testa e dalle sue viscere l'anima di Pollione diventò fiato e gli riempì il petto, gli gonfiò le guance e venne fuori dal suo corpo.

Donna Rita fremeva. Se ne stava nascosta dietro la porta, accaldata, con gli occhi chiusi e le mani strette. Adorava la musica di Bellini, capace come nessun'altra di cantare la gioia di innamorarsi e morire giovani, soffrire e impazzire per il desiderio. E mentre una nota si allargava come un ombrello sulla sala, lei girò su se stessa lasciando che la gonna le si alzasse intorno alle gambe e, d'un tratto, frenò un gemito. Il canto le rimbombò cupo nel ventre. Era lei la terribile Norma che fa scempio dell'amante traditore. Si fermò di colpo. E, disperata, urlò.

Luigi e Pappalardo tacquero. Poi il ragazzo corse

fuori dalla stanza, trovò appoggiata al muro la signora che, piangendo, lo scrutava con occhi imploranti. «Siete pazza» biascicò, «datevi un contegno.»

Rientrò chiudendo violentemente la porta e disse al maestro che per quel giorno poteva bastare. Poi, accompagnandolo all'ingresso, chiese se non fosse imminente una serata musicale.

«Giusto domani, signorino.»

«Bene, potreste avvisare la padrona di casa che amerei esibirmi in qualche aria?»

«Con vero piacere, ne sarà entusiasta» rispose Pappalardo, soddisfatto all'idea della bella figura che l'allievo gli avrebbe fatto fare.

«Allora potete dire di preparare l'aria di Alfredo, secondo atto, e *Celeste Aida*» decise dopo averci pensato un momento.

«Ottima scelta. Vi vengono entrambe molto bene.»

Il ragazzo sapeva che la decisione avrebbe fatto impazzire di gelosia Rita Agnello. Un po' di dolore la terrà sulla corda, pensò. Sciocca donna, cosa credeva di ottenere?

Il salotto adesso era vuoto. Si diresse deciso verso la stanza della signora, bussò e, senza aspettare, la spalancò.

Lei era seduta alla toletta e, immobile, fissava lo specchio.

«Posso conoscere le ragioni del vostro comportamento?»

Rita gli fece cenno di uscire.

«Non me ne andrò se non mi darete una spiegazione.»

«Un malore» disse con poco fiato, voltandosi verso di lui.

Luigi rimase in piedi, con le braccia conserte. Lo sguardo era gelido di rimprovero e pieno di rabbia incontenibile. Poi in un istante rilassò i muscoli, abbassò le braccia e il tono della voce diventò zuccheroso. «Vedete? Non avete cura di voi. Non mi volete abbastanza bene.»

«Ma cosa dici?» trasalì lei.

«È così, io vi prego di stare attenta, non prendere freddo e voi vi ammalate» ribadì imbronciandosi.

«Passerà, mio caro. Passerà se mi state vicino» sorrise tristemente carezzandogli una guancia.

«Vi ho forse mai delusa?» disse stemperando la freddezza e spalancando per un attimo gli occhi con un'espressione smarrita.

La signora restò pensierosa, poi Luigi socchiuse le palpebre e lei avvertì il suo sguardo affondarle nel cuore, risentì il suo fiato sul collo, le labbra calde sul dorso della mano.

«Mai, caro. Mai.»

La sera successiva il ragazzo chiese a Cettina di preparargli l'abito scuro col panciotto sciallato e la cravatta di seta. Donna Rita udì appena la richiesta entrando in sala.

«Esci?» domandò preoccupata.

«Una serata. Mi ha introdotto il maestro.»

«Forse sarei potuta venire con te...»

Luigi la osservò con studiata tenerezza. «Dopo il malore di ieri e col freddo che c'è? Non avrei mai osato proporvi una simile imprudenza. Li chiamano i giorni della merla, non è così?»

La signora annuì. «Sì, certo. Farai tardi?»

«Non più di quanto occorre.»

«Prendi la carrozza, allora» si preoccupò lei.

Lui piegò la testa per ringraziare e andò a cambiarsi. Donna Rita restò lì, in un guscio di disperazione.

Avviandosi verso la porta, poco dopo, Luigi finse di non accorgersi dell'ombra nascosta in un angolo. Rita lo sbirciava. Non gli era mai sembrato così bello. E lei lo stava perdendo. Anche quando fu scomparso continuò a vedere la sua immagine con l'abito scuro, i capelli lisciati e la sciarpa di seta bianca intorno al collo.

«Lasciatelo andare, signora. È tanto giovane» disse Cettina, che le stava dietro da un po'.

«Lo perderò» esplose Rita, ormai senza più nascondersi.

«Gli uomini dovete tenerli così» aggiunse la vecchia mostrandole un pugno socchiuso, «non troppo stretti per evitare di soffocarli e non troppo lenti, sennò scapperanno. Come gli uccellini.»

Donna Rita sollevò una mano mostrando le dita chiuse sul palmo. «Così?»

«Sì, signora.»

Cettina accese un lume e un chiarore flebile illuminò il pallore del suo viso. La condusse nella sua stanza, le mise una coperta sulle gambe e le porse un libro.

La carrozza era arrivata nel frattempo sotto casa Muscatello, poco lontano dal teatro.

Nell'appartamento Luigi avvertì subito un fitto chiacchiericcio e un odore di mobili vecchi, di suppellettili polverose. All'ingresso un grosso vaso di ceramica di Caltagirone, la testa di un moro con gli occhi lucidi e profondi, conteneva alcuni bastoni da passeggio. Un cameriere con l'abito sdrucito lo precedette lungo un corridoio buio, fino al salotto. Sul divano, le due anziane sorelle della padrona di casa, Tina e Clotilde, cariche di pizzi e nastri bianchi come due debuttanti, intrattenevano Basilio Pappalardo, parlando di chi avrebbe interpretato Lucia di Lammermoor nel prossimo allestimento. Di certo non sarebbe stata una cantante all'altezza di Rosina Caponetti. Accanto al pianoforte, Agata, la sorella minore Assunta e lo zio consultavano alcuni spartiti.

A un tavolino da gioco, l'insigne Carmelo Giarrusso in una finanziera verde oliva assai fuori moda, sotto lo sguardo della moglie Cetty, filantropa e poetessa ricercata nei salotti cittadini, spiegava a Maria Muscatello l'importanza della loggia massonica che aveva sede presso il palazzo dei Biscari. Indisposta dallo strabismo dell'interlocutore e confusa dai suoi continui intercalari, la Muscatello aveva ormai perso il filo del discorso e atteggiato il viso a una sorta di stupore che, di tanto in tanto, trovava conferma nei suoi «davvero?» e «non mi dite». Giarrusso, d'altra parte, pareva non curarsi delle reazioni della donna. Professore emerito di latino e accademico della Crusca, non si poteva dire fosse un uomo simpatico. Un po' per i modi *grossier* dovuti alle umili origini, un po' per l'alterigia con la quale cercava di nasconderli, negli anni aveva finito con l'allontanare da lui persino gli allievi più fedeli. L'assidua presenza nei salotti cittadini era dovuta al credito di cui godeva la deliziosa moglie Cetty, affabile al punto giusto e latrice di un fascino esotico dovuto al soggiorno in un collegio londinese del quale continuava a raccontare nonostante fossero trascorsi vari decenni e che le aveva donato in patria la civettuola desinenza in ypsilon.

In un angolo, accanto alla consolle, un giovane dall'aria annoiata sorseggiava un porto, si fermava a guardare il bicchiere e lo roteava lentamente. Il profilo greco si disegnava nello specchio incorniciato in legno, i capelli erano chiari e ondulati sulla fronte. Le guance scavate erano contornate da soffici favoriti che ricadevano sul colletto rovesciato, sostenuto da una cravatta giallo oro. All'occhiello una rosa color carminio.

«Ecco il nostro talento» esclamò Pappalardo abbandonando in fretta la conversazione con le signorine Russo.

L'attenzione di tutti si concentrò su Luigi che restava in piedi, a misurare l'ambiente con lo sguardo. Maria Muscatello lasciò al tavolo Giarrusso che discettava di massoneria e lo accolse.

«È un privilegio avervi qui, ci hanno detto mirabilie della vostra voce» disse porgendo la mano al nuovo arrivato.

Luigi la prese accennando un baciamano e si schermì. «Speriamo di essere all'altezza di tanta fama. Il mio maestro tende a esagerare» aggiunse lanciando uno sguardo fintamente severo a Basilio.

Quando tutti si furono accomodati in emiciclo, rivolti verso il vecchio pianoforte nero, iniziò l'intrattenimento musicale.

La prima parte della serata fu dedicata a due *Trii* di Schubert che Luigi ascoltò con interesse nonostante l'esecuzione incerta. La signorina Clotilde, sul divano, aveva smesso di tormentare il maestro di canto con le sue chiacchiere e sonnecchiava fingendo concentrazione.

Al termine vennero serviti i dolci. Il giovane dal profilo greco si accostò a Luigi addentando una cassatella di ricotta. La glassa bianca gli si sbriciolò tra le labbra e la crema si sciolse in bocca.

«Trovo queste serate terribilmente noiose» sussurrò cercando complicità.

«L'Andante dell'opera 100 è di una bellezza struggente» replicò Fumini.

«In effetti, stasera sono venuto solo per conoscervi. Domenico Russo, ma gli amici mi chiamano Mimì» disse il giovane pulendosi le dita in un fazzolettino di batista e porgendogli la mano. Anche Luigi stava per presentarsi quando venne bloccato. «So bene chi siete. Non si parla d'altri a Capo Scirocco.»

«Non credevo che il maestro si curasse tanto di me.»

«Non lui» precisò Russo.

«Cioè?»

«Andiamo, non siate modesto, voi e donna Rita siete l'argomento più interessante in città.»

L'altro mostrò un'espressione contrariata.

«Sono stato maldestro e forse mi sono preso troppo in fretta la confidenza che si dà a un amico. Posso permettermi?» aggiunse il giovane.

Il goffo tentativo di riparare a una gaffe mise Luigi di buonumore.

«Certo» rispose quello stringendogli la mano, «immagino che siamo coetanei.»

Domenico in realtà aveva qualche anno in più di lui. Era figlio di Vito Russo, il violoncellista del trio e fratello di Maria Muscatello. Studiava Legge e si diceva fosse un ottimo partito. Superava Luigi di tutta la testa, aveva uno sguardo penetrante, si muoveva con eleganza e pareva conoscere bene il mondo.

Finiti i dessert, Agata si accomodò al pianoforte e Luigi si esibì nelle due arie che aveva preparato.

Mentre la sua voce conquistava il salotto insinuandosi in ogni spazio, tra le pieghe delle stoffe e nelle volute delle porcellane esposte sui mobili, a palazzo Platanìa Rita Agnello cercava una ragione al ritardo del ragazzo. Ripensò alla donna che l'aveva cresciuta come una figlia e alla pace del convento in cui si era rifugiata per sfuggire all'orrore del suo ventre arido, che pareva un insulto alla perfezione del creato.

Era già tardi ma il male che la tormentava aveva bisogno di un conforto. Suonò ripetutamente il campanello e attese. Passarono alcuni minuti prima che Cettina la raggiungesse. La vecchia si era assopita su una sedia della cucina aspettando che la signora la chiamasse per spogliarsi.

«Sto male, Cettina» sospirò implorante.

La governante si avvicinò.

«È qui che ho male» continuò, picchiando col pugno sul petto come una penitente davanti alla croce. «Devo allontanarmi da lui o ne morirò.»

«Parlate come l'opera lirica, signora.»
«Vorrei trascorrere qualche tempo al Cuore Trafitto.»
«E il signorino?»
«Baderà lui a tutto, di certo non ha bisogno di me.»
Cettina rimase per qualche istante a soppesare la decisione, poi l'accompagnò in camera.

Scese in sala e si sedette accanto alla porta. Di tanto in tanto la testa le si faceva pesante, gli occhi le si chiudevano e il mento ricadeva svegliandola. Sentì battere la mezzanotte e, poco dopo, la porta aprirsi.

«Cettina, che succede?» disse Luigi sorprendendola in sala ad attenderlo.

«Volevo parlarvi prima che andaste a dormire, signorino» rispose la governante alzandosi dolorante dalla seggiola. Guardò Luigi, gli prese le mani e gli raccontò che donna Rita si preparava a passare un periodo al Sacro Cuore Trafitto.

«Domani lo saprete dalla signora. Ci sono cose che dovrete amministrare mentre lei sarà via.» Poi tacque e fece per andare in camera. Si fermò e aggiunse: «E mostrate una faccia stupita quando ve lo dirà».

Luigi vide la sua cuffia ondeggiare stancamente nel buio. Avrebbe pensato a tutto l'indomani.

Si spogliò, si mise a letto ma, tentando di prendere sonno, si domandava che diavolo avesse in mente quella donna. Chiudersi in convento, così, all'improvviso. Si rigirò un paio di volte tra le lenzuola e poi decise che l'avrebbe lasciata fare.

10

All'alba di una mattina di febbraio, sotto un cielo grigio, la carrozza di donna Rita si avviò verso il convento del Sacro Cuore Trafitto dalle Sette Spade. L'aria era fredda e la luce dell'inverno si stemperava in un giorno mesto. Il mare rompeva la sua schiuma sulla spiaggia con un ritmo sordo.

Rita Agnello si era fatta precedere da una lettera alla badessa, accompagnata da una formale richiesta di don Calogero. L'ordine del Cuore Trafitto, nato per volere di suor Trafitta a soccorso delle donne perdute e per l'educazione delle giovani alla parola di Cristo, aveva tra le regole l'accoglienza delle meschine in difficoltà. Ricevuta la supplica di asilo, la superiora aveva fatto sapere che il cenobio avrebbe ospitato la vedova Agnello tra le sue mura per un periodo di preghiera e contemplazione.

La strada che si arrampicava verso il convento era disagevole. Il cavallo procedeva al passo ma anche questa cautela non riusciva a evitarle gli scossoni. Lungo il tragitto la signora, che osservava un digiuno penitenziale da due giorni, sentì una forte nausea e più di una volta dovette premersi sul viso un fazzoletto intriso di acqua di rose per riprendersi.

Si cominciava a scorgere il convento quando Tanino fermò la carrozza, scese dalla serpa e aprì la portiera alla padrona.

«Siete sicura, signora? C'è molto freddo per andare a piedi» disse aiutandola.

Donna Rita alzò lo sguardo verso il Sacro Cuore e sorrise pacificata. «Proseguirò da sola. Torna pure a palazzo.»

Era uso delle penitenti recarsi a piedi a rendere omaggio alle reliquie di santa Trafitta. Lungo il cammino erano state costruite sette cappellette con una croce di ferro al sommo della cupola. Lì le devote si fermavano a recitare un'orazione e deporre una coroncina di fiori come quella che, nell'immagine della sua assunzione in cielo, adornava il capo della martire. Ciascun edificio era dipinto di un colore diverso e recava sul prospetto un bassorilievo con una delle massime di Trafitta.

Donna Rita aveva deciso di fare così il suo ingresso al convento. Cosa era il suo sentimento per Luigi se non una colpa? Aveva trascorso anni perdendosi nell'ardore delle folli passioni del melodramma, sospirando per i crudeli distacchi e le tragiche morti, e tutto questo non l'aveva aiutata. La vita vera era ben più drammatica delle esistenze narrate nei libretti. Gli amori avversati che nella lirica, dopo una tempesta, potevano coronarsi nel matrimonio, nella realtà restavano impossibili. E la fine era davvero dolce e liberatoria come sembrava nei disperati addii di soprani impazziti o gravemente ammalati o impavidi nell'affrontare il patibolo?

Alzò gli occhi e lesse la frase scolpita sull'ocra della sesta cappella: *L'amore di Dio Padre non somiglia a quello degli uomini perché non inganna e non tradisce.* Spinse il cancelletto di ferro, si inginocchiò davanti al piccolo altare sul quale ricadeva un lino bianco e trasse dal cestino che portava al braccio una ghirlanda di rose gialle. La posò sotto la rappresentazione della santa, chinò il capo e provò a pregare. Una tranquillità profonda si impadronì di lei, i muscoli si distesero e il peso che da giorni sentiva sul petto l'abbandonò. Le parve di sentire un coro lontano e più forte congiunse le mani nella preghiera. La testa le girava ed era certa fosse una sensazione molto vicina a quanto provato dalle pie nel momento della chiamata divina. Socchiuse le labbra e intonò a mezza voce un canto, ma subito ricadde sconsolata sui talloni. Le parole che la sua mente le aveva suggerito venivano da un'opera! Ogni tentativo era vano se persino la mestizia del luogo non riusciva a strapparla al suo fantasticare. Senza rendersene conto si era vista come l'infelice eroina di un melodramma, affranta a pregare nel segreto di un convento. Quelle storie l'avvinghiavano fino a confonderla e la realtà stessa scivolava dentro un'opera immaginaria. Inghiottito e rimodellato, l'incontro con Luigi le era parso un segno mandato dalla madre e il suo amore impossibile per lui ritrovava un ancestrale significato nel dolore che le procurava.

Chiese perdono alla santa e maledisse ogni nota che aveva ascoltato, ogni opera, ogni romanzo, ogni verso imparato a memoria, ogni palpito del suo petto, ogni sogno in cui Luigi l'amava e la stringeva a sé. Si segnò, uscì dalla cappella e riprese il cammino.

Il vento aveva spazzato il cielo e tra le nuvole un raggio di sole, basso sull'orizzonte, penetrava il grigio facendo risplendere la brina sulle foglie. Donna Rita arrancava nella zona in cui la salita si faceva più ripida. Sotto le scarpe avvertiva le asperità del terreno e ripensava alla passeggiata sull'Etna, a Luigi pronto a liberarle il passaggio dagli ostacoli e porgerle il braccio perché trovasse in lui l'equilibrio.

La settima cappella, verde mare, apparve sulla sinistra del cammino. La signora aveva pronta la ghirlandetta di elleboro bianco ma, accostandosi al cancello, si accorse di una giovane inginocchiata davanti all'icona di Trafitta. Rimase in piedi accanto alla ragazza. Le mani giunte sopra l'addome tondo della maternità avanzata contrastavano con il viso implacabilmente giovane. Di tanto in tanto, nel silenzio, un singhiozzo strozzato rompeva l'aria e quel corpo tremava sotto lo scialle. Doveva avere circa quattordici anni e donna Rita non riuscì a non pensare alla storia tragica di sua madre. Una maternità così dev'essere frutto di un peccato, si disse. Pregò anche per la poveretta, si fece il segno della croce e riprese il cammino.

Le occorse ancora mezz'ora per raggiungere il convento e, mentre attendeva che la suora portinaia le aprisse, alla donna il mondo sembrò d'improvviso più bello, più leggero.

Intorno al portone, il barocco della facciata disegnava volute che gli anni e i venti avevano bucherellato fino a farle somigliare a vecchi pezzi di formaggio rosicchiati. Le mura proteggevano i giardini del chiostro. All'interno, oltre le alte palme da dattero, una deliziosa fila di aranci circondava l'aiuola con colorate siepi di lantana. Al centro si apriva il pozzo che garantiva l'acqua al convento. La zona est era occupata per metà dall'orto, dietro il quale era allestito un pollaio con una decina di gallinelle e un gallo bianco dai vistosi bargigli. Due pavoni, dono di una nobile devota a santa Trafitta, abbellivano il giardino. Libera si aggirava anche una capretta girgentana con lunghe corna ricurve che pareva uscita da un'antica narrazione mitologica. I soli luoghi interdetti all'animale, tenuto lì per il latte, erano il verziere e la zona delle piante officinali. Nel chiostro sorgeva il grazioso boschetto di lavande in cui le suore a primavera raccoglievano i fiori da seccare per profumare la biancheria.

Ciascuna delle consorelle svolgeva un compito e il cenobio era una perfetta comunità in cui regnava una pace assoluta. Solo l'anziana suor Cosima sembrava non avere altro da fare che passeggiare. Ripiegata dal tempo come un cartiglio spiegazzato e ridotta a un mucchietto di ossa, la vecchia si ritrovava spesso a sussurrare qualche sequenza gregoriana con una vocetta gracchiante. Camminava tutt'intorno all'edificio raggiungendo l'abside della chiesa interna, che aveva un'entrata posteriore sconosciuta ai più. Vi si accedeva assai pericolosamente attraverso una stretta mulattiera che s'inerpicava tortuosa lungo la scogliera. L'apertura, per una qualche diavoleria architettonica, era congegnata in maniera da essere invisibile dall'esterno. Si diceva fosse stata costruita per garantire alle religiose, nel caso si fosse resa necessaria, una rapida fuga verso un vecchio approdo a sud di Capo Scirocco.

I tacchi delle scarpe di Rita Agnello risuonarono con un'eco metallica nel corridoio est, destinato alle ospiti esterne al convento, dove suor Bernardina la stava guidando verso la sua cella.

La porta fece un cigolio di cardini arrugginiti e alla signora apparve la stanza. Modesta e raccolta, prendeva luce da un'alta finestrella protetta da una grata. Sopra il letto era appeso un crocefisso annerito dagli anni. Completavano l'arredamento soltanto un armadio stretto capace di contenere pochi indumenti, un tavolino con una sedia e un inginocchiatoio sul quale lei trascorse buona parte del mattino.

Per la Nona, donna Rita, che non aveva i medesimi obblighi delle suore, decise di recarsi nella cappella a pregare. Le gambe le dolevano e le giunture si erano indurite tanto che, a ogni passo, le sembrava dovesse mancarle la forza di procedere. Non si arrese, però, convinta che la mortificazione del corpo fosse una delle vie privilegiate per salvarsi l'anima: lenta lungo la fuga dei corridoi, sulle pantofole di feltro che aveva indossato perché disturbata dal rumore dei suoi stessi passi, giunse al luogo di raccoglimento. Tante volte aveva immaginato lì sua madre in preghiera.

La cappella odorava di fiori e gli argenti sull'altare maggiore brillavano sotto i fasci di luce densi di pulviscolo impazzito che entravano obliqui dalle finestre dell'abside. Al centro, un Cristo in croce, col capo reclinato su una spalla, pareva sbocciare dal morbido cuscino di petali posto ai suoi piedi. In ginocchio tra le pie, Rita si sentì libera. Nessuno sguardo la deconcentrava né le prestava attenzione. Il muto anonimato le sembrò un dono del cielo.

Quando l'ufficio fu terminato, i banchi si svuotarono. Alcune andarono verso le cucine, altre nel chiostro e altre ancora verso una delle stanze comuni in cui si lavorava di cucito. La vedova Agnello, che aveva portato con sé una pezza di tela fine con cui realizzare camiciole per gli orfanelli, si accomodò nella sala comune. Aveva imparato l'arte dalle sartine chiamate a realizzare il suo corredo nuziale. Ricordava ancora con quale curiosità spiava ogni loro gesto e poneva mille domande, apprendeva i nomi dei punti e distingueva il pregio di un tessuto cincischiandolo tra le mani. Conosceva il tombolo e aveva creato tovaglie, lenzuola e federe allo sfilato e all'uncinetto, era in grado di tagliare una pezza di stoffa economizzando con le pieghe giuste e con gli avanzi; per la festività dei defunti anni addietro aveva realizzato alcune bamboline da donare alle figlie dei contadini dei feudi. Amava le piccole signorinelle che prendevano forma nelle sue mani e che, a seconda dell'espressione cavata fuori dai due bottoncini cuciti a mo' di occhi, agghindava con trine, passamanerie e nastri levati dai suoi vestiti vecchi. Una volta stentò a liberarsi di una biondina con la boccuccia a cuore e la gonna rosa, le cui trecce erano le frange gialle di uno scialle consumato. Poi però, riflettendo sulla gioia che avrebbe procurato a una bambina povera, se ne era privata non senza un po' di rimpianto.

Le alte pareti bianche della stanza facevano apparire

lo spazio enorme. Ai lati di un lungo tavolo, alcune suore erano intente al ricamo o al rammendo. Il silenzio, rotto solo da brevi rumori di forbici poggiate sul tavolo, sembrò a Rita un mistero del quale godere. Scostò una seggiola, si sedette e spiegò la tela.

Accanto a lei, un'anziana sorella con mano tremante aveva scoperchiato il cestino da lavoro e, cavato fuori uno scapolare e un rocchetto, teneva tra due dita il filo, puntando la cruna dell'ago con gli occhi strizzati dallo sforzo. Ammaliata dalla pazienza della donna, Rita restò per qualche secondo a fissarla. Si scoprì a invidiare le piccole angustie di un punto venuto male, di una gugliata ritorta per errore sotto un ricamo, pensò alla pace che regalava, in quell'isolamento, il lento susseguirsi dei giorni e si domandò se valesse la pena di sprecare la propria esistenza tra le preoccupazioni vane che il mondo riservava. Mentre stava per allungare la mano e aiutare la suora, la vecchina si passò tra le labbra il pezzetto di filo e quello, lesto e teso, prese la strada giusta. Il viso della suora si atteggiò a un sorrisetto compiaciuto e Rita Agnello amò il piccolo trionfo capace di riempirle il cuore di gioia.

All'estremità opposta del tavolo, tre novizie si davano di gomito e nascondevano il viso dietro la stoffa, ma la suora addetta alla sala se ne accorse. In un sommesso trambusto al quale solo donna Rita parve interessarsi, tra le vesti di una delle tre, suor Rosaria trovò un libro. Dopo un'imbeccata severa loro, meste, la seguirono in fila, come soldati ma su passi colpevoli. Nella stanza tornò il silenzio e il lavoro riprese.

Più tardi donna Rita ripose la tela, dalla quale aveva ricavato il taglio per quattro vestine da neonato e un paio di cuffiette, e decise di passeggiare nel chiostro. Tra le siepi, due suore molto giovani staccavano foglie secche dalle piante parlando a bassa voce. L'episodio della sala comune chissà come era stato divulgato, osservò Rita e, presa dalla curiosità, ascoltò i loro discorsi. Le frasi che le arrivavano smozzicate la intristirono. La banale seduzione di un romanzo d'amore nascosto nella tonaca, da leggere in segreto nella propria cella, era dunque tanto più attraente della pace che il convento poteva regalare? Provò pena per le novizie e ancor più per se stessa, non troppo diversa dalle giovani incerte nella vocazione. Anzi, si sentì addirittura più indifesa di loro a cui restava un'intera vita per fortificarsi nella fede.

Le sembrò di non aver mai avuto abbastanza animo per nulla. Ripensò d'un tratto alla sua esistenza e seppe di essersi sempre lasciata travolgere, inerme, senza opporre il giudizio contro gli eventi. Le mancò il fiato, come se un laccio le stringesse la gola, e prese a tossire convulsamente, ricadendo disfatta su una panca del chiostro. Una delle giovani lasciò per terra il cestino riempito di foglie secche e le si mise accanto.

«Vi sentite male?» chiese facendola appoggiare al suo braccio.

«No, non è nulla» rispose Rita col petto ancora ansimante, in imbarazzo come se le sue debolezze non meritassero comprensione.

«Non abbiate timore di chiedere aiuto quando sentite di averne bisogno» disse la suora.

Rita la guardò mentre il respiro ritrovava un ritmo regolare. L'ovale del viso emergeva roseo sul bianco del soggolo inamidato, nella cornice del velo scuro, gli occhi stretti e neri erano due tagli profondi che infondevano rispetto.

«Questo luogo è nato per il soccorso» aggiunse poi la giovane suora aspettando che la signora parlasse.

«La pace e il silenzio sono già un soccorso.»

«Non sempre. A volte il silenzio ci pone delle domande.»

Continuò a fissarla, stupita, e quella riprese. «Chi entra

qui ha conosciuto il mondo e, anche se giovane, sa a cosa sta rinunciando ma non esattamente cosa stia cercando.»

«Ma nella fede ci sono le risposte» ribatté Rita.

«Dio non può dare risposte a quesiti che non saremmo capaci di risolvere anche da soli» aggiunse mentre l'altra abbassava il capo sconfitta, certa che se non fosse stato Dio a indicarle una via, lei con le sue forze non l'avrebbe trovata.

La suora le consigliò di consultare qualche libro di devozione. E che Dio la sostenesse.

Poco prima dei vespri donna Rita seppe da suor Bernardina che la badessa si trovava nel suo studio. Si avviò con l'emozione di una scolara verso il corridoio ovest e, quando fu davanti alla porta della superiora, bussò col polso tremante di un'esaminanda. Un cenno dall'altra parte del legno la invitò a entrare.

Sulla fioca luce del tramonto che entrava dalla grande vetrata, la sagoma della suora si stagliava netta, immobile.

Appeso alla parete di sinistra troneggiava un gigantesco crocefisso mentre il muro era coperto da una libreria di noce ricolma di volumi di ogni dimensione, disordinati negli scaffali più bassi, dove erano impilati gli uni sugli altri come ad attendere una sistemazione più opportuna.

Alzando le braccia da una cartella di cuoio e incrociandole sul ventre, la badessa non mostrò alcuno stupore vedendo davanti a sé donna Rita Agnello che, rossa in viso, domandava udienza.

Suor Ersilia Maria aveva trascorso molti anni tra le mura del convento e poteva immaginare quali pensieri affliggessero chi decideva di chiedere ricovero al Cuore Trafitto. Per questo sapeva quando dimostrarsi inflessibile e quando invece assumere atteggiamenti materni e comprensivi. Eppure ogni caso, in quel lungo periodo, era stato diverso. C'era chi aveva stretto un voto segreto con la santa, per una maternità difficile o per un male incurabile, e lì era andata a renderle omaggio per la grazia ricevuta; c'erano state fanciulle in attesa, signore fuggite da mariti o da padri violenti, vedove rimaste senza sostegno, orfane senza mezzi, prostitute desiderose di redenzione. Ma di donne innamorate, perdutamente innamorate, suor Ersilia Maria ne aveva viste ben poche. L'amore, pensava, faceva venir voglia di luce e di aria, era egoista e violento e, anche quando era contrastato dai parenti, trovava ogni espediente per appuntarsi all'oggetto del suo interesse. Il sentimento vero doveva essere corrisposto e se non era tale, se n'era convinta la superiora, non era vero amore. Chi cercava nel cenobio la fuga dai sentimenti aveva imboccato una strada sbagliata, rifletté. Quell'emozione tanto portentosa era il dono più grande di Gesù Cristo, certo, ma soltanto se si coronava nella benedizione divina.

Con questi pensieri fissò Rita che si stropicciava una piega della veste, poi la invitò a sedersi e la interrogò sulla ragione della visita.

La signora rimase però in piedi e, con la voce quasi spezzata, chiese dei libri di devozione.

«Un consiglio ben difficile quello che dobbiamo darvi» disse infine la badessa con la voce calda come un fiotto di miele. «I libri nascondono risposte anche a quesiti che non sappiamo di dover porre. Ma quali risposte attendete, voi?»

«Solo pagine di conforto sulla fede e sull'amore di Dio.»

«Siete sicura che sia l'amore di Dio che cercate? L'Onnipotente ama tutte le sue creature senza distinzione, non vi basta sapere questo?»

Donna Rita non sapeva cosa dire e rimase lì, piena di imbarazzo, a cercare di distinguere tra le domande che avrebbe voluto fare e le risposte a problemi di cui non era consapevole.

Suor Ersilia Maria si sollevò con fatica e si chinò su uno degli scaffali bassi della libreria, lamentandosi delle sue ossa malandate. Cominciò a passare in rassegna le coste dei libri, col capo piegato su una spalla.

Dopo qualche minuto si rialzò con un volumetto in mano, sistemandosi il velo.

«Sapevamo che non sarebbe stato il caso di riporlo troppo in alto... ecco, per voi.»

Lei lo prese delicatamente, come se scuotendolo i messaggi più preziosi potessero scappare via, poi lesse ad alta voce il frontespizio. «*Le Confessioni* di santo Aurelio Agostino volgarizzate da monsignor Enrico Bindi Vescovo di Pistoia e Prato» scandì, e sorrise alla superiora. «È questo il libro con le risposte che cerco?» domandò poi.

La badessa tornò a sedersi e aprì la cartella di cuoio. «Forse no, ma certamente contiene più domande di quante voi stessa siate in grado di porre.»

Rita abbassò la testa in segno di saluto e, uscendo dallo studio, vide la muta fila delle tonache avviarsi verso la cappella per i vespri. Con la mente sgombra seguì il piccolo corteo.

11

Era giorno pieno e Domenico Russo vagava per Capo Scirocco ondeggiando vistosamente il bastone da passeggio. Il fusto di malacca finiva in un pomolo d'avorio montato su un anello argentato. All'interno era nascosta una lama di spada che una volta aveva colpito a un braccio un malintenzionato. Il giovane amava aggirarsi tra i banchi della pescheria, ascoltare le grida dei venditori che decantavano la freschezza dei prodotti e ammiccare alle serve.

«Una moneta, signore, fate la carità» lo implorò una vecchia coi capelli grigi che cadevano spioventi sullo scialle bucato. Lui la ignorò e scrutò gli occhi lucidi di una grossa testa di pesce spada posata come un trofeo tra mazzetti di prezzemolo e alghe scure.

«Carità, bel signore» ripeté la mendicante seguendolo. A lui parve di sentire l'odore di lercio venir fuori da quel corpo.

«Va' via» disse disgustato.

«Qualche moneta per un pezzo di pane» insistette.

Russo prese dal banco una sarda, la pagò con due monete e la gettò alla vecchia, come fosse un gatto accucciato in attesa di scarti e frattaglie.

Il pesce cadde a terra con un tonfo sordo. La pelle argentata si macchiò di fanghiglia. La donna osservò Domenico con un sorriso rabbioso, agguantò la bestia, le perforò l'addome con le unghie nere e affondò la bocca sdentata nella carne rosa e iniettata di sangue.

Lui fissava la scena con aria nauseata, sollevò il

bastone e picchiò con un colpo secco la mano della vecchia. La sarda sventrata le cadde a terra e, mentre l'uomo si allontanava, sentì la donna rivolgergli una maledizione.

Imboccò uno degli archi che si aprivano su un giardinetto. Al centro del piccolo parco veniva in superficie il rivolo di un fiume sotterraneo che attraversava la parte bassa della città. A quelle acque erano legati miti e leggende antiche che affascinavano gli anziani di Capo Scirocco; così, sotto gli alberi sulla riva, era consuetudine vederli sulle panchine di pietra a raccontarsi mille volte la solita storia, della stessa ninfa sdegnosa e del giovane mortale che se n'era innamorato, sempre con le medesime parole.

Stordito dal fragore della pescheria, respirò la quiete del giardino. In un'area circoscritta da siepi di alloro si fronteggiavano i busti di Vincenzo Bellini, Giovanni Pacini e Pietro Antonio Coppola, le massime glorie musicali dell'isola. Dalla parte opposta un'alta statua bianca si ergeva decapitata, in una ricca marsina settecentesca. Stringeva con entrambe le braccia una donna nuda, col volto impaurito e il corpo proteso in un tentativo di fuga. Nessuno si curava di sapere chi fosse il soggetto, i più pensavano però che si trattasse di un libertino arrivato a Capo Scirocco per trascorrere gli ultimi anni della sua vita scrivendo poemetti satirici, qui rappresentato mentre rincorreva la Poesia. Quella però, spaventata dall'asprezza dei versi e offesa dall'oscenità dei contenuti, cercava scampo dal suo abbraccio.

Mimì ammirò la carne che pareva viva nella fissità del marmo. Uscì dal cancello a est e risalì verso via della Corsa. Percorse una strada stretta sulla quale si affacciavano i negozi delle modiste. Dietro la vetrina della sartoria Zuccarello, che prometteva modelli parigini e creazioni esclusive per la signora raffinata, scorse una giovane. Stava sistemando alcuni cappellini quando una forcina allentata sull'acconciatura le cedette. La sartina tentò di aggiustarsi la crocchia ma una ciocca di capelli folta e ramata le ricadde sul viso. Alzò lo sguardo e arrossì scoprendosi osservata. La reazione eccitò Mimì, che entrò nel negozio odoroso di rose e talco.

«Buongiorno.»

«Buongiorno» rispose imbarazzata la ragazza appuntandosi ad arte la forcina.

«Desidero acquistare un cappello. Per una signorina.»

Senza aggiungere altro, la sarta si diresse verso una vetrinetta interna in cui erano esposti i tre pezzi più belli in vendita.

«Ecco alcuni modelli, signore.»

Mimì si avvicinò e sembrò attratto da un vezzoso feltro azzurro con le tese ripiegate verso l'alto e un nastro a bande rosa e oro, arricciato in una grande coccarda dalla quale fioriva un mazzolino di roselline e mughetti.

«Questo è un capo francese» disse lei seguendo lo sguardo dell'uomo.

«A voi piace?» chiese Russo.

«Non conosco i gusti della signora cui è destinato.»

«Nemmeno io, in effetti. Poniamo che foste voi a doverlo indossare» ribatté fissando la giovane.

«Non avrei occasioni per indossare un cappellino come questo, è troppo ricercato» e mentre ripeteva a memoria quanto le aveva insegnato la Zuccarello, si rigirava tra le mani la chiave della vetrinetta.

«Vorrei vederlo meglio, cortesemente.»

Lei aprì l'espositore, lo sollevò e lo tese a Mimì.

«Lo provereste per me» e dopo una breve pausa aggiunse, «signorina...?»

«Marietta, per servirvi» rispose lei accennando un inchino.

«Allora fatemi vedere come lo portate, signorina Marietta.»

La ragazza si avvicinò allo specchio ovale e mise il cappello.

Domenico Russo amava vedere come le donne perdessero qualsiasi pudore di fronte alla possibilità di sfoggiare un nuovo abito, accessorio o gioiello. Restò a osservarla compiaciuto per qualche istante e, dopo aver domandato il prezzo, pagò senza esitare nonostante fosse molto caro.

Mentre annodava il fiocco sul coperchio della cappelliera, Marietta si rivolse a lui: «Desiderate consegnarlo personalmente o lo facciamo recapitare?».

«Personalmente, grazie. Lasciate solo che aggiunga un biglietto.»

Gli indicò l'occorrente per scrivere e lui vergò poche parole firmandole con una D puntata. Poi si diresse verso l'uscita.

«Il vostro cappellino, signore.»

«Aprite il biglietto, Marietta» sorrise con la mano alzata in segno di saluto.

La ragazza restò interdetta per qualche secondo, quindi lesse: "Alla vostra ciocca di capelli, Marietta. D.".

Russo si divertiva a sorprendere le donne: si era chiesto spesso se in amore l'appagamento non stesse tutto racchiuso nell'attimo in cui il rossore le vinceva. Non era forse quello un momento di ineffabile potere? Cos'altro aggiungeva il possesso del loro corpo, gli inutili giuramenti d'amore eterno se in quell'istante, con le gote brucianti, erano già vinte? Nello stesso tempo, però, intrattenendo una relazione con qualche signora del bel mondo, trovava irresistibile la deliziosa viltà delle adultere, che giustificavano il tradimento con una passione capace di trascendere le regole. Se poi avevano figli o se il marito era molto comprensivo, allora si lasciavano andare a iperboliche dichiarazioni, giuravano che avrebbero dato la vita per un'ora tra le sue braccia e, addirittura, che sarebbero morte di dolore per un solo incontro mancato. E Mimì le ricambiava. Anche lui assicurava ogni volta di non aver mai amato un'altra con tale ardore e che il senso dell'esistenza stava tutto nel dividere il suo respiro con l'amante. Era straordinario come, sciorinando un intero catalogo di confessioni e promesse, si potesse svuotare di valore un sentimento. Poi, quando l'esaltazione iniziale traboccava nella monotonia dei soliti gesti e dei medesimi amplessi segreti, Domenico si allontanava progressivamente pur continuando a giurare devozione. Alla fine, dimostrava la purezza del suo amore con l'estrema rinuncia, scrivendo una lettera accorata in cui ricordava il primo incontro con l'amata di turno, affermava di non poter chiudere occhio senza stringere la miniatura della donna tra le mani, o un nastro o un altro sciocco pegno d'amore di quelli cui le femmine destinano grandi speranze. Ammetteva ogni colpa davanti a Dio e aggiungeva di sentire il dovere di lasciare libera la meschina. Tornasse alla pace degli affetti familiari, alla calma eguale del matrimonio! Contro il turbine insano della passione peccaminosa, offriva all'amata la libertà di pentirsi, perché sapeva che in fondo era una sposa devota. Sulla D. svolazzante a mo' di firma, nei casi più difficili, si curava di sbavare l'inchiostro, come se una lacrima avesse deformato l'iniziale in uno sgorbio doloroso. Poi spariva dai salotti per un po', a riprova della lacerazione che l'addio aveva provocato nel suo cuore.

Solo in qualche caso, con animi deboli, inclini al senso di colpa e convinti di essere sempre in torto, si era spinto oltre. Quando s'imbatteva in quel tipo di donna diventava crudele e infieriva chiedendo all'amata di lasciare marito e figli per fuggire con lui in un luogo remoto, dove avrebbero vissuto in povertà ma appagati dal loro amore. Naturalmente la poverina di turno, turbata e combattuta, optava presto per la rottura del rapporto adulterino e lì

Mimì la umiliava colpevolizzandola, accusandola di non averlo mai desiderato abbastanza, di essersi presa gioco di lui. Si dava dello stupido, del credulone per essersi illuso di aver finalmente trovato la compagna capace di stare al suo fianco. E infine, simulando la commozione, sussurrava di una sofferente delusione dalla quale forse non si sarebbe più ripreso. In quei casi la disperazione della donna raggiungeva l'acme, ma lui non se n'era mai dato pena. Nessuna di loro, d'altra parte, avrebbe avuto interesse a rendere nota la relazione, nascondendo l'adulterio all'amica più fidata e, spesso, anche al confessore.

Fino a quel momento i sistemi di Domenico Russo non avevano dimostrato falle. Non odiava le donne, anzi, se avesse creduto in Dio gli sarebbe stato grato per il loro profumo, per la sconsideratezza e per un paio di altri motivi che non sempre gli venivano in mente quando ci pensava.

Risalì lungo la via santa Maddalena e all'incrocio con la via Pescatore scorse da lontano Luigi. Affrettò il cammino e tuonò: «Fumini!».

Il ragazzo si girò incuriosito e, riconoscendo Mimì, si aprì a un'espressione cordiale.

«Perdinci, che fortunato incontro» esordì Russo circondandogli la spalla con un braccio.

«Puoi ben dirlo.»

Luigi aveva pronunciato la frase con tono svagato, come se stesse pensando ad altro.

«Hai l'aria stanca.»

«No. O forse sì, vengo adesso da una lezione di musica.»

«Con Pappalardo?» domandò Russo.

«No, provo alcune romanze con Anna Cucè.»

L'altro esibì un'espressione maliziosa.

«Non è quel che pensi» disse allora l'amico troppo in fretta, «quella ragazza conosce ogni segreto dell'armonia.

Ascolta con tutto il corpo, non solo con le orecchie, ed è come se anche la mia voce, con lei, vibrasse dappertutto.»

Mimì non pareva molto colpito. Lungo la strada, Luigi gli raccontò di quando l'aveva sentita suonare la prima volta, di come aveva deciso di studiare con lei e di come, infine, le aveva ricomprato il pianoforte. Naturalmente aveva taciuto su diverse altre cose. Del suo arrivo in Sicilia insieme allo strumento, delle sue misere origini e dell'incontro con donna Rita. Russo, dal canto suo, non desiderava sapere e nel passato di Luigi sospettava qualche episodio melenso e poco eccitante. I romanticismi lo annoiavano e, quanto alla storia con la vedova Agnello, non conoscendo altri modi per conquistare il cuore di una donna, pensava che il giovane si fosse comportato più o meno come avrebbe fatto lui, giungendo però all'audacia estrema della convivenza. Un errore che lui non avrebbe mai commesso. Trasformare un'amante in una moglie, senza un valido tornaconto economico, può rivelarsi la peggiore delle sventure, pensava Mimì.

Si trovarono davanti alla chiesa dell'Assunta che era quasi ora di pranzo.

«Hai degli impegni per questa sera?» chiese Mimì.

«No.»

«Potremmo passare la serata insieme. Verrò a prenderti a palazzo Platanìa.»

«Andiamo da tua zia?» si incuriosì l'amico.

Il giovane rise di gusto. «Certamente no, ma vedrai che ti piacerà.»

A casa Luigi trovò la tavola pronta. Cettina se ne stava muta come sempre, in un angolo della sala da pranzo. Tutto sembrava procedere normalmente.

Nel pomeriggio Luigi sbrigò la corrispondenza di donna Rita, lasciò il denaro per alcuni pagamenti e, dopo cena, si vestì e attese Russo.

Si accomodarono sul sedile di pelle crepata di una

vettura a noleggio e, quando furono nei pressi dell'università, la carrozza imboccò una strada così stretta che Luigi temette ci si potesse restare incastrati. Per fortuna poi si allargava in una piazza dalla quale si dipartiva un'altra via. Sul lato destro si aprivano locande di dubbia frequentazione e in giro si scorgevano solo uomini, e case dall'aspetto disabitato con le imposte inchiavardate.

Domenico bussò al vetturino.

«Vieni, proseguiamo a piedi» suggerì Mimì, pagando il servizio.

Mentre avanzavano, alcuni passanti scivolavano loro accanto come ombre tra i coni di luce dei fanali e poi, veloci, infilavano una porta di nascosto. Altri invece camminavano in due o tre e commentavano rumorosamente la bolognese o Rosetta. Un signore con grossi baffi arricciati li sorpassò sussurrando al compagno qualcosa sull'inglese.

«Roba a buon mercato» sorrise Russo e al silenzio dell'amico capì che non conosceva il posto e proseguì. «Sottomissione, anche quella è facile da trovare ma non sono interessato. Vengo qui per rilassarmi e la Grasso conosce i miei gusti.»

Luigi non comprendeva ma aveva intuito che ogni domanda sarebbe stata inopportuna.

Alla fine della via si fermarono davanti a un caseggiato con le finestre serrate, con la polvere della strada che anneriva i listelli delle imposte. All'entrata una donna grassa, truccata in maniera tanto vistosa da sembrare una caricatura, li accolse senza nemmeno alzarsi. Più che seduta, pareva essere incollata alla poltrona, sotto la campana di un vestito viola acceso con un'ampia scollatura bordata di pizzo nero. Il seno molle ed enorme era pressato dal busto e il viso cascante pareva attaccato direttamente alle spalle. Era brusca ma gentile, pensò Luigi mentre Mimì contrattava con lei. Distolse lo sguardo dal grosso neo che aveva all'angolo della bocca e colse un frammento del dialogo.

«Ma sono settimane che ve la chiedo» diceva Domenico.

«Non temete, Rosaria non vi deluderà» ribatteva la Grasso alzandosi per riporre il denaro in un cassetto.

«Me lo assicurate?»

Lei scoppiò in una risata argentina buttando la testa all'indietro. Poi commentò: «Arrossisce come una novizia».

Mimì posò il bastone nel vaso accanto all'ingresso e fece a Fumini un largo gesto con la mano invitandolo ad avvicinarsi.

Davanti a loro si apriva una sala illuminata, Luigi sbirciò curioso i volti degli uomini muti sui divani addossati ai muri: sembravano attendere da un momento all'altro l'apertura delle danze. Russo lo guidò invece sulla destra, dietro una tenda di perline rosse.

La stanza non era grande e odorava di cipria e di profumo a buon mercato. Le uniche fonti di luce erano tre lampade con ingombranti paralumi, poste su altrettanti tavolinetti. Accanto a una chaise-longue con la tappezzeria di velluto bordeaux, una colonnina di legno accoglieva una riproduzione in bronzo delle *Tre Grazie* di Canova. Le pareti erano rivestite di tessuto verde e, nonostante la penombra, Luigi riuscì a scorgere i soggetti di alcune stampe. A tutta prima gli parvero copie di quadri famosi dei quali però non avrebbe saputo indicare l'autore. Solo mettendo a fuoco con più attenzione si accorse che ciascuna immagine rivelava un particolare più o meno osceno. Dentro una delle cornici, una dama grassa e imparruccata, su un letto a baldacchino, permetteva a un gentiluomo in polpe e marsina di metterle la mano tra le gambe. Sentì l'imbarazzo crescere, girò il capo e finse distacco.

«Vieni, beviamo qualcosa» propose l'amico.

Era entrata nel salottino una graziosa cameriera con un décolleté molto audace. Servì da bere e si allontanò lesta.

Qualche minuto più tardi, udirono la voce della Grasso confabulare e subito dopo tre ragazze entrarono nel salottino. Lo stupore di Luigi fu superiore all'eccitazione. Le donne avevano addosso veli così leggeri da rendere la poca biancheria intima ben visibile. Cianciavano tra loro e sembravano abituate a mostrarsi quasi nude a degli uomini. Una bionda opulenta porse a Luigi un portasigarette aperto.

«No, grazie» rispose lui compìto.

«Non fumi o sei solo timido?» chiese lei scoprendo due denti da coniglio tra le labbra arrossate dal belletto.

Aveva grossi seni bianchi sui quali ricadevano riccioli biondi e scomposti. La vestaglia azzurra era aperta su cosce in carne e bucherellate come le guance di un bambino paffuto.

Una brunetta esile e meno discinta, con le ossa dello sterno assai sporgenti, l'apostrofò: «Sei sempre così invadente, lascia che si ambienti».

Luigi la guardò lieto di essere stato liberato dall'amica troppo procace. Tentò però di nascondere i suoi pensieri e l'effetto finale fu quello di un uomo che non si stupisce di nulla e che, tutto sommato, si annoia molto. La mora si annodò una fusciacca intorno alla vita e gli sedette accanto.

«Non ti ho mai visto da queste parti» cominciò a dire accavallando le gambe. Una pantofolina di seta nera con il tacco a rocchetto e la bordura di cigno ondeggiava sul piede della ragazza, malamente in equilibrio sulle dita.

«Non conoscevo il posto» fece Luigi senza guardarla.

In quel momento, mentre la terza donna si accendeva una sigaretta e si muoveva sinuosa come se seguisse nella sua mente una melodia lenta e sensuale, si sentì il fruscio delle perline della tenda. Di fronte a loro stava una giovane molto diversa dalle altre.

La gonna grigia ricadeva lasciando scoperte le caviglie avvolte in spesse calze bianche sotto gli stivaletti neri. In alto il vestito si chiudeva fino al collo in una serie di piccoli bottoncini tondi. I capelli erano tirati in una treccia che divideva a metà la schiena fino alla vita. Il tutto le dava un aspetto monacale. Si avvicinò a Mimì e, quando lui le domandò come si chiamasse, lei arrossì e abbassò il capo.

Poi Luigi li vide andare via dal salottino e gli parve di udire Mimì chiedere alla ragazza se fosse davvero una brava bambina. Si voltò verso la donna seduta accanto a lui.

«Hai delle belle mani» disse.

«Trovi? Mia madre diceva sempre che erano mani da pianista.»

Ne prese una sul palmo e iniziò a fissarla. La pelle era morbida e fresca, le dita affusolate, le unghie, però, erano troppo lunghe.

«Avresti dovuto tagliarle per suonare il pianoforte» osservò.

«Mi chiamo Emma.»

La sua voce era così cremosa che Luigi si lasciò andare quando lei lo tirò dolcemente per farlo alzare.

Attraversarono la cortina di perline ed Emma lo precedette di un passo fin lungo una scala col tappeto rosso.

Al primo piano aprì una porta e lo fece entrare. Occupava il centro della stanza soltanto un letto, non notò nient'altro. Luigi si abbandonò semplicemente alle azioni sapienti di lei. Rimase immobile a fissare lo sterno tagliente quando lei gli tolse la giacca e gli allentò i pantaloni. Rabbrividì mentre lo lavava ma continuava a fissarla come se ogni gesto non si stesse davvero consumando sul suo corpo.

La vide slacciarsi la vestaglia e la seguì sul letto. Poi sentì nei suoi capelli l'acqua di colonia Fior di Zagara mista a un afrore di pelle sudata.

Si consumò tutto così in fretta che Luigi si ritrovò supino, immobile. Ricordò la passeggiata sull'Etna e il bacio di donna Rita, ripensò all'ardore col quale quella sera, nella sua stanza, aveva spento l'eccitazione. Paragonò il languore di allora al piacere appena provato e tutto gli sembrò privo di senso. Si guardò le gambe nude, le calze arrotolate alle caviglie e si sentì ridicolo.

12

In una mattina serena di marzo, chiusa nella sua cella, pallida e composta, donna Rita intravide dalla finestra una tortora selvatica. Qualcosa doveva averla trattenuta dalla migrazione o forse, pensò, una colonia di tortorelle aveva deciso di vivere nella quiete del monastero invece di raggiungere le coste dell'Africa. Una sensazione di dolcezza la pervase, chinò la testa per ringraziare Dio e scese in chiesa per partecipare alle preghiere dell'Ora Terza.

L'odore di incenso avvolgeva ogni cosa e le suore a testa bassa sotto i veli neri pregavano l'Altissimo. Al chiarore delle candele le immagini dei santi tremolavano e tutto aveva un aspetto mistico e arcano.

Quel giorno Rita Agnello si accorse di non aver pensato nemmeno per un attimo alle passioni dell'opera lirica, si rese conto che mai il suo raccoglimento era stato disturbato dal verso di un libretto e stabilì di recarsi nel refettorio per consumare il pasto insieme alle suore. Da quando era al monastero aveva chiesto di poter mangiare nella cella e più d'una volta, fuori dalla porta, aveva lasciato il vassoio col piatto di minestra ancora pieno. I suoi pensieri per Luigi erano sempre vivi ma, ogni volta che il volto del ragazzo si affacciava alla sua memoria, si giustificava con se stessa dicendosi che era normale e che non era andata al Cuore Trafitto per dimenticarlo ma per trovare pace.

Il grande refettorio affrescato da Pietro Paolo Vasta era occupato a destra e a sinistra da due lunghe tavolate di legno dai grossi piedi intagliati. Al centro, un leggio ospitava la consorella designata per leggere durante il pasto momenti della vita di santa Trafitta. All'estremità della sala, in un piccolo tavolino apparecchiato con un solo piatto, sedeva la badessa.

La suggestione del luogo fece trasalire donna Rita.

Vasta, pittore di Acireale, aveva prestato servizio nel convento dopo la ricostruzione seguita al terribile terremoto del 1693. Sconosciuto ai più, l'affresco di Capo Scirocco era un prodigio di tecnica. L'artista, ispirato dalla tragica vicenda della martire, aveva profuso nella volta dedicata alla fondatrice dell'ordine tutta l'arte della quale era capace, creando tali effetti illusori che alcune monache dovevano distogliere gli occhi dalla visione delle carni violate della santa, tanto era realisticamente raffigurato l'impietoso penetrarvi delle lance aguzze. Il ciclo si estendeva per l'intera lunghezza del refettorio e le scene della passione di Trafitta erano racchiuse in eleganti vele realizzate a stucco. Vicino all'ingresso, tra rilievi di acanto, si poteva godere di altri quadri sull'esistenza terrena della pia. Uno dei preferiti dalle suore ritraeva la martire da giovane, all'angolo di una strada, intrattenersi con alcune ragazze scomposte, mostrando il santo e salvifico rosario. Al centro del refettorio, il *tromp-l'oeil* sembrava squarciare le architetture e, tra nuvole abitate da angioletti musicanti, illuminato dalla luce della santità, il corpo della martire legato a un albero accoglieva nel petto una lama conficcata nel costato, proprio lì dove anche nostro Signore Gesù Cristo fu trapassato. In cerchio i quattro torturatori inginocchiati chiedevano perdono a Dio perché quell'anima benedetta, che ascendendo all'Altissimo inghirlandata sorrideva loro, era stata uccisa solo per non aver voluto cedere alla lascivia.

Mentre Rita guardava gli affreschi sul basso continuo della narrazione, Suor Ersilia Maria, dal tavolino solitario, di tanto in tanto alzava gli occhi e la fissava.

La giornata trascorse placidamente tra la preghiera e i lavori di cucito. Dopo la Nona, la signora uscì nel chiostro, si accomodò su uno dei sedili di pietra sotto gli aranci e restò ad ammirare i pavoni che passeggiavano tra le aiuole. Era tempo di tornare a casa ma non sapeva decidersi a lasciare il Cuore Trafitto e scacciava l'idea che l'incertezza fosse data dalla paura di rivedere Luigi. Uno degli uccelli le passò davanti e aprì la magnifica coda. Che spettacoli grandiosi aveva studiato il Padre Eterno per infondere gioia nel petto, pensò la donna seguendo l'andatura ondeggiante dell'animale. L'arrivo della badessa la distrasse.

«Madre reverendissima» salutò osservandola sedersi accanto a lei.

La badessa sollevò una mano quasi a schivare le formule rituali.

«Vi abbiamo notata in refettorio e ce ne siamo compiaciute» esordì.

Donna Rita abbassò il capo e tacque.

«*Il Signore rivolga verso di te il Suo volto e ti dia pace*. Numeri 6,26» disse la badessa fissando un punto indefinito davanti a sé.

«Il Signore mi sta concedendo la pace, reverenda madre.»

«Il libro che vi demmo fu utile, dunque.»

Rita si affrettò ad annuire e aggiunse che l'indomani stesso l'avrebbe restituito.

«Tenetelo pure, consideratelo un nostro regalo» replicò benevola la suora.

«Sono rimasta turbata dalla lettura» ammise e tentò di ricordare un passo di Agostino: «*Ed era il peccato più inguaribile, quello di non considerarmi in colpa*».

La badessa scosse la testa bonariamente. «Non peccate di vanità, Rita, come quel pavone. Voi non siete sant'Agostino e se vi trovate qui conoscete bene il peso della colpa. Dovreste chiedervi piuttosto se quelle che sembrano colpe agli occhi degli uomini lo siano anche di fronte al giudizio di Dio.»

La signora cominciò a riflettere. Le domande del santo, i suoi dubbi erano parsi in effetti quelli di ogni uomo e non capiva perché fosse condannabile l'immedesimarsi nel suo percorso di fede. E quali erano poi i peccati che Dio non avrebbe considerato tali? Il breve silenzio fu rotto dal rincorrersi di due uccellini tra i rami degli alberi.

«Ciascuno costruisce per sé il proprio cammino e non è bene che i libri ci impressionino tanto da farci immaginare di esserne i protagonisti. Siano essi libri d'amore, versi e persino confessioni di santi» continuò la badessa annuendo.

Donna Rita comprese come la poca forza che poteva opporre agli eventi anche in quel caso l'avesse fuorviata. Ogni lettura la sopraffaceva e le sprofondava l'anima in un gorgo di passioni. E, se tornava indietro nel tempo, si rendeva conto che persino la rivelazione di Lina Platanìa sulla sua nascita aveva avvolto Rita in spire che la risucchiavano insieme al peccato di Ninetta, facendole sentire addosso il peso di una perdizione da espiare.

«Il libro dei Salmi dice: *Non imputare a noi le colpe dei nostri padri*» riprese la suora, come leggendole nel pensiero.

Rita trasalì e domandò con un filo di voce: «Voi sapete?».

«Eravamo una novizia allora. Imparavamo l'arte delle piante officinali e assistevamo in infermeria. Ricordiamo alla perfezione il giorno di santa Rita, quando sentimmo il vostro primo vagito.»

La badessa aveva il volto bianco e immobile ma il suo sguardo era carico di un misticismo che rendeva quasi sacre le sue parole. La signora, lontana dal fragore di Capo Scirocco e dalle passioni, nella pace del convento, sentì che alcune domande potevano trovare risposta.

«Eravate la prima bambina che tenemmo tra le braccia e ci sentimmo subito legate a voi. In questi anni – Dio ci perdoni – mantenemmo sempre un legame silenzioso con voi» continuò suor Ersilia, poi si girò verso di lei. Sull'ovale del viso incorniciato dal velo passò per un attimo l'espressione di una bambina che sta per confessare una marachella. Gli occhi brillarono di una luce furbetta mentre il resto del corpo continuava a denunciare la maestà del ruolo. Le mani erano adagiate nell'incavo della tonaca, le dita intrecciate come se l'atteggiamento di preghiera fosse l'unico che riuscissero ad assumere. Tra le rughe del volto si disegnò un sorriso lieve.

«Cettina Andò è una donna pia. Fin da ragazza, preparava ghirlande di fiori per gli altari delle cappellette. Abbiamo sempre visto di buon occhio la sua devozione accettando da lei i doni alla santa. E nel tempo abbiamo intrattenuto un rapporto epistolare cercando di portarle il nostro consiglio e conforto nei giorni di lutto» spiegò la badessa.

«Non mi sono mai accorta che ricevesse lettere dal convento» si stupì Rita.

«Cettina pensa di dover tenere per sé parte della sua vita» confermò.

La signora si fermò a riflettere su quanto poco conoscesse la donna con la quale viveva, si sentì quasi colpevole e poi subito si vergognò, davanti alla superiora, di ciò che poteva averle riferito.

La badessa si alzò con calma mentre un raggio di sole colpiva il galletto di ferro sulla sommità del pozzo.

«Volete accompagnarci?» domandò.

Percorsero in silenzio tutto il chiostro e si diressero verso il boschetto di lavande.

«Quando eravamo ancora novizia, il boschetto era appena stato piantato e le lavande erano basse. Amavamo fuggire qui tra gli uffici e stenderci per terra a guardare il cielo» prese a raccontare. «Avevamo trascorso pochi anni fuori dal convento eppure la memoria era portentosa.

Una volta, sedute proprio lì, coi rametti che solleticavano le gambe sotto la veste, ci ricordammo i giochi infantili e un cugino che ci inquietava con scherzi d'ogni tipo.»

La badessa arrossì lievemente, si sistemò il velo spettinato da un colpo di vento e proseguì. «Si chiama Filippo Maria e sposò mia sorella Augusta qui, nella chiesa del Cuore Trafitto.»

Rita Agnello vide passare un'espressione malinconica sul volto della suora, che subito si riebbe. «Ebrei 13,4» aggiunse poi giungendo le mani.

Attraversarono il boschetto per raggiungere la zona delle piante officinali. Lì suor Ersilia le mostrò la menta, la camomilla, un folto cespuglio d'alloro, la calendula per gli impacchi decongestionanti, i graziosi ciuffetti di valeriana. Donna Rita fissò curiosa alcuni arbusti bianchi piuttosto alti e senza foglie.

«I ditali della Madonna» commentò la superiora, «in inverno perdono le foglie ma hanno fiori a forma di ditale appunto. È una pianta molto velenosa.»

«Perché la tenete?» chiese Rita.

«Il suo nome esatto è digitale. Se ne ricava un decotto assai efficace come tonico del cuore, ma occorre conoscere le giuste dosi, una concentrazione eccessiva può essere fatale.»

Continuarono a passeggiare finché una consorella non arrivò a richiedere la presenza della badessa per un colloquio con una novizia.

Rita, rimasta sola, attraversò il chiostro, percorse il corridoio fino alla sua cella e, quando fu dentro, trasse dalla tasca il libro di preghiere baciando la croce in oro impressa sulla copertina. Si sedette al tavolo, aprì il calamaio, prese il pennino e dietro un'immaginetta di sant'Orsola scrisse a piccoli caratteri "Ebrei 13,4".

13

Anna Cucè si era svegliata parecchie volte durante la notte. Prima aveva sentito caldo e aveva buttato da una parte la coperta, poi il sudore le si era gelato lungo la schiena, le era venuto freddo e si era rannicchiata dentro la camicia. Quando all'alba era spuntato il primo chiarore, aveva nascosto la testa sotto il cuscino sperando di riaddormentarsi.

Aveva attribuito la colpa di tanta inquietudine al pesce fritto mangiato la sera, poi al tempo, che sicuramente sarebbe cambiato e infine alle preoccupazioni che le dava il padre, sempre così mutangolo in quel periodo, spesso accoccolato sulla sedia a dondolo nella veranda della cucina, come una vecchia cuoca che attende la cottura dell'arrosto. Però aveva pensato anche all'impegno che aveva preso col giovane Fumini e le era balenata in mente una fantasia di Schumann che avrebbe voluto fargli sentire.

Non aveva mai suonato per gli estranei e, anzi, aveva sempre detestato avere intorno qualcuno quando era al pianoforte, eppure adesso il signorino cominciava forse a riuscirle simpatico. Si metteva in poltrona e ascoltava ammirato ogni nota che lei producesse. Che tipo strano, si disse, interpreta l'opera e ha la smania di sapere d'armonia.

Di cantanti, Anna non ne aveva mai conosciuti. Le femmine le sapeva capricciose e sempre vestite e truccate in maniera vistosa ma i tenori se li era figurati come certe buffe imitazioni che faceva il maestro Scillichenti per rallegrarla durante le lezioni di contrappunto. Si metteva sotto la giacca un cuscino, faceva una faccia ridicola, gonfiava le gote, mandava l'aria in alto verso il naso e con un soffio acuto e sbilenco si pavoneggiava con una romanza d'amore, producendo una serie di acuti strozzati da cappone che la facevano piegare dal ridere.

Più o meno era questa l'idea che aveva dei cantanti: tipi panciuti, vanitosi e soprattutto stupidi. Certo, quanto a vanità anche il signorino aveva i suoi momenti. Ah, come gli piaceva ascoltarsi cantare! Anna tirò la testa fuori dal cuscino e si sistemò la camicia che le si era arrotolata intorno alla vita a forza di rigirarsi come una fettina di carne sulla brace. E chi poteva dargli torto se s'inorgogliva della sua voce? Era la cosa più potente che Anna avesse mai udito dopo l'organo della matrice. Intanto si era fatto giorno e valutò che era ora di alzarsi, rassettare la casa, preparare la colazione al padre. E mentre si muoveva tra le pentole e i piatti, pensò che per la lezione avrebbe potuto indossare l'abito con le roselline gialle che di solito metteva per la messa di Pasqua. Non era nuovo ma era il più bello che avesse. Le si era fatto un po' stretto sul petto e le forme le venivano fuori troppo procaci. Poteva sempre appuntarci sopra lo sciallletto di pizzo bianco, risolse.

A palazzo Platanìa Luigi si preparava per la lezione a casa Cucè. Aveva scelto con cura gli spartiti e si era ricordato di prendere anche un quadernetto pentagrammato per svolgere gli esercizi assegnati da Anna. Aveva sovrapposto con cura le note una sopra l'altra, con una bella grafia chiara e con la solerzia di un bambino che impari a scrivere il proprio nome. Aveva controllato che, nello snodarsi delle colonne di accordi, non ci fossero gli errori che la signorina aveva segnalato come gravi, le quinte e le ottave parallele. I termini, che all'inizio gli sembravano così oscuri, adesso gli apparivano altrettante chiavi per penetrare profondi misteri musicali. Nulla a che vedere con le semplici melodie che correvano lineari, ondeggiando sui bassi, in tutte le arie che aveva imparato. Basilio Pappalardo continuava a essere un buon insegnante se si trattava di indicargli dove prender fiato, come sviluppare un abbellimento e persino come interpretare una romanza. Ma con Annuzza Cucè stava capendo finalmente cosa fosse la musica. Un perfetto sistema di numeri e frazioni era il segreto di quell'incanto antico. Prima di uscire si era guardato allo specchio e aveva deciso di cambiare la cravatta. Ne aveva appena acquistata una di seta verde. Aprì il cassetto del comò e tastò la morbidezza della stoffa. Sì, era la più adatta, valorizzava il marrone degli occhi, considerò soddisfatto con una punta di vanità.

Camminava a passo spedito con una strana euforia in corpo e la cravatta nuova lo faceva sentire molto elegante. Teneva il mento sollevato e persino a Cettina, che gli era stata accanto fin dal suo arrivo, sembrava impossibile spiegare una trasformazione così repentina. In quei giorni senza donna Rita si era dimostrato un buon padrone di casa, gentile con la servitù e attento alle spese. Era stato un amministratore oculato, aveva studiato e si era concesso qualche sera in compagnia di Mimì.

Luigi intuiva che il cielo giallo di sabbia era stato un prodigio capace di cambiarlo. E proprio allora aveva acquistato il pianoforte. Ripensandoci inspirò fino a gonfiare il petto sotto il gilet. Non si era mai sentito adulto prima di quel giorno e ora la sensazione di forza che gli veniva dalla sua attuale posizione gli dava un aspetto sicuro e, per un qualche fenomeno che non avrebbe saputo spiegare, gli faceva anche guardare le donne in maniera diversa. Qualcuno avrebbe potuto giudicare il suo fare addirittura tracotante. Continuò a camminare e fu pervaso da una sensazione vagamente sgradevole:

sarebbe stato tutto perfetto se solo donna Rita fosse già tornata, pensò.

Entrò dai Cucè mentre Anna martellava sul pianoforte quattro tasti, si fermava un momento e poi premeva di nuovo gli stessi.

«Cosa fate?» chiese avvicinandosi alla tastiera e avvertendo l'odore della pelle della ragazza.

«Mi rompo la testa su questo accordo» rispose lei concentrata.

«Suona strano» osservò Luigi riportando subito l'attenzione sulla musica.

«Già.»

«Credete diventerà importante?» domandò curioso.

«Non so, ha qualcosa dentro. Sentite.» E tornò a premere i tasti col vigore dei perché che aveva in testa.

«Non saprei, è difficile. Qual è l'opera?»

«Una cosa mai sentita qui da noi, mi procurò queste trascrizioni il maestro Scillichenti: *Tristano e Isotta.* È una storia d'amore.»

«Il melodramma parla sempre d'amore.»

«Immagino di sì» fece lei fingendosi distratta.

«Non sembrate convinta.»

«È che l'amore non m'interessa, ecco tutto» ribatté Annuzza meno sicura di quanto non fosse solo un mese prima.

Luigi prese il quaderno degli esercizi e glielo mostrò. Lei segnò un paio di errori e poi lo guardò negli occhi.

«Bravo! Non sembrate nemmeno un cantante» commentò.

«Allora non mi farete cantare oggi?» domandò lui con un sorriso malizioso.

«Oh, farò questo sacrificio. Comincia a piacermi la vostra voce» concluse la signorina Cucè sistemandosi vezzosamente la veste con le roselline gialle sullo sgabello.

Per tutta la durata dell'aria, poi, non smise mai di rivolgere lunghe occhiate a Luigi e, quando ebbero finito, decise di accompagnarlo all'uscita.

«Tornerete?» chiese aprendo di malavoglia la porta.

«Certamente. Volete già liberarvi di me?» scherzò lui che, quasi senza rendersene conto, assaporava il senso riposto di quello scambio di battute. Anna però non rise. Provò ad abbassare lo sguardo ma prima di riuscirvi le guance le si erano colorate facendola sembrare ancora più paffuta.

Forse fu per il rossore, o perché sotto il pizzo dello scialle si sospettava lo sbocciare di un seno tondo, o magari per il fatto che per la prima volta Anna aveva avuto il riguardo di accompagnarlo alla porta, ma Luigi le prese una mano, l'avvicinò al petto e disse: «Tornerò finché avrete la pazienza di avermi come allievo».

Lo sussurrò avvertendo il profumo della pelle della ragazza, e mise le parole una dopo l'altra tra larghe pause, come se le stesse leggendo da una carta scolorita sulla quale l'inchiostro riprendeva vita nel momento in cui le pronunciava. E pareva non volergliela più restituire, la mano, tanto se la teneva stretta. Così Anna si era tutta protesa in avanti, ritrovandoselo vicino, tanto da sentire forte l'odore d'amido della camicia e una fragranza di uomo che le parve diversa da quella di suo padre. Anna finì col fissarlo e, per un istante, nell'incontro degli sguardi avvertì qualcosa capace di passare da lei a lui. Non avrebbe saputo dire cosa fosse mutato, ma per certo Luigi Fumini non era più la stessa persona di prima. Almeno per lei.

La mano di Anna dentro la sua sembrava a Luigi più piccola di quanto non gli apparisse sulla tastiera e ne avvertiva un fremito, come di un uccellino caduto dal nido. Per questo non la lasciava: se avesse allargato le dita il passerotto sarebbe scappato via. Invece gli piaceva sentire il vibrare delle alucce sul palmo, lo rendeva quasi felice.

Se ne andò con una strana allegria in corpo, quasi

eccitato. Dopo aver camminato un poco, però, come spesso avviene quando si è troppo giovani e leggeri per capire quello che accade, non ripensò affatto all'imbarazzo della ragazza, ai suoi gesti e agli scherzi. Non ricordò nemmeno gli sguardi che Anna gli aveva rivolto accompagnandolo al piano. Anzi, risalendo verso la piazza del Borgo considerò che, con un clima così mite, una serata con Mimì era quello che ci voleva.

A quell'ora, solitamente, l'amico era seduto ai tavolini della pasticceria svizzera vicino alla porta di città rivolta verso Messina. Si avviò a passo spedito verso il caffè e il rossore di Annuzza venne inghiottito in quella che era ormai diventata la normalità delle giornate di Luigi.

14

La primavera inoltrata aveva vestito a festa Capo Scirocco. I bambini indugiavano a giocare per strada, le donne avevano tolto le mantelle pesanti e le aiuole di piazza del Borgo si erano macchiate di adonide rossa.

Davanti al portone del convento del Sacro Cuore Trafitto, Tanino aspettava l'uscita di donna Rita. Qualche giorno prima era arrivato a palazzo Platanìa un biglietto della signora che annunciava il suo ritorno per il 21 aprile. Cettina aveva subito avvisato don Calogero perché si recasse da loro in mattinata, aveva preparato il polpettone al sugo con l'uovo sodo dentro, come piaceva alla signora, e fatto tirare a lucido tutti i pavimenti. Nella andava e veniva da una stanza all'altra, sollevando tovaglie e posando lenzuola, sistemando i quadri che le sembravano sempre storti e sprimacciando i cuscini sui divani. Pareva dovesse arrivare in visita il re in persona.

Luigi, allo scrittoio, era teso. Continuava a rigirarsi tra le mani il biglietto di donna Rita. Non una parola per lui. Solo una semplice indicazione per la servitù. Sapeva di doverne essere lieto, dopotutto se non lo aveva nemmeno nominato era segno che la sua follia era passata. Eppure se ne doleva, come se una parte del suo essere uomo fosse legata al potere che esercitava sulla sua benefattrice. Possibile che in così poco tempo l'avesse dimenticato? O forse non gli aveva scritto proprio perché il pensiero di lui la ossessionava? In ogni evenienza aveva avvertito Tanino di stare pronto anche per la sera, perché avrebbe condotto donna Rita fuori per la cena.

Dopo l'*Angelus*, il portone del convento si aprì e donna Rita ne emerse, in un abito nero bordato di piccole trine écru, con lo scialle sulle spalle e una cuffietta in testa. Salutò Tanino con affetto, gli porse la mano per salire in carrozza e, quando il cavallo si avviò per la discesa, invece di guardarsi intorno aprì il libro delle orazioni. Tra le pagine trovò l'immaginetta di sant'Orsola e, sul retro, i caratteri minuti e precisi della sua annotazione. "Ebrei 13,4". Si immerse in una silenziosa preghiera di ringraziamento.

La carrozza stava per entrare in città con un codazzo di ragazzini scalzi che la inseguivano gridando e ridendo, quando don Calogero si fece annunciare a palazzo. Luigi lo accolse con un sorriso distaccato e lo fece accomodare in salotto.

«Un giorno lieto per voi» constatò il parroco.

«Un giorno lieto per tutti» rispose quello distrattamente.

Don Calogero notò che Luigi non aveva più nulla del ragazzo conosciuto in chiesa. Ormai era un uomo, forte e sicuro di sé. Non c'era alcun motivo di temere per il ritorno della signora, eppure le chiacchiere non si erano mai arrestate e, anzi, la fuga di donna Rita al Cuore Trafitto le aveva alimentate. Aveva sentito dire alla Panebianco che Francesca Monciino sapeva per certo le ragioni del ritiro. Vista l'età della vedova, nessuno azzardò che si trattasse di una gravidanza inopportuna, si discusse molto di unione non santificata dal sacramento del matrimonio, di peccato, di pentimento e, soprattutto, di lussuria.

Che Dio aiutasse quella donna, i mesi a venire non sarebbero stati facili nemmeno se Fumini avesse deciso all'improvviso di lasciare palazzo Platanìa. Mondo è stato e mondo sarà, pensava il parroco, che non riusciva a rassegnarsi pur osservando intorno a sé tanta pochezza.

«L'assenza di donna Rita dev'essersi fatta sentire» provò a dire.

«Ho cercato di mandare avanti tutte le faccende come se lei stessa fosse presente» rispose lui, impassibile.

«Le vostre lezioni di musica proseguono in modo assai proficuo, ho saputo» cambiò discorso don Calogero.

Fu come se il volto del giovane si illuminasse e negli occhi balenasse l'euforia timida che aveva al tempo del suo arrivo a Capo Scirocco. «La signorina Cucè è una maestra eccellente» affermò poi Luigi, padrone della situazione.

Il prete avrebbe voluto approfondire il discorso quando dal corridoio si udì un certo trambusto. Dopo poco, sulla soglia del salotto, apparve donna Rita.

Luigi la fissò incapace di alzarsi. Era molto dimagrita ma il volto conservava la rotondità e il colore roseo che conosceva. Le labbra, atteggiate al sorriso, erano una pennellata che si apriva alla vita: Rita non aveva nulla della tensione dei giorni precedenti la salita al convento. Le mani affusolate erano posate sulla veste, eleganti come il gesto che subito fece per slacciarsi il nodo della cuffia e togliersela. Scosse un po' la testa, poi strinse la crocchia con le dita come per rinsaldarla e avanzò verso di loro. La luce che filtrava dalle finestre la inondò e tutto in lei sembrò nuovo.

Come in quei momenti che si annunciano solenni, Luigi misurò ogni passo: si alzò lentamente e lentamente si diresse verso la sua benefattrice. Lei rimase silenziosa anche quando le fu così vicino da poterla toccare, poi gli porse il braccio e si lasciò accompagnare fino alla poltrona.

«Non hai nulla da dirmi dunque, dopo tanto tempo» gli disse piano la signora.

«Perdonatemi, è stata l'emozione della vostra vista» si giustificò lui.

«Non essere sciocco, caro. Che esempio dài delle tue maniere a monsignor Di Dio» lo rimproverò in modo bonario.

In realtà anche il parroco era ammutolito e non solo per la sorpresa di rivedere Rita Agnello così bella e austera. Il breve silenzio tra lei e Luigi era parso a don Calogero assai più eloquente di quanto avrebbe preferito. Era come se di colpo, al cospetto della donna, l'uomo sicuro di ogni suo gesto si fosse ritrovato in balìa delle emozioni. E la cosa non gli piacque troppo.

«Raccontateci di voi, signora» si intromise allora, sperando che le sue parole potessero rompere la sottile tensione che legava lo sguardo di Luigi ai gesti di lei.

«Cosa volete che vi racconti, padre: silenzio e preghiera. Voi, piuttosto, informatemi sulle novità di Capo Scirocco» e lo invitò con un movimento della testa a parlare.

«Nulla di particolare, donna Rita. La solita vita: abbiamo finalmente fatto aggiustare le canne dell'organo; gli Schilirò hanno avuto un bambino, battezzato la scorsa settimana, gli hanno messo nome Angelo come il nonno. La povera signora Monciino fu afflitta da una misteriosa infezione che le fece gonfiare una guancia in modo assai doloroso, nemmeno il marito riuscì a trovare un rimedio e alla fine si dovette incidere l'ascesso. La poveretta non è riuscita ad aprire bocca per oltre dieci giorni» prese a riferire il parroco.

Rita nascose una risatina dietro la mano e subito si ricompose.

«E il maestro Pappalardo?» chiese rivolta a Luigi, che non le aveva staccato gli occhi di dosso.

«Faccio progressi. Adesso studiamo molto la tecnica delle note acute e degli abbellimenti. E anche con la signorina Anna va assai bene. Sto imparando l'armonia» aggiunse.

Don Calogero appuntò lo sguardo su donna Rita alla

ricerca di un segno, del movimento di un muscolo, di una minima tensione ma lei commentò solo che ne era lieta e il parroco non avrebbe saputo dire se tanta concisione nascondesse un qualche segno di irrequietezza.

Mangiarono gli anellini al forno e il polpettone di carne in allegria, con Cettina che continuava a riempire il piatto della padrona sostenendo che si fosse fatta magra come un'acciuga. Alla fine del pasto, don Calogero, un po' rubizzo, aveva faticato non poco ad alzarsi dalla sedia. Quando si congedò e furono rimasti soli a bere il rosolio, donna Rita domandò a Luigi perché quel giorno non andasse a studiare.

«Non vi avrei mai lasciata il giorno del vostro rientro, signora.»

«Spero tu non l'abbia considerato un obbligo.»

«Come potete pensarlo? Vi ho atteso tutto questo tempo. E senza un vostro cenno.»

Luigi continuava a rimuginare sul biglietto senza nemmeno una parola per lui e incalzò: «Vi siete dimenticata di me, forse?».

«Al contrario, caro, ho pensato a te ogni giorno.» Rita Agnello l'aveva affermato con una semplicità che lo turbò. Così rimase a osservarla, cercando sul suo viso la furia e la passione che aveva detestato ma che pure, adesso, desiderava, bisognoso com'era di sapere di essere l'uomo che aveva deciso di diventare.

Lei lasciò nel bicchierino l'ultima goccia di liquore, desiderava ritirarsi per riposare. Lui le tenne il braccio e, mentre percorrevano il corridoio, gli pareva fosse diventata esile come un micetto e le ossa, fluide sotto la carne, sembravano scappare via dalla presa ogni volta che provava a stringerla più forte. Avvicinò la testa a Rita e sussurrò: «Vorrei portarvi al mare questa sera, a mangiare il polpo e le cozze».

«Sei così caro» disse lei voltandosi ad accarezzargli

una guancia, «credi davvero che possa cenare dopo il pranzo di Cettina?»

«Signora, ho bisogno di stare con voi» la pregò guardandola negli occhi.

«Ma certamente, anche io, e passeremo la serata insieme. Mi siederò a ricamare e tu mi racconterai cos'hai fatto mentre ero via.»

Avevano così raggiunto la camera e Rita Agnello scomparve lasciandolo disarmato.

Luigi si affrettò verso la sua stanza e serrò le imposte. Pareva che la testa gli dovesse scoppiare da un momento all'altro. Dov'era finita la donna che piangeva e arrossiva quando lui le prendeva la mano? Possibile che qualche mese in convento l'avesse trasformata? E poi, se anche così fosse, perché dolersene? Le sue follie non l'avevano forse esasperato? Ecco, ora che era tornata una persona equilibrata, cosa aveva da ridire?

Si slacciò la cravatta, sbottonò il colletto e lo posò sulla toletta, poi si abbandonò pesantemente sul letto e si assopì. Meno di un'ora dopo, al risveglio, si ritrovò sudato e con un sapore amaro in bocca. Gli sembrava d'aver sognato il sentiero sull'Etna, tra le vigne e i fichi d'India, e donna Rita che camminava felice, di tanto in tanto sorrideva mostrando i dentini bianchi, lo tirava per una mano e lo attirava a sé. Richiuse gli occhi sperando che le immagini si ripresentassero a confortarlo ma nulla, più tentava di far rivivere l'illusione del contatto col corpo di lei, più quella svaniva. Ricordava solo il rumore dei loro passi lungo il sentiero, lo scrosciare del fogliame sotto i piedi e il ronzare degli insetti. È strano come tornino alla memoria particolari irrilevanti, minimi dettagli piuttosto che gli attimi fatali, rifletté. Tutte le percezioni di quel giorno adesso lo frastornavano e lo indispettivano.

Allungò le gambe, inarcò la schiena e respirò forte. L'odore della camicia sudata gli riportò alla mente la stanza di Emma, dalla Grasso. Pensò alla sua carne dentro quella della donna ma, cercando il conforto dei sensi, invece dell'eccitazione risentì solo le ginocchia puntute di lei e lo sterno aguzzo da piccione.

Si bagnò il viso con l'acqua del catino, si pettinò, rimise colletto e cravatta e uscì dalla camera. In casa regnava un silenzio assoluto. Cettina stava mettendo ordine in salotto e non si accorse del suo arrivo.

«Cettina, la signora è ancora nelle sue stanze?» chiese piombandole alle spalle.

La vecchia si portò una mano al petto come se avesse visto un fantasma. «Madre santa, signorino, un colpo mi fate pigliare.»

«Per tutti oggi è giornata di grandi emozioni» commentò bonario Luigi come per farsi perdonare.

«Emozioni, potete dirlo forte. E sorprese» aggiunse quella sistemando un centrino sul tavolinetto. «La signora volle acquistare al convento un quadro di santa Trafitta.» Si fece automaticamente il segno della croce prima di continuare: «E se lo mise al centro del comò tra due candele e con un mazzetto di fiori sotto».

«Un altarino» osservò Luigi.

«Già, un altarino» bofonchiò mentre toglieva ditate dai mobili con uno straccio.

«È sempre stata devota della santa» constatò il ragazzo.

«Devota» ripeté la governante lasciando la stanza. Luigi la seguì fino in cucina.

«È una buona cosa, no?» domandò provando a comprendere.

«Ma che so io, mi pare esagerato, ecco. E va bene la supplica alla Beata Vergine del Rosario, ché quella è una Madonna potente, però mica possiamo fare diventare la casa una chiesa» sbuffò lei.

«Siete molto religiosa anche voi, Cettina, non capisco.»

Il senso del discorso, invece, sembrava chiarissimo agli

occhi della governante. Si sedette davanti al piano di marmo bianco, spostò una pila di pentole appena asciugate, intrecciò le dita secche e lo guardò. «Quello che capisco io, signorino, è che la fede si vive nel proprio cuore, ché non siamo al teatro dell'opera lirica qua dentro.»

Luigi scosse la testa incerto.

«Significo, signorino» spiegò Cettina fissandolo negli occhi, «che in due mesi non si fa una santa, soprattutto se questa prima crede solo ai cantanti d'opera, a tutti i loro "ah" e "oh" e alla gente che muore d'amore. E poi che succede? Prende e ci mette i santi al posto di quelli delle opere. Dio mica è cieco che non le vede queste cose» concluse con una specie di grugnito assertivo.

Luigi ora intuiva il timore della governante: anche la fede pareva solo una nuova mania della signora, destinata a farla soffrire così come tutti i cambiamenti capaci di sconvolgere gli animi più sensibili.

Quel pomeriggio si convinse che la serva non doveva essersi sbagliata. Donna Rita, infatti, indossato un vecchio abito nero era andata a santa Maria Ausiliatrice per la recita del rosario. Non le era mai piaciuto vestire di scuro, diceva che le intristiva la figura. Rimasto solo a casa, chiamò Tanino perché lo conducesse a casa Russo.

Mimì era nello studio a consultare alcuni codici per preparare un esame e fu molto lieto della visita dell'amico. Al suo arrivo lasciò la lettura e si sedettero sul divano davanti alla libreria. Dal pavimento al soffitto i dorsi erano allineati in bell'ordine dentro l'imponente mobile. Una scaletta di ottone scorreva lungo un binario posto all'altezza del penultimo scaffale, dove erano riposti i grossi *in folio*. Su un tavolo lì accanto, tra cartigli arrotolati, un volume in ottavo era aperto su una pagina con una bella cartina della Sicilia. Tra i flutti erano disegnati i visi rubicondi dei venti che soffiavano un getto potente dalle guance gonfie.

«Una grande biblioteca» si stupì Luigi, convinto che nessuno potesse conservare più libri di quanti ne aveva posseduti il barone Agnello.

«E molto varia. Puoi trovarci di tutto, dai vecchi portolani collezionati da mio nonno quando serviva nella Real Marina del Regno ai romanzi d'amore di mia madre... vedi, lì, negli scaffali bassi. È una collezione di famiglia» spiegò con un certo orgoglio, «una delle poche cose che mio padre non è riuscito a perdere al gioco.»

«Ma cosa dici?» domandò l'amico pensando a uno scherzo.

«Credevo lo sapessi: Antonio Russo si è impegnato assai per mandare in rovina la famiglia tra donne e gioco d'azzardo.»

«Mi spiace, non sapevo. Immagino che la signora Olimpia ne abbia sofferto molto» aggiunse.

Mimì sorrise con leggerezza, come se non stesse parlando della sua famiglia. «Olimpia non è mia madre. Lei morì di crepacuore quand'ero ancora un bambino.»

«Scusami» disse imbarazzato Luigi.

«Non ti preoccupare. Mio padre conobbe Olimpia a Parigi, all'epoca d'oro delle sue bravate. Mamma era mancata da un anno e io abitavo qui a Capo Scirocco dalla zia Maria. Un giorno tornò dalla Francia molto ricco, e sposato con questa donna.»

«La fortuna aveva girato.»

«Non proprio. Mio padre aveva semplicemente incontrato una donna assai più grande di lui che aveva accumulato grosse fortune e, fatto ancor più straordinario, si era messa in testa di redimerlo, forse dopo aver redento se stessa... pare che Olimpia sia stata una mondana assai ricercata nell'alta società. Ed eccoci qua. Le donne, sai, sono generose» continuò dopo una breve pausa, «hanno una naturale tendenza a prendersi cura degli uomini e sono capaci di invertire le nostre miserie fingendo che a loro non importi nulla se siamo vecchi, poveri, storpi o anche soltanto inadeguati.»

Luigi tacque un momento pensando alle parole che avrebbe dovuto pronunciare.

«Un repentino cambiamento, dunque» risolse.

«Quanto sia stato repentino non saprei dirlo, certo è che fu radicale.»

Mimì suonò al servo per chiedere da bere.

«Dimmi piuttosto cosa ti porta qui» lo invitò a parlare Russo, quando furono di nuovo soli.

Il giovane sollevò le spalle incerto. «Noia, probabilmente. Avevo bisogno di uscire di casa e vedere un amico.»

«La tua amicizia mi lusinga, ma come mai proprio oggi? Ho saputo del rientro di donna Rita.»

«Già, è arrivata stamane. E pare assai cambiata» confermò Luigi.

«Un repentino cambiamento» fece il verso Russo.

«Spero non sia estremo come fu per tuo padre» chiosò Luigi.

I due risero per un momento e poi Mimì si piegò in avanti appoggiando i gomiti alle ginocchia. «Ti fidi di me, giusto? Dunque puoi dirmelo» iniziò con fare complice, «le cose che si dicono di te e la vedova...»

«Vuoi scherzare, vero?» lo interruppe bruscamente Luigi.

L'altro si abbandonò di nuovo allo schienale della poltrona.

«Le sono molto grato, e devoto anche» concesse, «ma questo non significa che...»

«Be', è ancora molto bella.»

«Sì, lo è.»

«Ma non devi spiegarmi nulla, amico mio» lo tranquillizzò Mimì bevendo un sorso.

«A volte mi pare di non riuscire a spiegare nulla nemmeno a me stesso» ammise.

«Cosa vuoi dire?»

In effetti non avrebbe saputo come mettere insieme le parole per raccontare ciò che sentiva. «A volte mi pare di poter controllare ogni cosa e poi di colpo mi accorgo che non è così.»

Russo non smetteva di guardarlo.

«Per esempio, l'altra mattina sono uscito e mi sentivo molto bene poi, non so come spiegartelo, tutto è cambiato e ho creduto di essermi immaginato io le cose che mi facevano stare bene.»

«Non dire così. Noi uomini siamo creature semplici alla fine, nulla a che vedere con le donne» sentenziò Mimì.

«Ne sei sicuro?»

«Naturalmente. Ci formiamo scegliendo una strada e quella perseguiamo, non stiamo certo a confonderci con le fantasie e l'amore» e scandì la parola *amore* quasi sillabandola, con lentezza, come per associarvi un arcano sconosciuto al sesso maschile.

«Dunque l'amore non ci riguarda?» chiese Luigi. Russo si alzò per andare alla scrivania, aprì una scatola di legno, ne trasse un sigaro sottile e gli levò la fede dorata della fascetta. Poi rimase lì, in piedi, avviluppato su se stesso a cercare un fiammifero nella tasca. Curvo, di sguincio, offrì la sagoma del suo naso perfetto alla luce della fiammella. Tirò due boccate lunghe e dense e tornò a sedersi.

«Credi davvero che esista l'amore?» lo incalzò Mimì.

«Se non esistesse perché avrebbero scritto tanta poesia e tante opere?» domandò Luigi.

«Già, la poesia e l'opera. Roba per donne, appunto.» Aspirò di nuovo.

«Mi pare di sentire Anna Cucé, la pensate allo stesso modo mi sembra.»

«Simpatica bambina. L'ho vista in chiesa, pare si stia facendo molto graziosa» commentò Mimì.

«E assai intelligente» aggiunse Luigi. «Le ore di lezione con lei sono tra le più belle della mia giornata, sai? Ha un modo di parlarmi della musica, e con un tale entusiasmo, che a volte mi perdo proprio ad ascoltarla. È una mente portentosa, di questo puoi stare certo.»

L'altro sorrise dell'entusiasmo dell'amico. «Ecco che insegui ancora le favole: tutta l'intelligenza che hanno i tipetti come lei la usano per accalappiare gli uomini deboli.»

«Cosa intendi?»

«Funziona così, mio caro: il matrimonio è un contratto e serve a costituire e più spesso a salvaguardare patrimoni. Per questo durano le unioni stabilite dalle famiglie, senza fantasie sulla passione. Oppure, come nel caso di mio padre, mostrano il loro valore quando si pondera bene l'interesse economico. Considera: cosa sarebbe stato di me se, al posto di Olimpia, mio padre si fosse innamorato di una ragazzetta povera in canna? E non mi pare che dopo il tracollo i Cucè abbiano grossi mezzi...»

Luigi ci pensò su. Non sembrava illogico eppure qualcosa sfuggiva al ragionamento di Mimì.

«Ma come si fa a vivere come sposi senza amare la donna che si sceglie?» chiese Luigi.

Russo lasciò uscire dalle labbra socchiuse una grossa nuvola di fumo bianco e aromatico.

«La ragazza dalla Grasso, la ricordi?»

«Sì, certo.»

«E l'amasti?» incalzò Mimì.

«Buon Dio, no, naturalmente» fece Luigi.

«Ecco. Pensa che una moglie non saresti nemmeno costretto a vederla senza camicia addosso» spiegò. «E non si hanno nemmeno obblighi particolari se non ingravidarla due o tre volte. Anzi, prima lo fai e meglio è. All'inizio la femmina vuole sentirsi apprezzata e richiede una serie di attenzioni.»

«Cioè?» si interessò Luigi.

«Varie cose. Vuole essere ascoltata, per esempio. Ha sempre qualcosa da dire, pensa molto, vuole chiarezza, definizioni. A noi uomini tutto questo non interessa. Sarebbe più facile se si accontentassero di un gioiellino, un mazzo di fiori ogni tanto. Ma quando la moglie partorisce si trasforma in una madre e i tuoi problemi sono finiti. Allora sì che basterà baciarle la fronte quando torni a casa, portarle dei dolci qualche volta e andare a passeggiare coi bambini alla domenica» concluse.

«E tu come mai non ti sposi?»

«Aspetto solo che mia zia prenda informazioni su alcuni buoni partiti. Spererei in una contessina. Una modicana molto promettente.»

«È bella?»

«Potrebbe diventarlo, ha tredici anni adesso. Se le cose andranno come devono, tra qualche anno potrebbe essere la mia consorte.»

«Mimì» lo apostrofò Luigi dopo un breve silenzio, «perché le donne sono fatte così?»

«E che vuoi che ti dica, amico mio, è la natura. Le fece complicate.»

I rintocchi della pendola riempirono il silenzio e Luigi lasciò casa Russo con la testa piena di dubbi.

Aveva detto a Tanino che, nonostante la strada fosse molta, sarebbe tornato a palazzo a piedi, dunque si avviò senza fretta ripensando allo sguardo tutto nuovo della signora. Delle parole di Mimì non sapeva che pensare. Al suo paese la gente si sposava quando era innamorata, così aveva sempre saputo: qualcuno andava dicendo di due che stavano a fare l'amore, ecco che di lì a poco don Pietro li sposava. Ed erano belle feste piene di allegria.

Le regole delle città gli apparivano assai diverse per quanto molto logiche.

Senza accorgersene si ritrovò davanti alla chiesa, aveva camminato di buon passo e il sole era già tramontato. Ma l'amore, dunque, era solo un'invenzione dei poeti? E quella strana eccitazione che non riusciva a controllare e che a volte lo prendeva quando la signorina Anna era troppo vicina, cosa significava?

A casa, Cettina era pronta per servire in tavola. Consumarono velocemente la minestra di verdure e, come aveva promesso, donna Rita andò nel salottino a chiacchierare con Luigi.

«Dunque, raccontami...» esordì dopo essersi accomodata nella solita poltrona.

Luigi passò in rassegna le notizie più importanti: una protesta dei contadini, la sua risposta; un piccolo investimento consigliato dal cavalier Motta; la semina degli ortaggi in tre delle salme di terra di contrada Coda Lupo; l'ordinazione al calzolaio di due paia di scarpe nuove per sé. Quando gli sembrò d'aver terminato l'elenco, tacque.

«Molto bene. Non mi aspettavo nulla di meno da te» annuì la signora compiacendosi per come era venuto su Luigi. «Dovremo pensare a destinare parte delle rendite alle opere di beneficienza, adesso» aggiunse.

«Come desiderate» rispose lui, che di quegli affari non si era mai occupato. Con una leggera preoccupazione avvertiva il peso dello scenario dipinto da Cettina.

«Ma adesso dimmi di te, degli studi» proseguì donna Rita sorridendo.

«"Studi" è la parola giusta. Con la signorina Anna non proviamo soltanto le romanze» fece con aria soddisfatta.

«Ah, no? E chi l'avrebbe indovinato che avevamo in città una tale studiosa.» Sul volto di Rita Agnello, per un attimo, Luigi vide balenare la fierezza d'un tempo e fu come un fiotto caldo che gli scendeva dal petto verso l'addome e lo rinvigoriva. Si sentì di nuovo potente, capace di dominare i sentimenti della donna e sul piccolo cedimento appuntò la sua attenzione.

«La figlia di don Santino è molto intelligente e conosce musiche che ancora non sono mai state suonate qui da noi» aggiunse.

Alla signora cadde di mano il ventaglio. «Sono davvero ammirata» provò a dissimulare.

Il ragazzo si affrettò a raccogliere il ventaglio. «Oh, lo sono anch'io» commentò porgendoglielo senza nemmeno sfiorarla. «Non vi piacerebbe sapere di quali musiche si tratta?» domandò.

«Sono certa che tu stia per dirmelo» sorrise lei ricominciando a sventolarsi.

«Storie d'amore. C'è un'opera tedesca, *Tristano e Isotta* del maestro Wagner... è molto complessa. Non è di sicuro roba per tutti i palati.»

«Non riuscirò mai a capire come si possa cantare in una lingua tanto aspra e poco musicale. Non è come l'italiano o il francese. Ascolta come suona melodioso: *mon amour...*» osservò con aria distaccata, ma pronunciando le ultime parole con la bocca stretta atteggiata a un bacio.

«Anche il tedesco è una lingua assai musicale, sapete? Vi hanno scritto migliaia di canzoni. Le chiamano *Lieder*» incalzò lui.

«Sarà come dici. Ma adesso ritiriamoci, domani vorrei parlarti di quegli investimenti di beneficienza» concluse prima di andare.

Luigi restò seduto ancora qualche minuto a riflettere. Gli era bastato ben poco per mettere alla prova la signora: tutto il suo mostrarsi pia era solo l'effetto del convento. Era la donna di sempre e lui sapeva aver ragione dei suoi sentimenti. Si accarezzò un baffo, sorrise e si avviò verso la sua camera.

Rita Agnello, aspettando Cettina per spogliarsi, pensò che in fin dei conti non era innaturale dimostrarsi interessata alla vita di Luigi. Però non doveva assolutamente avvertire la sensazione di essere controllato.

Si tolse il pettine dai capelli e sciolse la treccia con cui aveva formato lo chignon. Non si sentiva più forte e probabilmente non lo era affatto, ma ora era in grado di dare un nome ai suoi sentimenti.

15

La carrozza di donna Rita procedeva spedita sull'acciottolato. La giornata era tiepida e la signora aveva deciso di risolvere quanto prima le questioni più urgenti. Nonostante Luigi non approvasse che fosse lei personalmente a occuparsi di certe faccende, alla sua richiesta l'aveva accompagnata senza altri commenti.

Rigida, a tratti guardava fuori dal finestrino. Arrivarono al Pio Ostello dei poveri intorno alle dieci e Tanino fermò la vettura davanti al portone di un massiccio edificio squadrato e austero. L'istituzione era stata fondata quasi due secoli prima da un nobile benefattore. Il suo unico figlio era stato ucciso da un'infezione a una ferita prodotta da una lama arrugginita durante un litigio con un mendicante che, ubriaco, non voleva cedere il passo al giovane. Quando la rabbia trapassò in dolore e il dolore si stemperò nella rassegnazione, il gentiluomo volle visitare il miserabile e, resosi conto della disperazione e della follia che avevano condotto il disgraziato al gesto fatale, aveva pensato a un luogo in cui i derelitti potessero trovare asilo, conforto spirituale, un tetto e cibo caldo. Negli anni il Pio Ostello aveva finito col raccogliere molte anime povere della città e dei paesi vicini e, spesso con l'aiuto di dottori compiacenti, si internavano lì alcuni soggetti violenti o disturbati i cui casi avrebbero necessitato di cure più appropriate.

Il segretario Pennino, un tipo col viso e le pupille che si muovevano rapidamente, li condusse nell'ampio cortile della costruzione. Il mosaico a ciottoli neri della pavimentazione brillava sotto il sole. Una scala maestosa, che serviva per accedere al piano superiore, era sbarrata. Le due di servizio, in uso, erano piuttosto strette e si aprivano tra i vani del piano terra. Lì, di fronte a loro, informò Pennino, si trovavano la cucina, la lavanderia, l'ambulatorio e gli uffici, di sopra le stanze degli ospiti.

«Come i signori possono vedere, qui ci teniamo molto all'ordine e all'igiene» blaterava il segretario accompagnandoli verso la direzione.

Attraversarono il cortile con un senso di fastidio. Il dottor Longhitano, direttore del Pio Ostello, era un uomo alto e dinoccolato con una lunga testa a pera; non lo si sarebbe detto un tipo intelligente. Poco accorto nelle maniere, quando Pennino li introdusse rimase seduto dietro la scrivania porgendo una mano sudaticcia e molle a Luigi. Per quanto ampia, la stanza dava la sensazione di essere angusta. Tutto aveva un'aria polverosa e certi busti in gesso o troppo grossi, o troppo magri, o con grandi protuberanze al posto della fronte, o coi bulbi oculari vistosamente all'infuori, mettevano i brividi.

«Ho avuto notizia dell'intenzione della signora di destinare delle sovvenzioni a questa istituzione» cominciò subito il segretario rivolgendosi soltanto a Fumini. «È una buona cosa, perché le esigenze, le migliorie da apportare non sono poche. Per la salute dei nostri ospiti, naturalmente.»

Donna Rita, nauseata dal suo fare viscido e dall'odore di stantio che regnava nello studio, cominciò a sventolarsi con impazienza e, mentre il direttore spiegava il funzionamento dell'ospizio, prese la parola interrompendolo in modo brusco. «Se devo destinare parte dei miei beni a questo posto, spero avrete almeno la bontà di farcelo visitare» tagliò corto.

Sebbene il segretario Pennino avesse escluso che i

signori volessero incontrare i ricoverati, il dottor Longhitano si era raccomandato di far ripulire alcune camerate, dove gli ospiti erano più disciplinati. Così, da una rastrelliera appesa al muro prese le chiavi delle stanze 5 e 7 e si avviò con donna Rita e Luigi verso il grande scalone d'ingresso, aprì la cancellata con qualche difficoltà e invitò a salire.

«Come mai tenete chiuso a chiave?» domandò la signora.

«I nostri ospiti sono spiriti semplici, non godrebbero le delizie architettoniche di questa scala» rispose con un sorriso.

«Dunque restano confinati al piano superiore?» si informò.

«Naturalmente no, usano le due scale di servizio che danno sul cortile» spiegò raggiungendo il pianerottolo prima della seconda rampa. A destra, in una nicchia del muro, sotto un generoso strato di polvere, era esposto il busto di marmo di un nobile con baffi e pizzo che, a giudicare dalla gorgiera inamidata, doveva essere vissuto circa due secoli prima.

Arrivarono alle alte porte delle camerate, raggiunsero la quinta destinata alle donne e si presentò ai loro occhi lo spettacolo più triste che potessero immaginare. I finestroni erano protetti da grate massicce quanto quelle di un carcere e l'odore di chiuso, di sudore e di alcol era pungente. Donna Rita si tamponò il naso con un fazzolettino e fece un cenno con la testa a Luigi verso le inferriate. Il direttore se ne accorse e si affrettò a giustificare. «Molti ospiti sono soli al mondo e vivono una tale disperazione che si sono dovuti prendere dei provvedimenti per evitare, Dio non voglia, gesti insani.»

Lungo le pareti erano appoggiate le brande e, ai piedi di ogni giaciglio, un sedia di legno. Le donne indossavano camicie sudicie, avevano i capelli sporchi, raggruppati in ciocche grasse. Altre erano state rasate. Alcune se ne stavano distese a fissare il soffitto, quattro o cinque camminavano per la camerata guardando il vuoto.

La signora si avvicinò a una figuretta pallida che, seduta in un angolo, le dava la schiena e ondeggiava il busto avanti e indietro stringendo tra le mani un pezzetto di trina.

«Buongiorno» le disse accostandosi, «come state?»

Il dottor Longhitano tentò di bloccare donna Rita ma Luigi lo fermò.

L'ospite si girò e dal suo sorriso emersero due incisivi neri e storti. «Come siete bella» sussurrò, «siete una regina?»

«No, cara» rispose la Agnello accarezzandole i capelli. La sensazione di avere sotto le dita un groviglio appiccicoso la fece ritrarre ma subito si vergognò e le sorrise.

«È molto bello quel merletto» le disse.

«Oh, sì» e sempre muovendo il busto, «è il mio velo, è molto prezioso, sapete.»

Donna Rita alzò lo sguardo verso Luigi come per lanciargli una disperata richiesta d'aiuto. Lui la fece alzare mentre la meschina riprendeva ad arrotolare tra le dita il brandello di merletto.

«Il marito rimase ucciso un anno dopo il loro matrimonio e la poveretta, impazzita dal dolore, visse per la strada. Passava le giornate importunando i passanti e chiedendo se avessero notizie del suo sposo. L'abbiamo accolta per desiderio della madre circa tre anni fa. La sua dote matrimoniale è passata al Pio Ostello per provvedere al mantenimento» raccontò il dottore.

Donna Rita abbassò gli occhi disgustata e afferrò il braccio di Luigi.

«Mio Dio, caro, è una barbarie» sussurrò procedendo lungo la stanza.

Quando furono di fronte al letto di una vecchia

immobile su un lenzuolo macchiato d'orina, l'orrore della signora fu tale che implorò di essere portata via.

Mentre scendevano al piano di sotto, udirono grida disumane che costrinsero Rita Agnello a chiedere un bicchier d'acqua per riprendersi. Nel frattempo il dottor Longhitano spiegò loro le basi di certe teorie, di come esistessero individui destinati all'isolamento per una naturale propensione alla violenza o al meretricio. Parlò di fusione dell'occipite con l'atlante, di forme della mandibola, di sviluppo di alcuni denti a sfavore di altri.

«Fisiognomica, una disciplina fondamentale per l'analisi dei caratteri criminosi» continuò il direttore.

«Non capisco» lo interruppe Luigi, «come tutto ciò riguardi gli ospiti di questo ostello e soprattutto la signora Agnello e la sua decisione» precisò.

«La presidentessa delle Dame di carità vede assai di buon grado questi studi» affermò cercando altre credenziali.

Donna Rita respirò con affanno. «Siamo poco interessati agli studi, dottor Longhitano, ci importa piuttosto la condizione delle persone» ribadì congedandosi.

Appena risaliti in carrozza, donna Rita estrasse dalla sacchetta un fazzoletto e prese a fregarsi le mani come per togliersi di dosso l'orrore che aveva provato.

«Mio Dio, è stato terribile. E quella povera donna chiusa in una stanza sudicia. Dovrebbe stare all'aria aperta, essere impegnata in qualche piccola attività, avere il conforto religioso.»

Luigi tacque.

«Non penserai che quell'individuo abbia ragione?» domandò nervosamente.

«No, no, signora. Sono molto turbato anch'io. Mi stavo solo chiedendo cosa potreste fare.»

«Non lo so. Un piccolo aiuto non può certo cambiare il modo di amministrare il Pio Ostello» osservò donna Rita.

Per tutto il giorno la vedova Agnello fu distratta, come turbata. Dopo il pranzo rimase chiusa nello studio cercando qualcosa nei suoi quaderni di minute e leggendo missive. Di tanto in tanto si alzava dalla scrivania e passeggiava per la stanza. Poi, come se le fosse venuta un'idea, iniziava a scrivere una lettera. La rileggeva, l'accartocciava e la gettava con furia. E poi ricominciava tutto da capo.

Alle quattro Luigi si affacciò per comunicarle che stava andando a lezione dalla Cucè. Lei lo salutò appena, senza notare che aveva indossato la nuova redingote confezionata da Vitagliano e gli stivaletti da poco consegnati dal calzolaio.

«Che piacere avervi qui, signorino» esordì don Santino insolitamente cordiale.

«È un piacere per me studiare con la signorina Anna.»

«E speriamo» bisbigliò quasi tra sé il padrone di casa.

«C'è forse qualche problema, signor Cucè? Sentitevi libero di parlarmene» si affrettò a dire Luigi.

«No, figuratevi, fate già tanto per noi. Pensieri di un padre, ecco tutto» concluse accommiatandosi.

Luigi trovò Anna seduta in poltrona.

«Non vi sentite bene?» domandò stupito di non vederla al pianoforte.

«Vi sembra forse che non sia in salute?» chiese di rimando lei, che vedendolo si era illuminata.

«Non mi pare, è solo che non sono abituato a considerarvi lontana dal pianoforte» rispose lui notando una strana luce in lei.

Anna ci pensò su. «Faccio anche altro oltre a suonare, sapete?»

«Ma non mi dite!» scherzò Luigi.

«Certo. Mi occupo io della casa, cucino, rammendo.»

«Beato chi vi sposa dunque.»

La ragazza arrossì, ma sul suo viso l'aria da bambina un po' goffa che Luigi aveva sempre trovato volgare ora sembrava essere svanita. Aveva cambiato pettinatura e la treccia che di solito era rigirata su se stessa, fissa sulla nuca, quel giorno si posava invece morbida tra le ciocche. Alcuni riccioli biondi ricadevano lungo il viso e dai lobi delle orecchie pendevano due piccole sfere di corallo rosso e lucido. Il respiro faceva gonfiare il corsetto troppo stretto a ritmo regolare e di tanto in tanto si arrestava come se un pensiero ne impedisse l'andamento. Lui fissò per un attimo il movimento e di nuovo avvertì dentro una strana potenza mentre tutto il suo corpo si irrigidiva.

«Vi rompete sempre la testa su Wagner?»

«A volte. C'è un mistero che mi tormenta.»

«In quattro note?» sorrise lui.

«Non solo.»

Luigi la scrutò con aria curiosa aspettando che, con la solita furia, cominciasse le sue spiegazioni. Anna invece tacque e prese a fissarlo. Pareva che stesse analizzando ogni suo tratto come avrebbe fatto con uno spartito. I capelli ondulati in pieghe composte, la fronte alta, le sopracciglia folte che disegnavano un arco sulla mandorla degli occhi marroni, il naso con la leggera gobba, i baffi sopra un labbro carnoso e scuro, il collo nascosto dai pizzi acuti e inamidati del colletto, il fazzoletto avorio annodato secondo la moda, le spalle larghe sotto la redingote azzurra, le mani grandi e curate, la vita, i fianchi stretti nei pantaloni chiari dal taglio ineccepibile, le calzature lucide. Poi ritornò al suo viso, appuntò gli occhi in quelli di lui e, con la naturalezza con cui avrebbe parlato del tempo, chiese: «Credete nei filtri d'amore?».

La domanda investì Luigi come un soffio di maestrale, lo colse impreparato e lo lasciò senza il fiato sufficiente per continuare a osservarla. Il breve turbine di vento scompose nella sua mente tutte le possibili risposte e si ritrovò ammutolito, con la bocca socchiusa e l'aria di un naufrago.

«Conoscete la storia di Tristano e Isotta?» incalzò la ragazza.

«Temo di no, signorina» riuscì a malapena a dire.

Anna raccontò la vicenda fissando Luigi e quasi con le stesse parole che il maestro Scillichenti aveva usato narrandola a lei. Disse del viaggio per mare – e Luigi avvertì la tristezza della nave salirgli lungo la gola – del filtro d'amore bevuto dai due amanti. Non faceva pause, come se il respiro fluisse circolare nell'intreccio di arcani e tradimenti. Senza pudore ripeté l'episodio del buon re Marco e della notte d'amore peccaminoso consumata da una sposa e un soldato infedeli. E quando descrisse Isotta trasfigurata sul corpo esanime dell'amante, il ragazzo sentì il cuore stretto in una morsa, abbassò la testa e si abbandonò a un respiro doloroso.

La signorina si alzò e posò alcuni fogli manoscritti sul leggio. La musica si diffuse nella stanza potente e lieve. Sul reticolo fitto degli accordi si levava acuto un canto di disperata bellezza che fiaccava le membra. Infinita, lunga e straziante, quando sembrava sul punto di spegnersi, la melodia rimontava, si gonfiava e saliva in alto per poi ridiscendere lentamente, ondeggiando come una piuma. E questo avvenne una volta e poi ancora una e ancora un'altra e Luigi seppe che era Anna a nutrire la musica confondendola in un vortice per poi lasciarla al destino della sua misera caduta. Infine le note tacquero del tutto, lei tirò fuori un fazzoletto dal polsino del vestito e si asciugò il viso. Forse era una lacrima.

16

Donna Rita aveva passato più di una settimana a rimuginare nello studio, consultare carte e mandare biglietti, riceverne e poi tornare a scrivere. Usciva solo per i pasti e per recarsi in chiesa. Da quando aveva visitato l'ospizio dei poveri aveva perso la pace. Luigi, che all'inizio non se ne era dato pensiero, cominciò a preoccuparsi. La signora aveva fissato per il pomeriggio un incontro dal notaio Motta con lui e don Calogero e, presa la decisione, pareva essersi un poco rasserenata. Aveva aperto la finestra e, carezzata dall'aria tiepida e profumata di maggio, aveva optato per andare a piedi fino allo studio. Al ritorno si sarebbe fermata a Maria Ausiliatrice per il vespro.

Aveva fatto talmente tante pressioni a Luigi perché si preparasse in fretta che finirono con l'arrivare dal notaio con molto anticipo. Al primo piano di un elegante palazzo prospiciente piazza Roma, l'interno dello studio era finemente arredato con un massiccio mobilio scuro e scomodissime sedie Savonarola in noce che erano l'orgoglio del cavaliere. Si apriva in quattro grandi vani, due dei quali erano stati adibiti ad archivio. Enzo Motta li accolse col solito atteggiamento cerimonioso che, insieme alla grande perizia professionale, era la ragione per la quale accanto al suo nome si aggiungeva sempre il commento "un gran signore". Veniva da una famiglia di proprietari terrieri dell'agrigentino e, come il padre, aveva intrapreso la carriera notarile spostandosi però dalle angustie del piccolo paese fino alla città, più consona al suo elegante stile di vita. Era alto e biondo, con due occhi nobili e sempre pronto a condire con una buona battuta ogni discorso che esulasse dalla sua professione. Fu probabilmente per questa sua dote che, rimasto vedovo, nel corso di un viaggio di piacere a Milano si era conquistato le grazie della signora Stefania Scotti, una rossa piena di pepe. Insieme formavano una delle coppie più eleganti di Capo Scirocco.

«La signora ha voluto disturbarsi di persona» esordì Motta invitandoli a sedersi, «mentre sarei potuto venire io a palazzo Platanìa.»

«Sono già troppi gli incomodi che vi diamo, caro notaio» puntualizzò lei.

«Ogni vostra richiesta, signora, è un tale piacere per questo studio che potremmo decidere di avere solo voi come cliente» ribatté il notaio.

Dopo qualche minuto, anche lui con sostanzioso anticipo sull'appuntamento, arrivò il parroco.

Donna Rita fece una breve premessa raccontando della visita al Pio Ostello, non lesinò alcun commento sull'impressione che ne aveva ricavato ed espose la sua idea. Luigi si voltò a guardarla con preoccupazione, don Calogero abbassò la testa e il notaio incrociò le dita davanti alla bocca con l'aria di chi sta ponderando una faccenda molto grave.

«Vedete impedimenti?» chiese la signora rompendo il silenzio.

Motta allontanò le mani dal viso e cominciò a far roteare i pollici uno intorno all'altro. Il prete si voltò verso di lui e anche Luigi gli si rivolse, aprendo appena le labbra come se dovesse mettere il fiato in gola al notaio.

«Vero è» cominciò quello appoggiandosi alla spalliera della sedia, «che il fondo destinato alla gestione del luogo di carità è insufficiente e che la famiglia ereditaria dell'onere di mantenimento non potrà finanziarlo ancora a lungo.»

«Dunque?» incalzò donna Rita.

Il notaio sollevò un braccio come per pregarla di non interrompere il filo di un pensiero complesso, ma con grazia.

«Vero è altresì» continuò, «che una scrittura con la famiglia potrebbe ammettere voi, donna Rita nata Platanìa vedova Agnello, della quale mi onoro di essere consulente e notaio, come benefattrice e sostentatrice del Pio Ostello. Vero è pure che chi finanzia in qualità di benefattore l'istituzione ha, per Statuto, depositato presso questo stesso studio, il beneficio relativo alla nomina del direttore, al momento riconoscibile nella persona del signor Gioachino Longhitano, dottore in Medicina presso l'ateneo di Palermo.»

A quel punto il cavalier Motta si bloccò, versò un bicchiere d'acqua dalla caraffa che teneva sulla sinistra della scrivania e bevve lentamente prima di parlare di nuovo nel silenzio generale: «Ma vero è pure che: punto primo, le Dame di carità e la presidentessa donna Maria Vagliasindi, coniugata Panebianco, avendo già interessi di natura morale sul Pio Ostello, potrebbero decidere una formula di finanziamento congiunto con la qui presente Rita Agnello o, ancora, il sostegno totale che certo non sarebbe osteggiato dalla famiglia detentrice dell'onere finanziario.»

Il notaio riprese fiato e i tre, che avevano trattenuto il respiro fino a quel momento, si lasciarono andare a una lunga boccata d'aria. Ma il cavalier Motta non diede loro tregua. «Punto secondo, e ve lo dico come consulente e amico, se mi posso permettere l'ardire» aggiunse fissando la signora, «l'aggravio, come dire, l'esborso per simile impresa costituirebbe un grosso impegno anche a fronte di un consistente patrimonio quale è il vostro.»

Donna Rita, che non aveva fatto una piega, si avvicinò alla scrivania e domandò: «Dunque?».

«Se, ascoltato il qui presente signor Luigi Fumini, amministratore oculato dei vostri beni, decideste di persistere nella decisione si dovrebbe: consultare, tastare il polso ossia informare, per vie riservate s'intende, le Dame della carità.» Qui don Calogero che si era accasciato, pur con qualche difficoltà, sulla spalliera intagliata della sedia Savonarola, si riebbe.

«E non si vede quale persona sarebbe più adatta di voi, monsignor Di Dio, stimatissimo parroco della chiesa matrice. Dovrete quindi chiedere un incontro alla famiglia finanziatrice e, nel caso di esito favorevole, procedere a quanto necessario sul piano legale e amministrativo. Infine il signor Luigi Fumini dovrebbe valutare quali introiti dirottare al fine del mantenimento del Pio Ostello.»

«E a quel punto potrei nominare un nuovo direttore» aggiunse donna Rita con tono assertivo.

«Non corriamo, signora carissima. I passi sono molti e difficoltosi ma...» si interruppe e lei lo scrutò. «Ma sì, da Statuto in qualità di benefattrice spetterebbe a voi la nomina. Scaduto il mandato del dottor Gioachino Longhitano, s'intende» concluse.

Risalendo verso la piazza del Borgo, donna Rita, col passo di un generale che si prepari alla guerra, e don Calogero, con la preoccupazione di un attendente costretto a seguire il superiore al fronte, si fermarono in chiesa.

Luigi, con la testa tutta piena di parole e la sensazione che un nuovo affanno stesse per occupare la sua mente, decise di andare alla pasticceria svizzera.

I tavolinetti di marmo sulla strada erano tutti occupati da signore eleganti che gustavano i sorbetti di limone e di crema, accompagnate da cavalieri che fumavano grossi sigari o bevevano vermouth. Un'orchestrina suonava alcuni ballabili per il pubblico distratto dalle delizie della casa pasticcera. Mentre cercava un posto libero, scorse Russo seduto tra la folla di cappellini di piume.

«Mimì, caschi proprio a fagiolo» esordì Luigi avvicinandosi.

«Amico mio, che sorpresa» rispose lui, inghiottendo il mezzo mandarino candito che considerava indispensabile per una perfetta cassata.

Luigi ordinò un cordiale e lo sorseggiò ascoltando un motivo viennese. Finito il brano l'orchestra si inchinò e gli parve il momento giusto per raccontare in breve quanto era avvenuto a partire dalla visita al Pio Ostello.

«Affare spinoso, direi. E non solo sul piano legale» commentò Mimì.

«Cosa vuoi dire?»

«Per le questioni pratiche, mi pare che Motta non si sbagli. Tuttavia, hai idea di quanto occorra per finanziare l'ospizio?»

«Posso provare a immaginarlo» rispose rassegnato mentre la sensazione provata uscendo dallo studio del notaio prendeva una forma sempre più concreta.

«Ma non è nemmeno questa la preoccupazione maggiore che avrei, se fossi in te» lo anticipò l'amico.

Luigi lo guardò con aria sperduta.

«Diciamolo: donna Rita può anche permettersi il capriccio di rilevare gli oneri per l'Ostello e pagarsi il suo biglietto per il paradiso così, ma poi quale altra idea brillante le verrà?»

«Non capisco...»

«Andiamo, rifletti: due mesi al Cuore Trafitto, ritorna ed è tutta casa e chiesa, me lo confermi?» Luigi annuì e Mimì continuò: «Ora si mette in testa di aiutare tutti i poveri di Capo Scirocco e domani che farà? Mio caro, vedo già il tuo patrimonio futuro dissolversi in opere di bene».

«Quindi pensi anche tu che sia un'altra delle sue manie passeggere?»

«È naturale. Questa, tuttavia, è assai più pericolosa per te.»

Fumini pagò la cassata dell'amico e il suo cordiale mentre l'orchestra riprendeva gli strumenti.

«Vieni, camminiamo un po', i valzer e le polke mi danno la nausea» incalzò Mimì.

Si diressero verso il centro e, arrivati all'incrocio tra la via della Corsa e via Santi Apostoli, dove le loro strade si sarebbero divise, Luigi chiese: «Tu che faresti?».

«Con donna Rita intendi?» domandò Mimì. «Be', la sposerei, no?» Poi gli diede una pacca sulla spalla prima di allontanarsi a passo spedito.

La musica aveva messo Domenico Russo in uno strano stato d'animo. Era un fastidio che sentiva ogni volta con quegli insulsi ballabili tutti uguali. Così, mentre si trovava in direzione di casa, d'improvviso si fermò. Rifletté un attimo, poi si calzò meglio la giacca sulle spalle e girò dalla parte opposta.

Il cielo era ancora chiaro e le giornate si stavano allungando, ma non temeva certo di dare nell'occhio recandosi all'abitazione dell'avvocato Leotta, il legale presso cui stava impratichendosi nella professione. Chiunque avrebbe pensato che Russo era lì per prendere un codice o un volume.

Felice Leotta, rinomato penalista, si trovava in quei giorni a Roma per discutere un'importantissima causa e la moglie Santa, più giovane di ventisei anni, era sempre sola in casa.

Mimì raggiunse con calma via Pitagora e si fece annunciare alla signora. Non la vedeva da quindici giorni e cominciava a desiderarla. Le brune sapevano essere focose quando volevano.

Quella, vedendolo entrare in salotto, posò il romanzo che stava leggendo e lo accolse con studiata freddezza.

«Pensavo sapeste che l'avvocato si trova a Roma, signor Russo.»

Il giovane fece qualche passo nella stanza e, prima di rispondere, si voltò a controllare che il maggiordomo si fosse ritirato.

«Dovevo vederti» affermò simulando un affanno doloroso, come se il loro distacco fosse stato intollerabile.

La donna si alzò e lo raggiunse stringendosi a lui.

«Pazzo, sei pazzo! Cosa penserà la servitù?» domandò concedendo alle sue labbra la spalla lasciata scoperta dall'abito.

«Andiamo nello studio, fingerò di dover prendere dei libri.»

Santa Leotta disse a voce abbastanza alta da farsi sentire dal maggiordomo che certamente i tomi che cercavano si trovavano nello studio. «Ve li mostrerò io, ricordo adesso che l'avvocato mio marito mi parlò di questa vostra visita» continuò incamminandosi.

Quando furono al riparo da sguardi indiscreti, Mimì chiuse la porta alle loro spalle e spinse Santa contro lo stipite. Mentre con una mano rovistava tra le sottogonne cercando un varco, lei sciolse la bocca dalla sua con aria affranta.

«Due settimane senza vederti, dove sei stato?» domandò mentre Russo tentava di zittirla con un bacio.

«Ti prendi gioco di me, non mi ami. Ammettilo» sussurrò spingendolo indietro per fissarlo.

A quella frase lui si bloccò come se fosse stato colpito da un fulmine, si scostò da lei e accennò a fuggire via.

«Fermati, non andare» lo implorò la donna tirandolo per un braccio.

Gli occhi di Russo si erano ripiegati verso il basso e gli angoli della bocca erano perfettamente atteggiati al dolore. «Non capisci, vero?» recitò alla fine di un silenzio che a Santa parve lunghissimo. «Non ti riesce proprio di comprendere quanto io soffra a dover dissimulare davanti a tuo marito. E non faccio che starmene solo a pensare che è con lui che passi le tue notti.» L'ultima parte della frase, Mimì l'aveva pronunciata coi denti stretti, in modo che fosse evidente un vago accento di disgusto. Poi appoggiò la mano sulla maniglia e, nella sua mente, cominciò a calcolare dopo quanti secondi lei l'avrebbe fermato.

Santa, con gli occhi lucidi, intrecciò le dita alle sue. «Perdonami, te ne prego. È l'amore che non mi fa vedere altro che le mie sofferenze. Stringimi, adesso.»

Domenico Russo si voltò a baciarla voracemente mentre si levava in fretta la giacca lasciandola cadere per terra e si allentava il colletto.

La spinse verso lo scrittoio dell'avvocato, tra cartelle e fascicoli, e Santa si lasciò andare alla furia di Mimì. Con le gonne riverse sul busto e le gambe intorno ai fianchi di lui sentì che quell'uomo, senza ombra di dubbio, l'amava.

17

L'estate era stata bollente, eppure a palazzo il fermento attorno all'affare del Pio Ostello non smetteva di occupare le giornate di donna Rita, oltre che del notaio Motta. Per distrarre la signora, Luigi aveva addirittura proposto di passare il mese più caldo nella casa sull'Etna, in modo da poter controllare la vigna acquistata da Sammartino, che prometteva una buona vendemmia. Tuttavia lei non aveva inteso ragioni: soltanto l'ospizio meritava le sue attenzioni, soprattutto adesso che era riuscita nel suo intento, occorreva far fronte a tutta una serie di incombenze. Luigi, al di là delle preoccupazioni economiche, si era sentito prima escluso e poi a tratti oppresso, come se tutto quell'affannarsi lo stesse privando dell'affetto di lei.

Basilio Pappalardo era andato a passare le acque alle terme di santa Venera dove, quell'anno, mancò per una manciata di mesi l'incontro col discusso maestro Wagner, e la cosa non gli dispiacque affatto. Disprezzava fieramente quel musicista, non tanto per una reale convinzione, dato che non aveva mai ascoltato nemmeno una sua nota, quanto perché temeva venisse di moda. In tal caso si sarebbe dovuto industriare per insegnare il canto in una lingua astrusa della quale con capiva un bel niente.

Approfittando della villeggiatura del maestro, Luigi aveva preso a frequentare casa Cucè sempre più spesso. E non solo con la scusa delle lezioni. Il più delle volte, dopo aver provato una o due arie, lui e Anna si mettevano seduti sul divano a discorrere di musica e a raccontarsi di nuovo la storia d'amore di Tristano e Isotta. La ragazza, rossa in viso, incolpava il troppo caldo e scherzava immaginando abiti sontuosi e pieni di veli per la sposa infedele; Luigi invece continuava a parlare di Tristano domandandosi se avesse una spada e come fossero il suo cavallo e l'armatura, ma soprattutto pensava al viaggio per mare all'inizio dell'opera, pieno di incertezze com'era stato il suo.

C'erano poi giorni in cui i due raggiungevano don Santino nella veranda, all'imbrunire, quando il sole smetteva di affocarla, e si dissetavano insieme con una bevanda fresca. Il profumo del gelsomino abbarbicato sulla facciata interna della casa arrivava fino al primo piano e al ragazzo sembrava di ritrovarsi in famiglia. La nuova sensualità scoperta in Anna, sia che gli spiegasse la musica tedesca sia che chiacchierasse col padre, era diventata così naturale da nascondere ai suoi occhi che gli sguardi più dolci e le maggiori premure erano riservate a lui.

Una sera – era nato tutto un po' per caso – avevano iniziato a fare un gioco. Cucè stava raccontando di quando era stato per ragioni di lavoro a Napoli e poi era salito per Roma e ancora su, fino a Milano e in Svizzera. Le cartoline che mandava, e che Annuzza conservava ancora, erano piene di prati e di mucche. Così, d'un tratto, pensando ai luoghi lontani che il padre aveva visto, la ragazza chiese: «Dove vorreste essere se non foste qui, adesso?».

Nella veranda era sceso il silenzio. Don Santino e Luigi riflettevano. Dal mare si era alzata un po' di brezza, il latte di mandorla era fresco e la sera chiara e stellata. Esisteva davvero un altro posto dove voler essere? Questo si stava domandando Cucè. Il ragazzo invece era sicuro che un altro posto ci fosse ma non riusciva a immaginare quale.

«Su, su, pensateci» li incoraggiò Anna.

Il padre taceva e sorrideva. Lui là voleva essere, a casa

sua, con la figlia. Anna fissò Luigi colma di aspettativa e lui si sentì in obbligo di rispondere qualcosa.

«In un teatro, grande» disse senza troppo impegno, «al teatro della Scala» aggiunse.

«Bene» commentò lei perdendosi nella sua voce.

«E stanno dando l'*Aida*» concluse poi solo perché gli occhi della ragazza puntati addosso cominciavano a metterlo in imbarazzo. Ma lei continuò a fissarlo e a sbattere le ciglia, che a Luigi parvero lunghissime, capaci di solleticargli l'anima ogni volta che andavano su e giù. Non avrebbe saputo dire se la trovava bella, perché in quel momento non riuscì a vedere altro che le sue pupille: il resto del viso era tutto offuscato dal bagliore dello sguardo. Si dimenticò delle labbra rosa, delle guance lisce, del piccolo naso.

Quegli sguardi non sarebbero stati di nessun interesse se don Santino, che quando si trattava di Annuzza aveva più occhi di una mosca digiuna, non avesse notato le occhiate, i rossori, i sorrisi. Si era accorto all'improvviso di quanto si fosse fatta bella la figlia. Come tutte le donne con un amore segreto, si era detto poi. Al principio ne era stato infastidito, aveva sentito nel petto crescergli una collera gelosa e cieca, capace di incenerire all'istante quel giovanotto azzimato. Ma col tempo, vedendo la figlia contenta, se ne era fatto una ragione e, col passare dei giorni, aveva cominciato a fantasticare sulla fortuna che sarebbe venuta alla piccola con un matrimonio tanto conveniente. Si era guardato dal parlarne con lei però, d'altra parte Fumini non si era dichiarato né aveva fatto intendere alcunché. Sapeva inoltre che don Calogero, se gli avesse confidato le sue speranze di padre, l'avrebbe redarguito: erano giovani, era meglio aspettare e la natura avrebbe provveduto al resto.

Così, mentre la figlia continuava a fissare Luigi, Cucè ruppe il silenzio che Anna aveva riempito di speranze e disse soltanto: «Vorrei essere dove tu potessi trovare la felicità».

Finalmente lei aveva distolto lo sguardo dal ragazzo e aveva afferrato la mano di don Santino. Forte forte gliel'aveva stretta. Era sicuro, quello era l'unico posto al mondo per lui.

A palazzo Platanìa, donna Rita era sempre più enigmatica e quando Luigi rientrava, dopo i pomeriggi in via Pescatore, lei gli chiedeva poco o nulla. Il giovane si era stancato di metterla alla prova parlando di Anna e dei suoi tanti talenti; da principio aveva provato a elencarne sempre di nuovi per suscitare qualche reazione nella sua benefattrice ma alla fine il gioco lo aveva annoiato. La notte, però, erano inquieti: la signora faticava a simulare il disinteresse e approfittava della solitudine per piangere sul suo sentimento mentre Luigi bruciava per l'indifferenza di lei e avvertiva qualcosa venirgli meno.

Domenico Russo era rimasto in città per preparare gli ultimi esami, lontano dalla distrazione della signora Grimaldi, l'amante del momento, partita in lacrime dopo un pomeriggio torrido di giuramenti per trascorrere l'estate col marito e i due figlioletti in una località alla moda. Con Luigi si era incontrato spesso e a entrambi era sembrato che la calura sprofondasse tutto in un limbo di immobilità.

Poi l'aria era diventata più fresca. Dopo una settimana di piogge continue, il tempo si era avviato verso i piaceri di un autunno soleggiato e mite. Durante il giorno si respirava ancora un tepore estivo ma, anche nelle ore più calde, non si soffriva la vampa dei mesi più torridi dell'anno.

In una di quelle serate benevole, Luigi, spinto dalla noia o da qualche necessità inespressa, aveva dato appuntamento a Mimì per una cena sulla costa a nord di Capo Scirocco, sotto le colline di aranci, dove si apriva un vasto golfo sormontato dall'altopiano argilloso. Un piccolo ristorante sul mare, meta prediletta degli amanti del pesce e dei frutti di mare, sorgeva su una robusta palafitta. Accomodandosi ai tavoli più esposti si godeva uno splendido tramonto, nelle orecchie lo sciabordio delle acque che si infrangevano sugli scogli.

I due giovani erano seduti davanti a una generosa zuppa di cozze. Quando terminarono l'ultimo sorso di vino bianco, Mimì si pulì le mani nella salvietta e cominciò a fumare.

«Che programmi hai per i prossimi giorni?» domandò appoggiando un braccio alla ringhiera della palafitta.

«Nessuno in particolare. Mi sembra che l'estate mi sia sfuggita di mano senza costrutto» rispose Luigi.

«Capita sempre così da queste parti. È il troppo caldo, ci rende indolenti.»

L'altro fece cenno al cameriere perché portasse ancora del vino poi domandò: «Volevi propormi qualcosa?».

«Una gita.» Mimì abbandonò il sigaro sul posacenere incrostato e poi continuò: «Il mare è straordinariamente bello in questo periodo e fino a qualche anno fa mio padre affittava sempre una barca, qui giù, al porticciolo, per arrivare fino alla grotta della Madonnina».

«Sembra interessante.»

«È una di quelle cose che piacciono alle donne. C'è un antro, lungo la scogliera» aggiunse indicando con la testa la direzione, «i pescatori ci hanno messo una statuetta della Vergine, incastrata tra le rocce. È davvero suggestivo. La volta della grotta è bassa e la poca luce che entra fa apparire l'acqua color smeraldo.»

«Quando vorresti andare?» chiese Luigi.

Mimì versò il vino e guardò l'amico negli occhi accesi dalla bevanda e dal bagliore di una grossa luna che disegnava un triangolo argentato sul mare. «Potresti chiedere alla vedova Agnello quando vorrebbe andare.»

Non era certo di averla pensata in quei termini, la gita in barca, ma adesso che le parole gli erano venute fuori Mimì sentì che era la cosa giusta da dire. Non era sicuro di afferrare tutto ciò che passava per la mente dell'amico, eppure qualcosa gli suggeriva che si trovasse sulla soglia di un piacere che lui, per quante donne avesse avuto, non aveva mai provato.

«Pensi che accetterebbe di venire con noi due soli?»

«Naturalmente no, pensavo di invitare le mie cugine. Così, per fare qualcosa di diverso» improvvisò mentre l'idea diventava sempre più concreta in lui.

Luigi rimase a riflettere. Una gita forse avrebbe strappato donna Rita dalle sue occupazioni almeno per un giorno, sarebbe stata una bella sorpresa. «Ma sì, perché non tentare» affermò come per convincere se stesso.

La mattina successiva, a colazione, Luigi raccontò alla signora della serata con Russo e, senza troppi giri di parole, le propose la gita.

«Per l'amor del cielo, mio caro, non credi che io sia troppo vecchia per questo genere di cose?» domandò Rita sorridendo compiaciuta per l'invito.

«Voi non siete vecchia per nulla» commentò rivolgendole uno sguardo denso di promesse.

Lei abbassò gli occhi e tacque.

«Dunque, signora?» incalzò Luigi.

Donna Rita si asciugò la bocca, posò il tovagliolo e, alzandosi, si scoprì a rispondere: «Perché no. Un po' d'aria di mare farà bene a entrambi. Fissa pure col giovane Russo, mi concederò questa giornata con voi ragazzi».

Non andò altrettanto bene a casa Muscatello. Quando Mimì chiese alla zia il permesso di portare alla grotta Agata e Assunta, si ritrovò alle prese con le mille scuse che donna Maria mise in piedi per evitare alle ragazze di farsi vedere con una signora dalla reputazione tanto chiacchierata. Il nipote si dimostrò dispiaciuto per la decisione, ribatté che comprendeva le sue ragioni nonostante potesse personalmente garantire sull'onorabilità della vedova Agnello, eppure si sentì quasi soddisfatto. Forse non aveva creduto davvero di ottenere il permesso, ma d'altra parte era l'unica maniera per regalare all'amico una giornata con la signora, lontani da Capo Scirocco e dalla questione del Pio Ostello. Da solo Luigi non ci sarebbe mai riuscito. In effetti Russo aveva ascoltato con un distacco minore di quello dimostrato i suoi racconti, le paure, le insidie di un rapporto che non comprendeva del tutto ma che magari meritava una possibilità. Lo intuiva, ma il cammino che una possibilità deve compiere per trasformarsi in una decisione, a volte, è davvero estenuante. Mimì si diede comunque un gran da fare e organizzò tutto per il meglio, parlò col pescatore per affittare la barca e fissò la gita per il giovedì successivo.

Di buon'ora si presentò, con l'abito sportivo e la paglietta, all'ingresso di palazzo Platanìa. I pantaloni chiari, alti in vita, lo facevano sembrare ancora più slanciato e la camicia azzurra donava al volto un bagliore diverso. Quando Luigi e donna Rita lo raggiunsero, con grande rammarico Mimì comunicò alla vedova Agnello l'indisposizione delle cugine. Sarebbero andati in tre e si sarebbero divertiti altrettanto, garantì scrutando l'espressione dell'amico.

In carrozza, costeggiando il mare fino all'imbarcadero, la signora fu in imbarazzo ma dissimulò al meglio informandosi sugli studi di Russo, parlando del tempo e di quanto fossero stati fortunati nella scelta del giorno. Arrivati all'insenatura in cui i pescatori ormeggiavano barche e lampare, Mimì si avvicinò a Luigi e gli sussurrò qualcosa.

«Ma che scusa vuoi che riesca a trovare a questo punto?» replicò lui agitandosi.

«Non so, potremmo dire che non è il caso che vada da sola con due uomini.»

«Non ci crederà.»

«E che importa? Ormai è qui e non ti chiederà certo di riportarla indietro» rispose Russo.

I due si avvicinarono a donna Rita che guardava l'acqua calma. Sulla camicetta leggera di batista azzurra, indossava un giacchino bianco bordato con un nastro blu di Persia. Con una mano coperta dal guanto di merletto, teneva un lembo della gonna da passeggio lasciando che l'orlo sfiorasse le caviglie. Un cappellino di paglia a falda larga per proteggersi dal sole era legato sotto il mento con un fiocco di seta. Nell'altra mano teneva ripiegato il vecchio parasole marquise di lino, ricamato a iris viola col manico e il puntale d'avorio, comprato per il suo trasferimento a Villabate. A Luigi parve bellissima.

«Signora, non vorrete considerare la mia una mancanza» esordì Mimì chinando la testa rispettosamente, «ma ho riflettuto sul fatto che la mia presenza possa in qualche modo essere inopportuna.»

Donna Rita taceva continuando a stringere la veste come se fosse il suo unico appiglio.

«Una scortesia» proseguì, «nei vostri confronti e in quelli delle signorine Muscatello, costrette a casa dall'indisposizione.»

Così si congedò senza voltarsi a osservare Luigi e il barcaiolo che la aiutavano a salire a bordo. Era sereno, quel barlume di possibilità che Luigi non riusciva a vedere prendeva nella sua mente una consistenza nuova. E per la prima volta pensò che Rita Agnello era la sola donna alla quale avesse mentito per prepararle una gioia maggiore.

Rimasti soli, la signora aveva stretto la mano di Luigi e aveva deciso di seguirlo. D'un tratto sembrava aver smesso di fuggire di fronte al pericolo, quasi come una preda che, ineluttabilmente legata al suo carnefice, gli corra incontro.

Il barcaiolo, in piedi, si allontanò dalla rada con qualche difficoltà, piantando il remo sul fondo basso e scoglioso per evitare le altre imbarcazioni ancorate. Fuori dall'insenatura il mare era piatto e una brezza leggera scompigliava il fiocco sotto il mento di donna Rita. Luigi si riparava dai raggi troppo forti con il palmo della mano sulla fronte, a mo' di visiera. Scrutava ancora l'orizzonte quando la barca, virando, prese il vento da una diversa angolatura portandogli il profumo fragrante della pelle accaldata della signora. All'inizio fu un desiderio vago, puntellato dallo scricchiolio dei remi sugli scalmi e dal rumore d'acqua che producevano immergendosi ritmicamente nel mare; poco più di una fantasia. Come per gioco, le propose di imparare a remare.

L'uomo ai remi era un vecchio pescatore col viso scuro e due sopracciglia nere e cespugliose, grosse come bruchi, sugli occhi stretti. Il viso scavato da rughe antiche era lucido di sudore e la pelle delle braccia, a ogni movimento, si riempiva di muscoli. Era abituato alle richieste delle signore che, durante le gite, con le loro risate sciocche, volevano provare a condurre la barca. Così aspettò che Luigi la accompagnasse ai remi, smise di masticare una palletta di tabacco cacciandola nell'alveo della guancia e si spostò alla barra.

«E adesso cosa faccio?» chiese donna Rita sorridendo imbarazzata.

Luigi le porse i remi e guidò i primi gesti. Seduti di fronte, le sue ginocchia sfioravano quelle di lei. Riusciva a immaginare sotto la gonna i movimenti del corpo, pensava con gli occhi del desiderio alle gambe di Rita tendersi nello sforzo, mentre puntava i tacchi delle scarpine sul pagliolato. Ritrasse le mani e le sussurrò di provare da sola. Lei respirò forte, come per affrontare una fatica enorme, portò avanti le braccia con una leggera asimmetria e subito le spinse indietro, cercando di immergere i remi in mare. Il sinistro, ruotato malamente, schiaffeggiò piatto la lastra d'acqua e lui si avvicinò per rimetterlo dritto. Rita riprovò e, con le mani di Luigi sulle sue, riuscì a dare quattro o cinque vogate lente e faticose.

«Adesso ho capito, lasciami tentare» si difese.

Il giovane si allontanò un poco e lei immerse alcune volte i remi. Il soffio caldo del suo respiro gli arrivava sul viso con un sentore di miele d'acacia. Avvertì la testa girargli e si voltò verso la riva. La costa era diventata una sottile lingua di rocce alla loro sinistra e donna Rita, allargando le ginocchia per migliorare la presa, strinse le gambe intorno a quelle di lui. Accelerò i colpi, che divennero sempre più ravvicinati. Il barcaiolo aveva lasciato la barra per annodarsi sulla testa un fazzoletto bianco. Due pizzi, serrati nei piccoli cappi, stavano proprio dietro le orecchie e gli altri spuntavano sulla fronte come buffe orecchie di topo. La barca cominciò a virare insensatamente per il maggiore vigore che la signora imprimeva col braccio destro. Lei cercò di correggersi ma per farlo si accostò ancora di più a Luigi, piegò il busto in avanti così che la falda del suo cappello incontrò la sua. Si fermò un attimo in quella posizione goffa e fissò la bocca del ragazzo. La mezzaluna d'ombra sui loro visi sembrava nasconderli al mondo tanto da permettergli di avvicinarsi e sfiorarsi, tanto da lasciarli affogare dentro gli sguardi gettati l'uno sull'altra.

«Sarà meglio che mi limiti a fare la passeggera» disse Rita ritraendosi. Abbandonò i remi e porse la mano a Luigi perché l'aiutasse a spostarsi.

Lui si alzò e le strinse la vita, quasi la sollevò per permetterle di scavalcare il banco e sederglisi vicino. In quel momento il vento di mare diede vela alla sua fantasia che, finché erano prossimi alla terra, era rimasta imbrigliata nella rete di mille faccende. Avvertì una sorta di sollievo fisico, prima come un azzurro intenso che lo inondò con un brivido e poi simile a un soffio d'aria che lo gelò quasi fosse stato nudo con la pelle bagnata. Fissò l'orizzonte e con un filo di fiato cominciò a sussurrare una canzonetta napoletana. Donna Rita irrigidì la schiena e lasciò che i versi scivolassero sul pelo dell'acqua. Luigi sentì la voce perdersi tra le onde e piano la melodia gli morì sulla bocca.

Nel frattempo la barca era arrivata in prossimità dell'ingresso della grotta e donna Rita fu rinfrancata vedendo l'entrata. Coi remi tirati a bordo, scivolarono su un tappeto di cristallo trasparente che si fece blu profondo e poi subito verde come un prato. Nel silenzio assoluto dell'antro si udiva solo l'eco di una mesta risacca. Tra le rocce, piccola e bianca, si ergeva la Madonnina dei pescatori. Luigi si tolse la paglietta e respirò l'odore acre delle alghe sugli scogli rinsecchite dalla bassa marea. Una calma pari la signora l'aveva percepita soltanto al convento; giunse le mani portandosele alle labbra e chiuse gli occhi desiderando che quanto sentiva fosse un segno.

Rientrarono a palazzo Platanìa nel primo pomeriggio, accaldati e digiuni. Il cortile era ancora assolato ma, appena raggiunta la scala, sui volti scese la frescura dell'ombra. Rita posò un piede sul primo gradino e la mano di Luigi si strinse sul suo braccio.

«Fermatevi.»

Lei rimase un attimo in equilibrio, col corpo proteso verso la salita mentre lui l'attirava a sé.

«Cosa fai? Mi fai male così» replicò lei senza girarsi.

«Ditemelo adesso, siete felice?»

La donna rimase immobile.

«Vi chiedo di rispondermi, siete felice?»

Il cappello le cadde e rotolò nell'androne, lei non se

ne curò, restò ferma a soppesare la domanda. Il giovane allentò la presa e Rita si girò a osservarlo, mosse appena le labbra quasi non avesse abbastanza forza per parlare. Il corpo le divenne molle e, quando lui la sorresse, la vita che le era parsa sfuggirle per un attimo di mano le rifluì dentro.

«È stato molto piacevole, mio caro» commentò sistemandosi la giacchetta, «sii gentile, raccoglimi il cappello», aggiunse ricominciando a salire le scale.

Luigi afferrò il cappello rimasto capovolto per terra, come una coppa vuota.

18

Entrando in chiesa in un pomeriggio di febbraio, donna Rita notò che la prima cappella della navata sinistra era buia, senza nemmeno una candela accesa. Che strano, non ci aveva mai fatto caso. Dietro le colonnine di marmo della balaustra, l'altare era dominato da una grande tela scura in cui le anime del purgatorio, inermi ma desiderose del perdono, costrette sul fondo del dipinto, rivolgevano gli occhi al soffice nembo che le sovrastava. Da lì, in un tripudio di ali spiegate, gli angeli indicavano col dito un Cristo trionfante e un Dio col volto da vecchio benevolo tra raggi di luce. Accanto si apriva una nicchia sormontata da una conchiglia di marmo, vuota come l'orbita di un occhio cieco e triste.

La signora si avvicinò per guardare meglio il dipinto e decise che, anche se non era di fattura particolarmente pregiata, meritava di certo una maggiore attenzione.

Finito il vespro, Rita si alzò dal banco e percorse la navata centrale, si genuflesse davanti all'altare e seguì il parroco in sagrestia.

«Don Calogero, quella cappella all'ingresso» esordì mentre il sacerdote apriva uno dei cassetti del mobile di noce, «è così triste.»

Si girò sorridendo. «Le anime del purgatorio non sono allegre, cara signora.»

«Su, non prendetevi gioco di me, avete capito benissimo: è buia e manca una statua» spiegò donna Rita.

«La cappella era stata costruita per volere della famiglia Castiglione che vi riposa ma, sapete, non ci sono più eredi e così nessuno se ne è più occupato, se non Iana, per la pulizia abituale.»

«E la nicchia vuota?» domandò lei.

«Avrebbe dovuto ospitare la statua di un santo. I finanziatori, però, non riuscirono mai a mettersi d'accordo sul soggetto da commissionare allo scalpellino. Donna Venerina avrebbe voluto metterci santa Venera, tuttavia il marito si oppose non so con quali motivazioni. Alla morte dei due coniugi, i nipoti che vivevano a Catania avevano optato per sant'Agata. Eppure alla fine non se ne fece nulla. Sapete, le spese...»

«... e la nicchia è rimasta vuota» concluse la signora.

«Esattamente.»

«Ma voi cosa ne pensate della Vergine Maria?» incalzò lei

«Ah, una santa donna, la madre di Cristo» ironizzò il parroco.

«Oggi volete proprio scherzare» sorrise, «pensavo a una statua della Madonna per la nicchia. Un bel marmo di Carrara, prima scelta.»

Don Calogero girò con una mandata la chiave nell'anta del mobile e diventò serio. «Cosa vi succede, signora?»

«Questa sì che è bella, cosa dovrebbe succedermi? Vi ho solo domandato di una nicchia vuota» rispose lei stupita.

Il parroco si spostò nello studiolo accanto alla sagrestia e si sedette. Donna Rita lo seguì incerta e gli si accomodò di fronte.

«Da quanto siete tornata dal Cuore Trafitto, un anno?» chiese. Don Calogero restava sempre stupito da come i suoi parrocchiani usassero la fede per nascondere i loro veri sentimenti e ora desiderava conoscere i pensieri della signora.

«Sarà un anno ad aprile.»

«Vi sentite cambiata?»

«È naturale, rafforzata nella fede» affermò sicura Rita.

«Sì, questo lo vedo anch'io» assentì lui con una punta d'impazienza.

Nella stanza cadde un silenzio appiccicoso e imbarazzante. Il prete si appoggiò allo schienale della sedia e prese a stropicciarsi un labbro con due dita. La signora si rassettava la veste con piccoli movimenti sperando che il fruscio della stoffa potesse riempire il vuoto.

«È stato per la fede che avete deciso di finanziare il Pio Ostello, dunque.»

«E per i poveretti che vi sono ospitati» chiosò lei con l'intento di ricominciare una lunga tirata sulle condizioni del luogo.

Don Calogero sollevò una mano per indurla a tacere. «E per devozione alla Vergine volete far scolpire una statua.»

Donna Rita annuì. «Ed è per qualche voto che avete deciso di non frequentare più il teatro?»

«No, è solo che l'opera non mi interessa più molto» ribatté la vedova Agnello troppo in fretta.

«Strano, pareva non vi piacesse altro prima di andare in convento» disse il prete senza sarcasmo.

Poi, come guidato da una voce interiore, le si avvicinò e si segnò. Se era la fede lo scudo con cui aveva scelto di proteggersi da se stessa, con quella l'avrebbe vinta.

«*In nomine Patris et Filii et Spiritus Sancti*» recitò iniziando a snocciolare le formule della confessione.

Lei scivolò in ginocchio davanti al prete, a capo chino, con le mani giunte sul petto. «Beneditemi, padre, perché ho peccato» cominciò con un filo di voce acuta e tremolante, che vibrava nella stanza come il cantino di un violino scordato. Nella sua mente le immagini si formarono nitide, una dopo l'altra dietro le palpebre chiuse, intense quanto i sentimenti che provava. I resti patetici dei ricordi, tenuti stretti al cuore fino a quel momento, diventarono parole;

raccontò come tutto era cominciato e cresciuto. Ricostruì i momenti in cui aveva scoperto uno sguardo, spiato un gesto, ascoltato il suo canto, sorriso dell'inesperienza e riso insieme a lui. E poi gli altri, terribili, in cui aveva odiato tutto, l'opera e la sua voce capace di annientarla, quando la gelosia l'aveva sconfitta. Disse delle notti in cui aveva sperato di poter essere un'altra, di trovarsi altrove e soprattutto di tornare ragazza, con la follia che si perdona solo ai giovani troppo innamorati. Si sforzò per spiegare come si era aggrappata alla fede, cercando di non pensare perché, qualsiasi cosa facesse, il pensiero dell'uomo che Luigi era diventato la ripiombava sempre in un cunicolo di corridoi angusti senza vie di fuga. Finché non si ritrovava sfinita e senza speranze.

«Di cosa vi pentite e perché chiedete perdono, Rita?» domandò alla fine don Calogero che, per quanto il suo abito lo spingesse a cercarne, non riusciva a trovare colpe nella donna.

«Per la mia debolezza» ammise.

Il sacerdote alzò due dita sulla fronte della signora per benedirla ma, nonostante ci provasse, non vedeva una sola cosa che agli occhi di Dio potesse essere un peccato. Forse lei avrebbe dovuto davvero vivere altrove, in un luogo senza maldicenze, pettegolezzi di donne invidiose, incapaci di amare e di riconoscere il vero amore quando si manifestava. Ma quel luogo esisteva, si chiese? Le cose andavano così dappertutto o a Capo Scirocco il tempo era, come a lui sembrava, abbarbicato a un passato già trascorso nel resto del mondo? Garibaldi era morto da poco e l'Italia era fatta ma, a quanto pareva, nemmeno nel Paese unito c'era posto per una signora che non aveva altra colpa se non quella di essersi innamorata inavvedutamente.

Donna Rita si levò scossa ma col cuore alleggerito. Prima di lasciare la sagrestia si girò, aprì la sacchetta e ne trasse il libro delle preghiere. Di Dio era rimasto in silenzio a osservarla dirigersi verso la porta, col solito incedere fiero che lasciava intendere un carattere forte. Lei scorse con calma le pagine del volume e incontrò l'immaginetta di sant'Orsola. Lesse quindi a voce alta il vecchio appunto preso in convento.

«Ebrei 13,4.»

«È l'epistola di san Paolo agli Ebrei, chi vi ha suggerito quella frase?»

«Fu un commento di suor Ersilia Maria, un pomeriggio, poco prima che lasciassi il Cuore Trafitto» spiegò lei.

«Un commento a qualcosa che avevate detto?» chiese ancora don Calogero cercando di capire.

«Non ricordo» mentì.

Il parroco ci pensò un attimo. «E non sapete quale sia la citazione?»

Rispose di no.

«*Il matrimonio sia tenuto in onore da tutti e il letto coniugale non sia macchiato da infedeltà; poiché Dio giudicherà i fornicatori e gli adulteri.*»

Lei fissò per un istante l'appunto e comprese, poi scosse la testa.

«Non capisco.»

«Ne siete certa?»

«Cosa importa, don Calogero? Non cambia nulla, temo.»

«Già, forse avete ragione. Se non lo vorrete, nulla cambierà.»

La signora si voltò un'ultima volta verso di lui. «Per quella statua, padre, lasciate che me ne occupi, ne sarei felice.»

Aprì le braccia sconfitto, sapendo che sarebbe stato impossibile farsi ascoltare, e le sorrise remissivo.

In via Pescatore, Luigi ascoltava Anna, perplesso.

«A Venezia, è successo lì, e sento che tutte le speranze

di questa musica dell'avvenire sono scomparse con lui, lo dice anche il maestro Scillichenti.»

«È stato lui a darvi la notizia?» chiese Luigi.

«Sì, ha ricevuto proprio stamattina una lettera da un collega organista. Sedici righe, capite, solo sedici righe sulla "Gazzetta di Venezia" per il più grande musicista di tutti i tempi» rispose la ragazza con la voce alterata dalla commozione, vagando per la stanza senza darsi pace. Era scarmigliata e di tanto in tanto fermava un ciuffo di capelli dietro l'orecchio. Dalla cucina veniva l'odore forte del broccolo che cuoceva per la cena. Luigi non sapeva come comportarsi. Wagner non era un parente dei Cucè e le condoglianze gli sembravano fuori luogo. Eppure Anna era davvero colpita dal lutto e lui, forse, avrebbe dovuto dire qualcosa di opportuno.

«Era molto anziano?»

«Mi pare che avesse settant'anni. Ah, ma ben vissuti, credetemi» incalzò Anna, «non bisogna dare mica retta ai suoi detrattori, sapete, quelli non sentono che il Verdi, come il maestro Pappalardo. È inaccettabile: insegna canto e non ha mai ascoltato nemmeno una nota di Wagner! Vi sembra possibile?» strillò.

«Posso fare qualcosa per voi, signorina?» azzardò alla fine il giovane. E intanto rifletteva sul fatto che erano in molti, in realtà, a non conoscere la musica di Wagner. Anzi, a lui sembrava che solo la signorina sapesse chi era questo grande genio. Anna camminò ancora un po' avanti e indietro stropicciando un fazzoletto e poi si accostò al pianoforte. Dopo aver cercato tra i fogli di musica, con i capelli che continuavano a scenderle davanti agli occhi, spostò alcune pagine sul leggio.

«Le ha trascritte per me il maestro Scillichenti, vogliamo suonarle in memoria del maestro Wagner?» domandò.

Luigi guardò la musica, poi scrutò l'espressione di lei, gli occhi sembravano essersi fatti più stretti, i muscoli della bocca tesi in uno sforzo quasi rabbioso, le mani tozze aggrappate allo strumento. Gli parve fuori di sé ma tacque.

«È la marcia funebre di Sigfrido» spiegò lei sistemando lo sgabello. Poi iniziò.

Suoni cupi si alzavano dal basso dell'arpa per poi esplodere in un mesto percuotersi. Subito però tutto si fece violento salendo verso il centro della tastiera e riempiendo la stanza.

Con viso mesto, Luigi ascoltò attento, anche quando gli accordi si fecero vigorosi, colmi di eroismo: un incedere di guerra piuttosto che di morte. Era dunque quella la musica dell'avvenire, osservò, e la trovò straordinariamente potente ma lontana.

Un accompagnamento a lutto, secondo lui, poteva essere fatto solo di suoni lenti, accordi laschi che inducessero alla tristezza. E anche l'amore, poteva davvero essere rappresentato dal contorcersi della melodia di Isotta? Non era più facile comprendere gli spasimi di una donna innamorata nella disperazione convulsa di Violetta? Forse l'avvenire era ancora troppo lontano da lui. Oppure era vicino ma non riusciva a vederlo, perché era lui a essere rimasto indietro. Tutto dipendeva dal tempo, rifletté, che scorre in modo diverso a seconda del luogo in cui ci si trova. Per questo, gli pareva di comprendere, la felicità si trovava soltanto se si riusciva a stare al passo col fluire del tempo, proprio come faceva Mimì.

La sapeva lunga l'amico, aveva capito come andavano le cose e si era adattato. Ripensandoci, a Subiaco il tempo sembrava non passare affatto. Forse per questo era andato via: si era ritrovato cresciuto in un mondo immobile che procedeva lento come le greggi verso il pascolo. Tutta la sua infanzia gli parve all'improvviso rallentata, quasi che ad accompagnarla fosse stata una melodia sgranata. A Capo Scirocco aveva scoperto che l'esistenza aveva un ritmo rapido: le carrozze correvano con un gran rumore di zoccoli, le donne si sventolavano audacemente, ridevano dietro i ventagli, si cambiavano d'abito per ogni occasione e parlavano sempre. Come donna Rita e la signorina Anna, avevano sempre questioni da spiegare, una domanda da porgli e un modo nuovo per confonderlo. E anche il vento soffiava più forte che altrove in Sicilia; ricordava bene il giorno in cui aveva comprato il pianoforte. Poi però aveva iniziato a integrarsi, aveva provato a camminare alla stessa velocità dei giorni e si era sentito forte e sicuro. Se non era il futuro quello, pareva qualcosa di molto simile, capace di impaurirlo tanto da costringerlo a rallentare.

L'estate ormai passata da mesi e la questione del Pio Ostello, inoltre, l'avevano fiaccato al punto da farlo arrestare del tutto, era divenuto indolente. La signora invece non aveva smesso di avanzare, le sue mani gli erano sfuggite e adesso non sapeva più dove stesse andando. E lui aveva un bisogno disperato di raggiungerla prima che fosse così lontana da non poter udire nemmeno più la sua voce.

Il pianoforte lo assordò con imponenti grumi di suoni poi, lentamente, disegnò qualche arpeggio nell'aria e la melodia calò lenta, come un petalo che Luigi vide staccarsi da una rosa bianca quasi appassita nel vaso sul tavolino. Anna aveva smesso di suonare e stava narrando la storia di un eroe potente, ma il ragazzo non riusciva più ad ascoltarla. Quella lontana sera d'estate nella veranda aveva provato la medesima sensazione: non vedeva che i suoi occhi chiari e il loro bagliore lo turbava. Distolse lo sguardo e allungò la mano verso il tavolo per raccogliere il petalo. Era morbido come la pelle di donna Rita, vellutato come le guance di Anna. Risentì l'agitazione e la gioia, se lo portò alla bocca e avvertì un leggero profumo di vita accasciata e di rassegnazione. Poi fissò la ragazza e la testa prese a girargli forte, le tempie a pulsare.

Era accaldato, eccitato e spinto a compiere qualcosa di estremo, di irreparabile. Se solo gli occhi di Anna non l'avessero accecato avrebbe di certo saputo reagire, ma lei continuava a osservarlo, e lui si avvicinò. La ragazza taceva e Luigi era così vicino da avvertire i battiti del suo cuore. Si voltò appena per sfuggire al suo sguardo e fece un altro passo in avanti, la gonna di lei contro le gambe, inalò l'odore dei capelli e, d'un tratto, spalancò gli occhi e capì.

«Perdonatemi, devo andare» annunciò, stringendo il petalo nella mano. Prese in fretta le sue cose e si avviò verso l'ingresso. La ragazza abbandonò il piano e i fogli di musica scivolarono uno dopo l'altro sulla tastiera, finendo a terra disordinati.

«Mi lasciate così presto proprio oggi?» chiese raggiungendolo.

«Non posso restare» rispose con distacco.

«Vi ho turbato. Siete scosso anche voi, restate, vi prego» lo implorò.

Luigi mise la mano sulla maniglia della porta e Anna la strinse nella sua.

«Adesso vado» aggiunse liberandosi dalla presa.

La signorina Cucè rimase sulla soglia mentre lui scendeva le scale di corsa.

Luigi risalì via Pescatore fino all'angolo in cui avrebbe girato in direzione della piazza. Nel palmo della mano il petalo era appassito velocemente. Guardò spaventato l'intreccio di venature che aveva preso un colore bruno e spento e cominciò a correre verso palazzo Platanìa. L'eccitazione che aveva sentito nei mesi precedenti per la prima volta assumeva l'aspetto di un sentimento potente. Era una serpe che si arrotolava dentro lo stomaco, poi sciogleva le spire e rimontava lungo il torace, fino alla gola, mozzandogli il respiro. Era una sensazione affatto diversa da quanto avesse mai provato e, durante tutto il tragitto, pensò che quell'angoscia, quell'irresolutezza avesse un nome che pure non intendeva pronunciare.

Arrivò davanti al portone col fiato corto e la camicia umida. La cravatta gli stringeva il collo mentre faceva i gradini a due a due. Cettina scorse il suo viso pallido. I capelli bagnati di sudore gli aderivano alla fronte e aveva gli occhi lucidi di febbre. Senza dire una parola si affrettò verso il salottino. Donna Rita avvertì i passi avvicinarsi e si alzò dalla poltrona.

«Ricordi la Madonnina dei pescatori? Ebbene, mi ha ispirata: farò fare una statua per Maria Ausiliatrice» lo investì vedendolo entrare. «Marmo di Carrara, il migliore scalpellino, e raffigurerà la Vergine» disse soddisfatta.

Luigi si fermò davanti a lei e la fissò.

«Cos'hai, caro? Sembra che tu stia male» osservò lei preoccupata.

Luigi non rispose. La mente era un carosello di parole in cui tutto quanto era successo negli ultimi tempi pareva disegnare un solo e ineluttabile destino. Nel petto gli rimbombavano la voce di Mimì, le note di Wagner, le urla di Violetta, il tonfo assordante del petalo. Aprì il pugno e se lo ritrovò schiacciato, una traccia informe di vita stropicciata. Rovesciò il palmo e lo lasciò cadere, poi le rivolse uno sguardo calmo.

«Sposatemi, donna Rita.»

Lei tacque.

«Io, qui, vi chiedo di sposarmi» ripeté.

La signora si portò le mani alle tempie, che avevano cominciato a pulsarle dolorosamente.

«Rispondete, signora» insistette Luigi.

«Taci, sei pazzo» disse lei fissandolo.

«Sarei pazzo a non farlo.»

Erano così vicini da potersi sfiorare e il pallore di lui l'aveva investita levando il colore anche al suo volto. Prese a tremare, le forze le vennero meno. Strinse le mani intorno alle braccia di lui, le lacrime le riempirono gli occhi e udì se stessa pronunciare un «sì».

19

Cettina Andò arrancava sul cammino del Cuore Trafitto appoggiandosi a un bastone. A fiaccarla non era tanto la strada quanto l'angoscia che si portava dentro. E come in tutti i momenti terribili in cui sentiva il bisogno di un consiglio illuminato, ricorreva a misure estreme. Aveva perso due mariti e tre figli, eppure mai come negli ultimi due anni le era capitato di dover ripercorrere il sentiero verso il convento per incontrare l'amica.

Alle dieci in punto, sotto un cielo azzurro macchiato da grosse nuvole bianche, giunse davanti alla quarta cappelletta, intonacata di rosa. Levò gli occhi e lesse la frase di santa Trafitta scolpita sulla facciata. *Dio guarda solo alla sincerità del cuore e alla purezza delle azioni.* Spinse il cancello, depose sull'altare una ghirlanda di margherite e si accomodò su una delle quattro seggiole. Tirò fuori dalla tasca il rosario di piccoli grani di turchese allungati che donna Rita le aveva regalato molti anni prima, ne baciò il crocefisso e cominciò a pregare.

Stava recitando un'*Ave Maria* quando udì dei passi alle sue spalle. Suor Ersilia Maria entrò in silenzio e si abbandonò sulla sedia accanto a Cettina, si fece il segno della croce e la fissò.

«Non credi che siamo diventate tutte e due troppo vecchie per queste passeggiate segrete?» ansimò.

«Reverenda madre» la salutò la governante prendendole le mani.

«Su, smettila» la fermò bonariamente la badessa, «dimmi piuttosto cos'è questa furia di vederci.»

«Cose da pazzi. Cose da morire.»

«I tuoi figli?» domandò.

«No, quelli stanno bene, sia ringraziato Dio. Ma la signora...» disse stringendo i pugni per frenare un moto di nervosismo.

«Rita non sta bene?» si preoccupò la suora.

«Bene sta bene. Pure troppo.»

La superiora ringraziò in cuor suo Dio e santa Trafitta.

«Quindi siamo qui perché stanno tutti bene?»

Cettina rimise in tasca la coroncina, con un fazzoletto si asciugò il naso sfregandolo un paio di volte prima di parlare di nuovo: «Si sposano». Aveva scandito le sillabe con tale solennità che pareva dovesse comunicare un affare di Stato.

La suora non rispose. Un sorriso lieve le si disegnò sul volto, giunse le mani e sussurrò: «Rita, la santa degli impossibili».

«Capite, madre? *Matrimonio*. E il ragazzo potrebbe essere suo figlio.»

La badessa si voltò verso di lei e il sorriso si compose in un'espressione fiera e decisa. «Potrebbe esserlo ma non lo è. E Rita è molto innamorata» pronunciò con un tono che alla donna parve un rimprovero. La lasciò perplessa.

«E la gente? Ci pensate a quello che diranno? Come se non fossero bastate le chiacchiere fatte finora.»

«*Dio guarda solo alla sincerità del cuore e alla purezza delle azioni*» ribatté la suora ripetendo l'iscrizione della cappella. «Pensi che Cristo si curasse dei pettegolezzi quando salvava l'adultera?»

Cettina scosse la testa quasi per dovere e quella incalzò. «E sant'Elisabetta si preoccupò di cosa potevano pensare di lei che così vecchia avrebbe avuto un figlio? Ma soprattutto» aggiunse con aria severa, «santa Trafitta: credi che le interessasse di essere vista per strada in compagnia delle donne perdute?»

Suor Ersilia Maria incrociò le braccia sul petto come se si aspettasse una risposta. L'altra fece per dire qualcosa e la badessa riprese: «Abbiamo osservato l'amore, la purezza e la sofferenza nel cuore di Rita; Dio non condanna coloro che amano».

La governante ricordò il viso della signora mentre le annunciava il matrimonio. Rivide se stessa farsi sempre più ossuta e aguzza mentre gli occhi di donna Rita brillavano di commozione cercando la complicità della nutrice.

«È solo che la strada mi pare tutta in salita» commentò alla fine Cettina sconsolata.

«E probabilmente lo è. Ma Rita ha gambe buone, non come le nostre» concluse con dolcezza la badessa.

Cettina volle crederlo, anche se sul petto le pesava un cattivo presentimento. Rimasero ancora mezz'ora una accanto all'altra a pregare per i futuri sposi, poi lasciarono la cappella, abbracciandosi da vecchie amiche. La badessa risalì a fatica verso il convento e la governante, con la schiena tesa all'indietro per non finire faccia a terra, percorse la sua discesa verso Capo Scirocco. Pensava al pan di spagna che doveva preparare e alle parole accoglienti della suora.

Nel pomeriggio a palazzo era attesa la moglie del cavalier Motta. Donna Rita aveva trascorso la giovinezza a Villabate e non riceveva più da molti anni, per questo ora si trovava in grosse difficoltà nell'organizzazione di quell'imprevedibile matrimonio. La situazione si presentava molto delicata e lei non sapeva come fare ma, alla fine, l'idea era venuta al parroco. Quando Rita e Luigi gli avevano comunicato il proposito di sposarsi, don Calogero prima si era fatto scuro e, con un'aria severa, aveva scrutato la signora come un inquisitore. Poi, però, aveva sorriso, l'aveva chiamata "figliuola" spiegando che esistono disegni del Padreterno che non conosciamo e che dobbiamo assecondare anche quando la ragione ci consiglierebbe diversamente.

Rita si era sentita una bambina senza esperienza di fronte al prete e Luigi peggio, perché era proprio stato trattato come un bambino. Monsignor Di Dio gli aveva stretto una mano tra le sue ricordandogli di comportarsi bene e confessarsi più spesso, benedetto ragazzo. La data era stata fissata per il 4 di agosto, in coincidenza col compleanno di Luigi che quell'anno sarebbe uscito di minorità. In città era un continuo spettegolare e la signora sperava che il matrimonio avrebbe messo infine a tacere le malelingue. Era stato lì che don Calogero aveva avuto l'idea. Li aveva condotti in sagrestia e aveva indagato sui rapporti tra donna Rita e Stefania Motta. Visto che erano sempre stati buoni, il parroco si era convinto che fosse lei la persona migliore per consigliarla. Godeva in effetti di un grande prestigio in società. E poi era forestiera e di sicuro nel continente la pensavano diversamente su certe questioni.

Rita aveva ordinato di aprire il salotto giallo, che usava assai di rado, aveva fatto stirare la tovaglia per il tavolinetto basso e spolverare la stanza con grande accuratezza. Stefania Motta, di solito incline a un moderato ritardo che considerava un segno di distinzione, arrivò a palazzo Platanìa puntualissima per la curiosità di sapere cosa avesse da dirle la vedova Agnello. Cettina la accompagnò fino al salotto dove la signora da almeno mezz'ora era intenta a spostare di pochi millimetri la scatola d'argento sull'angoliera di destra. La sistemava, poi si allontanava per osservare che effetto facesse e quindi la riportava nella posizione originaria. Sentendo i passi nel corridoio, Rita si rassettò un nastro sulla manica sinistra prima di accogliere la moglie del notaio. Stefania Motta amava indossare colori che esaltassero il fulvo dei suoi capelli e per la visita aveva messo una camicetta giallo pallido su una gonna verde acceso, in tinta con il giacchino bordato di sangallo. Due smeraldi circondati da una coroncina di brillanti attaccati a una monachina d'oro le pendevano dalle orecchie.

«Donna Rita, che felicità potervi incontrare!» esordì sfilandosi teatralmente un guanto, un dito dopo l'altro.

«Vi ringrazio per aver accettato l'invito con così poco preavviso» si giustificò di rimando la padrona di casa.

La prima mezz'ora trascorse parlando dell'ottimo pan di spagna di Cettina e di quanta cura ci volesse, preparandolo, nel dividere il tuorlo dall'albume perché se anche una sola goccia di chiara d'uovo fosse rimasta, ci si poteva giurare, il dolce non avrebbe lievitato. Poi Rita fece un lungo sospiro e annunciò il suo matrimonio con Luigi Fumini. Stefania Motta frequentava la migliore società di Capo Scirocco e, pur sostenendo di non amare il pettegolezzo, le voci le giungevano comunque sempre alle orecchie. Dunque non le giovarono altre spiegazioni e, dopo essersi complimentata come d'uso con la futura sposa, appoggiò un gomito sul bracciolo del divano e posò il mento tra due dita con aria pensierosa. La signora la fissava preoccupata aspettando un cenno. Dopo un certo numero di «vediamo un po'» che l'altra aveva sussurrato, si era sistemata meglio sul divano, aveva bevuto un bel sorso di vermouth e poi aveva puntato gli occhi su Rita.

«Si tratterebbe di una cerimonia molto raccolta, nella chiesa del Cuore Trafitto» puntualizzò lei con poca voce e una sorta di pudore. «Pochi invitati, sapete, date le circostanze.»

Stefania Motta rispose soddisfatta: «Mia cara, ho avuto un'idea. Se non sbaglio il signor Fumini non ha parenti qui in Sicilia, giusto?».

«Giusto» confermò.

«Ma credo non sia un problema per lui la scelta dei testimoni.»

«Avevamo pensato a vostro marito il cavaliere.»

«Due testimoni ciascuno sarebbe opportuno» commentò tra sé l'ospite.

«Allora anche al giovane Russo, se credete sia il caso» tentò Rita incerta.

«Perfetto. E potrebbe farvi piacere se volessi essere io vostra testimone?» domandò la Motta.

«Signora, quale onore mi fareste!» disse donna Rita che in effetti l'aveva invitata proprio per questo.

«Ebbene, sapete chi mi deve un favore e non rifiuterebbe la vostra richiesta essendo io l'altra testimone?» chiese ravvivandosi con la mano una cascatella di riccioli rossi che scendevano dall'acconciatura.

La padrona di casa assunse un'espressione dubbiosa.

«Maria Panebianco» rivelò trionfante.

«Oh, non credo proprio che accetterebbe» aveva cominciato a dire donna Rita che, pettegolezzi a parte, dopo l'affare del Pio Ostello aveva nella presidentessa delle Dame di carità una delle peggiori nemiche.

«Ma certo che accetterà» ribadì Stefania prendendole le mani. «Cara, sapete bene come rifugga la maldicenza e non vorrete certo che vi riveli particolari privati ma, vediamo un po': se vi raccontassi che una certa signora non poté intervenire sulla gestione di un ospizio per poveri perché, al momento di investire una cifra importante, portando a garanzia il palazzo familiare, scoprì che il marito aveva venduto l'intero immobile per provvedere al mantenimento di una seconda famiglia, diciamo, parallela, nella zona dell'Ibleo?»

Donna Rita era perplessa. «Signora Stefania, non vedo come...»

«Lasciatemi finire, cara» continuò. «Poniamo che la persona in questione sia considerata un modello di eleganza. E poniamo che, scoperta la malefatta del coniuge, questa donna irreprensibile si sia recata nell'Ibleo.»

«Perdonatemi, ancora non capisco.»

«Abbiate pazienza ancora un momento. Adesso supponiamo che la residenza della seconda famiglia del marito confini giustappunto con quella di un tal notaio e che una sera la moglie di questo notaio, trovandosi lì per la festa patronale, abbia visto la signora tradita piombare nella casa accanto e urlare come non si è mai sentito nemmeno al mercato del pesce.»

L'altra sgranò gli occhi.

«In capo a pochi minuti, si udiva un trambusto tale da far tremare i vetri e subito la tradita veniva gettata fuori con i capelli sciolti, senza una scarpa e con una manica dell'abito strappata.»

«Non posso crederci» si stupì Rita portandosi una mano alla bocca.

«Sentite qua. Per strada continuava a urlare certe parole che, vi assicuro, non si son mai udite nemmeno da un uomo del popolino. E ne sarebbe venuto uno scandalo senza precedenti, sapete, dato anche il ruolo politico del marito, se la moglie di quel notaio non fosse corsa sulla via e non l'avesse subito ricoverata a casa sua. Questo è tutto» concluse Stefania incrociando le mani sul vestito.

«Dunque siete certa?» domandò ancora frastornata la signora.

«Ne dubitate?» chiese di rimando la Motta, trionfante.

Era ovvio, Maria Panebianco avrebbe fatto qualsiasi cosa per mantenere immacolato il buon nome della famiglia. Decisero quindi che il mercoledì della settimana seguente, giorno in cui la presidentessa riceveva, Rita Agnello le avrebbe domandato di essere sua testimone di nozze e, giusto un'ora dopo, la signora Stefania sarebbe andata a colloquio per comunicarle quanto fosse felice per il matrimonio di donna Rita e che sarebbe stata disposta a tutto, anche a rivelare un segreto indicibile, se fosse servito per la felicità della cara amica. La Panebianco avrebbe senz'altro cominciato a parlarne bene in giro e molto presto la notizia sarebbe giunta alle orecchie della Monciino. Di lì si poteva considerare cosa fatta.

«E dunque una cerimonia ristretta» pensò poi a voce alta la Motta.

«Esattamente» la seguì Rita.

«Giusto i più cari» aggiunse Stefania.

«Senza meno.»

«Un abito consono alla situazione particolare, diciamo» consigliò l'amica.

«Ci mancherebbe» trasalì la signora, che in fatto di vestiti sapeva sempre la misura da tenere e aveva rispettato il lutto per il barone per tutto il tempo necessario, nonostante il nero la angosciasse tanto.

«Bene, bene, bene. Mi pare che l'affare non possa andar meglio, cara» disse alla fine Stefania Motta, alzandosi dal divano e lasciando cadere sul tappeto una pioggia di molliche appiccicose di pan di spagna.

Rimasta sola, Rita Agnello sprofondò sfinita tra i cuscini del divano con in mano una fetta di dolce e il petto alleggerito da un peso. Per molti anni si era sentita come se la vita la tenesse sullo sfondo, un'insignificante figura secondaria. Le cose accadevano senza coinvolgerla mai davvero, sfiorandola soltanto e lasciandola lì, inutile, accanto a una quinta scura. Dall'arrivo di Luigi, invece, era diventata una primadonna. E l'essere protagonisti, sempre in lotta con gli eventi e il rischio terribile di perdersi, può essere molto stancante.

Poco prima di cena il giovane, che si era recato dal notaio per la faccenda del Pio Ostello, rincasò con un vezzo di perle per la futura moglie. La raggiunse nel salotto dove era rimasta a riflettere a lungo. La fiamma nel lume vicino al divano era quasi spenta e il chiarore soffuso conferiva a Rita un fascino misterioso. Lei gli andò incontro e cominciò a spiegare l'idea di Stefania Motta. Lui le posò l'indice sulle labbra per farla tacere e le porse l'astuccio di pelle marrone. La signora l'aprì con le mani tremanti, era il primo regalo di Luigi. Alla luce fioca della stanza vide brillare le piccole sfere bianche, perfette, e gli occhi le si inumidirono. Lui si fece più vicino per respirare l'emozione di quel momento e Rita fu attraversata da un brivido. Le perle sono lacrime, le avrebbe detto Cettina. Il respiro di Luigi si fece pesante, avvicinò il viso fino a sfiorarla. La strinse tra le braccia e le posò le labbra sull'espressione smarrita. Assaporò il dolce del pan di spagna sulla lingua di lei, e poi l'acre di una promessa d'eternità impossibile, il gusto acido della paura, il calore piccante del desiderio e il sale della sua follia.

Rita aveva la testa reclinata all'indietro e in Luigi sentiva adesso lo spirito degli eroi dell'opera, capaci di difendere la regina contro il mondo intero. Quando scivolarono sul divano, uniti l'uno all'altra, anche le stoffe dei vestiti evitarono di frusciare per non disturbarli. La fiammella del lume, fattasi sempre più timida, si spense sullo stoppino nero, accasciato da un lato, e smarriti nel buio si ritrovarono le loro anime tra le mani.

20

Il tempo passava e presto la notizia del matrimonio tra Rita Agnello e Luigi Fumini si sarebbe risaputa in tutta la città. D'altra parte il piano di Stefania Motta stava cominciando a dare i suoi frutti. Quando donna Rita si era presentata a casa della Panebianco e le aveva chiesto di essere sua testimone, sul viso della presidentessa erano passati tanti colori che la signora aveva pensato a un malore e si era quasi preparata a soccorrerla. Poi, sotto un nido di capelli crespi pettinati alla moda di almeno vent'anni prima, le sopracciglia, dopo essersi piegate per il disgusto e lo sdegno, avevano ripreso la linea abituale. Certo, era stata molto carina a pensare a lei ma purtroppo era assai probabile che per quella data la famiglia si sarebbe spostata in campagna. Donna Rita aveva ascoltato e poi si era congedata ossequiosamente.

La moglie del notaio aveva provveduto al resto come d'accordo e, dopo due giorni, a palazzo Platanìa era stato recapitato un biglietto, garbato ma non entusiasta, in cui la Panebianco accettava di essere sua testimone di nozze. In capo a una settimana, tutte le Dame di carità parlavano con rispetto e quasi con partecipazione del grande evento che si sarebbe tenuto quell'estate e dell'irreprensibilità della vedova Agnello, signora di estrema eleganza, generosità e specchiata moralità.

Anche a Maria Muscatello era giunta notizia del matrimonio attraverso un'amica, nipote di una cugina di Vincenza Anzalone, la moglie del dottor Vito, stimatissimo clinico e primario dell'ospedale di Capo Scirocco.

Mimì, che nell'ultimo anno aveva preso a osservare Luigi come una chioccia coi pulcini, tanto gli pareva confuso e immaturo, premeva perché comunicasse subito e personalmente la novità ad Anna Cucè. A Russo, dopo i racconti di Luigi, non era occorso molto per capire che nelle attenzioni della ragazzina c'era molto di più della passione per la musica o dello sconvolgimento per la morte di Wagner. E anche se fino ad allora ci aveva riso sopra, adesso il pericolo di una complicazione esisteva eccome. Ma, a quanto pareva, solo Mimì riusciva a vederlo. L'amico non era come lui, non avrebbe avuto la forza per sopportare le lacrime di una donna senza lasciarsi travolgere da altri sentimenti. Sarebbe stato còlto da mille dubbi e, soprattutto, si sarebbe sentito in colpa. Quella che Russo avrebbe vissuto come un'occasione di divertimento, per Luigi si sarebbe rivelata solo una nuova angoscia. E ne aveva avute fin troppe con donna Rita, adesso era il momento di trovare la serenità. In fondo era il solo vero amico che avesse, pensò Mimì, e non voleva che una ragazzina si mettesse a scombinare le cose.

Non che Luigi non avesse notato un cambiamento nell'atteggiamento di Anna. Si era accorto di come si era addolcita, sembrava cresciuta e anche lui sapeva che pian piano a legarli non era stata più solo la musica, ma qualcos'altro che non riusciva a definire. Si diceva, però, che queste cose dovevano essere normali per una giovane della sua età. E poi, dopo il fallimento del padre, era comprensibile la sua ammirazione per l'uomo che aveva riscattato i debiti della famiglia.

«Stai tranquillo, glielo riferirò oggi stesso» rispose all'ennesima sollecitazione di Russo. «E comunque non capisco perché ci tieni tanto.»

«Semplicemente perché conosco le donne» ribatté Mimì fermandosi davanti alla vetrina di Vitagliano a guardare una redingote grigio argento di buon taglio.

«A proposito, hai già pensato all'abito?» aggiunse riprendendo la passeggiata.

«Abbiamo deciso di commissionare tutto a Palermo. Sai, per evitare i soliti commenti. Pare che su qualsiasi cosa si faccia a Capo Scirocco, ognuno debba dire la sua. La settimana prossima verranno i sarti per le misure» spiegò Luigi.

«Già» fece Mimì, «e mi sembri felice.»

«Lo sono in effetti. Anche se a volte il futuro mi fa paura.»

«Per la differenza d'età?»

«No, non so perché. Ma non è nulla d'importante, credo» concluse.

Ancora qualche passo insieme verso la piazza e poi si separarono. Mimì si raccomandò di mettere molta delicatezza nel suo discorso con la Cucè; doveva evitare di concludere la lezione con un annuncio delle nozze frettoloso, ché certe cose andavano ben spiegate, motivate. Luigi fece spallucce e si avviò, ma la preoccupazione dell'amico aveva finito col trasmettersi anche a lui. Raggiungendo via Pescatore provò a darsi una spiegazione e, alla fine, si rassicurò pensando che in fondo queste situazioni creano sempre ansia agli uomini.

Anna, Luigi ne era certo, si sarebbe fatta trovare al pianoforte, immersa nella musica, come se il mondo intorno non le interessasse. In realtà la settimana trascorsa dal loro ultimo incontro era stata tremenda per lei, un'altalena di sentimenti che l'aveva sfiancata, e tutto questo solo a causa di una frase di Luigi. Il giovedì precedente, riponendo la musica nella cartella, le aveva comunicato infatti di avere qualcosa da dirle, qualcosa d'importante, e lei si era sentita avvampare. Era certa che Fumini si sarebbe dichiarato, e come poteva essere diversamente dopo il tempo passato insieme e il legame portentoso che la musica aveva creato tra loro? Era una lingua segreta quella che li univa in modi imprevedibili, lasciando fuori il resto del mondo. Il giorno della morte di Wagner poi, il suo turbamento non poteva venire soltanto dalla scomparsa del maestro. Di certo aveva intenzione di farle la proposta ma poi si era ritratto dato il momento di lutto. Era stata proprio una sciocca, aveva addirittura temuto che lui la sfuggisse, che errore aveva commesso... Naturalmente non aveva riferito nulla a suo padre. Sapeva quanto ci tenesse alla forma e Fumini avrebbe dovuto domandare prima a lui. Ma Anna lo perdonava, forse era troppo innamorato per pensarci.

Aveva impiegato più di un'ora a scegliere cosa indossare, tirando fuori dall'armadio persino certi vecchi abiti che un tempo le piacevano molto e che adesso, tuttavia, erano diventati troppo stretti o la facevano sembrare proprio una bambina. Nessuno le era parso adatto. Si era scoraggiata, aveva sbattuto i pugni sull'anta del mobile, poi si era seduta sul letto, si era calmata e aveva deciso per un vestito della madre. Le era sempre andato troppo largo ma ora che il seno era cresciuto così bene, tondo e sodo, e i fianchi si erano ammorbiditi, le calzava come un guanto. Aveva un'ampia scollatura sul corsetto rigido e la gonna, invece di arricciarsi, svasava dolcemente poco sotto la vita, finendo in due balze strette di fine merletto uguale a quello del polsino. Era troppo raffinato forse e un po' lungo, per questo aveva messo le scarpe col tacco della mamma. Quando camminava i talloni le scappavano fuori ma li sistemò con un po' di cotone che la costringeva a tenere le dita ripiegate. Le avrebbero fatto male i piedi, ma pazienza. Cercò un pettine d'osso nella scatola sulla toletta prima di cambiare idea e fermare i capelli con fiorellini di tulle color pesca in tono con l'abito.

Così la vide Luigi entrando nel salotto di via Pescatore, avvolta nella stoffa rosa, coi riccioli chiari che scendevano sulla nuca. Sembrava una statuetta di Capodimonte ed era troppo elegante per la loro lezione di musica.

Con un imbarazzo che tentava di dissimulare, Anna gli chiese cosa volesse provare e si sentì il cuore balzare in gola quando lui tirò fuori dalla borsa la cavatina di Elvino. Era chiaro, non poteva essere un caso che avesse scelto proprio *La sonnambula*, era una dichiarazione bella e buona.

Mentre suonava, Annuzza pensò che in fondo anche l'opera può avere un suo fascino. La musica non vale certo quanto un concerto di Beethoven ma la rappresentazione di sentimenti così potenti è importante, rifletté.

Finita l'aria, Luigi bevve un po' d'acqua e spiegò alla ragazza che aveva poco tempo e molte faccende da sbrigare e dunque, se non le dispiaceva, aveva qualcosa da dirle e poi sarebbe rientrato con anticipo. Si sedettero sul divano e Anna se ne stava in pizzo in pizzo, come se i cuscini bruciassero. Teneva la schiena dritta e il viso rivolto verso di lui. L'emozione e l'aspettativa le avevano dato un'aria preoccupata e leggermente sofferente.

«Signorina» esordì Luigi con circospezione, «c'è qualcosa che devo comunicarvi e forse avrei dovuto farlo prima.»

Sul viso di Anna si aprì un sorriso composto.

«Ma è probabile» riprese, «che voi abbiate già capito di cosa desidero parlarvi.»

«E come potrei?» finse lei.

Il giovane prese fiato e cercò il modo migliore per cominciare. «Sapete, c'è un'età in cui un uomo capisce di dover prendere delle decisioni.»

«E anche una donna» lo interruppe lei seria.

«Certo. La donna soprattutto deve considerare il passare del tempo, il fatto che non si resta sempre giovani...»

Anna annuiva severa. Era un discorso sensato, gli anni stavano trascorrendo anche per lei ed era giusto sposarsi presto, entro un anno magari. Bisognava pensare ai figli che sarebbero venuti e sistemarsi quanto prima.

«Si tratta di decisioni che cambiano la nostra vita.»

«Ma non bisogna averne paura» commentò la ragazza.

«Certo, non si devono temere i cambiamenti, perché servono a completarci. In fondo è questo che ci insegna la religione, trovare l'uno nell'altro il nostro completamento. Dunque...» In una breve pausa, Luigi cercò di riacciuffare dalla memoria qualche precetto di don Calogero sull'importanza del matrimonio e non si accorse che Anna si era avvicinata per non perdere nemmeno una sillaba del suo discorso. Lui si schiarì la voce e inclinò la schiena, quasi per evitare il contatto in quel pericoloso frangente.

«Signorina, voi sapete che la gratitudine» riprese Luigi, «è un sentimento che ci nobilita.»

«E voi sapete quanto mio padre e io vi saremo sempre debitori per ciò che avete fatto per noi. Chissà dove saremmo adesso se non foste stato così generoso quando eravamo in difficoltà» si affrettò a rispondere.

«Ma tutti noi abbiamo debiti di gratitudine» provò a continuare. Anna piegò il capo da un lato e smise per un attimo di fissarlo. Che caro era con lei: adesso pretendeva di ringraziarla per le sue lezioncine di musica che pure aveva pagato e con una certa larghezza.

«E la gratitudine è un sentimento complesso e molto vicino a un altro assai più potente» disse Luigi sentendosi già a metà del discorso.

«Vi riferite forse all'amore?» chiese sfrontata la ragazza, ormai in preda a un'emozione incontenibile, avvicinando la sua mano a quella di lui. Luigi guardò le dita grassottelle e la domanda di Anna cominciò a girargli vorticosamente davanti agli occhi fino a confonderlo. Poi si fermò di colpo e, d'un tratto, lui capì. Prese a scendere sempre più veloce la china sulla quale ormai si era avviato in modo scomposto e incontrollato.

«Sì, signorina, mi riferisco all'amore e volevo dirvi che nell'agosto prossimo sposerò donna Rita Platanìa.»

Aveva snocciolato le parole una dopo l'altra senza alcuna pausa. Temeva che, fermandosi anche un secondo, avrebbe perso il ritmo, come avviene nel canto, dove ogni sillaba deve durare quanto la nota sotto la quale è scritta e il fiato dev'essere misurato sulla lunghezza delle pause per non andare fuori tempo. Aveva solfeggiato dentro di sé la frase con un piglio marziale e, adesso che era stata pronunciata, si sentiva soddisfatto. Ma l'affastellarsi dei suoni che erano usciti così rapidi dalla sua bocca si erano infranti sul petto di Anna e le schegge sottili di quella rivelazione terribile le avevano colpito le orecchie come uno schianto di specchio rotto, lasciandola lì, muta e sanguinante. Il volto era immobile e un brandello di sorriso rimasto appiccicato al viso era diventato un ghigno da animale ferito. Tacque e si portò la mano al volto, come quando si medita su una risposta. Eppure nella testa, in quel momento, non aveva altro che l'eco di una caduta. Il pollice e l'indice si fermarono sugli angoli del sorriso stentato e lo ricomposero in un'espressione di circostanza. Sistemando le pieghe della gonna si allontanò da lui di uno spazio infinitesimale che le parve enorme e, forse perché lo avvertiva così distante, gonfiò il petto d'aria come per urlare a un amante fuggito per sempre.

«Vi faccio i miei auguri» disse a voce troppo alta e sillabando per essere certa che la lingua assecondasse la ragione e non la rabbia o il dolore. «E anche alla sposa, naturalmente» aggiunse riafferrando piano il controllo delle parole.

Forse Luigi rispose con un «grazie» ma lei, intenta a bloccare i propri gesti, non riusciva a stare dietro alle parole.

«E pensate di continuare le vostre lezioni?» domandò incrociando le mani sul grembo.

«Immagino di sì, se per voi non è un disturbo. È probabile che nel prossimo periodo saranno più diradate ma non per questo non onorerò l'impegno economico.»

Anna si alzò per raggiungere il pianoforte e, sedendosi davanti alla tastiera, lo redarguì: «Pagherete solo le lezioni che prenderete».

Sul leggio la musica giaceva muta. Ripose il libro che era aperto e ne prese un altro, lo poggiò davanti a sé e sfogliò le pagine. Poi si fermò e premette il palmo della mano sulla piega dello spartito perché non si chiudesse. Mise le mani sulla tastiera e, un istante prima di suonare, senza nemmeno girarsi a guardarlo, concluse: «Volete lasciarmi sola adesso? Mi pareva aveste fretta e io ho questo Schumann da studiare».

Luigi radunò le sue cose e uscì dalla stanza. Le note di un brano sconosciuto lo raggiunsero violente e lui si lasciò investire. Non avvertendo il furore del loro cantare disperato, pensò che il brano avesse un gran temperamento e che forse i timori di Mimì erano infondati.

Anna davanti al pianoforte sembrava posseduta. Mentre le dita si muovevano rapide, lei con la mente contava i passi di Luigi, calcolava il tempo che avrebbe impiegato a scendere le scale. Forse si sarebbe fermato un attimo sotto le finestre appena fosse stato in strada e, magari, avrebbe rivolto gli occhi ancora una volta verso il primo piano. Poi risalì con la mente via Pescatore accompagnandolo fino all'angolo in cui avrebbe girato. Lì, sentendolo abbastanza lontano da non essere più raggiunto dalla voce del Bösendorfer, smise di suonare. La frase rimase interrotta nell'atmosfera immobile della stanza, ferma a mezz'aria intorno alla ragazza come una domanda senza punto interrogativo. Lei l'avvertì e fece come per scostare una ragnatela. La sensazione appiccicosa della musica smozzicata svanì e Anna si ritrovò sola e terribilmente ridicola. Si sfilò le scarpe troppo lunghe. Poggiò i talloni sul tappeto e, dentro le calze, mosse le dita indolenzite. Sollevò una mano verso la guancia per accertarsi che non fosse bagnata di lacrime e poi risalì lungo la nuca, incontrando i riccioli e i piccoli fiori dell'acconciatura. Lentamente, uno dopo l'altro, li tolse dai capelli e li abbandonò sull'avorio dei tasti. Restò a osservarli qualche minuto prima di ricominciare a suonare.

I movimenti furono lenti, in quell'aria disperata della *Sonnambula*, quasi per non disturbare i fiorellini di tulle. Socchiuse gli occhi e provò a seppellire il suo cuore sotto il marmo delle note. Via via che le dita premevano i tasti, i fiori scivolavano a terra senza rumore. Aprì gli occhi e scorgendo l'ultimo, incerto sull'orlo del precipizio, si ricordò le parole di ciò che stava suonando e le sussurrò piano e fuori tempo. Quando la musica terminò, vedendo il fiore caduto ai suoi piedi, finalmente pianse.

21

Il 4 agosto 1883 fu un giorno caldo e secco, con un profumo intenso che veniva dal mare. Così tante carrozze davanti al portone del convento del Sacro Cuore Trafitto dalle Sette Spade si erano viste solo all'epoca del matrimonio della sorella della badessa con Filippo Maria Castiglione Prestianni. Per evitare le ore centrali della giornata, la cerimonia ebbe inizio alle dieci e le mura della chiesa protessero gli ospiti dalla calura esterna.

Se ne parlava ancora, alla sera, di tutte quelle carrozze lustrate, dei bellissimi addobbi floreali e del coro delle suore sempre così commovente. Davanti alla cena, nelle case di Capo Scirocco, gli uomini commentavano l'avvedutezza e la profondità dell'omelia di don Calogero e le donne non facevano che decantare l'eleganza e nello stesso tempo la modestia dell'abito della sposa: adattissimo, affermavano con larghi cenni di assenso, dopo aver sentito dire che quella era anche l'opinione della Panebianco. I fortunati partecipanti alla cerimonia, che si era voluta molto raccolta, tornati in città avevano avuto un gran da fare a raccontare i dettagli più interessanti. Le signore, spogliandosi di fronte alle cameriere personali, non avevano omesso alcun particolare. Così, nel giro di qualche ora, non c'era nessuno che non sapesse come si era svolto ogni singolo momento del matrimonio tra donna Rita Platanìa e il giovane Luigi Fumini. Qualcuno avrebbe potuto malignare sulla differenza d'età tra gli sposi, e soprattutto sulla loro discutibile convivenza precedente le nozze, ma aveva preferito tacere. Il parroco in effetti aveva redarguito quanti infangano il talamo nuziale benedetto da Dio, citando anche una lettera di san Paolo apostolo, nientemeno che agli Ebrei, della quale nessuno aveva capito molto. Suor Conversa, che dalla sua posizione nella cantoria poteva scorgere il volto della badessa, avrebbe giurato di averla vista sorridere soddisfatta.

Luigi, per quella loro prima sera da marito e moglie, aveva voluto esagerare, in fondo c'era molto da festeggiare. Anche se le responsabilità di un adulto aveva imparato ad affrontarle ormai da tempo, quel giorno, in ogni modo, era diventato maggiorenne. Non che questo l'avesse reso d'un tratto maturo – lo sapeva bene – ma così lo definiva ora la legge. E la giurisprudenza se ne infischia di come prima ci si senta potenti tanto da giocare coi sentimenti delle donne, poi ci si lasci travolgere dalla passione e un domani, forse, si possa essere attratti da un nuovo giocattolo o da un'altra ambizione. Perché, in verità, se il denaro e la buona educazione imparata a Capo Scirocco avevano dato a Luigi l'aspetto e le attrattive di un uomo, nei sentimenti invece non era ancora davvero cresciuto. E, soprattutto, si era convinto che qualche forma di crudeltà può rendere più forti e più virili.

Per organizzare la serata si era fatto aiutare da Mimì, che sulle piccole accortezze che fanno impazzire le signore era davvero un esperto. Nei giorni precedenti la cerimonia aveva fatto trasferire da Tanino i bagagli fino a Taormina, dove aveva affittato un'antica villa affacciata sulla collina, tra ciuffi di pini marittimi, agavi minacciose e pale di fichi d'India. A Cettina era stato dato qualche giorno di libertà che avrebbe trascorso dalla nuora, la moglie del figlio più grande, per occuparsi dei tre nipotini.

Nella dimora sulla costa del messinese, un maggiordomo, una governante, due cuoche e due cameriere avrebbero provveduto al soggiorno degli sposini.

Luigi aveva indossato la giacca da camera e stava riponendo nel portagioie sul comò l'orologio che Rita gli aveva regalato come dono di nozze. Se lo rigirò tra le mani un paio di volte e subito dopo lo strinse nel palmo, godendosi il metallo freddo sulla pelle. Lasciò che la catenella ondeggiasse poi fece scattare il nottolino e guardò le lancette apparentemente immobili sul quadrante di smalto bianco. Le nove e venti. Voltò l'oggetto e aprì la cassa posteriore. *Per sempre. Rita.* Le tre parole in corsivo ornato brillavano in uno svolazzo così leggero che non sembrava quasi racchiudere una promessa di eternità. Luigi le carezzò col polpastrello e lasciò la cipolla sul ripiano di marmo con la dedica in vista, per poter sapere che il giuramento d'amore era sempre lì.

Si affacciò al balcone della stanza che si protendeva sulla collina come la prua di una nave e guardò il cielo. Una brezza leggera aveva cominciato a muovere le piante abbarbicate sulla pietra e le increspature sull'acqua accendevano il mare di minuscoli bagliori.

Senza far rumore, Rita gli si era avvicinata e aveva posato le dita sulla ringhiera del balcone. Luigi si voltò a guardarla e vide il suo profilo illuminato dalla luce lattiginosa della luna. I capelli neri scendevano ordinati sul collo largo della vestaglia, tra una passamaneria e un nastro di raso. Allungò una mano verso di lei e la passò su una ciocca. Arrivato in fondo, dove si formava un boccolo, lo inanellò intorno al suo dito e, come se fosse la coda di un cavalluccio marino, si incantò a osservare un filo bianco perdersi nel nero del ricciolo. Rita restava accanto a lui senza toccarlo. Poi, d'un tratto, girò la testa e lo fissò.

«Mi ami molto in questo momento, non è vero?» chiese con aria seria.

«Ti amo perdutamente.»

«Non sarà sempre così, lo sai?»

«Perché lo dici?»

«Perché invecchierò, diventerò brutta e coi capelli bianchi» rispose lei facendo un broncio da bambina.

«Guarda» disse Luigi portando il boccolo davanti al viso di lei, «vedi? C'è un capello bianco qui in mezzo e io lo amo già più degli altri.»

Sorrise. «Te ne ricorderai?» domandò.

«Dei tuoi capelli?»

«No, di quanto mi ami questa sera.»

«E tu?»

«Per sempre» sussurrò Rita.

Rientrarono in camera e rimasero immobili nella penombra, uno di fronte all'altro, senza parlare. Poi sembrò che la luna stesse tremando, forse ebbero paura, e si aggrapparono l'uno all'altra. E così, stretti per non perdersi in quel tremore, si ritrovarono nel letto al mattino.

La colazione era stata servita nella terrazza del salone, di fronte allo spettacolo assolato della costa ripiegata in una larga ansa che racchiudeva nel mezzo l'Isola Bella. A Rita sembrava che tutto fosse più buono del solito e, quando Luigi le chiese se desiderasse ancora latte, lei rise di cuore come non le capitava da tempo.

«Continuerai a darmi del tu anche in pubblico?» disse poi lei con la voce che saltellava sulla tovaglia e tra le scodelle.

«Tu lo hai sempre fatto» rispose lui sorridendole.

«Ma cosa c'entra, sciocchino, eri talmente giovane.»

«Non abbastanza però» osservò lui malizioso, mostrandole la chiostra dei denti. «Vorrà dire che continueremo a dare scandalo non usando il voi.»

Finito il caffè Luigi si alzò e scostò la sedia di Rita dal tavolo per aiutarla. Le strinse la vita mentre lei, con la mano, si proteggeva gli occhi dal sole.

«Forse non dovrei smettere di darti del voi» considerò, all'improvviso serio. «Sei così tanto che non riesco a credere che tu sia una sola donna.»

Rita non capì e lui avrebbe desiderato spiegarle ma ogni frase che gli veniva in mente finiva col somigliare a un brutto libretto d'opera, così tacque.

Uscendo di casa si infilarono in una serie di stradine ripide, coi gerani e le petunie bianche e viola che scendevano dalle finestre. In alcuni passaggi l'aria entrava creando una corrente che lasciava addosso una scia di odore piccante d'estate. Arrivarono al centro di Taormina dalla porta del Tocco e subito decisero di continuare verso il teatro antico. Rita rideva ogni volta che Luigi doveva sorreggerla sulle pietre o quando la sollevava come una bambina per permetterle di affrontare un gradino più alto degli altri. Guardando tra le basole i ciuffetti d'erba bassi e rinsecchiti, coperti da uno strato di sabbia impalpabile come cipria, ripensò ai rami che le ostruivano il passo durante la passeggiata sull'Etna; tutti gli ostacoli sembravano dissolti e si sentì indefinitamente felice.

All'improvviso l'azzurro accecante del mare, circoscritto da un triangolo di ruderi, apparve davanti a loro e li costrinse a tacere. Si udiva il frinire di qualche cicala ma per un effetto acustico non si riusciva a capire da che direzione provenisse. Il canto arrivava sull'emiciclo come un piovigginare continuo e Rita e Luigi, in piedi sui gradini del teatro, si scrutarono intorno smarriti.

Lui fece un gesto come d'addio e, con la testa invasa da quel rumore, fuggì da lei. Volava quasi e le pietre sconnesse davano alla sua andatura un incedere disperato finché, rallentando, non raggiunse il centro della scena. Lì si fermò contro il cielo irreale, si tolse la paglietta; Rita era diventata una figura piccola e bianca in mezzo alla cavea.

I polmoni si riempirono d'aria e un suono poderoso come un mazzuolo sulla pelle della grancassa si staccò rapido da lui. Salì lungo la roccia e a ogni metro si ingrossava di più, acquistava vigore e correva sempre più forte.

Così, grasso e terribile, giunse fino alla moglie. Luigi emise ancora una nota, un'altra e poi una ancora, mentre la cupola della voce si richiudeva sul teatro come una valva. Aveva l'impressione di possedere polmoni grandi come il mantice di un organo, una bocca larga quanto la caldaia di un timpano e l'ugola più potente della mazza sul metallo di un gong. Immaginò per un attimo come sarebbe stato trovarsi in un vero teatro in cui ogni particolare era studiato per esaltare i suoni.

Ubriacato dal sogno di gloria, rise come un bambino e lei lo vide molto più lontano di quanto non fosse mai stato. Si sentì sola e si sedette su una pietra. Lo aspettò con il petto colmo di una sensazione di abbandono, ondeggiando il busto avanti e indietro con la lentezza di una nenia.

Man mano che si arrampicava Luigi metteva a fuoco l'immagine di lei. Il movimento inutile del corpo gli sembrò il ticchettio di un'orologeria malata. Gli riportò alla mente la donna col vecchio merletto tra le mani, al Pio Ostello, ed ebbe paura. Quando il ragazzo le fu vicino, fissandola spaurito, le domandò se stesse bene.

Rita smise il suo dondolio e alzò verso di lui uno sguardo assente.

«Certo, caro. Cosa dovrei avere?» rispose con calma.

«Non so, ti ho vista accasciata e ho avuto timore...» mormorò Luigi perplesso.

«Non abbiamo sempre timore del futuro?»

La guardò tentando di capire.

«Su, aiutami a sollevarmi» lo invitò porgendogli la mano, «comincia a fare caldo e vorrei ancora visitare il centro.»

Sulla via centrale che tagliava la città unendo le due porte d'ingresso, quella rivolta verso Catania e l'altra in direzione di Messina, si aprivano alcune botteghe e, sul lato della strada in ombra, si incontravano, di tanto in tanto, donne intente al ricamo, sedute su piccoli sgabelli impagliati. Rita si fermò davanti alla vetrina di un gioielliere che esponeva coralli. Sui ripiani erano allineati camei, perle di varia grandezza, di colore rosa e di alcune gradazioni di rosso, orecchini a goccia, rose, croci, pendenti benauguranti a forma di rametti e piccoli tralci grezzi.

«Entriamo» disse Luigi tirandola dolcemente, «voglio vedere come stanno quegli orecchini coi tuoi capelli.»

La sposa si lasciò guidare dentro la gioielleria. Il proprietario, un uomo atticciato in un impeccabile abito scuro, sonnecchiava con la pancia appoggiata al bancone di vetro dentro il quale brillavano alcuni pezzi di valore. Tra un collier d'oro fatto di anfore romane e un anello con incastonata una rosa di pietra dura erano posate due teste di moretto, col volto lucido di smalto, le boccucce socchiuse e un turbante sulla testa, tondo e di perfetto corallo color ciliegia. Luigi si incantò a osservare i piccoli ometti mentre il gioielliere recitava le solite formule di cortesia.

«Guarda» commentò Rita a bassa voce, «sembrano le teste di due pupi dell'opera.»

Luigi annuì ripensando a quando con Mimì aveva visto lo spettacolo dei pupi, il loro fragore di spade e scimitarre, di scudi e armature luccicanti. Si ricordava bene il lungo ferro infisso al centro delle teste di legno dipinto che, con un abile gesto, poteva essere tirato tanto da far sembrare il capo mozzato in combattimento e staccato dal corpo. Si era divertito quella sera nel teatro piccolo e fumoso, coi vecchi che sapevano a memoria le gesta di Orlando e Rinaldo e anticipavano le scene, raccontandosele ad alta voce e schiamazzando. Aveva visto la bella Angelica ricoperta di lunghi capelli neri e aveva immaginato donna Rita, poi aveva riso quando l'aveva sentita parlare col vocione ruvido del puparo, nascosto dietro un bosco di cartone dipinto. Dopo lo spettacolo, lui e Russo avevano finito la serata mangiando le paste di mandorla e bevendo zibibbo. Adesso quei ricordi di appena un anno prima sembravano così lievi da mettergli nostalgia.

«La signora vorrebbe provare questi orecchini.»

L'uomo estrasse con gesti teatrali i moretti dall'espositore, con la stessa cura che avrebbe messo nel prendere il sacramento dal tabernacolo. Li porse alla donna e le avvicinò uno specchio da tavolo.

«La bella Angelica» sussurrò Luigi.

«Come dici, caro?»

«Nulla, è solo che sei bellissima.»

Rita si godeva lo spettacolo dei due piccoli turbanti rossi contro il nero dei suoi ricci.

«Trovi davvero che mi stiano bene?» chiese civettuola.

Il marito pagò il gioiello e tornarono a passeggiare sul corso.

Avevano trascorso dieci giorni a Taormina prima di trasferirsi sull'Etna. Piaceva a entrambi l'idea di tornare nella vecchia casa di famiglia coi mobili un po' sgangherati, riposare e camminare nei boschi.

Cettina, tornata dal periodo di congedo, li accolse con una cura materna che li rassicurò dopo il lungo viaggio sulla strada sconnessa.

Il mattino seguente, il cielo si era inaspettatamente coperto e pareva che dovesse scatenarsi da un momento all'altro un acquazzone. Sotto il fitto fogliame tutto aveva assunto un aspetto spaventoso e Rita decise di dedicarsi alla corrispondenza.

«Cosa faremo per la stagione?» chiese Luigi mettendo da parte uno dei tanti biglietti di felicitazioni.

La moglie gli sedeva di fronte, al tavolo della sala al piano inferiore, con una piccola pila di buste da aprire.

«Immagino che parteciperemo se ne avrai voglia, caro. Magari con misura, cosa ne dici?» Era lieta che il matrimonio ora le desse anche la possibilità di recarsi senza problemi in società.

«Pensavo al teatro, in effetti» rispose.

«Abbiamo il palco come sempre e non vedo perché non andare» osservò Rita aprendo una busta. «Questa è per te, caro.»

Rita consegnò a Luigi la lettera, compiacendosi del suono nuovo che aveva la parola "caro". Le sembrava un termine adulto e si crogiolava nello scivolare della R tra una vocale e l'altra. Quando gli si rivolgeva, non trovava una maniera più adatta per posargli addosso la voce. Luigi infilò la punta del tagliacarte sotto la patella della busta e tirò fuori un foglio ripiegato in quattro.

«È del maestro Pappalardo» disse senza alzare gli occhi dalla carta, dopo aver letto le prime righe.

«Sente la mancanza del mensile per le tue lezioni, immagino» commentò lei sorridendo.

Luigi continuò a leggere muovendo impercettibilmente la testa da sinistra a destra per seguire le frasi fitte. «Mi dice di aver incontrato l'impresario Cavallaro.»

«La cosa può interessarti in qualche modo?»

«Non saprei. Scrive che l'impresa avrà almeno tre titoli per la stagione di primavera.»

«Qualche grosso nome?» domandò Rita, che non era mai stata molto attenta agli interpreti.

«Non ne parla, mi chiede piuttosto se al nostro ritorno sarò disponibile per incontrarlo.»

Rita lo guardò poco convinta. «Non capisco proprio perché dovremmo frequentare un impresario teatrale, quella mi sembra gente così poco raccomandabile» commentò rigida.

Luigi fissava la lettera. Poi la posò, ci passò sopra il palmo della mano per stirarne le pieghe. «Mi pare di comprendere che Pappalardo vorrebbe mi facessi sentire da questo impresario» spiegò stringendo entrambe le mani al bordo dello scrittoio.

«Questa è bella» rise lei, «adesso vuol fare di te un cantante!»

Luigi la stava squadrando e cercava di capire. Il suono della sua voce gli era arrivato sgradevole, simile al tintinnare di un triangolo troppo vicino all'orecchio, e la risata stentata gli aveva inferto piccoli colpi, leggeri e molesti. Piegò la testa per studiare l'espressione di lei e si scoprì infastidito, il viso gli bruciava come se una vecchia zia gli avesse strapazzato le guance con buffetti fuori luogo.

Quando ebbe finito con la posta, Rita si mise alla finestra, sperava che il tempo cambiasse al bello. Lui si alzò senza far rumore e la raggiunse.

«E così non credi che io sia un cantante?» le sussurrò sul collo serrandole la vita. La moglie rise e si lasciò mordere il lobo dell'orecchio dal quale pendeva una testa di moretto, mentre fuori il vento spazzava le nuvole e, da uno squarcio di azzurro, il sole ricominciava a illuminare la valle.

22

Basilio Pappalardo e l'impresario Jacopo Cavallaro sarebbero arrivati a palazzo Platanìa per le cinque. L'appuntamento era stato fissato al ritorno della coppia dal soggiorno sull'Etna. Donna Rita continuava a ritenere quell'incontro del tutto fuori luogo ma alla fine aveva ceduto alla richiesta del marito. In fondo adesso era il capofamiglia e lei avrebbe dovuto smetterla di prendere da sola le decisioni per entrambi.

La infastidiva soprattutto il fatto che il maestro di canto avesse insistito perché ad accompagnare Luigi quel pomeriggio fosse la Cucè. La scelta le era parsa davvero sconveniente e aveva faticato per mascherare il disappunto. E non era nemmeno sicura di esserci riuscita. Così, quando Anna aveva bussato, aveva lasciato che Cettina la accompagnasse nella sala da musica e si era ben guardata dal raggiungerla: certo non aveva nessun obbligo di accoglierla, la figlia di don Santino non era un'ospite di riguardo, figurarsi.

Rita entrò nella stanza mentre Luigi si stava sistemando la cravatta.

«Dunque è tutto pronto?» gli chiese fingendo interesse.

«Credo di sì. La signorina Cucè è appena arrivata» rispose lui aggiustandosi il panciotto. I bottoni tiravano un poco, notò, stava ingrassando. Sotto i baffi, dopo il matrimonio, aveva aggiunto un pizzo discreto che curava quotidianamente. Lo faceva sentire padrone di sé, in effetti, e a Rita piaceva molto accarezzarglielo.

«Fai in fretta, allora. Non vorrai lasciarla aspettare...»

Il marito controllò per l'ultima volta la sua immagine riflessa nello specchio e le si avvicinò.

«E tu non vorrai lasciarmi solo. È importante per me» le disse prendendole la mano e posandoci sul dorso quel solito bacio lieve che diventava subito un brivido.

Lei gli accarezzò una guancia e sorrise. «Certo, caro. Pensi davvero che potrei abbandonarti proprio oggi?»

Si avviarono sottobraccio lungo il corridoio e al giovane sposo il cuore batteva forte come quando aveva percorso la navata della chiesa del Cuore Trafitto. Chissà come, Rita dovette avvertire in qualche modo la sua tensione, allora drizzò la schiena e irrigidì i muscoli permettendogli di appoggiare su di lei tutto il suo peso.

Anna aveva provato al pianoforte un paio di scale, aveva regolato l'altezza dello sgabello e si era alzata in attesa di Luigi. Aveva fatto bene ad accettare la richiesta di Pappalardo e, anche se rivedere il ragazzo le pesava molto, sapeva di essere forte abbastanza per sopportarlo. Don Santino d'altra parte aveva archiviato in fretta il nervosismo e i malumori della figlia dopo l'annuncio del matrimonio. Aveva finto di non accorgersi delle minestre bruciate, dei panni sporchi che si accumulavano e delle risposte vaghe ogni volta che le domandava se si sentisse poco bene. Accantonata l'idea che Fumini potesse chiedere Anna in sposa, aveva capito bene che quel giovane avrebbe potuto essere il biglietto di sua figlia per il mondo della musica. I tempi stavano cambiando e don Santino era un uomo pratico, sapeva che Anna era un'artista. I cantanti in carriera hanno sempre bisogno di un buon accompagnatore, e pagano bene soprattutto.

«Lo strumento la soddisfa, signorina?» disse Rita facendo il suo ingresso nella stanza con Luigi aggrappato al suo braccio.

«Ha un timbro molto interessante, signora» rispose

la ragazza girandosi verso i due e chinando la testa in segno di saluto.

La luce che entrava dalle finestre avvolgeva la sagoma di Anna Cucè, rendendola una figuretta scura della quale si distinguevano a stento i particolari. Ma quando si avvicinò, Rita vide chiaramente quanto fosse cresciuta e come fosse diventata bella. La sua giovinezza la preoccupò. Aveva le guance tonde, la pelle del collo tesa e anche i segni scuri sotto gli occhi parevano donarle. La studiò a fondo, le sembrava troppo distaccata, in un modo nobile avrebbe detto, e tale atteggiamento non le piacque affatto.

L'indifferenza che stava fingendo, tuttavia, era costata ad Anna lunghe ore di pensieri estenuanti, col viso schiacciato nel cuscino e una voglia matta di essere ovunque non si trovasse Luigi, anzi, di scomparire proprio pur di non continuare a rivivere il ricordo dell'umiliazione subita durante quel loro terribile colloquio. A volte, mordendo la federa del guanciale, Annuzza decideva che non l'avrebbe più rivisto ma poi, ogni volta che alzava la testa e apriva gli occhi, sapeva per certo di non poter rinunciare a lui. Per questo aveva deciso che, se non per amore, avrebbe trovato comunque il modo di stargli accanto. E il pianoforte che li aveva uniti continuava a essere lì, il tramite inevitabile di un dialogo silenzioso tra loro.

Dal corridoio arrivò la voce cerimoniosa di Basilio Pappalardo e, mentre entrava nella stanza e cedeva il passo all'impresario, superando quasi Cettina che li annunciava, aveva il viso rosso come un peperone e la fronte, come sempre, imperlata di sudore.

Dopo le presentazioni, senza troppi complimenti, Cavallaro disse a Luigi che aveva udito grandi cose sulla sua voce ma che tendeva a non fidarsi dei giudizi degli insegnanti. «C'è una bella differenza tra cantare in salotto ed esibirsi in teatro» chiosò, «oltre al fiato, ci vuole l'arte scenica» concluse gravemente.

Luigi tacque per qualche secondo cercando di formulare una risposta adeguata ma, alla fine, desistette, la voce avrebbe parlato per lui. Porse ad Anna lo spartito della cavatina del Duca di Mantova nel *Rigoletto*, si tolse la giacca, allentò il nodo della cravatta per assumere l'aspetto di chi sia appena rientrato da una notte di bagordi. Poi strinse le mani sui petti del panciotto e provò a imitare una di quelle espressioni sicure che spesso aveva invidiato all'amico Mimì.

A un suo cenno la ragazza cominciò a suonare. Luigi guardò Rita, poi volse un'occhiata sprezzante verso Anna ed esordì a voce piena mentre la studiata espressione rubata all'amico assumeva un accento di perfidia. Mentre raccontava che l'una o l'altra, per un donnaiolo come lui, erano la stessa cosa, invece di seguire l'incedere brillante dell'accompagnamento, lo soverchiò. Non solo il suo diaframma, la gola, la bocca partecipavano del suo canto ma il canto stesso pareva venire fuori da tutto il corpo e dai lombi soprattutto, quelli di un vero uomo, con una forza indisponente e a tratti oscena. Camminava davanti al divano sul quale si erano accomodati Pappalardo e Cavallaro e sembrava quasi sfidarli coi passi larghi e virili. Le parole dell'aria affermavano la piena libertà in amore e lui le pronunciò quasi con crudeltà, guardando Rita. Udendole, una lama affilata incise un solco nel cuore della donna.

Quando ebbe finito, il maestro era ancora più rosso di quando era arrivato. L'impresario taceva e manteneva sul volto un'espressione enigmatica. Luigi riprese la giacca, la infilò con grazia e lo fissò con gli occhi del perfido Duca di Mantova.

«Notevole» commentò Cavallaro rivolto a Pappalardo che gongolava, «credo che voi abbiate quello che cercavo per la mia opera.»

Quella frase cadde dentro il petto squarciato di Rita con la pesantezza di una minaccia. Poi non sentì più nulla.

Le parve tutto confuso. Continuava a spostare lo sguardo dal viso di Luigi a quello di Anna, da Jacopo Cavallaro a Pappalardo, la testa le scoppiava. Le sembrò di sentire un discorso sulla stagione di primavera, di Palermo e di Capo Scirocco, su contratti da firmare, obblighi e prove, ma colse con sufficiente chiarezza la richiesta del marito affinché fosse Anna Cucè ad accompagnarlo nella preparazione della parte.

«La signorina è portata per questo ruolo e mi pare molto musicale» rispose l'impresario alla richiesta di Luigi, «non vedo impedimenti. E, se vorrà, potrebbe anche diventare il nostro maestro ripetitore.»

Anna, composta e cortese, rispose che ne avrebbe parlato al padre per ottenere il permesso e si avvicinò a donna Rita per accomiatarsi. Aveva la pudicizia di una suora.

La padrona di casa salutò distrattamente la ragazza mentre provava a seguire ciò che le stava avvenendo intorno. Aveva stretto le mani sui braccioli della poltrona tanto che un'unghia lacerò la seta e percepì sotto il dito il calore morbido dell'imbottitura. Cominciò a ruotare il polpastrello come per attorcigliare un ricciolo a una capretta e, confortata da quella sensazione, sorrise. Mentre Cettina serviva il vino di Porto e le paste di mandorla, Rita scrutava il marito con aria stordita e poi rivolgeva gli occhi all'impresario, quasi a sancire con lo sguardo la futura carriera di Luigi, ma non riusciva a comprendere la conversazione che gli uomini avevano intrapreso. Le rimbombava in testa l'aria del *Rigoletto* e ogni nota uscita dalla bocca del marito le risuonava nel petto con un fragore di ineluttabilità. Luigi notò la sua espressione sperduta e le sorrise scuotendo piano il capo, come per confortarla. La signora avrebbe voluto scacciare quel fantasma prima che si insediasse tra loro ma in quel momento non ne aveva la forza. Si sforzò di annuire a Luigi per confermargli che andava tutto bene.

23

L'invito, un biglietto in fine cartoncino color avorio, stampato con tanto di stemma nobiliare in testa dalla Premiata Tipografia Cappello di via del Teatro, era arrivato a palazzo Platanìa tre settimane prima. Probabilmente erano stati proprio lo scudo d'oro a quattro pali di rosso, la banda gialla e la corona di principe a mettere tutta la casa in agitazione e Luigi, ordinato all'istante un nuovo frac, non aveva dato tregua a Vitagliano fino alla consegna. Il sarto aveva insistito per un taglio più svasato del panciotto di piquet ma il giovane ora andava sostenendo che così l'avrebbe fatto sembrare un vecchio grassone.

«Il fatto è, signore, che con gli anni è normale che l'uomo si arrotondi leggermente sull'addome» spiegò cauto, scucendo l'imbastitura rivelatasi troppo stretta.

«Non sarà piuttosto che non ci state mettendo attenzione?» ribatté stizzito Luigi, tirando in dentro la pancia ottenendo il solo risultato che le brachette pendessero malamente sulle gambe.

Da quando si era sposato, in effetti, aveva preso del peso e non si poteva dire che mangiasse molto di più rispetto al passato. Piuttosto sentiva che tutto era andato per il verso giusto e, anche se non si riteneva arrivato alla meta, la tranquillità economica, la posizione della moglie ormai del tutto riammessa in società – come dimostrava l'invito dei principi – la chiarezza ristabilita con la signorina Cucè e la gestione degli affari di famiglia gli stavano regalando una serenità nuova.

Nemmeno l'emozione seguita all'incontro con Cavallaro, l'aspettativa per quello che pareva essere l'inizio di una vera carriera da cantante lo preoccupavano. Quando c'era di mezzo la sua voce sapeva di non avere nulla da temere e quindi aveva deciso di gettarsi nell'impresa senza curarsene troppo. Avrebbe studiato di più, anzi, aveva già cominciato a farlo e con estremo rigore, e avrebbe arricchito la sua preparazione con qualsiasi cosa si fosse rivelata opportuna: recitazione, dizione, arte scenica. Il resto poi l'avrebbe compiuto la sua voce.

«Anche a Parigi, quest'anno, pare vadano per la maggiore certi modelli più, come dire, comodi» continuava a blaterare in sottofondo Vitagliano, girando intorno a Luigi come un cane devoto al padrone.

«Non credo proprio» tagliò corto lui con un gesto che non ammetteva repliche.

Il sarto si allontanò appena, appuntò nel polsino della sua camicia l'ultimo spillo rivelatosi inutile e, piegando la testa, fissò lo specchio per vedere che figura facessero, sulle spalle di Luigi, la giacca e il gilet leggermente allargati.

Anche lui smise di seguire il filo dei suoi pensieri e si guardò. Spostò il peso da una gamba all'altra, strinse le falde della giacca tra le mani, poi si girò di lato e, in quell'abito elegante, col pizzo ben curato e il mento in alto, gli parve di somigliare a uno di quei cantanti famosi per i quali le signore di Milano sarebbero state capaci di fare pazzie – pazzie indicibili e spesso sconvenienti, gli aveva sussurrato qualche tempo prima Pappalardo con atteggiamento complice e arrossendo fino alle orecchie. Pure il poco di pancia, in fondo, trovava gli desse un'aria più virile. Il fiato, dopotutto, ha bisogno di spazio.

Quando la prova fu terminata e Vitagliano si fu congedato tra mille inchini, Luigi raggiunse la moglie nel salottino. Stava in piedi accanto alla finestra con alcuni campioni di stoffa e l'aria dubbiosa.

«Non so proprio quale scegliere per la stola da indossare sull'abito» disse porgendo al marito tre pezze di un crespo molto fine. Le tastò con attenzione, soppesò la leggerezza, avvicinò la più chiara alla luce per osservarne meglio il colore e alla fine la allungò verso Rita.

«Credi davvero che possa mettere una mantella color panna?» chiese poco convinta.

«Se era tra quelle da scegliere significa che pensavi anche tu che fosse opportuna» rispose sorridendole.

«Che demonio che sei. Ricsci sempre a smascherarmi» sussurrò Rita stringendosi a lui.

«Il bianco ti dona, starà benissimo sul vestito blu notte. E poi sei una sposina, no, che altro colore vorresti indossare?»

La moglie teneva la testa contro il petto di Luigi e avvertiva solo il pulsare del suo cuore. In momenti come quello sembrava che nulla avrebbe mai potuto turbare la loro felicità e, se schiacciava di più l'orecchio sullo sparato, non riusciva nemmeno a distinguere se i colpi che avvertiva venissero dal petto di lui o dalle sue tempie. Pensò che i loro cuori battessero all'unisono e arrossì per l'eccitazione che una simile gioia le dava.

«Vedi, è così che mi piaci» disse tenendola per le spalle e allontanandola da sé per guardarla in viso.

Le perle del vezzo che le aveva regalato brillavano sulla pelle bianca, illuminate dalla luce che entrava dalla finestra. Sembrava tutto innaturalmente perfetto e proprio per questo più prezioso.

«Quando non ti piaccio, allora?» domandò Rita con una certa serietà, sciogliendosi da lui e sedendosi sulla poltrona.

Luigi si avvicinò alla credenza, aprì un'anta e prese un bicchiere, lo riempì fino a metà di vermouth e si accomodò di fronte alla moglie. Non era solito bere prima di pranzo ma aveva percepito una sorta di inquietudine.

Qualcosa lo aveva disturbato anche se non sarebbe stato capace di dire cosa. Buttò giù un sorso e osservò la luce passare attraverso il vetro e rifrangersi nei decori del cristallo.

«Non potresti piacermi più di quanto mi piaci» esordì con la voce bassa, lasciando che il fiato si poggiasse caldo sulle corde vocali e le facesse vibrare in profondità.

Rita sorrise appena, quasi intimidita dal registro grave dell'affermazione.

«A volte però ho paura» aggiunse con un tono che non poté ricondurre a nulla di romantico. «Come quel giorno al teatro di Taormina.»

«Ma ero solo stanca, mio caro» si giustificò lei.

«Anche quando venne Cavallaro?» incalzò Luigi.

La moglie si alzò e andò ad accucciarsi per terra, ai suoi piedi. Gli poggiò la testa sulle ginocchia e aspettò che lui si liberasse del bicchiere per carezzarle i capelli come amava fare.

«Hai mai pensato che a volte potrei avere un timore anche io?» sussurrò lei con la guancia poggiata sulla gamba. Luigi scosse il capo ma non gli parve di dover rispondere nulla. No, non pensava che anche lei dovesse avere paura, anzi riteneva offensiva quella confessione, quasi che lui non fosse abbastanza fedele o devoto a sufficienza o, addirittura, non fosse in grado di proteggerla come era giusto. Rita taceva. Non era possibile condividere col marito i suoi reali timori. Si sarebbe rivelata insicura di fronte alla giovinezza di Anna, alla seduzione del teatro d'opera, a una carriera che lo avrebbe fatto acclamare dal pubblico e desiderare da altre donne. E, oppressa da tutto ciò, sospirò e si levò appoggiandosi a lui.

Nel primo pomeriggio, mentre riposava nella sua stanza, sentì i passi di Luigi nel corridoio. Cercò di immaginare come fosse vestito per la lezione di canto e se per caso si fosse cambiato la cravatta o avesse preso una giacca diversa da quella che indossava al mattino. Immaginandolo lungo il corridoio, Rita gli metteva addosso un abito differente man mano che avanzava e, mentre la moglie scopriva in ogni sua fantasia un nuovo motivo di inquietudine, il marito già usciva da palazzo Platanìa e si avviava verso via Pescatore. La signora si girò per servirsi un bicchiere d'acqua dalla caraffa che Cettina le lasciava sempre piena sul comodino. Afferrò il manico della brocca e, sollevandosi un po' dai cuscini, scorse un riflesso distorto nelle sfaccettature del vetro; un grido le si strozzò in gola. In ogni taglio del cristallo vide formarsi delle figurette che si muovevano alla luce del pomeriggio che filtrava dalle tendine. Sgranò gli occhi e riconobbe chiaramente Luigi nell'atto di cantare inginocchiato ai piedi di Anna e la ragazza, invece di uno dei suoi soliti modesti vestitini, portava un abito sontuoso da principessa. Rita fissò ancora la caraffa e, accanto alla prima scena, il vetro le restituì i volti dei giovani, vicini, con lo sguardo perso l'uno a contemplare l'altro. Le lacrime che la sopraffecero amplificarono la visione e, spostando la testa, li ritrovò ancora insieme in un'altra sfaccettatura della caraffa, uniti in un bacio di quelli che si leggono nei romanzi ma che le parve di non aver mai ricevuto da suo marito.

Urlando gettò a terra la brocca ma quei due, crudeli, invece di sparire, si moltiplicarono nelle gocce di acqua, nei frammenti di cristallo sul pavimento e ora ballavano, lì ridevano tenendosi per mano, più a destra sedevano nel palco del teatro e, nella chiazza più larga di liquido, erano a letto, stretti in un amplesso. Rita restò immobile a fissare il corpo di Luigi muoversi su quello di Anna, riuscì ad avvertire perfino il frusciare delle lenzuola; non sbatté nemmeno le palpebre per non negarsi un solo istante di quella tortura. Gli occhi le si asciugarono e notò che la stanza cominciava a tremare intorno a lei.

Prima fu un ondeggiare lento e vide sfilarle davanti la toletta, la poltrona, l'inginocchiatoio, le cornici appese alle pareti, le tende, la finestra. Poi tutto diventò confuso e lei si ritrovò in preda a un ritmo vorticoso. Smarrita, allungò le mani davanti a sé per arrestare la corsa, voleva agguantare almeno la boccetta di profumo perché non si rompesse ma le passò davanti talmente in fretta che non riuscì a prenderla. Nei quadri i volti ritratti divennero irriconoscibili con grosse teste deformate e le tende si gonfiarono per quel girare. Doveva far cessare il girotondo, questo doveva fare. Se fosse riuscita a fermare la stanza tutto sarebbe stato di nuovo normale, ne era sicura, avrebbe chiamato Cettina e lei avrebbe spazzato da terra i cocci di quella visione, avrebbe asciugato l'acqua e tutto sarebbe tornato come prima, come era bene che fosse. Adesso era necessario alzarsi e appoggiare le mani alla parete, non era difficile e lei era una donna forte. Seguì con la testa un ultimo rapido passaggio della porta, poi dei dipinti, dello specchio. Ecco, adesso poteva farlo. Si sollevò di scatto e, calpestando il vetro rotto della caraffa, svenne con la bocca atteggiata a un sorriso.

Più tardi la governante, vedendo che donna Rita ancora non si svegliava, andò a bussare alla sua camera. Il signor Luigi sarebbe rientrato a breve dalla lezione di canto e la sarta, che aveva mandato a ritirare i campioni di stoffa per la stola, aveva fatto lasciare un biglietto chiedendo un appuntamento per la prova successiva. Inoltre desiderava sapere qualcosa per il colore dei guanti, non poteva certo occuparsi lei di tutto. Avvicinandosi alla porta sentì la voce flebile della signora. Bussò una prima volta ma non ottenne risposta. Riprovò e alla fine decise di aprire senza permesso.

«Ce l'ho fatta, vedi? Adesso è tutto fermo, Cettina» blaterò scorgendo la governante.

Donna Rita era in ginocchio per terra con le mani

contro la parete, la camicia bagnata e i piedi sporchi di sangue. Aveva rivolto alla serva uno sguardo assente e sereno come quello di una bambina che sia riuscita in un gioco particolarmente difficile.

«Sono stata brava, adesso è tutto a posto» ripeté mentre la governante, senza riuscire a rispondere, le si accostò. In silenzio la aiutò a rialzarsi e la fece sedere in poltrona. Rita, sprofondata sui cuscini con le braccia in grembo, cominciò a canticchiare il motivetto di un'aria che raccontava di amanti lontani, di impedimenti e di fedeltà eterna. Cettina le accarezzò i capelli e le sistemò la scollatura della camicia che si era aperta lasciandole il seno scoperto.

«Adesso ci puliamo per bene e aspettiamo il signor Luigi» la invitò, con la pazienza degli anni in cui Rita ed Elisabetta scorrazzavano per tutta la casa ridendo e facendola impazzire.

La signora annuì mordendosi un labbro. «Però sono stata brava» concluse col tono di chi si aspetta un plauso.

«Sì, ce l'avete fatta. Ora mi aspettate qui buona così vado a prendere qualcosa per medicarvi.»

Cettina si avviò per cercare alcol e garze, rinunciando a chiedere spiegazioni.

Quando Luigi rincasò, nella stanza da letto della signora non c'era traccia di quanto era accaduto. La serva aveva pettinato donna Rita e le aveva pulito i piedi. Poi l'aveva aiutata a indossare un abito color panna bordato di un pizzo al tombolo, che il signor Fumini aveva sempre trovato molto bello per il modo discreto in cui le lasciava scoperto il collo.

Luigi entrò nel salottino e si sedette di fronte alla moglie.

«Com'è andata la tua lezione, mio caro?» chiese lei guardandolo con dolcezza.

«Bene, direi. Mi sembra però che per prepararmi al ruolo dovrei consigliarmi con qualcuno» rispose Luigi.
«La signorina Cucè non è all'altezza?»
«Non mi riferivo a questo, lei è bravissima. Pensavo piuttosto all'interpretazione, l'arte scenica.»
Rita annuì e Luigi riprese.
«Sai chi c'è a Palermo?»
«E come posso saperlo, caro?» sorrise lei. «Migliaia di persone, immagino.»
«Il De Renzi, te ne ricordi?»
«Grande artista. Lo sentii in Verdi, saranno passati secoli, mio Dio. È ancora vivo?»
«Sì, non canta più da tempo, naturalmente, ma ho saputo da Cavallaro che di tanto in tanto accetta di seguire giovani cantanti.»
Rita fissò Luigi con aria sperduta. «Palermo è talmente lontana...»
«Potremmo trasferirci lì per qualche settimana.»
«Il solito matto sei» sussurrò nascondendo il turbamento, «lascia che ci rifletta.»
«Se non te la senti di venire con me potrei andare da solo» accennò. La moglie lo guardò con tristezza. «Mi mancheresti molto, però» aggiunse vedendo che gli occhi di Rita si erano velati.
«Che ne pensi se ne parliamo dopo la festa dai principi?» concluse Rita accondiscendente mentre il cuore cominciava a picchiarle nel petto. Il marito fece cenno di sì e lei distolse subito lo sguardo puntandolo nervosa sull'angoliera, poi sulla credenza, sui quadri. Quando fu sicura che tutto era rimasto fermo, sospirò e allentò la presa dai braccioli della poltrona.
Fuori iniziava a imbrunire, Luigi accese il lume sul tavolino mentre Cettina entrava per chiedere cosa gradivano mangiare di contorno insieme al pesce. Tutto a palazzo Platanìa sembrava normale.

Il giorno dell'atteso ricevimento si era annunciato caldo e limpido. Una vera fortuna per le signore che come lei si erano fatte confezionare abiti piuttosto scollati, aveva commentato Rita a pranzo mentre Luigi pensava ancora al taglio del panciotto di piquet, convincendosi dell'operato di Vitagliano.

I coniugi Fumini stavano per essere annunciati nel brusio generale quando la pendola da tavola sulla consolle dell'ingresso, sovrastata da una deliziosa scena campestre in bronzo bagnato in oro, batté la mezz'ora dopo le otto. Luigi consegnò bastone e tuba al maggiordomo e si fermò a guardare la figuretta sul quadrante dell'orologio, rapito dalla grazia con cui il cacciatore, seduto su una pietra, col fucile ad armacollo e due pernici morte che spuntavano dal carniere, accarezzava la testa del suo cane. Gli sembrava prodigioso l'atteggiamento regale che l'artigiano aveva impresso al gesto del popolano. Se pure i suoi vestiti, le scarpe, il cappello con le falde flosce e la piuma sottile e lunga ripiegata da una parte, denunciavano infatti un'origine plebea, pensò Luigi, l'artista ignoto che l'aveva forgiato aveva ben studiato i modi teatrali con cui si rende vivo un carattere e lo si nobilita. Si immaginò a interpretare un ruolo simile in un'opera – certo doveva essercene uno di quel tipo anche se adesso non gli sovveniva – e si sentì davvero all'altezza. Sapeva il fatto suo e, che fosse un contadino o l'Infante di Spagna, sarebbe riuscito a rendere ogni temperamento; nessuno degli spettatori avrebbe immaginato le sue origini umili e gli anni nella campagna romana.

Rita interruppe la contemplazione intrecciando il braccio al suo e si avviarono così verso il salone della musica. Il palazzo dei principi, col suo imperioso Barocco, era uno dei più antichi della città. Le oltre seicento stanze ospitavano, a parte la servitù, solo tredici membri della famiglia, quasi tutti in cattivi rapporti tra loro. Eretto a ridosso delle mura cinquecentesche della città, occupava un intero isolato. Motivo d'orgoglio per i principi erano la collezione numismatica e quella di reperti archeologici, e la cosiddetta galleria delle farfalle che ospitava la preziosa quadreria di famiglia.

Il cuore del palazzo era però nell'ala sinistra, nella serie dei quattro saloni che si snodavano, uno dopo l'altro, fino alla regale sala della musica. Vi si accedeva dal cortile maggiore, attraverso la scalinata a doppia rampa in basalto dell'Etna. All'ingresso, due enormi vasi settecenteschi di Caltagirone immettevano nel primo salone decorato con le antiche carte dei possedimenti dei principi. Nessuno si soffermava a guardarle, ma se qualcuno l'avesse fatto avrebbe notato l'estensione dei feudi, i vigneti, le zone riservate all'allevamento del baco da seta, le terre destinate al grano e i frutteti.

Osservando quel lusso e quella magnificenza, nessuno avrebbe mai sospettato le faide e il malanimo che nei secoli avevano afflitto la casata. A tenere le redini della famiglia era l'anziana e lucidissima principessa, ridotta ormai un mucchio d'ossa ben custodite dentro busti e stoffe preziose.

Attraversando le stanze, lasciate in penombra perché l'ingresso nell'ultima procurasse una sensazione di stordimento, Luigi si sentì mancare il fiato. Entrarono nella sala della musica mentre, da una porta laterale, una fila di camerieri in livrea portava la prima serie di vassoi. Lunga oltre venti metri e larga dodici, un decoratore aveva profuso sulle pareti stucchi e decorazioni dorate che si riflettevano negli specchi delle consolle, amplificando lo spazio e creando un accecante effetto ottico. In alto, gli affreschi creavano l'illusione di trovarsi sotto un cielo punteggiato di nuvole e di uccelli variopinti; da lì si apriva poi un ballatoio che ospitava la loggia dei musicanti in cui l'orchestra sedeva in circolo. L'acustica era stata studiata meticolosamente e, anche da quell'altezza, le note ricadevano sul salone, tonde e grosse, invitando alla danza.

Donna Rita, sorridente, intravide dall'altra parte della sala la principessa e tirò a sé il marito per andare a renderle omaggio. Ormai incapace di muoversi, l'anziana nobildonna aveva preferito essere sistemata sulla sedia a rotelle piuttosto che su una delle poltrone, per farsi spingere dalla dama di compagnia, la marchesa Pina Adernò, in mezzo agli ospiti e avere così l'impressione di tenere tutto sotto controllo, come era sua abitudine da sempre. Rita e Luigi la raggiunsero al centro dell'alcova, un vano accogliente delimitato da quattro colonne di granito. La principessa era una gentildonna dall'aspetto assai disinvolto che faceva il paio con i suoi modi, sempre criticati dai figli. Sorgendo il palazzo nel cuore commerciale di Capo Scirocco, poco distante dal mercato del pesce, in gioventù e persino nei primi anni di matrimonio aveva dato scandalo con l'abitudine di uscire di soppiatto per mescolarsi ai popolani, intrattenersi con loro e imparare certi modi di dire che, ripetuti a tavola per rimbeccare una nuora troppo scaltra o tacitare una cognata pettegola, avevano sempre destato la disapprovazione dell'intera famiglia.

Quando Rita si avvicinò alla carrozzella accennando l'inchino sotto lo sguardo compiaciuto della dama di compagnia, donna Ignazia emise qualcosa che a Luigi sembrò un grugnito.

«Smettetela, conservate la genuflessione per quando verrete davanti alla mia bara» esordì la principessa.

Rita sorrise imbarazzata. Nel reticolo di rughe, osservò la signora, alla principessa brillavano ancora gli occhi della ragazzina di un tempo, insofferente alla forma e così poco attenta alle convenienze sociali.

«E così questo è il vostro scandaloso giovane marito?»

chiese fissando Luigi e porgendogli una manina ossuta e attraversata da sfuggenti vene blu. Osservò i modi compiti del giovane Fumini e sogghignò nel fazzolettino di merletto.

«Dunque vi piacciono le signore in età... ma non pensate di esagerare con me, ragazzo mio?»

Luigi non sapeva se fosse educato accennare un sorriso e aspettò un istante, prima di lasciarle la mano e rialzare il busto. I capelli grigi di donna Ignazia, radi sulle tempie, erano acconciati in piccoli ricci sui quali era stata posata la tiara dell'Est, uno dei più bei gioielli di famiglia. Il grosso diamante centrale che la impreziosiva si diceva fosse stato un dono dello zar Nicola I, in occasione del suo viaggio in Sicilia di quasi quarant'anni prima. Il collo da tartaruga veniva fuori da un alto merletto nero e l'insieme finiva con l'incutere un grande rispetto.

«Ditemi di questa vostra mania di cantare.»

«Avete saputo, dunque?» domandò sorpresa donna Rita.

«Sono solo paralitica, cara, non sorda.» Si girò a guardare il giovane.

«Mi dicono che io abbia una buona voce e delle possibilità» provò a spiegare.

«Certamente, così pare» assentì la vecchia.

«Potrei debuttare nella prossima stagione» azzardò lui mentre la moglie gli rivolgeva uno sguardo glaciale.

«Splendido. Ho dunque il privilegio di ospitare un artista a uno dei miei ultimi ricevimenti.»

«È troppo onore» si schermì Luigi.

«Sì, probabilmente lo è. Adesso andate» li congedò la principessa con un gesto sbrigativo. «Parlare troppo a lungo mi annoia e mi state impedendo di vedere chi arriva» concluse spostando la testa per tenere d'occhio la porta d'ingresso.

Rita e Luigi fecero un inchino e raggiunsero il centro

del salone mentre l'orchestra attaccava un valzer. Luigi cinse la vita della moglie e cominciarono a ballare.

«Hai sentito, anche la principessa sapeva di me» sussurrò.

«Non mi stupisce, quella donna è un demonio» tagliò corto lei.

«Credi allora che se ne parli in società?» incalzò Luigi avvicinando il viso all'orecchio della moglie.

«Potresti smetterla, caro? È così volgare questo modo di parlarmi in segreto.»

Il giovane tacque e si concentrò sui passi.

Dopo circa un'ora lui aveva bevuto un bicchiere di troppo, la Panebianco era accaldata dentro un vestito troppo pesante per la giornata e la principessa si era fatta portare da donna Pina Adernò accanto a uno dei camini e ora rideva compiaciuta alle battute del generale Piscitello, che continuava a corteggiarla ormai da vent'anni col medesimo ritmo serrato.

I duchi di Misterbianco si avvicinarono sorridendo ai Fumini che si erano appena congedati da una coppia della quale Luigi non era riuscito a cogliere il cognome. Quando la duchessa accennò alla sua futura carriera di tenore, alla moglie parve che l'attenzione di tutti si fosse concentrata su quella frase.

«Addirittura! Forse state anticipando un po' i tempi, duchessa» commentò donna Rita timidamente mentre Luigi, col petto gonfio, la interrompeva per raccontare quanto l'impresario si aspettasse dal suo esordio e come lui non attendesse altro e dei progetti che aveva in serbo. Rita stava sparendo in una sfocata lontananza avvertendo, intorno al marito e alla sua ambizione, il crescere di una sorta di eccitazione.

«Siete un vero conquistatore, il ruolo del Duca di Mantova non potrebbe starvi meglio addosso» aveva commentato la moglie dell'ultimo figlio della principessa, muovendo il ventaglio di piume su una scollatura abbondante e flaccida, decorata con un pendente di smeraldi.

«Vi conquisterò tutte con la mia voce» ribatté lui inebriato dagli sguardi delle signore mentre il bere iniziava a dargli una nuova sfrontatezza. Le donne risero con finto imbarazzo, solleticate dalle sue attenzioni. «Quando mi ascolterete, care signore, la mia voce vi scenderà addosso e raggiungerà ogni angolo del vostro corpo» esagerò accompagnando la frase con un'occhiata che le presenti sentirono insinuarsi fin sotto le gonne. A donna Angela Giordano, che si era unita al gruppo, il viso divenne di un rosso acceso e, per non farsi notare, finse qualche piccolo colpo di tosse.

«E vostra moglie non ne sarà gelosa?» insinuò la duchessa che, nonostante l'età, credeva che l'atmosfera fosse abbastanza gioviale per una battuta del genere.

Rita abbassò la testa aspettando la risposta del marito. Nessuno badava a lei, nemmeno adesso che era stata chiamata in causa. Tacque, perché era certa che presto lui avrebbe detto che non aveva motivo per essere gelosa: era la sola donna che lui amasse, che volesse, che venerasse. Dopo un istante rialzò lo sguardo su Luigi e gli strinse più forte il braccio.

«È la vita degli artisti» commentò invece il marito sciogliendosi da lei, «e gli artisti sono come i sovrani: a loro tutto è concesso» concluse con studiata malizia.

«Davvero tutto?» incalzò donna Angela.

Lui le si avvicinò sussurrandole un «sì» carico di promesse.

Le signore finsero di avvampare e il volto di Rita si fece pallido e teso. Si chiedeva se il marito comprendesse quanto lei stesse soffrendo. Lui però continuava a ridere, si voltava ora verso la duchessa e ora verso un'altra, tutto sembrava così naturale nel suo fare, come se la moglie non fosse che un'appendice inutile della sua persona.

Rita inghiottì la saliva che le aveva riempito la bocca come in un conato e, con un sorriso triste, lo avvertì che sarebbe uscita in terrazza a respirare un po' perché la serata era davvero calda. Nessuno la ascoltò.

Attraversò il salone e raggiunse la stanza accanto. La penombra e le voci che arrivavano confuse la avvolsero e, per un istante, si sentì confortata dalla solitudine. Si accostò a una delle grandi finestre che immettevano nella terrazza di fronte al mare e, con qualche difficoltà, la aprì.

Si era alzata la brezza e l'aria cra diventata pungente. Si strinse la stola sul petto e fissò il vuoto davanti a sé. La strada era immersa nel buio e in basso non si distingueva nulla. Piegò la testa e provò a immaginare quanto fosse alta la balaustra rispetto al selciato sottostante. Pensò che sarebbe stato bello lasciarsi andare oltre il parapetto, sentire il vento fresco entrare sotto l'abito, gonfiarlo e accompagnarla fino a terra. Chissà che rumore avrebbe prodotto il suo corpo cadendo. Sognò il tonfo sordo di una marionetta e una figura per terra, con gli arti ripiegati in posizione innaturale e il capo infilzato in un ferro come i moretti degli orecchini acquistati a Taormina.

Guardò ancora verso il basso, si sentì terribilmente libera e scoppiò a ridere.

24

Il caldo della sera del ricevimento era stato l'ultimo di quell'autunno disordinato e ormai svanito, in cui solo Luigi Fumini voleva pensare che ogni cosa andasse per il verso giusto. Già dal giorno dopo la festa, infatti, il cielo si era coperto di un fitto strato di nuvoloni scuri e, ai primi di novembre, cominciarono ad abbattersi su Capo Scirocco temporali violenti dopo i quali tutto tornava grigio come prima.

Donna Rita, quando il marito chiedeva la ragione di certe espressioni melanconiche, incolpava il tempo attribuendogli anche i suoi bruschi cambiamenti di umore. Diceva che erano dovuti all'umidità, al sole che non si mostrava da settimane. Luigi aveva finito col crederle benché, di tanto in tanto, si scoprisse infastidito da quell'atmosfera luttuosa che la moglie imponeva alla casa. E questa tristezza arrivava proprio in un momento in cui la sua vita riceveva uno scossone molto forte. Era vicino alla svolta decisiva e il conforto di Rita gli sarebbe stato indispensabile. Aveva bisogno di poter contare sul suo appoggio sempre e non a seconda dei capricci del carattere. Arrivando a palazzo Platanìa era così che l'aveva conosciuta, ferma e decisa, e soltanto grazie a tali doti l'aveva trasformato in un uomo, un signore senza pecche. Gli sembrava che col matrimonio i loro ruoli si fossero invertiti e adesso fosse lei la ragazzina bisognosa di una guida. Anzi, a volte si comportava proprio come una bambina.

Sistemandosi il pizzo davanti allo specchio era

immerso più o meno in queste riflessioni quando Rita entrò nella stanza.

«Verrà anche la signora Stefania Motta» annunciò andandogli vicino.

«Col notaio?» chiese Luigi senza voltarsi.

«Non credo. Tu aspetti qualcuno?»

Il mercoledì era il giorno delle visite a palazzo Platanìa, consuetudine che donna Rita aveva ripristinato subito dopo il matrimonio. Viveva quelle giornate con l'apparente giovialità imposta dall'obbligo sociale: andando a dormire al martedì pensava con terrore alle ore di inutili chiacchiere ma poi, il mercoledì sera, quando il salotto si svuotava, sentiva che vedere gente non era poi una pratica così spiacevole e Luigi, fino a quel momento, era sempre stato impeccabile, come si conveniva.

«Mimì ci raggiungerà con il dottor Anzalone e la signora Vincenza» rispose il marito indossando la giacca.

«È la prima volta che vengono.»

«La zia di Mimì pare gli abbia parlato di noi all'ultima serata musicale e avevano espresso il desiderio di stringere i rapporti.»

«Conosco il dottore da molto, in effetti. Anche se non ho mai frequentato gli Anzalone» commentò la moglie.

Luigi si voltò e la guardò per ottenerne l'approvazione.

«Ora sei perfetto, mio caro» disse dopo aver raddrizzato la spilla sulla cravatta del marito. Gli porse il braccio e si avviarono verso il salotto.

Erano appena trascorse le cinque e la signora Vincenza, dopo il secondo bicchiere di vermouth, cominciava a ridere più liberamente alle battute di Mimì. Donna Rita colse un'occhiata di disapprovazione del dottore e, porgendo all'ospite il vassoio con i bignè alla crema di ricotta, lui si complimentò per la sua elegante acconciatura.

«Voi donne avete la fortuna di potervi trasformare a piacimento, basta un nuovo vestito o una pettinatura diversa» osservò Russo, che in città era considerato sempre al passo con la moda.

«Lo facciamo per stupire voi signori» disse Stefania Motta fissando con aria complice le altre donne.

Vito Anzalone, che fino a quel momento aveva partecipato poco o nulla alla discussione, rivolse alla moglie uno sguardo sereno e si schiarì la voce.

«Mentre tutto avviene secondo le leggi della natura» esordì con una voce profonda e vagamente rauca, «voi, furbe, amate beffarvi di lei e sovvertirne l'ordine» aggiunse.

Rita lo scrutò dubbiosa e passò il vassoio alla moglie del notaio. Il dottore era un uomo in età, col viso lungo, scavato e un bel paio di occhi grigi sotto due sopracciglia folte e nere. Portava degli imponenti baffi imperiali e una barba alla Verdi che manteneva piena, curata e sempre ben incerata. Per un ghiribizzo, i capelli erano ancora scuri, appena velati di grigio, mentre il mento era già incanutito. Solo ai lati della bocca la barba era rimasta più scura, disegnandogli un'espressione che affascinava molti.

«Adesso dovrete spiegarci, dottore, in cosa noi povere signore sovvertiremmo la natura» lo pungolò donna Rita.

Vito Anzalone si pulì la bocca con il tovagliolino, accavallò le gambe e assunse un'aria da cattedratico, ottenendo così la piena attenzione del suo uditorio come sempre accadeva, sia che si trovasse in ospedale a dare ordini alle suore, sia che fosse nel bel mezzo di una discussione leggera.

«È il maschio che in natura deve mostrarsi attraente per spingere la femmina all'accoppiamento.»

A quella affermazione Rita arrossì, la signora Stefania finse di cercare qualcosa nella sacchetta e Vincenza Anzalone, che questa teoria l'aveva già sentita molte volte, si appoggiò alla spalliera del divano non smettendo di addentare bignè. Mimì e Luigi si scambiarono un sorriso.

«Prendete ad esempio il pavone» continuò il dottore, «chi ha il piumaggio più ricco?» domandò a se stesso. «Ma il maschio, naturalmente» si rispose. Intrecciò le mani davanti al viso e ricominciò: «È lui a fare la ruota con la coda per attirare l'attenzione della femmina. Così come è il leone ad avere la criniera e non la leonessa, è il gallo a vantare cresta e bargigli più appariscenti».

«È evidente che noi abbiamo sarti migliori di quelli a disposizione nel mondo selvaggio» commentò Stefania Motta interrompendolo.

Rita, che invece era incuriosita da quella teoria, si spostò col busto in avanti e rifletté un attimo.

«E perché mai le femmine degli animali non desidererebbero sedurre i loro maschi?» chiese alla fine arrossendo per la sfrontatezza di un interrogativo così inopportuno per una signora.

«Non è che non vogliano sedurli, signora Fumini» spiegò Anzalone, «semplicemente non ne hanno bisogno.»

«Volete dire forse che noi signore siamo così poco attraenti da doverci ingegnare con abiti e belletti?» scherzò Stefania, divertita dalla sua stessa malizia.

Il dottore sospirò, un po' perché le signore si confermavano poco portate per le questioni scientifiche e un po' perché, se avesse voluto andare avanti, avrebbe dovuto approfondire un discorso che alla lunga sarebbe risultato noioso persino a lui. «In natura» decise di riprendere con calma, «il maschio cerca la femmina per l'accoppiamento, la cui attrattiva sta tutta nella possibilità di garantirgli una prole forte. La femmina meno appariscente si rende meno visibile ai predatori e dunque protegge i cuccioli con maggior efficacia» concluse con una certa soddisfazione riprendendo il bicchiere di vermouth.

Mimì guardò Luigi con aria malandrina. «Sarà per questo che la Calvaruso ha trovato marito» sussurrò riferendosi alla giovane più grigia e smunta di Capo Scirocco, andata in sposa a un magistrato considerato da tutti un ottimo partito. Rita indirizzò un'occhiata severa al marito, impedendogli di ridere alla battuta grossolana e poi si rivolse di nuovo al dottore.

«Dunque la natura porta a scegliere solo in funzione della prole?»

Vito Anzalone assentì. «Per questo la femmina deve essere giovane e sana, per garantire una discendenza forte e in salute.»

A quelle parole Rita si rabbuiò, scoprendosi così male assortita accanto al marito e si appoggiò sconfortata alla poltrona.

A rompere un silenzio imbarazzante fu Cettina, che entrò proprio in quel momento a porgere un biglietto da visita a donna Rita.

La signora lo prese e lesse con un certo fastidio.

«Sembra che l'impresario Cavallaro abbia deciso di unirsi a noi» aggiunse alla fine riposandolo sul vassoietto d'argento che la domestica teneva in mano.

«Molto bene» commentò Luigi soddisfatto.

«Oh, che emozione» disse la Motta portandosi una mano alla bocca. «Credete che possa darci notizie su questo vostro *Rigoletto*?» domandò poi a Fumini.

«In qualche modo» tuonò Cavallaro irrompendo nel salotto.

L'impresario salutò con poche cerimonie i presenti e si sedette senza prestare troppa attenzione alla padrona di casa.

«In effetti ho appena ricevuto un telegramma da Palermo» annunciò.

«Il maestro De Renzi forse?» chiese Luigi che non stava nella pelle.

«Per l'appunto» rispose. Quindi afferrò il bicchiere che Cettina gli aveva riempito, bevve un sorso di vermouth e osservò i volti degli ospiti che attendevano di conoscere la notizia.

«Il nostro tenore, il signor Fumini, è persona assai coscienziosa, oltre che artista di vaglia» iniziò mentre tutti annuivano, «e mi aveva espresso il desiderio di completare la propria preparazione sotto la guida di un artista di fama, per apprendere i fondamenti dell'arte scenica.»

Mentre Cavallaro taceva per servirsi un bignè, gli occhi di tutti si appuntarono sull'espressione compiaciuta di Luigi e nessuno fece caso al pallore di Rita, che aveva tirato fuori dalla scollatura del vestito il fazzolettino e si tamponava le tempie come in preda a un improvviso malore. Il cuore aveva cominciato a correre all'impazzata e, dopo una serie di colpi forti e ravvicinati, pareva si fosse fermato all'improvviso, come saltando un passo in quella forsennata marcia dentro il suo petto.

«L'esimio maestro, che ha deciso di trascorrere nella sua villa palermitana la vecchiaia, oggi mi ha annunciato che, se il giovane artista merita davvero attenzioni, sarà lieto di dargli le lezioni necessarie.»

Il salotto si riempì di espressioni di compiacimento e congratulazioni e, dopo aver discusso per un po' dell'esaltante prospettiva, gli ospiti si congedarono. Solo Mimì, vedendo che la signora si ritirava nelle sue stanze, rimase con Luigi. Da quando si era sposato si erano visti assai meno che in passato e una chiacchierata col vecchio amico, in privato, non gli dispiaceva affatto.

«E così ti trasferisci a Palermo» esordì appena furono soli.

«Sarà un soggiorno breve» rispose lui, ancora confuso riguardo al viaggio.

«Donna Rita verrà con te?»

«È quello che spero. Non voglio che resti senza di me a Capo Scirocco.»

«Non ti facevo geloso» commentò Russo giocherellando con il portasigari.

«Infatti non lo sono. Mi sento sicuro della sua fedeltà. Mi preoccupa la sua salute, piuttosto.» Luigi abbassò lo sguardo.

«Non sta bene? È diventata pallida, in effetti, dopo l'arrivo di Cavallaro.»

«Non saprei. A volte mi pare che scoppi di salute e che, anzi, il matrimonio l'abbia ringiovanita ma altri giorni la scopro persa nei suoi pensieri, tesa, come se si aspettasse da un momento all'altro una disgrazia.»

Mimì tacque, si sentiva in imbarazzo.

«Forse le donne sono fatte così» concluse Fumini con una punta di rassegnazione.

«Su questo puoi giurarci, amico mio: incostanti per natura. E non riescono a godersi la felicità, devono sempre complicare tutto.»

«Non ti ci metterai anche tu con la natura adesso?» rise Luigi.

«No, ma ammetterai che il dottor Anzalone si stava infilando in un discorso molto pericoloso. Magari è quello che ha turbato tua moglie.»

«È possibile.»

«Non avete mai parlato di figli?»

«No, non mi sembra. Io, d'altra parte, non ho mai pensato di volerne.»

«Siete contenti così.»

«Già» replicò senza convinzione.

La governante entrò nella stanza su quel brandello di conversazione per chiedere se il signor Russo si sarebbe fermato per la cena.

«No, Cettina, la zia mi aspetta» rispose Mimì rivolgendosi subito all'amico, «potrebbe esserci qualche novità con la modicana, vado a sentire cos'ha da comunicarmi.»

«Presto ci cascherai anche tu e poi vorrò vederti alle prese con una mogliettina giovane e capricciosa» ammiccò il padrone di casa.

«C'è bisogno di ben altro per mettere in difficoltà Domenico Russo, te lo assicuro» ribatté uscendo.

Mimì aveva ragione, un uomo doveva sapere come reagire ai malumori della moglie, eppure in cuor suo Luigi sperava che tutto andasse a posto da sé.

Qualche giorno dopo la visita degli Anzalone a palazzo Platanìa, donna Rita fu fermata da don Calogero alla fine del vespro, mentre riponeva il libretto delle preghiere e il rosario prima di uscire dalla chiesa.

«Mi pare un secolo che non ci facciamo una chiacchierata, signora» esordì il parroco nascondendo la preoccupazione che Cettina gli aveva messo addosso circa i momenti di smarrimento della signora.

«Sono sempre talmente impegnata...» rispose con affetto lei.

«Non vorrete negarmi un poco di attenzione, però. Ho giusto due modelli per i ricami delle nuove tovaglie dell'altare che vorrei mostrarvi» spiegò il prete sorridendo.

Donna Rita si alzò, si segnò davanti al tabernacolo e seguì il parroco nella sagrestia. Da un cassetto don Calogero trasse due fogli di carta velina.

«E questo sarebbe realizzato in filo d'oro?» chiese la signora scrutando il disegno di un calice sovrastato da un'ostia, tra fasci di luce, con un motivo a grappoli d'uva che correva lungo l'orlo.

«Filo d'oro» confermò lui.

«Allora non ho dubbi, l'altro. Guardate com'è più elegante nella sua semplicità» decise porgendogli l'esempio col motivo a greche.

«Impressionerà meno i fedeli» commentò Di Dio.

«Ma la chiesa deve accogliere, non impressionare per la sua ricchezza» ribatté Rita.

«O forse entrambe le cose» chiosò il parroco, spostandosi insieme alla signora nello studio attiguo.

Donna Rita gli sedette di fronte. Il prete sistemava alcune carte sulla scrivania e, di tanto in tanto, spiava i suoi atteggiamenti. Non notava nulla di inconsueto, nessun segno di turbamento. Se ne stava dritta, come sempre, austera e in apparenza capace di dominare le emozioni. Nemmeno quella breve attesa sembrava infastidirla, così don Calogero allineò il calamaio al bordo della cartella di cuoio, si appoggiò allo schienale e, senza mezzi termini, le chiese come andasse la vita matrimoniale.

«Molto bene.»

«La mutua comprensione a volte richiede una qualità speciale di amore» disse lui.

«Preferisco pensare che esista un'unica qualità di amore perché il sentimento sia totale e completo.»

«In che senso?» chiese il parroco.

«Credo che non si possa amare poco o perdutamente ma che si debba amare soltanto in maniera incondizionata» precisò donna Rita.

«Mi sembra un'affermazione difficile da sostenere, signora. Occorre una capacità, permettetemi, divina, non umana.»

Rita piegò la testa come se stesse riflettendo sull'obiezione del prete.

«L'amore di cui parlate» continuò don Calogero, «è quello di Dio che ama i suoi figli al di là degli errori che commettono, è pronto al perdono e non è toccato dalle emozioni» disse soppesando l'adeguatezza della sua affermazione. Parlare con la signora non era mai semplice, ne sapeva una più del diavolo, considerò aspettando che lei controbattesse. Donna Rita sorrise e raddrizzò la testa.

«E quindi io, se mio marito commette degli errori, dovrei essere pronta a perdonare? Comunque non credevo stessimo parlando di me, giusto?» Rita aveva formulato la domanda con leggerezza e adesso se ne stava immobile, addosso aveva una serenità da madonna dipinta.

«Suvvia, tutti sbagliamo. E più spesso, certi nostri comportamenti urtano la sensibilità di chi ci sta accanto anche se noi non ce ne accorgiamo, presi come siamo da un progetto, da un'idea tutta nostra.»

«Per esempio?» chiese lei a voce bassa avvicinandosi col busto al tavolo, come se la risposta fosse un fatto privatissimo.

«Come decidere di intraprendere una carriera nel teatro?» tentò don Calogero.

Rita avrebbe voluto sorridere ma non ci riuscì e la bocca le si mosse in un'espressione tesa.

«Temo sia quello che ha sempre desiderato» osservò alla fine la signora ingoiando le sue preoccupazioni.

«Chi canta prega due volte» citò il parroco.

«E chi suona?» incalzò lei.

«Non esistevano i pianoforti al tempo di sant'Agostino» rispose il monsignore cogliendo alla perfezione il senso della domanda. «Ma non vorrei che alimentaste fantasmi dannosi e inopportuni.»

«Fatemi il piacere, padre, di che cosa andate cianciando!» sbottò lei.

«Per carità del cielo, donna Rita, non cadete preda di inutili gelosie. Cosa vi fa pensare che l'attività di vostro marito possa, come dire, avvicinarlo a qualche signorina?»

«Nulla» mentì Rita riprendendo il controllo, «e non vedo cosa faccia pensare a voi che io sia gelosa. Mi preoccupo soltanto per lui, come è giusto per una moglie.»

«Siete sicura?»

«Naturalmente. Temo che la discussione sia andata

troppo oltre, padre. Non vedo alcun problema nel mio matrimonio e sarebbe il caso che voi non vi preoccupaste senza ragione.»

Pronunciò la frase in maniera così risoluta che don Calogero capì quanto sarebbe stato inutile continuare. Congedò la signora, tornò in chiesa, accese una candela sotto il quadro a olio della Madonna delle Grazie e la implorò affinché vigilasse sulla signora.

Quella sera a palazzo Platanìa, come le precedenti e quelle che sarebbero seguite, non si parlava che del *Rigoletto*, di De Renzi a Palermo, di Cavallaro e della signorina Cucè. Rita appariva misuratamente partecipe, non mancava di incoraggiare Luigi nei rari casi in cui veniva colto da qualche perplessità ma, in generale, assisteva da estranea alle novità. Pareva non dovesse essere suo marito a dover debuttare nel ruolo del Duca di Mantova e lei si comportava come se il futuro fosse un sogno, una fantasia.

Dopo la morte del barone, la donna era vissuta nella noia, aspettando una novità, qualcosa che scuotesse la calma delle sue giornate tutte uguali. Adesso però che Luigi aveva portato nella sua vita tanti cambiamenti, qualcosa dentro di lei rifiutava l'idea di un domani diverso da quello che si aspettava, ovvero un tranquillo matrimonio, una vita in due nella quale il massimo dello sconvolgimento poteva consistere nel cambiare la tappezzeria al salotto o rifare il guardaroba. O forse, semplicemente, trovava fastidioso che quanto stava avvenendo, in fondo, non la riguardasse in prima persona.

La vita, dopo un breve ritorno sulla ribalta, la stava ricacciando tra le quinte nere in cui si era ritrovata con la morte del barone. Ora Rita non avrebbe saputo dire se la gelosia fosse pura preoccupazione per gli eventuali tradimenti del marito o, piuttosto, disappunto per aver perduto di nuovo il ruolo di protagonista appena conquistato.

Di notte, però, quando le gambe allentavano la presa intorno ai fianchi del marito e Luigi si scioglieva da lei, stanco e sudato, la moglie ascoltava il ritmo regolare del suo respiro e, dietro le palpebre chiuse, immaginava i sogni che potevano affollargli la mente.

Non li pensava mai ambientati in un teatro sontuoso, davanti a un pubblico entusiasta, perché ogni volta che lo guardava se lo figurava con la signorina Cucè. Si chiedeva se il suo sudore avrebbe avuto lo stesso odore tra le braccia dell'amante, se l'avrebbe presa con la stessa forza con cui aveva ragione di lei o se la giovinezza della ragazza gli avrebbe invece suggerito una nuova dolcezza. E piuttosto che imporre alla mente di smettere di sragionare, si abbandonava alla visione del corpo del marito su quello di Anna: il dolore che provava le serviva per esorcizzare le sue paure, per espiare la colpa di amare un uomo tanto più giovane di lei. Uno scandaloso giovane marito, come aveva detto donna Ignazia.

Dopo un'altra nottata trascorsa a spiare il respiro di Luigi, un mattino di dicembre Rita gli comunicò l'arrivo di un telegramma da Milano. Cavallaro, che si era spostato lì per il debutto della *Lucia di Lammermoor*, lo informava della necessità di trovare un accompagnatore per le lezioni a Palermo giacché il De Renzi non disponeva di un valido aiuto, e caldeggiava la presenza dell'ottima signorina Cucè.

«Cosa ne pensi?» chiese Luigi col telegramma aperto tra le mani.

«Non credo che sia necessario far spostare la ragazza, vuoi che a Palermo non ci siano pianisti?» disse Rita già pentendosi delle proprie parole. «Certo è che con Anna ti trovi bene» si corresse subito.

«La signorina è molto portata» confermò lui cercando

di mettere tra sé e la ragazza una distanza che la moglie aveva cancellato citandola col nome di battesimo.

Rita finse di fermarsi a riflettere, poi fissò con serietà il marito e gli prese una mano.

«Ci sarà da parlare con don Santino.»

«Naturalmente» ribatté Luigi preoccupato.

«Su, mio caro, riusciremo a combinare tutto. Credo che Cucè si sentirà molto più tranquillo se sarò io a spiegargli la cosa. D'altra parte verrò io stessa a Palermo e non vedo dunque nulla di sconveniente. Pensa, farò da chaperon alla cara Anna» concluse ridendo.

Buttò a terra il telegramma e abbracciò la moglie con l'euforia di un bambino. «Che donna straordinaria sei» le gridò sollevandola da terra. Poi spense la sua risata con un lungo bacio e pensò di essere davvero l'uomo più fortunato del mondo.

25

«Cosa può volere donna Rita?» chiese don Santino sbucciando un'arancia.

«Non riesco a immaginarlo» rispose Anna impilando i piatti sporchi davanti a sé.

«C'entrerà il signor Fumini» continuò affondando i pollici dentro il frutto per aprirlo, «tieni.» Porse la metà degli spicchi alla figlia.

«No, grazie, non ne ho voglia» rifiutò lei voltandosi verso il lavello.

«Non hai appetito?»

«Ho già mangiato abbastanza» tagliò corto la ragazza.

«Magari vuole offrirti un incarico più impegnativo col signor Luigi» ipotizzò.

«Mi pare che lui sia grande abbastanza per proporre una cosa del genere da solo.» Intanto infilava le dita dentro i bicchieri, come una pinza, e li agguantava con una sola mano.

«Oppure si tratta di un lavoro per me. Ha molta terra.»

«Non se ne occuperebbe lei personalmente» considerò la ragazza, mettendo il tappo alla bottiglia di vino e riponendola nella credenza.

«Già. Capricci di ricchi.»

«Già» ripeté Anna, sospettando che dietro la misteriosa richiesta di colloquio ci fosse il viaggio a Palermo di cui il signor Luigi aveva parlato tanto.

Don Santino guardò per un po' la figlia. «Mi sembri pallida ultimamente» disse.

«Vi pare?» lo interrogò lei di rimando.

«E che fa, te lo chiedevo sennò?»
«Giusto.»
«E allora?» incalzò.
«Allora niente, cose di femmine» tagliò corto la ragazza.
«Cose che passano?»
«Ma sì, padre, basta qualche giorno, non mettetemi in imbarazzo» finse lei. Poi si voltò pensando di essere stata troppo dura e sorrise. «Su, ora accomodatevi sulla vostra poltrona di là che io finisco in cucina» concluse con voce dolce.

Mentre il padre riposava nella stanza accanto, Anna girò una delle sedie del tavolo davanti al lavandino, si sedette con le mani abbandonate sul grembiule e fissò la pila dei piatti da lavare.

Si sentiva il cuore strizzato come un limone e, anche a volerlo spremere ancora un po', sapeva che non se ne sarebbe potuto cavare più nulla. Quando, dopo il matrimonio, Fumini era tornato a lezione come se nulla fosse e per di più con l'esaltazione che gli veniva dalla prospettiva di una carriera, lei aveva fatto la sola cosa logica: aveva archiviato l'umiliazione subita riprendendo a compiere il suo dovere per il quale era pagata.

A casa i soldi servivano e, pure se il padre cominciava a riprendersi, ci sarebbero voluti anni prima che conquistasse di nuovo la posizione del passato. E, anzi, adesso lei suonava con maggior attenzione, senza mai abbandonarsi a quella voce maledetta capace di entrare fin sotto le gonne per farle il solletico o scenderle giù dalla scollatura per bruciarle sul petto.

Era giusto così: nessuna fantasia, niente sogni, non era certo una ragazzina stupida che legge romanzi d'amore lei. Certo, sarebbe stato tutto più semplice se il signor Fumini non fosse stato così affascinante, rifletté rivedendolo in piedi accanto al pianoforte. Scosse la testa per ricacciare l'immagine di lui e sentì che il cuore, rattrappitosi nel petto, doleva ancora. Si asciugò una lacrima che le era sfuggita e pensò alla mamma. Se solo l'avesse avuta vicino, confidandosi avrebbe ricevuto un consiglio in grado di rincuorarla. Oppure mamma avrebbe sorriso e le avrebbe preparato un biancomangiare, con la scorzetta di limone per dargli un po' di profumo.

Anna si avvicinò al lavandino e si rimboccò le maniche fino al gomito. Tanto la mamma non c'era più. E poi cosa avrebbe potuto dirle? Che era giovane e si sarebbe innamorata ancora? Che avrebbe incontrato l'uomo giusto? Tutte storie, pensò Anna. L'amore non era roba per lei, era stata una sciocca a crederlo.

Quando il padre, dopo il sonno pomeridiano, tornò in cucina, la trovò seduta a rammendare. Gli parve triste ma forse era solo il modo in cui la luce la colpiva.

«Che te ne pare?» esordì don Santino, parandosi davanti alla figlia con le gambe leggermente aperte e le mani sui fianchi.

«Siete molto elegante» commentò la figlia sorridendo.

Aveva indossato uno dei vecchi completi che usava quando si recava fino a Messina o a Palermo per proporre un nuovo contratto e, anche se era un po' dimagrito e i gilet erano diventati larghi, così, con la cravatta ben annodata e la catena dell'orologio che luccicava, faceva proprio una bella impressione.

«Adesso andate, ai signori non piace aspettare» lo esortò Anna, «e non lasciatevi intimorire.»

Cucè uscì da casa con una certa baldanza, nell'arco di due anni la sua vita aveva subìto una rivoluzione e, grazie alla pazienza di Anna, stava cominciando a riconquistare fiducia in se stesso e nel futuro. Non era comunque più l'uomo di un tempo, temuto per il carattere burbero; il fallimento gli aveva portato via anche la presunzione e un certo senso di superiorità che gli veniva dall'abilità di commerciante. L'aria fresca di dicembre gli gelò le guance e così accelerò il passo imboccando la salita verso la piazza. Giunto davanti alla matrice, si segnò e affidò le sue speranze alla Vergine.

Arrivato a palazzo Platanìa, Cettina lo accompagnò senza dire una parola verso il salottino dove la signora lo aspettava e Cucè si sentì confortato. Forse per l'odore di cavolfiore che veniva dalla cucina o forse per l'eleganza priva di ostentazioni delle stanze, pensò al buon cuore di donna Rita, alla sua devozione per santa Trafitta e si trovò nella migliore disposizione d'animo per quel colloquio.

«Don Santino, siete stato molto gentile ad accettare l'invito» lo accolse la padrona di casa indicandogli il divano azzurro.

«Servo vostro, signora» rispose lui, cercando di scrollarsi di dosso l'imbarazzo.

«Cettina ha appena preparato il caffè, non fatelo freddare» lo invitò donna Rita porgendogli la tazzina.

Mentre il padre di Anna sorseggiava la bevanda, lei decise di non tirare il discorso troppo per le lunghe. Era bene essere precisi, diretti e ottenere un risultato.

«Vi sarete chiesto la ragione di questo colloquio, immagino.»

Don Santino annuì posando la tazza vuota.

«Mi avevano riferito ottimi giudizi sulle qualità di vostra figlia e devo ammettere che io stessa sono rimasta molto colpita sentendola suonare» cominciò lei.

«La ragazza vive praticamente per la musica, signora» commentò lui col petto che gli si gonfiava d'orgoglio.

«È molto educata e sta diventando una splendida fanciulla.»

«Ha preso dalla madre, pace all'anima sua.»

«Ma voi la state crescendo al meglio, dev'essere difficile fare da padre e da madre a una figlia» osservò donna Rita infarcendo il discorso di complimenti.

«Annuzza rende tutto facile, a volte penso che sia lei ad accudire me» rispose con la voce incrinata dalla commozione.

«Veniamo al punto, signor Cucè. Come saprete, mio marito si appresta a interpretare il ruolo del Duca di Mantova nel *Rigoletto*.» Assunse un'aria risoluta che pareva non ammettere repliche. «Per completare la preparazione con alcune lezioni di arte scenica avrà l'onore di studiare col De Renzi, che voi di sicuro ricorderete.»

«Come dimenticarlo» mentì l'ospite.

«Il grande artista si è ritirato a vita privata nella sua villa di Palermo; mio marito e io trascorreremo lì un breve periodo in modo che possa seguire con comodo le lezioni.»

«Mi sembra opportuno» chiosò don Santino.

«Ora, e qui arrivo allo scopo del nostro colloquio, il De Renzi non si avvale della collaborazione di alcun pianista accompagnatore e, anche su consiglio dell'impresario Cavallaro e del maestro Pappalardo, vi proporremmo di condurre con noi a Palermo vostra figlia Anna per questo incarico.»

Donna Rita si fermò a studiare l'espressione di Cucè. Era un uomo abituato a discutere di affari, trattare il prezzo delle arance e, tutto sommato, anche in quel caso si parlava di un contratto. Certo, c'era di mezzo la sua bambina. Da sola, fino a Palermo, pensò scuotendo la testa. Subito però considerò che se l'incarico a Capo Scirocco era stato pagato così bene, chissà cosa avrebbe ricevuto per mandare Anna fino a Palermo. Assunse un'aria più distesa.

Donna Rita aveva analizzato con attenzione le pieghe del viso dell'uomo e, vedendo il solco sulla sua fronte attenuarsi appena, riprese.

«Ci rendiamo conto, mio marito e io, della difficoltà di

far viaggiare la signorina.» Attese che don Santino desse un cenno di assenso e continuò: «È per questo che posso rassicurarvi sul fatto che io stessa sarò a Palermo e mi prenderò cura di lei come fosse figlia mia».

Cettina entrò con un vassoio di paste di mandorla e lo posò sul tavolinetto.

«Servitevi, vi prego» propose la signora e, mentre don Santino scartava un dolcetto, lo incalzò: «Conosciamo la grande responsabilità dell'incarico; perciò avremmo pensato a un corrispettivo, diciamo, doppio, rispetto a quello che Anna percepisce per le sue lezioni qui a Capo Scirocco».

Cucè restò serio, non voleva dare l'impressione che fosse soltanto una questione di denaro.

«Poi, ecco, immaginiamo che le sue esigenze a Palermo saranno diverse da quelle che ha qui, lavorando in casa vostra. Se ce lo permettete, provvederemmo a un piccolo corredo da viaggio» azzardò donna Rita.

«La ragazza è molto modesta» ribatté don Santino, che cominciava a sentirsi come durante la vendita di un capo di bestiame.

«Questa è una dote che le fa onore, naturalmente» corresse la signora, «ma è così giovane, non vorremo certo privarla della gioia di indossare abiti sempre all'altezza della situazione?» chiese lei sorridendo.

Il padre rivide i pochi vestitucci che Anna aveva nell'armadio e le cose della madre riadattate ma ormai così fuori moda. Lui di questi fatti non si intendeva ma lo sapeva bene quanto fossero importanti per le donne.

Rita allungò una mano per prendere una pasta di mandorla, la scartò e cominciò a mangiarla a piccoli morsi, per dare a Cucè il tempo di riflettere.

«Non la lasceremmo un momento sola, partirebbe in carrozza con noi» ribadì, pulendosi un baffo di zucchero a velo che le era rimasto sul labbro. «E alloggerebbe nell'appartamento che affittiamo, stanze dotate di ogni comodità.»

«Non saprei, signora» tentò don Santino. L'offerta gli pareva assai buona ma non voleva dare a vedere di cedere troppo presto.

«Per non dire che l'incarico potrebbe costituire una buona opportunità per vostra figlia di approfondire certi ambiti musicali.»

A Cucè l'idea che Anna lavorasse continuava a piacere pochissimo, ma che alternative aveva? E poi il pianoforte lo aveva ricomprato il signor Fumini, non gli si poteva fare un torto tale dopo tanta generosità.

Don Santino si scotolò le molliche dai pantaloni e accennò ad alzarsi. «Occorre che ci rifletta» concluse col tono severo di un tempo, «e che ne parli con mia figlia.»

«È naturale» assentì donna Rita porgendogli la mano.

L'uomo fece un inchino studiato e si congedò, lasciando la padrona di casa ad attendere il ritorno del marito.

«Ebbene?» chiese Luigi rincasando da un appuntamento col notaio Motta.

«Mi pare di capire che darà il suo consenso» rispose Rita soddisfatta.

«Sei la moglie migliore del mondo» disse prendendole le mani senza badare a Cettina che, passando proprio in quel momento dal salottino, aveva borbottato prima di andarsene.

Mentre a palazzo Platanìa lei raccontava al marito i particolari del colloquio, in via Pescatore Anna aveva seguito con apparente disinteresse il resoconto del padre. Dentro però si era sentita morire. Se lo sarebbe strappato a morsi il cuore, pur di impedirgli di dolerle tanto. In camera sua, si buttò sul letto a piangere finché, vedendo il capezzale con l'immagine della Madonna col Bambino, decise di mettere nella borsetta la coroncina del rosario e il velo e correre in chiesa.

«Che fai? È tardi per il vespro ed è già buio...» cercò di fermarla don Santino quando era già sulla porta.

«E voi venite a prendermi così non ritornerò sola» rispose Anna uscendo.

Imboccò la strada con la furia di una menade e solo salendo i gradini del sagrato rallentò il passo e si calmò. Recuperò dalla borsa il velo, se lo sistemò sui capelli ed entrò da una porta laterale proprio mentre l'ufficio si stava per concludere.

Nella navata di destra, tra la prima e la seconda cappella, era appeso il quadro della Madonna delle Grazie e, sotto, un piccolo inginocchiatoio a un posto accoglieva quanti si avvicendavano per chiedere alla Vergine l'intercessione per un miracolo.

Anna vi si diresse badando a camminare in punta di piedi per non far rumore coi tacchi, accese una candela, la posizionò nel portalumini in mezzo alle altre già consumate e, con la testa tra le mani e le gambe piegate sul legno, cominciò a pregare. Non si accorse delle donne che lasciavano la chiesa né di don Calogero che, rientrando verso la sagrestia, la scorse e le si avvicinò.

«Annuzza» sussurrò Di Dio incerto, «va tutto bene?»

La ragazza sollevò il capo. Aveva gli occhi gonfi e umidi. «Sì, padre.»

«Dici le bugie davanti alla Madonna?» la rimproverò bonariamente l'uomo.

Lei si asciugò il viso, si segnò, si alzò e fissò don Calogero con aria smarrita. «Potete confessarmi?» chiese alla fine con un filo di voce.

Si avvicinarono al confessionale, il prete indossò la stola viola, aprì lo sportello, chiuse la tendina davanti a sé e si sistemò per ascoltare i peccati. Anna, nella nicchia di destra, seguiva le formule. Dalla fitta trama di forellini disposti in modo da formare una croce nella sottile intercapedine di metallo che la divideva dal parroco, la ragazza scorse il suo profilo e si scoprì a provare un fastidio che le aveva spesso reso difficile accostarsi a quel sacramento. Si ricordava quando, dopo la morte della mamma, era andata a confessarsi nel giorno della visita del vescovo Bentivoglio. Era lui in persona a rimettere le colpe dei fedeli. Di quell'occasione ricordava solo l'odore acidulo del fiato del vecchio prelato che attraversava la pietosa trama di fori tra loro e le arrivava sul viso, nauseandola. Si rammentava lo sforzo di tenere il busto all'indietro e il bruciare dei muscoli delle gambe e della schiena innaturalmente tesi.

«Dunque, figliola?» la scosse dal silenzio don Calogero.

«Ho peccato, padre» sussurrò lei con un tono deciso, quasi stesse sfidando Satana in persona. «Amo un uomo» disse invasa dalla sicurezza del suo dolore.

«L'amore non è peccato» osservò Di Dio.

«Nemmeno quando non è benedetto dal Signore?»

«Lo è la copula se avviene fuori dal sacramento del matrimonio.»

«Ed è peccato amare un uomo sposato» aggiunse lei senza pudori, col desiderio di sentirsi ingiungere di porre fine a un sentimento malato.

Il prete tacque levando lo sguardo nel buio davanti a sé. Dunque era vero. Non gli occorreva altro per capire e, forse, non voleva nemmeno sapere. Donna Rita aveva ragione. «Sposato» bisbigliò, come se pronunciando la parola la colpa si cancellasse.

Anna sciolse le mani giunte, le strinse intorno alla mensola e cominciò a spiegare. Non era la voce a raccontare ma i suoi fianchi, il seno, la pelle che continuava a fremere desiderando i baci di Luigi, erano i capelli che vedeva sciogliersi sul petto di lui e solleticarlo durante l'amplesso, era la sua saliva aspra, la lingua curiosa, gli occhi che indagavano il suo corpo. E così parlò. Di quanto lo avesse avuto in odio il giorno dell'acquisto del pianoforte: aveva accettato di accompagnarlo solo per aiutare il padre. Poi la voce, prima arrochita dal ricordo del suo stesso malanimo, si distese. Narrò di come aveva cominciato a guardarlo con occhi diversi, di come doveva chiamare a raccolta tutte le sue forze per non sbagliare gli accordi mentre lui se ne stava ritto come un fuso a riempirle la stanza e la testa di suoni. Riprese fiato un momento e nella mente di don Calogero si formavano le immagini di quelle loro lezioni, così vivide che quasi avvertiva la frenesia e il desiderio di Anna. Infilò una mano sotto la tonaca, dalla tasca dei pantaloni prese un fazzoletto e si asciugò la fronte.

«Poi ci fu la morte del signor Wagner, il grande maestro» ricominciò la ragazza. «Donna Rita era tutta presa dalle sue opere di carità e lui era a me che si appoggiava, era con me che si sentiva felice. Quel giorno, padre, quel giorno in cui ebbi la notizia, il suo cuore batteva per me, ne sono certa.»

«Ti disse qualcosa?»

«Non furono le parole, non servivano tra noi, furono gli occhi. La sera, quand'ero a letto e cercavo di addormentarmi, lo sentii entrare.»

Il parroco girò la testa verso la grata e, attraverso i forellini, la fissò.

«Era lì, in piedi davanti al letto, col cappello in mano come quando entrava in casa per la lezione. Rimase in silenzio.»

«Cosa ti ha fatto?» chiese don Calogero a denti stretti.

«Lo sapete com'è. È timido» rispose lei con dolcezza materna pensando a come, con tutti i suoi abiti belli e i modi affettati, Fumini a volte sembrasse proprio un ragazzino immaturo. «Se ne stava immobile a guardarmi.

Ma mi guardava in un modo che mi faceva arrossire. Allora scostai il lenzuolo, mi sollevai sui cuscini e lo osservai anche io, fisso negli occhi. Mi alzai la camicia da notte e aspettai.»

Tacquero entrambi per qualche secondo e poi Anna riprese.

«Mi girava la testa, come se avessi bevuto troppo vino, ma sapevo cosa stavo facendo. Poi lui si gettò su di me. Sentivo l'odore dei suoi vestiti, dei suoi capelli.»

Il tono era sicuro, non c'era ombra di pentimento o di vergogna in quelle parole. «Pareva indemoniato» sussurrò alla fine.

«Smettila, stai zitta» gridò don Calogero.

«Ero felice, padre. Poi aprii gli occhi e mi accorsi di essere sola» concluse con la voce che si era fatta un sospiro.

«Sola?»

«Sola.»

Il prete respirò sollevato, ricercando la concentrazione. Si passò una mano sulla bocca e provò a parlare. «I sogni» cominciò, poi si fermò subito. Non era certo che costituissero un peccato. Ma che importava quel che ne pensava lui? L'unica soluzione era porre fine a quel desiderio insano.

«Luigi Fumini è un uomo sposato» ricominciò. «Certo, esistono circostanze, periodi della vita in cui alcune infatuazioni possono prendere il sopravvento.» E poi che altro, cercava di pensare il parroco.

«Anna, devi dimenticarlo. E quello che hai fatto, la ricerca del piacere solitario, è peccato. È un peccato gravissimo.» Gli sembrava di sentire il suo vecchio confessore, quando gli diceva che sarebbe diventato cieco se avesse continuato con certe pratiche impudiche. Si vergognò di se stesso non riuscendo a trovare ulteriori consolazioni per la ragazza.

«Come faccio?» sussurrò Annuzza spaurita, implorando aiuto.

«Come facciamo?» disse tra sé don Calogero.

«Sei una donna forte e intelligente. Devi dimenticarlo. E poi sei giovane, presto ti innamorerai di un brav'uomo» provò a convincerla.

«Ma andrò a Palermo con lui.»

«Meglio. Vedi, Dio ti mette alla prova perché sa che riuscirai a scordarlo» prese coraggio il prete.

«E comunque lui non mi ama» sospirò Anna.

Ecco, pensò don Calogero. Non la ama. Aveva trovato da sola la strada per dimenticarlo.

«L'amore, figliuola, o è reciproco o non è amore. Solo il Signore ama tutti i suoi figli, anche quelli che non credono in lui, che lo bestemmiano. Solo Dio può amare anche se non è ricambiato.»

Anna chinò la testa. Don Calogero rimise i suoi peccati e la benedisse.

26

Il Natale era trascorso tra i tradizionali riti e la visita al presepe del Sacro Cuore Trafitto dalle Sette Spade, motivo d'orgoglio per le suore che da oltre un secolo custodivano le bellissime statue di legno finemente dipinte. Per le festività Luigi aveva regalato alla moglie uno splendido Bambinello di cera, paffuto e sorridente, che adesso se ne stava chiuso in una teca di vetro sul comò della stanza da letto. Lei, invece, dopo molti anni aveva ripreso a dedicarsi all'arte e aveva dipinto per il marito una deliziosa miniatura che la ritraeva con l'abito rosso, quello indossato la prima volta che erano stati insieme a teatro. Da Fecarotta, gioielliere di famiglia e collezionista egli stesso delle preziose ambre del Simeto e dei coralli di Sciacca, l'aveva fatta incastonare in un pendente di madreperla con l'apertura a scatto, infilato in una catenina d'oro così che il marito avrebbe sempre potuto portarla con sé.

Verso la fine dell'anno, nei migliori salotti cittadini erano state organizzate serate al tavolo da gioco alle quali Luigi aveva deciso di non accompagnare Mimì nonostante le insistenze dell'amico. Era preoccupato per certe palpitazioni accusate da donna Rita, che avevano turbato la serenità delle feste. Il dottor Anzalone, chiamato a palazzo Platanìa proprio la vigilia di Natale, aveva consigliato alla signora riposo, cibi leggeri e una camomilla alla sera, sicuro che quei disturbi fossero solo legati all'età critica e a una certa inquietudine dovuta agli impegni artistici che attendevano Fumini.

Il 7 gennaio cadeva di lunedì, in cielo si era alzato un sole pallido e tutto era pronto per la partenza, prevista per il giovedì. Il notaio Motta aveva provveduto a un anticipo sui pagamenti della signorina Anna, corrispondendo la cifra a don Santino Cucè, e Cettina aveva preparato dei biscotti all'anice per il viaggio. Con estrema discrezione donna Rita aveva fornito Anna Cucè di un baule non troppo vistoso con due abiti da giorno, uno elegante nel caso in cui avessero partecipato a qualche ricevimento, tre cappellini, quattro paia di guanti, due sacchette, una borsa in tessuto a fiorami, una mantella blu bordata di lapin bianco che le era parsa molto adatta alla sua giovane età e un manicotto di pelliccia coordinato. Sebbene a Palermo il clima fosse più mite che a Capo Scirocco, lungo il viaggio certamente avrebbero incontrato gelo. Nella cassa avuta in dono, Anna aveva sistemato anche le carte da musica, un ritratto della madre, pettini e fermagli per capelli e la *parure* di orecchini a perla con la collana ricevute per la Comunione. Per la toletta donna Rita aveva acquistato per lei come regalo personale una boccetta di profumo nel negozio della Zuccarello: una preziosa essenza arrivata addirittura da Grasse per le clienti più raffinate. Tanino avrebbe ritirato il bagaglio della signorina Cucè il giorno successivo, mentre i due bauli dei signori erano già pronti insieme alla cappelliera a tre scomparti di Rita.

Dopo pranzo, la signora rinunciò al suo rosolio e andò subito a riposare. Si sentiva agitata ma la causa doveva essere di certo l'ansia per il lungo viaggio. Aveva una tale oppressione sul petto che quella mattina non aveva nemmeno indossato il busto. Così, giunta nella stanza, si tolse le scarpe e si abbandonò sul letto senza spogliarsi. Appena poggiata la testa sul cuscino, però, ebbe l'impressione che il cuore volesse saltarle fuori dal corpo, tanto picchiava tormentandola. Si sollevò un po' per prendere fiato ma l'aria sembrava non arrivare fino ai polmoni. Bevve un sorso d'acqua e chiuse gli occhi cercando di calmarsi. Tre colpi e poi silenzio; quattro ravvicinati, due lenti quindi il battito pareva tornare normale. Impaurita chiamò Luigi che riposava nella stanza accanto e continuò a chiamarlo e a suonare la campanella che teneva sul comodino, fino a che lui non piombò nella stanza preoccupato.

Rita era pallidissima e il marito corse a chiamare Cettina, che mandò subito Tanino a casa del dottor Anzalone. E non perdesse tempo, in nome del cielo.

La visita del medico, sopraggiunto a palazzo nell'arco di una ventina di minuti, era stata accurata.

La porta della stanza di donna Rita si aprì sul volto teso di Luigi, che non aveva smesso un momento di camminare in cerchio nel corridoio, e della governante, rimasta immobile a biascicare avemarie.

«È il cuore» sentenziò il dottore, «ma non temete, non è grave, anche se bisogna essere molto prudenti. Prescrivo subito un rimedio e in pochi giorni la signora si ristabilirà.»

«Avevamo previsto di partire giovedì» disse a mezza voce il padrone di casa, che ancora non si capacitava di quanto stava accadendo.

«Questo è assolutamente da escludere» fece Vito Anzalone. «Date le condizioni di vostra moglie devo proibirle di affrontare un viaggio così faticoso.»

Luigi entrò timido nella stanza, prima solo affacciandosi, quasi impaurito all'idea di vederla in uno stato peggiore di quanto sperava.

«Che pasticcio ho combinato, mio caro» disse lei, stanca, allungando una mano per invitarlo ad avvicinarsi.

Lui si affrettò a raggiungere il letto, le prese la mano e cominciò a baciarla. «Stai calma, non fare sforzi.»

Le accarezzò i capelli mentre lei sembrava riprendere colore.

Il dottore rientrò nella camera per consegnargli un foglio con la prescrizione.

«Si tratta di digitale» spiegò mentre Luigi cercava di interpretare la scrittura del medico. «Portatela a Monciino e fatevi preparare le gocce.»

«I ditali della Madonna» sussurrò donna Rita.

Anzalone la guardò stupito.

«Me ne parlò la madre badessa mostrandomi le piante officinali al convento» si giustificò lei, ricordando i giorni sereni nel chiostro del Cuore Trafitto.

«Vi raccomando la massima attenzione al dosaggio. Come ho indicato nella ricetta, tutti i giorni, senza eccezioni, senza errori. Somministrarne meno sarebbe inutile e di più sarebbe pericolosissimo. Potrebbe provocare grave astenia, spasmi, stati confusionali e finanche la morte» precisò l'uomo con aria minacciosa.

Quando il medico li lasciò soli, Luigi mandò Tanino dal farmacista e tornò nella stanza della moglie.

«Non temere, cara, non andrò a Palermo» sussurrò guardandola con una tenerezza che nascondeva la sua delusione.

«Sei pazzo» si infuriò lei sollevando la schiena, «non me lo perdonerei mai se ti facessi perdere un'occasione così importante. Partirai e mi scriverai ogni giorno» aggiunse stringendogli la mano.

Il marito provò a protestare debolmente ma Rita gli poggiò una mano sulla bocca per farlo tacere e sorrise.

«Dovrò risolvere con la signorina Cucè» considerò poi Luigi alzandosi dal letto per alzare la fiamma del lume.

«Cielo, non ci avevo pensato» si preoccupò lei. Tacque qualche minuto, dunque gli chiese di portarle l'occorrente per scrivere.

Luigi Fumini, da un angolo della stanza, fissò la moglie

mentre, al posto della preoccupazione per la sua salute, si stava insinuando in lui l'idea del viaggio a Palermo insieme ad Anna Cucè. Da soli.

Quella stessa sera Tanino fu mandato a casa del notaio Motta per consegnare una lettera alla signora Stefania.

Il salotto piccolo della casa, benché destinato all'uso quotidiano, era sontuoso negli arredi. A parte un raffinato arazzo che raffigurava una scena campestre, la signora aveva messo particolare attenzione nella scelta delle stoffe per le tende e per la tappezzeria di divano e poltrone. L'effetto generale era di una grande luminosità, dovuta all'oro della rifinitura delle mantovane.

«Oh, mio Dio» esclamò Stefania leggendo le prime righe della lettera dell'amica.

Enzo Motta alzò la testa dal libro che aveva in mano, si tolse gli occhiali da lettura e domandò spiegazioni.

«Pare che Rita abbia avuto un malore. Qualcosa al cuore, mi dice.»

«Povera donna, è grave?» si preoccupò il notaio raggiungendo la moglie sul divano.

«Leggete voi stesso, temo stia minimizzando ma col cuore non si scherza. È tanto giovane, povera cara, e si è sposata da così poco.»

«Vi chiede un impegno non indifferente» commentò il notaio scorrendo le righe.

«Cosa facciamo?» chiese la signora sperando nel suo consiglio illuminato.

Il notaio si levò di nuovo le lenti, si appoggiò alla spalliera del divano e cercò di guardare alla situazione con distacco.

«Naturalmente» cominciò, «non sfugge come la richiesta di aiuto sia stata redatta in un momento di estremo sconvolgimento d'animo, dovuto allo stato parossistico in cui si è trovata a seguito del malore.»

La moglie lo fissò con trepidazione; aveva sempre

amato la sua capacità di restare lucido di fronte a qualsiasi situazione e trattarla addirittura come un caso di lavoro.

«Nondimeno» riprese Motta, «dati i rapporti che intercorrono con la signora, ritengo sia fondamentale non negarle il nostro sostegno anche in questo caso.»

«Ma è un lungo viaggio, ed è inverno» osservò Stefania preoccupata.

«Provvederemo a far preparare un bagaglio con abiti caldi» disse il notaio.

Donna Rita, per non mandare a monte il viaggio del marito, non aveva immaginato soluzione migliore che proporre a Stefania Motta di fare da chaperon alla signorina Anna. D'altra parte era impensabile che la ragazza potesse intraprendere un tragitto del genere da sola con un uomo. Don Santino non avrebbe mai accordato il permesso.

«E dovrei accompagnare la figlia di Santino Cucè?» ribatté la signora perplessa.

«Preferireste invece non prestare il vostro aiuto a donna Rita?» chiese il notaio.

Quando la mattina successiva la Motta fosse arrivata a palazzo Platanìa per un colloquio, spiegava donna Rita nella lettera, le avrebbe consegnato tutti i suoi scrupolosi appunti e le indicazioni riguardo la casa presa in affitto, domestici compresi, i termini dell'accordo con Cucè, gli orari che la ragazza avrebbe dovuto osservare.

Stefania ci pensò un momento. Soppesò con attenzione i pro e i contro della decisione che stava per prendere e poi si rese conto di quanto Rita le fosse cara. Si girò e fissò il marito che aspettava una risposta. Sorrideva lievemente: aveva sempre pensato che aiutare il prossimo fosse opera di misericordia, anche se ad averne bisogno era una donna dell'alta società. D'altra parte ciò che l'aveva colpito nella moglie, fin dal loro primo incontro a Milano, era stata proprio la disponibilità d'animo in situazioni difficili.

«Domani stesso andrò a palazzo Platanìa a prendere accordi con donna Rita, ci sarà da fare in fretta perché sia tutto pronto giovedì» risolse Stefania, uscendo dalla stanza per dare ordini alla servitù sui bauli, gli abiti da preparare e gli altri effetti per il viaggio.

27

La scelta di mandare Stefania Motta a donna Rita parve buona subito dopo la partenza. Appena arrivata nella casa in affitto, infatti, l'amica si era premurata di inviarle un telegramma per rassicurarla sul perfetto esito del viaggio e per annunciarle una lettera che avrebbe spedito la mattina successiva.

Le gocce prescritte dal medico, d'altra parte, avevano cominciato a fare effetto e Rita si sentiva meglio. Cettina le evitava ogni minimo sforzo e il cuore aveva ripreso un ritmo regolare, tanto che la signora meditava addirittura di poter raggiungere il marito nel giro di qualche giorno. Frenò il suo entusiasmo Vito Anzalone che, visitandola, la invitò a non commettere imprudenze e a mantenersi a riposo anche se si sentiva meglio.

La missiva dell'amica giunse a palazzo Platanìa mentre la signora era ancora a letto a consumare la colazione. Da quando era stata male, Cettina non le permetteva di alzarsi prima d'aver messo qualcosa nello stomaco, convinta com'era che avesse sempre mangiato troppo poco e che tutti i suoi mali, alla fin fine, fossero legati all'alimentazione. «Mangia come un uccellino» era la frase che le ripeteva levando di tavola i piatti coi soliti resti di cibo spezzettati e nascosti sotto le foglie d'insalata.

Rita aprì la busta impaziente, senza usare nemmeno il tagliacarte ma lacerando la patella. Rimase un po' delusa dall'assenza di un foglio di Luigi che aveva immaginato di ricevere insieme a quello della Motta. Scorse in fretta le righe che descrivevano il paesaggio tra Capo Scirocco e Palermo per leggere le notizie su quali atteggiamenti avesse avuto Luigi e quali la signorina Anna. Sembrava che i due non si fossero scambiati che qualche parola di convenienza e, per la sosta notturna e il cambio dei cavalli, non si fossero nemmeno augurati la buonanotte. Nella locanda la stanza di Anna, comunicante con quella della signora Stefania, era dal lato opposto rispetto alla camera che occupava Luigi, situata in un punto di passaggio che era parso poco adatto alla sistemazione delle signore.

Forse Stefania aveva tralasciato qualcosa, rifletté Rita, perché quel silenzio così ostentato tra i due giovani, se davvero ci fosse stato, l'avrebbe senza dubbio impensierita. La casa di Palermo era accogliente, diceva la signora, e nel salone c'era una deliziosa collezione di bronzetti. La servitù era certamente in esubero per loro. Luigi si sarebbe potuto avvalere addirittura di un valletto personale che avevano avuto modo di conoscere all'ingresso del palazzo, quando si era presentato insieme al maggiordomo e al cameriere per aiutare nel trasporto dei bagagli. Era un signore di mezza età, Litterio, veniva dalle Madonie e aveva lavorato presso gli Abatelli per oltre un decennio. Sulle cameriere destinate a lei e alla signorina Anna aveva qualche dubbio, sembravano troppo giovani e poco esperte.

Rita si rigirò più volte tra le mani i fogli pieni di particolari inutili e decise che, se l'amica non le aveva scritto altro sul marito, non doveva esserci nulla di rilevante da annotare. La cura nel descrivere i bronzetti e Litterio, che avrebbe scelto sempre i gemelli giusti per il signor Fumini, significava senza dubbio che sui rapporti tra Anna e Luigi non c'era niente da raccontare.

Si voltò verso il comodino, prese il flacone delle gocce e, mentre le contava guardandole cadere in fondo al bicchiere, considerò che qualcuna in più non avrebbe certo potuto nuocerle. Era così rassicurante il rumore che producevano incontrando l'acqua. Alcuni minuti dopo aver preso il rimedio, si sentiva benissimo, forse un po' debole ma molto calma.

Davanti allo specchio della toletta, tuttavia, vide comporsi l'immagine di Luigi nei panni del Duca di Mantova. Era bello come non l'aveva mai visto, con gli stivali alti e lucidi, una camicia dal colletto largo di pizzo e la giacca di velluto bordeaux. Allungò una mano verso di lui ma, per quanto il suo corpo paresse vicino, non riusciva a toccarlo. Il marito camminava fino al cortile di una casa e lì, Rita lo vide con chiarezza, Anna scendeva in fretta le scale esterne, coi capelli sciolti sulle spalle, e gli si buttava tra le braccia baciandolo. Il cuore della donna ricominciò a battere forte e anche la testa cominciò a pulsarle. Tornò a letto per sfuggire alla visione e, sentendo i colpi aumentare, assunse un'altra dose di digitale.

Cettina entrò nella stanza intorno alle dieci per ritirare il vassoio e la signora sembrava dormire tranquilla, con un respiro lento e flebile.

Quella stessa mattina Maria Muscatello si era alzata assai presto, dopo una terribile nottata di tosse stizzosa che l'aveva tenuta sveglia senza darle pace. Quando Mimì arrivò a casa sua per ritirare certe carte, vedendo la zia così provata, decise di comprarle uno sciroppo. Raggiunse in breve la farmacia dove Aloisio, il macellaio, aveva appena acquistato i semi di lino per gli impacchi della figlia, debole di polmoni. Sulla porta della bottega, Russo colse Monciino e la signora Francesca impegnati in una discussione accesa sull'opportunità di cambiare tendaggi e tappezzerie in casa. Mentre il farmacista versava lo sciroppo richiesto in una bottiglia, la moglie si appoggiò al bancone e si rivolse a lui.

«Così il vostro amico Fumini ha lasciato sola la mogliettina ammalata» osservò con la solita malizia.

«Si rimetterà presto, è solo stanchezza» tagliò corto Mimì.

«Oh, non siatene tanto certo» incalzò la signora Francesca con aria severa, «il dottor Anzalone è già tornato a visitarla e ha prescritto riposo assoluto» aggiunse scandendo le parole.

«Per l'appunto, il riposo è necessario quando ci si è stancati» commentò.

«Senza dubbio. Ma la digitale, caro signore, è rimedio molto potente e si dà solo per i problemi di cuore» sentenziò la Monciino con fare saputello.

Il farmacista scosse la testa. Non amava che si parlasse con leggerezza di certi medicamenti. E sperava in cuor suo che qualcuno si prendesse cura della signora, che badasse affinché si attenesse alle quantità volute da Anzalone.

Dopo un breve silenzio, Russo provò a scherzare. «Il cuore matto delle donne» disse sorridendo per cambiar discorso, «chissà quante signorine dovrebbero prenderla allora.»

«Potete starne certo, finché ci sarete voi in circolazione» disse la Monciino mentre il marito le gettava un'occhiata di disapprovazione.

«Fortuna per voi che siete sposata, o avrei saputo io come farvi girare la testa.»

«Volete forse dire che vi tenete lontano dalle signore con la fede al dito?» chiese lei, che gradiva sempre civettare, non fosse altro che per far notare al marito di possedere attrattive delle quali lui sembrava non accorgersi ormai da diversi anni.

«Solo da quelle che hanno mariti dei cui servigi posso aver bisogno» sorrise Mimì indicando il farmacista, «e voi non vorrete certo che mi inimichi il signore? Domani potrebbe consegnarmi un potente veleno al posto dei ricostituenti...»

Il giovane pagò e lasciò la farmacia, considerando

che una visita a palazzo Platanìa forse sarebbe stata opportuna. Luigi era un amico ed era doveroso essere gentili con sua moglie, soprattutto in quel momento. E poi donna Rita aveva sempre esercitato su Domenico Russo un particolare magnetismo. Era forse il fascino del fiore non colto o, piuttosto, i suoi modi alteri che tanto gli parevano in contrasto con il tumulto di sentimenti ai quali si era abbandonata nella vicenda con Luigi. Tutto sommato l'ammirava, la riteneva una vera donna, un fenomeno assai raro, come aveva potuto constatare.

Il mattino seguente Rita, insieme a un biglietto che annunciava la visita di Mimì, ricevette una lettera da Stefania Motta e una dal marito. La moglie del notaio continuava ad annotare mille particolari di scarso interesse: un litigio con la cameriera che aveva rifatto il letto con la svolta delle lenzuola troppo corta. Una vera tortura, scriveva, tanto che per tutta la notte si era rigirata nel letto trovandosi sempre la sovraccoperta addosso. Poi raccontava dell'ottimo pane acquistato, che all'apparenza sembrava troppo cotto ma che aveva invece una fragranza indicibile, del pesce freschissimo e dell'aria che si respirava nella grande città. A metà della lettera, Stefania Motta si era premurata di descrivere con minuzia uno dei pomeriggi di lezione. Su quelli, invece, Rita si concentrò. Gli elogi alla voce di Luigi non mancavano ma, parlando di Anna, spiegava come la ragazza apparisse sfuggente durante il canto: non distoglieva mai lo sguardo dallo spartito, come se temesse di incrociare gli occhi di Luigi. Eppure, buon Dio, doveva ormai conoscerle a memoria quelle pagine, commentava la Motta.

"Vostro marito invece" scriveva, "pare proprio che tragga ispirazione nel canto dalla presenza della giovane Cucè. Le rivolge spesso lo sguardo, sempre assai rispettosamente, s'intende, ma con grande partecipazione. Direi quasi che da quelle occhiate emerge una certa prorompenza della mascolinità, ecco." Ispirazione, partecipazione, mascolinità, pensò Rita. Ma che significava? "Al ritorno dalla lezione, in carrozza, la signorina tiene sempre il massimo contegno, parla poco, solo se interpellata e su argomenti legati alle romanze. Non credo si senta inadeguata, forse è solo timida. Bisogna ammettere che don Santino l'ha tirata su con grande cura: la ragazza è un modello di modestia e al giorno d'oggi una signorina tanto compita è un dono del cielo. Vostro marito invece pare avere sempre addosso l'eccitazione della lezione del De Renzi. Dovreste proprio vederlo, a volte – e vi assicuro che arrossisco a dire di averlo notato – è così spavaldo che si stenta a riconoscere in lui il giovane timido e rispettoso che vi chiese in moglie" concludeva la Motta prima di abbandonarsi a un'ultima serie di osservazioni sulla biancheria da tavola.

Al contrario dell'amica, Luigi non diceva nulla del viaggio, della casa, del valletto e del sovrappiù di camerieri. Ogni singola parola, considerò Rita confortata e con le lacrime agli occhi, era una parola d'amore.

Il marito, in realtà, era preso solo da se stesso, dalle sue lezioni e, in qualche modo, dal potere che avvertiva di avere su Anna Cucè. Eppure, quando la sera si sedeva a scrivere alla moglie, una sorta di vago senso di colpa lo pervadeva. Così, ripensando al corpo di Rita e al suo profumo, si sentiva prima confuso e poi, subito, l'eccitazione prendeva il sopravvento e lui cominciava a riempire fogli che venivano fuori pieni di ardore, con quel tipo di passione che solo l'immaturità può dare.

Rita leggeva. Luigi le scriveva quanto gli mancasse e come il letto senza di lei fosse così gelido da fargli detestare le ore di riposo. Commentava anche il cibo che a lui sembrava insapore perché non poteva consumarlo con lei. E così per due intere facciate, quindi si soffermava sul dono della piccola miniatura, che teneva sempre sul cuore. Non avrebbe potuto resistere altrimenti: aprendola di notte indirizzava all'immagine dipinta le più tenere espressioni di devozione.

Rita temette davvero che il cuore potesse scoppiarle in petto per la gioia. Chiuse gli occhi e sospirò pensando al marito. L'ultima parte della lettera raccontava del De Renzi, della sua figura elegante, degli abiti impeccabili e della teatralità di ogni gesto. Ché, poteva giurarci, c'era da imparare anche soltanto a prendere il caffè con quel grande artista. Mentre gli occhi di Rita scorrevano sulla pagina, una parola in fondo attirò la sua attenzione. Forse fu per la A maiuscola o perché le parve che quell'iniziale fosse stata tracciata con troppa leziosità. "Anna ha subito conquistato il maestro" lesse con terrore, "sembra davvero invaghito della sua sapienza musicale." Adesso dunque la chiamava Anna? Lui che ci teneva tanto a premettere sempre un "signorina" e che comunque preferiva sempre usare il cognome? Rita trovò quel modo disdicevole e, purtroppo, molto doloroso. Continuò a leggere avidamente ma, anche se il marito riferiva solo della lezione col De Renzi, a lei sembrò che tutto denunciasse l'amore per la giovane Cucè.

Chiamò Cettina e si fece mettere sulle gambe una coperta. Sentiva freddo e anche quando la governante le portò lo scaldino, donna Rita non smise di tremare come se il gelo le venisse da dentro il petto e la immobilizzasse fino alla punta dei piedi.

Dopo il riposo pomeridiano si riprese un poco. La governante l'aiutò a pettinarsi e vestirsi e l'accompagnò nel salottino ad attendere la visita di Russo.

Mimì si presentò alle quattro in punto, elegante come sempre e con una scatola di frolle alla marmellata di fichi, acquistate alla pasticceria svizzera.

«Siete sempre così gentile» commentò Rita servendosi un dolcetto.

«Vorrei potervi essere d'aiuto, soprattutto in questo periodo in cui Luigi è fuori. Avete avuto sue notizie?» chiese Mimì.

«Una lettera recapitatami giusto oggi» rispose atona.

«Immagino gli manchi Capo Scirocco.»

«È molto impegnato con le sue lezioni.»

La signora guardò per un momento Domenico Russo e gli parve sincero, così sentì l'impulso di fidarsi di lui.

«Ditemi, Mimì. Posso chiamarvi così?»

«Certo, donna Rita» annuì lui.

«Dunque, Mimì, conoscete bene mio marito?» domandò lei.

«Immagino di sì. Posso ritenere a ragione di essere il solo amico che lui abbia» replicò con vago orgoglio.

«Avete molto in comune» aggiunse a bassa voce Rita seguendo un pensiero contorto.

Il giovane colse il commento e si affrettò a precisare: «Non troppo, in verità. Nell'amicizia non bisogna per forza essere simili».

«Giustissimo. Voi per esempio non sembra abbiate intenzione di accasarvi.»

«In effetti starei valutando la possibilità» rispose serio Russo, «ma io non ho avuto la stessa fortuna di Luigi finora» concluse.

«Ovvero?»

«Non scherzate con me, signora: io non ho incontrato l'amore, com'è accaduto a lui.»

Rita arrossì leggermente e tacque per riflettere. Non era certo il caso di chiedere a quale amore si riferisse.

«Vogliate scusarmi, è l'ora della mia medicina» disse prendendo il flacone e cominciando a contare le gocce.

«Come vi sentite?» si interessò Mimì.

«State tranquillo, nulla di cui morirò» sorrise donna Rita, «parlavate di amore» riprese appoggiandosi alla spalliera della poltrona.

«Già, anche se forse sono la persona meno adatta» ribadì lui con una punta di malinconia.

«Molte signore in città giurerebbero il contrario» scherzò Rita.

«Sapete a cosa mi riferisco. Io non ho mai provato ciò che prova Luigi. Vedervi e amarvi è stato tutt'uno.»

«Che screanzato, vorreste forse dire di non avermi amata anche voi a prima vista?» rise.

Domenico Russo si rabbuiò e fissò una scatola di avorio sul tavolino. «Ogni tanto mi scopro a invidiare Luigi per aver avuto la ventura di riconoscere un sentimento così portentoso.»

Lei abbassò lo sguardo a sua volta.

«Perché temo, signora, che a volte l'amore ci sfiori mentre siamo impegnati a far altro. Così non lo riconosciamo e lo lasciamo svanire.»

Rita ebbe di colpo paura. Che Russo stesse parlando di Anna adesso? Forse il vero amore di Luigi era lei ma lui, stolto e preso dalle sue smanie, aveva finito per scegliere la sistemazione economicamente più conveniente? Ricacciò per un momento l'idea e tentò di riprendere la discussione. «Parlatemi ancora delle differenze.»

«Immagino non vi riferiate a quelle tra me e vostro marito.»

«Anche, se volete.»

«Potrei dirvi che, da quando l'ho conosciuto, mi sono convinto che esistano sentimenti capaci di superare ogni differenza» cominciò Mimì.

«Spiegatemi» lo invitò la signora.

«Luigi viene da un'altra terra eppure, vedete, non ha avuto troppe difficoltà a inserirsi nella società, a creare legami.»

«Già.» Lei pensò subito a come fosse diventato intimo con i Cucè.

«Poi, sapete, la musica è un grande dono e credo che vostro marito sia in grado di comunicare grazie al suo talento.»

Rita tacque. Era proprio quello il punto: il legame che le note avevano creato tra Luigi e Anna era più forte di qualsiasi altra cosa. Il cuore cominciò a dolerle. Allungò la mano verso la boccetta delle gocce e ne versò ancora sette in un sottile fondo d'acqua.

«Non avete già preso la vostra medicina, signora?» chiese Mimì.

«Mi accorgo adesso di aver sbagliato il dosaggio. Ne mancava ancora qualcuna» rispose lei fingendo noncuranza.

Russo la osservò poco convinto. Il volto di Rita in pochi istanti diventò pallido e le occhiaie si fecero più profonde.

«Temo di aver abusato della vostra compagnia» si scusò mentre Rita, affaticata, reclinava la testa e chiudeva gli occhi. Il giovane pensò per un istante che sarebbe stato opportuno congedarsi. Invece si appoggiò al bracciolo e fissò il volto della signora. Il capo era piegato da una parte e le guance sembravano aver perso compostezza, come se i suoi tratti si stessero sciogliendo.

Il giovane ebbe un fremito: di fronte a lui non vedeva il volto di una donna felice. Dal matrimonio di Rita e Luigi erano passati solo cinque mesi, ma quella non era di certo l'immagine di una sposina. E il pensiero lo turbò. L'amico aveva ancora molto da imparare sulle donne, rifletté con disappunto. Ma poi, sarebbe stato davvero in grado di vivere un sentimento così grande? Ricordò come aveva dovuto spingerlo per confessare ad Anna Cucè le sue nozze con Rita, e quanto era incerto il giorno della gita in barca. Anche se Mimì non si era mai innamorato di nessuna, si rendeva conto che per amare occorre una qualità speciale di maturità, quella che sa comprendere e sa rinunciare. No, Luigi non era cresciuto ancora abbastanza per meritare l'amore di Rita, si disse con sgomento mentre abbandonava la stanza.

Qualche minuto dopo Rita si riebbe, prese dalla tasca una vecchia boccetta di profumo, vi versò dentro quasi l'intero contenuto del flacone di digitale e la ripose con cura tra le vesti.

Poco prima di cena Cettina accorse a una chiamata della signora, il flacone preparato da Monciino si era rotto sul pavimento.

«Cettina, sono proprio una sciocca. Guarda cos'ho combinato. Sii gentile, chiedi a Tanino di tornare dal farmacista o per questa sera non ne avrò.»

La governante annuì e le servì la cena nel salottino. Un brodo di pollo leggero, due fette di pane, per non turbarle il riposo notturno.

Quella notte però il sonno di Rita, nonostante le precauzioni, fu molto agitato. Le parole di Mimì, adesso che ci ripensava, erano chiare. Aveva un bel dire che Luigi l'amava, ma una differenza gravosa come l'età non si supera di certo. Ma poi aveva sostenuto davvero che il suo giovane sposo l'amasse? Piuttosto le sembrò che Russo si fosse tenuto sul vago. E doveva certo sapere ogni segreto del marito: aveva ammesso lui stesso di essere il suo solo amico. Mentre lei era lì a struggersi d'amore, proprio la musica annodava fittamente Luigi e Anna. Né lei né altri avrebbero potuto recidere quel legame. La musica, lo sapeva, era un'arte pericolosa e beffarda. Si era sempre presa gioco di lei, l'aveva schernita dandole una voce sgraziata e poco talento e, per colmo di crudeltà, le aveva strappato la sorellina. E adesso le portava via l'amore.

Rita delirò immaginando Luigi esibirsi nei teatri di tutto il mondo, presentare in società Anna. E poi li vide entrambi in sontuose serate d'onore in cui lei, elegantissima e ingioiellata, lo accompagnava al pianoforte. Ecco: era il destino. Esisteva forse un modo per opporsi a quanto era già stato scritto?

Le ore della notte furono un tormento di visioni. All'alba, quando la prima luce cominciò a filtrare dalle tende, Rita prese le gocce di digitale dal nuovo flacone consegnato da Tanino e si sentì invadere da uno strano senso di pace. Si voltò verso l'immagine della Madonna appesa alla parete e riconobbe in lei la vera Regina che si fa carico delle pene del mondo. La testa le girava e, mentre il cuore sembrava battere via via più piano, l'effigie della Vergine si confuse con quella delle altere sovrane dell'opera. Poi, nel viso della madre di Cristo, socchiudendo gli occhi, vide il suo viso, pallido e vincitore. Qualcosa la convinse che tutto il dolore provato era stato necessario e che adesso occorreva un supremo sacrificio, una consacrazione.

Mentre la falce della luna diventava sempre più evanescente nella luce del giorno, capì e si rasserenò. Era come se nel profondo del suo essere tutto fosse andato a posto, come se i turbamenti dovessero avere la più naturale delle risoluzioni. L'amore del quale fino a poche ore prima si era sentita schiava le appariva malsano come il suo desiderio di avvertire l'odore di Luigi, come il fuoco che la inondava e non si spegneva nemmeno quando il marito la stringeva forte vincendola una volta e poi un'altra ancora. Tutto quell'ardore, adesso, trovava semplicemente un'altra via. Era sicura: esisteva un modo diverso per amare Luigi, nella libertà, restituendolo alla vita che meritava e per la quale aveva lasciato la casa paterna. Si asciugò una lacrima che, se proprio avesse dovuto, avrebbe definito di gioia. Una gioia melanconica forse, ma che infine l'aveva pacificata. Annodò la cuffia sotto il mento, sistemò il cuscino e si addormentò. Un sorriso da santa le si era dipinto in volto.

28

Un telegramma annunciò il rientro di Luigi da Palermo per quel giorno. Era trascorso poco più di un mese dalla partenza, un mese punteggiato di lettere della Motta, piene delle solite doviziose descrizioni della città, dell'ottimo cibo, della casa tanto comoda, della sventatezza delle cameriere, dell'eleganza dei ricami. Nelle poche altre di Luigi, il marito si era detto sempre innamorato e desideroso di riabbracciarla ma non aveva mai tralasciato di manifestare il suo entusiasmo per Anna e per la maestria del De Renzi.

Rita aveva riletto le sue missive cento volte e ormai era certa di aver compreso i sensi profondi delle sue parole. Cettina l'aveva scrutata, di nascosto, mentre stava seduta in poltrona coi fogli tra le mani: la signora aveva un'espressione così calma che stentava a riconoscere in lei la stessa donna che aveva visto soffrire anche solo per un semplice ritardo di Luigi. Ogni tanto faceva cenno di sì con la testa e sussurrava: «È giusto così». La governante, dalla soglia, non poteva sapere che la signora annuiva quando i suoi occhi cadevano su una frase riguardante Annuzza.

Donna Rita aveva finito di cenare e stava gustando l'ultimo spicchio di un grosso tarocco. Sulla mensola a sinistra della credenza Cettina aveva sistemato un mazzetto di fiori dentro un piccolo vaso di Limoges. La signora fu attratta dalla scena campestre raffigurata sulla porcellana, in cui due contadini si rincorrevano su un prato. Era delizioso il gesto con cui il ragazzetto ghermiva un braccio della compagna di giochi. Si intenerì pensando alla leggerezza che solo due giovani innamorati possono condividere.

Appena giunta a Capo Scirocco, e già imbruniva, la carrozza lasciò Stefania Motta, la cui abitazione si trovava vicino alla porta della città, e poi si diresse verso casa Cucè.

Procedevano lenti sull'acciottolato ma, in quel sobbalzare, il cappuccio della mantella da viaggio di Anna le scivolò sulle spalle. Luigi vide il bagliore accecante del petto e il fremito che passò rapido sul corpo della ragazza. La sua pelle, gli sembrò, somigliava alla buccia di una pesca, turgida e succulenta, e per un momento perse la ragione. Si avventò su Anna senza pensare a nulla: l'ascendente che sapeva di avere su di lei, la sensazione di un corpo tanto sodo tra le sue mani e la lunga astinenza furono più forti di tutto il resto. Si sentì invincibile e, stringendo le ginocchia intorno a quelle della ragazza, le cercò la bocca mentre con una mano la palpava scendendo lungo il corsetto. Anna restò immobile, tremante. Ciò che aveva a lungo sognato e a fatica scacciato dalla mente, adesso si risolveva solo nella terribile sensazione dei baffi di Luigi che premevano ispidi sul suo viso. Poi la carrozza si fermò al numero 10 di via Pescatore, proprio nell'istante in cui le labbra di lei, inconsapevoli, cedevano alla furia di Luigi e si dischiudevano sulle sue.

La ragazza si scosse e scese mestamente senza dire nulla, portando con sé solo la borsa da viaggio. Il resto del bagaglio le sarebbe stato recapitato l'indomani. La vettura rientrò verso palazzo Platanìa.

Luigi, invece, era talmente esaltato da non volersi spiegare quanto era avvenuto. Prese dal taschino l'orologio donatogli dalla moglie e, aprendo la cassa, si vide riflesso nell'argento del coperchio. La sua immagine distorta e grottesca sollevò un angolo della bocca, si passò la lingua sulle labbra per sentire ancora il sapore di Anna. Subito dopo considerò che non amava di meno Rita per ciò che era appena successo. L'amore, si disse, è un'altra cosa, e un uomo ha certe esigenze, si sa. Richiuse la cipolla senza nemmeno guardare l'ora e sorrise tra sé sentendosi pienamente soddisfatto.

Quando attraversarono l'arco della Santissima Trinità, Luigi era ancora euforico. Giunto a palazzo scese in fretta, corse per le scale e si avventò sulla porta che pareva invasato. Quando Cettina aprì, non riuscì nemmeno a salutarlo.

«Dov'è, dov'è?» gridò fuggendo verso il salottino senza aspettare una risposta. Soltanto davanti alla stanza si fermò un istante. Rita si era alzata, tremante, sentendo il trambusto all'ingresso. Si guardarono per poco e subito Luigi le si buttò addosso stringendola e baciandole il viso.

«Cos'hai, non sei felice di vedermi?» chiese sentendo il corpo della moglie molle tra le braccia.

Lei gli scostò un ciuffo di capelli dalla fronte e lo osservò. «Sei talmente bello» bisbigliò prima di scivolare sulla poltrona con gli occhi gonfi di lacrime.

«Non stai bene? Mi avevi scritto di esserti ripresa» si affannò il marito nascondendo la delusione, afferrandole le mani, accucciato ai suoi piedi senza smettere un attimo di fissarla.

«Mi sto curando, mio caro. Tranquillo, tra poco starò bene» lo rassicurò.

«Sei pallida» disse Luigi abbassando la testa sulle sue gonne e sprofondando con lei in un silenzio grave.

Con la guancia appoggiata sulle sue gambe, cercava il calore del corpo della moglie. Nelle notti palermitane, tra le lenzuola, quando la sua mente non era persa dietro a una fantasticheria di glorie future e di teatri illuminati, aveva desiderato tante volte risentire l'odore di Rita. E in quei momenti il suo corpo diventava rigido, ogni muscolo si contraeva e lui era certo che solo la carne morbida della donna sarebbe riuscita a calmare la sua furia. Così chiudeva gli occhi e immaginava il ritorno a Capo Scirocco, l'impeto con cui si sarebbe gettato su di lei e l'abbandono della sposa. Adesso però, mentre strofinava il viso sulla stoffa per scaldarsi, non sentiva che gelo. Rita sembrava distante, quasi che la separazione avesse alzato tra loro una barriera contro la quale Luigi non aveva armi.

Il freddo si insinuò sotto i vestiti. Ripensò ai rivoli di sudore che gli correvano lungo la schiena e poi gli si asciugavano addosso facendolo rabbrividire quando, durante quel lontanissimo viaggio per mare, saliva sul ponte per respirare l'aria del mattino. Per un attimo ebbe paura e allungò il palmo sul ventre di Rita, nello spazio concavo in cui la gonna disegnava un triangolo tra l'addome e le gambe. La mano di lei si mosse per afferrargli il polso, bloccandolo, e Luigi pensò che quel muro tra loro fosse qualcosa di vivo e avesse troppe braccia per respingerlo. Strizzò gli occhi intimorito, poi capì che non importava. Si ritrasse e sentì un indecifrabile senso di devozione salirgli fino alle tempie.

In via Pescatore, nel frattempo, Anna si era seduta al tavolo della cucina e, tra le mura domestiche, riprendeva lentamente il controllo dei suoi pensieri. Invitò suo padre a scartare il regalo che gli aveva portato da Palermo.

«Santa Rosalia» disse don Santino riconoscendo l'effigie nel quadretto.

«È una santa potente» commentò la ragazza. «E vedrete che ci proteggerà.»

Per la prima volta da quando c'era stato il fallimento, l'accenno alla situazione economica non lo intristì. Afferrò forte la mano della figlia e la guardò negli occhi. «Forse di queste cose non ti dovrei parlare, sei ancora così picciridda. Ma voglio dirti che è merito tuo. Coi soldi di questo lavoro a Palermo posso riprendere l'attività. Non tutto, si intende, ma possiamo provare a ricominciare.» La voce tremava dalla gioia. Anna si alzò per abbracciarlo e faticò per non piangere. Se aveva sopportato la tortura di stare accanto a Luigi Fumini, era stato solo per aiutare il padre e ora i suoi sforzi erano ricompensati.

«Adesso siediti e raccontami. Si comportò bene il signorino?» chiese severo Cucè.

«Padre, e che fate, di nuovo signorino lo chiamate?» sorrise lei.

«Per me sempre signorino è rimasto. Ora dimmi, come andò?»

Anna abbassò un attimo la testa per cercare un'espressione adatta. Quando la risollevò, pareva invecchiata di dieci anni, tanto era seria in faccia. Iniziò a parlare di Palermo che era la città più grande e più bella del mondo. Si lamentò per la confusione, però: nella piazza vicino a casa loro passavano anche otto o nove carrozze insieme e c'erano molte vetture d'affitto che la gente usava ogni giorno. Non mancò di magnificare la casa e le attenzioni della signora Stefania, che si era comportata proprio come una mamma e, anzi, le avrebbe preparato una torta di ricotta per ringraziarla.

«E il lavoro?» domandò don Santino che aveva notato come la figlia avesse evitato l'argomento.

«Non vi dico, padre, che mi sono ricreduta sui cantanti ma il maestro De Renzi è un vero artista, sapete» rispose lei che già sapeva come cambiare discorso. «Non pensavo che dentro le arie del Verdi ci fosse così tanto lavoro. Adesso, ve lo giuro, le suono in un altro modo» concluse soddisfatta.

«E così ti scordasti di quel tuo musicista tedesco, com'è che lo chiami?»

«Non lo chiamo io, si chiama Wagner» rise Annuzza,

«e non lo dimentico, è solo che con questo lavoro ho imparato musiche nuove.»

«E anche il signor Luigi ne avrà imparate, immagino» aggiunse lui.

«Con tutte queste domande mi fate fare tardi. Su, andate a sedervi di là che preparo da mangiare» tagliò corto Anna; avrebbe preferito morire che dover raccontare di Luigi.

Mentre controllava cosa ci fosse in dispensa e metteva sul fuoco l'acqua per bollire le patate, si sentì il petto soffocato dall'angoscia. Non sapeva nemmeno lei come avesse fatto a sopportarlo tanto vicino e per un tempo così lungo. L'aveva visto ogni giorno, ogni santissimo giorno e sempre aveva suonato per lui. Ma questo, invece di disgustarla, l'aveva fatta innamorare ancora di più. Comunque non è roba per me, concluse alla fine passandosi il dorso della mano sulle labbra per ripulire l'ultimo brandello di bacio rimastole appiccicato alla bocca.

Nonostante donna Rita fosse ancora molto debole, per il rientro del marito aveva invitato Domenico Russo a cena. Aveva sorriso quando le era venuta l'idea: in fondo, dopo tanto tempo lontano e con Anna, chissà quante cose avrebbe avuto da raccontare all'amico.

A cena però Mimì fu turbato. Guardava donna Rita e la trovava sempre più esile. Aveva un modo di tenersi ripiegata in avanti, le spalle curve, che non somigliava affatto alla postura altera che conosceva e che l'aveva sempre resa molto seducente. Anche i pochi fili bianchi tra le ciocche, che prima parevano brillare, adesso erano spenti, quasi ingialliti e malinconici. Aveva parlato poco e, Russo l'aveva notato, ogni volta che Luigi aveva raccontato delle lezioni di musica, si era limitata ad annuire piano.

Finito il secondo, donna Rita si sporse per afferrare il vino ma la vista le si annebbiò un istante e, con un gesto malaccorto, colpì il calice che vacillò sul gambo. Mimì, che le sedeva alla destra e non riusciva a staccarle gli occhi di dosso, si affrettò ad agguantare il bicchiere e salvò la tovaglia bianca. Nel farlo, per un momento, le sue dita sfiorarono quelle della signora. Erano fredde e una sensazione sgradevole scese lungo il corpo dell'uomo. Si fermò a scrutare le piccole unghie curate e il bianco della pelle gli parve stesse virando su un tono quasi livido. Alzò lo sguardo sul volto confuso della donna e le sorrise, come per rinfrancarla. Lei abbassò la testa con un nuovo pudore.

Luigi, all'altro capo del tavolo, si fregava il tovagliolo sui baffi e sembrò non accorgersi di quanto era avvenuto.

Lo sforzo della cena fu troppo e, terminato il pasto, invece di spostarsi in salotto la signora bevve le sue gocce e si congedò per andare a letto.

Il padrone di casa e Mimì rimasero soli.

«Dunque sei soddisfatto del tuo viaggio a Palermo» disse Russo posando la salvietta sul tavolo.

«Del tutto. Le lezioni del De Renzi si sono rivelate indispensabili. Che artista, mio caro. Lo sentisti mai in teatro?»

«Non mi sembra ma, come sai, non seguo molto la musica. All'opera vado giusto per incontrare qualche signora o per accompagnare la zia e le cugine» ribatté distratto.

«Se non ci fossero le donne al mondo, saresti capace di non uscire nemmeno da casa» scherzò Luigi.

«Le donne sono davvero un'ottima ragione per vivere. D'altra parte mi par di capire che anche tu ti sia trovato molto bene con la signorina Cucè» insinuò Mimì.

A quella frase Luigi assunse un'espressione arrogante, quasi aggressiva. Prese a parlare concitatamente di Anna e di quanto fosse brava, di come lo ispirasse, di quanto fosse diventata una guida insostituibile. Le parole gli si affastellavano in bocca suscitate dall'eccitazione e quasi senza controllo. All'amico sembrò che nient'altro per lui avesse importanza e provava uno strano disagio nell'ascoltare i racconti delle lezioni, come se d'un tratto Luigi gli fosse diventato un estraneo. Mentre quello sosteneva di saper modulare il fiato in sorprendenti filature che non avevano pari in nessun altro tenore, Russo capì: era la sua sicurezza a infastidirlo. Il petto di Luigi, allargatosi sul ventre, somigliava a quello di un tronfio signorotto: l'uomo di fronte a lui non era più il giovane per il quale aveva organizzato una romantica gita in barca. Da dove gli veniva tanta sicumera? si chiese. Era davvero possibile che, così concentrato su se stesso, Luigi non capisse ciò che stava accadendo alla moglie?

«Non ti pare che donna Rita stia faticando molto a riprendersi?» chiese Russo spazientito, dopo essersi acceso un sigaro.

«L'ho trovata stanca, sì, però credo sia solo perché è rimasta troppo tempo chiusa in casa... adesso che sono tornato si rimetterà» minimizzò Luigi, «sai quanto lei ami frequentare il teatro e, con me lontano, sembra che non sia uscita nemmeno per andare a messa.»

L'amico aspirò guardando l'anello di cenere allungarsi sulla punta. «Non sei preoccupato, quindi?» lo incalzò.

Luigi ci pensò su. «È pallida. Ma è così serena. Mi parla con una dolcezza particolare, una cosa che non le conoscevo.»

«È strano» commentò Mimì.

«Perché mai? È una donna sorprendente, sai, ed è per questo che la amo» sorrise con una punta di distacco.

Russo posò il sigaro nel portacenere, versò del passito nel bicchiere di Fumini e lo fissò. «Luigi, qualcosa non va» concluse in tono secco.

«Mi nascondi delle informazioni?» chiese il giovane.

«Nulla in particolare. Quando eri via sono venuto a trovarla...»

«Me lo ha scritto... se non fossi mio amico ti assicuro che sarei stato geloso di te» scherzò.

«Non ne avresti avuto motivo. Non perché lei non sia desiderabile ma perché io non ti farei mai una cosa del genere. Sono passato dopo essere stato da Monciino» aggiunse con aria grave.

«Ebbene?»

«Quelle gocce che prende» Mimì abbassò la voce, «sono molto forti.»

«E ti sei preoccupato per questo? Rita è talmente precisa. E Anzalone ci ha spiegato dall'inizio che bisogna stare attenti. Non temere, è ben curata» lo tranquillizzò Luigi.

«Ma non si riprende. Hai visto com'era stanca a cena?» insistette l'altro.

«È stata l'emozione del mio ritorno.» Continuava a negare, più per convincere se stesso che Mimì. Era vero, Rita era molto fragile e si comportava in modo bizzarro. Lui però non voleva dare peso a ogni piccola cosa. Negli anni accanto a lei si era abituato a vederla cambiare d'umore, rapita da qualche pensiero o da una nuova mania. E sapeva che le donne vanno soggette a malumori, debolezze.

Russo di colpo interruppe i suoi pensieri. «Possibile che non te ne accorga?» disse alzando la voce. «Tua moglie non sta bene e credo che tu sia troppo impegnato a pensare a te stesso per meritarti il suo amore» e sbattendo un pugno sul tavolo uscì dalla stanza salutandolo freddamente.

Luigi non era riuscito a ribattere nulla. Semplicemente non capiva. Finì il vino dolce che gli era rimasto nel bicchiere e pensò che l'amico avesse i nervi tesi a causa di una delle sue amanti. Anzi, gli pareva quasi di capirlo, adesso che anche lui era stato capace di cercare un'altra donna. Sono cose che capitano a noi uomini, si disse soddisfatto.

Restò qualche minuto seduto a tavola, da solo. Con la bocca ancora impastata dal passito assaporò con la mente i baci che lo aspettavano. Desiderava godersi l'attesa del corpo di Rita e pensava a come avrebbe sciolto il nodo della mantellina da notte della moglie, come le avrebbe scompigliato la treccia, come si sarebbe chinato sul suo seno per baciarlo. Immaginava i fremiti e quella dolce foga con cui, lasciandosi andare, lei avrebbe sollevato il bacino per invitarlo, arrossendo un po' maliziosamente.

Si alzò e lasciò la sala da pranzo.

Camminando nel corridoio verso le stanze da notte, tuttavia, l'immagine della sua sortita sulla scena del *Rigoletto* scacciò velocemente quella di Rita. La mente si ritrovò del tutto assorbita dall'eccitazione per le prove in teatro, che sarebbero iniziate la settimana successiva. Avrebbe indossato i costumi e cantato con una vera orchestra. Anna, certo, la voleva sempre presente mentre costruiva il suo personaggio. Anzi, sarebbe andato subito, l'indomani stesso, da don Santino per chiedergli di prolungare l'impegno della figlia. Fu col pensiero dell'imbarazzo che la ragazza avrebbe provato nel rivederlo che aprì la porta della camera da letto.

Rita era adagiata sui cuscini con gli occhi chiusi ma sembrava lo stesse aspettando.

Luigi si spogliò piano, standо attento a non svegliarla e in pochi minuti si infilò sotto le coperte accanto a lei.

La moglie era immobile, languida come nell'incisione di un poema cavalleresco, la treccia nera annodata morbida con un fiocco azzurro che disegnava una virgola sul cuscino. Le scostò un boccolo dal collo e la baciò dietro l'orecchio, scivolò verso la bocca respirando l'odore di lei mentre con una mano frugava la sua camicia raccogliendo nel palmo un seno caldo. L'aveva desiderata molto e adesso il contatto con la sua pelle lo sopraffaceva. Continuò a baciarla lungo il mento, scese fino a raggiungere il petto, quando lei aprì gli occhi. Sentì il respiro affannato di Luigi sulla pelle, avvertì il calore del suo corpo mentre lui le alzava la camicia sulle gambe e trasalì.

«Sono molto stanca, mio caro» sussurrò scompigliandogli i capelli.

Il marito la osservò: «Non ti sono mancato?».

Rita voltò il viso e rivide l'immagine della Madonna appesa alla parete. «Mi sei mancato da far male» disse con un filo di voce. Poi si sollevò sul cuscino come se avesse d'un tratto ritrovato le forze, e lo fissò.

«Mi sto appena riprendendo, sii paziente con me, caro. E poi dovrai conservare le energie per il tuo impegno.»

Luigi era perplesso. Voltò la testa verso il comodino con un gesto di stizza e pensò al ricevimento di donna Ignazia. Quella sera, buon Dio, tutte lo bramavano, giovani e vecchie, l'aveva capito bene, e dopo il debutto non ci sarebbe stata donna a Capo Scirocco che non avrebbe voluto averlo. Persino la Motta, a Palermo, ora che ci pensava, non aveva perso un istante delle sue lezioni. E che dire di Anna? Altri pochi metri in carrozza e avrebbe avuto ragione di lei, ne era certo. Ah, come sarebbe stata più remissiva quella bambinetta, si disse, pronta a lasciargli fare tutto ciò che desiderava, non come Rita che ogni giorno aveva un nuovo capriccio. Doveva ben esserci una ragione, era evidente che fosse l'uomo più desiderato del momento. Gli sembrava impossibile che solo Rita lo respingesse. Quel rifiuto lo indignava. Strinse i pugni e provò a calmarsi ripensando alla serata appena trascorsa. Le riflessioni di Mimì sulla salute di sua moglie si affacciarono d'un tratto alla mente. Si girò a guardarla, si era assopita. Eppure non gli sembrava che lei soffrisse.

Ad ogni modo, quando i muscoli lentamente si rilassarono, provò a convincersi che il diniego di Rita non fosse poi così illogico. Forse aveva proprio ragione lei ed era giusto così: avrebbe dovuto pacificarsi e mettere tutte le forze nel *Rigoletto*. Piano si avvicinò al corpo della moglie. La baciò sulla fronte, le sistemò il cuscino e la osservò senza sfiorarla, aspettando che l'eccitazione lo abbandonasse.

29

Il teatro vuoto era molto diverso da come Luigi lo aveva immaginato. Senza signore eleganti e luci sfarzose quasi incuteva timore. Odorava di costumi consunti e di corda, non aveva nulla della magia delle prime. Così, per farsi forza mentre il direttore provava e riprovava lo stesso passaggio, Luigi guardava verso la platea con gli occhi strizzati e cercava di scorgere una figura seduta.

In quinta fila, zitta e con le mani sulla veste a torcersi le dita nel buio, Anna non perdeva una nota. Si concentrava sull'orchestra per non pensare a lui, al maledetto giorno del ritorno da Palermo, alle sue gambe forti, piantate come pali sull'impiantito, alla voce che le arrivava dentro le viscere e le aggrovigliava provocandole un dolore insopportabile. Per distrarsi, allora, si concentrava sul lavoro che il maestro stava svolgendo con gli archi, imponendo loro il ritmo giusto, l'incalzare che dava più slancio all'ingresso del tenore. La signorina Cucè aspettava la pausa, quando andava a chiudersi con il giovane in una delle sale prova, al secondo piano del teatro; lì su un vecchio pianoforte di legno marrone, lo aiutava a rivedere col maestro Pappalardo alcuni passi.

Uno di quei pomeriggi, Luigi era impegnato nella scena d'amore col soprano che interpretava Gilda, una signora in età, decisamente corpulenta e con un gran naso curvo che la faceva sembrare uno strano uccello. Anna era al pianoforte, concentrata sullo spartito ma, d'un tratto, su una nota lunga alzò gli occhi dalla tastiera.

Luigi era così bello nei panni del Duca, e con che grazia sapeva fingere l'amore, pensò la ragazza, era impossibile non ammirarlo e non temerlo. Fu un attimo: sulle labbra affiorò il sapore del bacio strappatole in carrozza e le sue difese si sgretolarono sul tappeto di quella voce. Sul volto di Anna si dipinse un'espressione sensuale come solo la malizia delle vergini sa esserlo.

Le note si spensero e il giovane si girò verso l'accompagnatrice cercando un cenno d'assenso.

Allora, per un istante, la scorse ancora assorta sul suo corpo, quasi ne stesse disegnando i contorni con gli occhi. Aveva le labbra lucide e leggermente dischiuse, il respiro corto.

Luigi lasciò la mano del soprano che stava stringendo per esigenza di scena e si carezzò la punta di un baffo. Nulla avrebbe potuto lusingarlo di più: aveva vinto la severità di Annuzza e questa volta senza l'impeto arrogante del corpo. Provò a sorridere ma, mentre la ragazza riprendeva il controllo di sé, la sua espressione si fece beffarda.

Da quel momento Luigi ascoltò estasiato il riverbero della propria voce amplificata dalle vibrazioni del parquet, che regalava ai suoi melismi nuove sonorità. Si perse dentro la sua immagine riflessa nello specchio, sulla parete lunga della stanza. Poi, quando tornarono in teatro, sul proscenio riempì il petto d'aria fissando la macchia chiara in quinta fila. Sapeva bene che si trattava di Anna ma, in quell'atmosfera irreale, socchiudendo le palpebre immaginò Rita, rossa in volto, felice di sentirlo cantare e bellissima. L'amore delle due donne lo inorgogliva ma quando l'immagine della moglie si componeva nella sua mente, era allora che la voce usciva più sicura, potente, invadeva la sala, sovrastava l'orchestra e saliva veloce lungo gli ordini di palchi e ancora più in alto, fino alla piccionaia, dove solleticava gli uccelletti dipinti e le muse immobili negli affreschi tra le volute di stucco.

Alla sera, al momento di tornare a casa, Anna trovava sempre una nuova scusa per non farsi riaccompagnare in carrozza, terrorizzata all'idea di dover restare sola con lui un'altra volta. Uscendo dal teatro, nel breve tragitto che lo separava dalla vettura, Luigi non smetteva di parlare. Era tanto felice e concentrato sulla sua impresa da non accorgersi del silenzio della ragazza, degli occhi sempre bassi e della sua aria distante. Se solo si fosse concesso un momento per badare anche a lei, certamente non avrebbe ricordato altro di Annuzza se non quell'unico istante in cui, in sala prove, la giovane gli aveva rivolto uno sguardo di desiderio.

Appena arrivato a casa, con l'eccitazione che ancora aveva addosso per la vicinanza di Anna, per la prova e per i complimenti ricevuti da Cavallaro e dal maestro Pappalardo, investiva la moglie con i racconti, le sedeva di fronte e cominciava a parlare, senza badare al lume spento, che subito si affrettava a far accendere da Cettina, senza notare la coperta che lei teneva sulle gambe e che le disegnava una figura ancora più esile.

In una di quelle sere l'aveva trovata assorta ma, incurante, era sprofondato sul divano di fronte a lei e aveva cominciato a discorrere, tanto che Rita si era riscossa d'improvviso.

«Oggi diedi proprio il meglio di me» disse a un certo punto allentando il colletto e togliendosi la cravatta.

La moglie sollevò lo sguardo su di lui e lo guardò con un sorriso mesto.

«Ti assicuro che persino gli orchestrali erano stupiti. Puoi crederci, una voce pari alla mia non l'hanno mai sentita, né in questo teatro né nel resto del Paese. Probabilmente nemmeno alla Scala di Milano» aggiunse compiaciuto, annuendo col capo.

Rita provò a replicare qualcosa ma la tosse le bloccò il fiato nella gola. Prese il fazzoletto, si tamponò le labbra, e appoggiò la testa alla spalliera della poltrona.

«Tu sentisti Anna accompagnarmi solo il giorno in cui incontrammo l'impresario Cavallaro, non è vero?» chiese subito dopo, quasi infastidito dall'interruzione che l'accesso della moglie aveva provocato. «Dovresti proprio udirla adesso. E soprattutto vederla: sembra non abbia occhi e orecchie che per me» concluse soddisfatto, sollevando un sopracciglio.

La donna sentiva un dolore profondo nel petto ma lo guardò con amore e si sforzò di sorridere. «Stai bene con lei, non è vero, mio caro?» chiese con la voce fattasi sempre più piccola.

«Abbiamo un modo di intendere la musica del Verdi che non è cosa da tutti» affermò con sicurezza.

«Da musicisti» aggiunse Rita.

«Perbacco, comprendere la musica non è certo roba da donnette» incalzò il marito altezzoso.

Lei rimase in silenzio, felice di quello che Luigi era diventato. Avrebbe voluto avere la forza per manifestargli la sua gioia ma sembrava che brandelli di lei la abbandonassero, attimo dopo attimo. E quanto più la sua figuretta sbiadiva sullo sfondo, tanto più le luci della ribalta accecavano Luigi impedendogli di vedere il volto di Rita illividire.

La signora continuava ad assumere le gocce rassicurando Cettina: per la prima sarebbe stata in forma, avrebbe preso posto nel palco con la toletta più bella che si potesse immaginare. E avrebbe applaudito forte, si diceva per convincersene anche lei, con tutta la passione che la voce del marito sapeva metterle addosso.

«E, di grazia, signora, di quale toletta parlate dato che non ho visto sarte in giro per casa?» la affrontò un pomeriggio Cettina, che proprio non riusciva a convincersi di quanto stava accadendo.

«Ho fatto un voto alla Madonna» mentì allora donna Rita abbassando la voce e guardando con aria complice la governante. «Metterò qualche nastro nuovo a un abito vecchio e donerò ai poveri i soldi che avrei speso. Con una bella acconciatura non lo noterà nessuno» spiegò soddisfatta.

La domestica scosse la testa, detestava essere presa in giro. «Dite le bugie come quand'eravate bambina» la rimproverò severamente con i pugni puntati sui fianchi e l'aria minacciosa.

«Ma per fortuna sono troppo vecchia per le tue punizioni» sorrise Rita rassicurante. «Hai visto com'è felice mio marito?» chiese subito dopo mentre la vecchia sprimacciava i cuscini del divano. «Non fa che raccontarmi della signorina Anna, si trovano molto bene insieme» aggiunse.

Cettina mise a posto un centrino e uscì dalla stanza mugugnando. Felice, pensava, così aveva detto la signora. Ma cosa importava che il padrone fosse felice se lei nel frattempo stava male. Ah, era tanto bravo a fingere l'amore quando cantava, ma amare davvero, caro mio, è tutta un'altra cosa. E poi cos'era tutto quel passare il tempo con la figlia di don Santino? L'uomo è traditore e quando è troppo giovane, Dio non voglia, non sa proprio contenersi, considerò con rabbia dirigendosi verso la cucina.

Nelle locandine del teatro si leggeva a grandi caratteri il nome di Fumini, accanto a quello dei più celebrati interpreti nei ruoli del gobbo Rigoletto, della figlia Gilda, di Sparafucile e di Maddalena. Le signore, passando lì davanti, si nascondevano dietro gli scialli e i merletti dei cappellini per commentare tra loro. Anche alle serve era giunta notizia del debutto di Fumini e, recandosi al mercato per la spesa, spesso si fermavano a parlare in crocicchi, atteggiandosi a gran dame. L'impresario Jacopo Cavallaro passeggiava per Capo Scirocco e si compiaceva della sua scelta. Far debuttare il giovane era stata un'idea geniale. Il teatro era venduto in ogni ordine per tutte e cinque le repliche previste e, se tutto fosse andato come doveva, si poteva prevedere addirittura una sesta replica e forse una serata d'onore per questo esordiente. Cavallaro aveva trovato la gallina dalle uova d'oro e in breve avrebbe potuto portarlo a Palermo, a Napoli e anche a Milano.

A casa sua, Basilio Pappalardo si agitava, tirava fuori abiti e li riponeva, domandava alla madre di rinforzare i bottoni del gilet mentre ripeteva dentro di sé le arie dell'opera per accertarsi di ricordare tutte le parole a memoria. Nemmeno fosse stato lui a dover cantare, commentava la zia con aria disgustata.

Una sera, qualche giorno prima del debutto, Stefania Motta si recò in visita da Rita. La trovò sola, assopita nel salottino azzurro con un libro in grembo e la corona del rosario poggiata sul tavolinetto accanto alla poltrona.

«Forse non sarei dovuta passare senza annunciarmi» sussurrò la signora a Cettina vedendo che l'amica non si riaveva.

La governante la rassicurò e si avvicinò alla poltrona. «C'è una visita per voi» disse con la voce abbastanza alta da svegliarla.

«Che sciocca, devo essermi addormentata» commentò Rita sollevandosi e ravvivandosi i capelli. «Dev'essere stato questo libro, è terribilmente noioso» aggiunse sorridendo mentre Stefania le sedeva di fronte.

«Mi rincuorate, cara. Temevo di essere stata malaccorta nel venire senza farmi annunciare» si scusò l'ospite slacciando il fiocco della mantellina gialla a tre balze.

«Non scusatevi, piuttosto è colpa mia. Sapete, da qualche tempo, concentrando la vista su una pagina, mi capita di averla annebbiata da aloni luminosi, così chiudo gli occhi qualche minuto.»

La moglie del notaio la fissò, la trovava molto diversa dalla donna che le aveva chiesto aiuto per preparare il matrimonio. Era come se di colpo le fosse piombato addosso il peso degli anni e la bellezza di un tempo stesse appassendo sotto l'incombere di gravi responsabilità. Però, si rincuorò, in fondo tutto sembrava andare per il meglio. Rita aveva un marito giovane, che l'amava e che stava intraprendendo una carriera promettente.

«Dovreste vedere il gioiello che il notaio mi ha regalato per la prima» disse Stefania civettuola per allontanare dalla stanza una strana aria di mestizia.

L'amica sembrava disinteressata ma sorrise e raddrizzò la schiena. «Vostro marito ha sempre avuto un gusto eccellente» commentò fingendo partecipazione.

«Non oso immaginare a cosa abbiate pensato voi per il debutto» incalzò quella. «Dite, ci stupirete ancora una volta?»

Rita chinò la testa e annuì. Le due donne parevano discutere come altre volte si erano trovate a fare. La governante, prima di entrare in salotto, si fermò un attimo a guardare la scena, alzò gli occhi al cielo e rivolse un ringraziamento alla Madonna che forse stava ascoltando la sua supplica.

C'era però un'altra preghiera che pareva proprio non si potesse esaudire: se la padrona non si riprendeva, poveretta, era perché il male al cuore glielo faceva venire il marito, questo pensava la vecchia. Quando alla sera lo vedeva tornare a casa e lo sentiva parlare con la moglie di teatro e di prove, Cettina avrebbe voluto assestargli uno scapaccione, come faceva ancora coi figli, sebbene fossero ormai padri di famiglia. Perché anche quando sono cresciuti, i maschi hanno sempre bisogno di una mamma per ricordarsi la buona creanza: sono selvatici di natura e, di tanto in tanto, un poco di bastone non guasta certo. E che, sbottò tra sé, con una moglie malata a casa, si passa il tempo a fare strepiti da tacchino in teatro con la signorina Anna? Assunse un'espressione di rimprovero mentre si dirigeva in cucina, dove riprese a lucidare le casseruole di rame. Troppo tempo insieme a quella ragazza era un male, questo era sicuro. Se non si vogliono mangiare i dolci, non si deve nemmeno entrare nella pasticceria, questa è la regola. Perché poi la natura chiama senza che l'uomo se ne accorga e quello, stupido, accorre.

Ricordò poi il giorno dell'arrivo di Luigi Fumini. Pareva tanto bellino allora, con quell'aria smarrita e, anche se all'inizio si era tanto preoccupata, Cettina aveva fatto presto ad affezionarsi al nuovo venuto. Com'è che adesso si era fatto così cieco, si domandò ancora, da non vedere quanto stava soffrendo la povera signora? Era tanto buona lei, non se lo meritava un trattamento simile. Dio fece il maschio egoista, pensò la governante, per questo vide lungo nel lasciare che i figli li mettessero al mondo le femmine.

Posò il panno sul tavolo, si appoggiò alla spalliera della sedia con le mani incrociate sul ventre. Non poteva credere però che il signorino fosse cattivo. Troppi soldi, troppe responsabilità non gli avevano dato il tempo di crescere davvero. E poi, per imparare ad amare, ci vuole una mamma accanto e lui non l'aveva più. Ripensò quindi alle cose che Luigi raccontava a donna Rita e se ne convinse una volta per tutte: colpa dell'opera era. L'aveva sempre saputo lei che era una diavoleria che fa impazzire la gente.

Il giorno della prova generale, sbrigate in fretta le faccende della parrocchia, don Calogero aveva deciso di andare a trovare la signora. Nel tratto di strada tra la chiesa e palazzo Platanìa, il parroco scorse le signorine Fichera tutte intente a leggere la locandina del *Rigoletto* attaccata al muro di via Santissima Trinità, coi nasi appiccicati al foglio, per decifrare anche le scritte piccole. Indicavano addirittura col dito il nome di Luigi Fumini e ridacchiavano tra loro come due ragazzine, coprendosi la bocca con la mano e scambiandosi occhiate complici.

Don Calogero era stupefatto: davanti a un nuovo divo in braghette di seta tutte le donne uscivano di senno. Pure Immacolata e Addolorata Fichera che, pace all'anima della loro madre, erano state educate nel timor di Dio, ora cianciavano come oche. Tanta leggerezza lo spaventava, era pericoloso l'effetto che tutta quell'aspettativa poteva avere su un giovane come Fumini, pensò, c'era il rischio che si montasse la testa, che perdesse di vista le cose importanti. Forse avrebbe dovuto parlargli, in fondo quel ragazzo senza padre non aveva una guida. Ma come fare, proprio ora che era travolto dagli impegni in teatro? si chiese il parroco salendo le scale del palazzo.

Cettina fu felice di vederlo. A donna Rita avrebbe fatto bene la sua visita. Lo accompagnò nel salottino dove lei leggeva davanti alla finestra e chiese se desiderassero un caffè. Tutto quel viavai di gente in un'altra circostanza avrebbe disturbato la governante, ma adesso ne era contenta, se poteva servire a distrarre la signora. La vedeva spostarsi ogni giorno più stancamente dalla camera da letto al salottino, sembrava che nulla più la interessasse davvero. Attese che i due iniziassero a parlare e poi si allontanò congiungendo un attimo le mani come in preghiera.

«Sia lodato Gesù Cristo» disse Di Dio entrando.

«Sempre sia lodato» rispose la signora mettendo il segno al libro e posandolo sul tavolino.

«Oggi è il gran giorno, dunque» cominciò il parroco avvicinando una poltrona alla sua.

«Domani, padre, domani» sorrise donna Rita.

«Mi riferivo alla prova generale, il signor Fumini sarà emozionato.»

«Lo è, statene certo. Ma è molto bravo e sarà un trionfo» affermò lei convinta mentre un leggero colore sembrava rianimarle il volto.

«Lo avete già sentito?»

«Oh, no. Mi riservo la sorpresa per la prima. C'è sempre Anna con lui.»

Il prete fu molto colpito da quell'affermazione ma non lo diede a vedere. «Mi dicono si sia rivelata molto importante per la sua preparazione» riprese, quasi per il gusto di provocare una reazione nella signora.

Rita sorrise appena, trasse dalla scollatura dell'abito una medaglietta di santa Trafitta, la baciò e la rimise a posto. Poi rivolse lo sguardo al parroco. «Dio ha un modo tutto speciale per indicarci la via quando siamo in ambasce» affermò poi con convinzione.

«Siete dunque in ambasce?» fece il prete.

«E voi non avete inteso che è Dio a cavarcene fuori?» chiese di rimando lei con la voce che si faceva lievemente argentina.

«Siete impossibile, signora, con voi è sempre una lotta» scherzò il parroco allacciando uno dei bottoni della tonaca che era scappato via dall'asola. «Però vorrei capire meglio.»

«Il Signore indica sempre la via ma è l'uomo a dover trovare la forza per percorrerla» spiegò lei.

Don Calogero tacque pensando che tutte quelle riflessioni venissero a donna Rita da qualche sua recente lettura. Forse rifletteva sulla vita di un santo o, addirittura, sulla Passione di Cristo. Una lettura indispensabile, quella delle ultime pagine del Vangelo, che occorrerebbe ripetere spesso, si disse. Tuttavia, non vedeva alcun nesso tra quel ragionamento e il debutto di Luigi. Qualcosa gli rimaneva oscuro e lo lasciava inquieto. D'altra parte, pensò, chi sarebbe stato in grado di dare battaglia alla mente di quella donna che, quando voleva, sapeva confonderti e sfuggire come un'anguilla?

Cettina servì il caffè ma la signora lo rifiutò prendendo solo un bicchier d'acqua.

«Mi sembrate pallida, signora. Vi state rimettendo assai lentamente» riprese il parroco sollevando la tazzina.

«Non temete, è quasi primavera e inizio a ritrovare le forze. Ho sempre amato l'arrivo della bella stagione, temo di aver sofferto i rigori dell'inverno. Domani sarò nel mio palco ad applaudire mio marito. E Anna Cucè verrà con me. Voglio che abbia un buon posto. Lo merita quella cara ragazza» spiegò Rita.

Don Calogero la fissò come per leggerle l'anima. Parlando ancora per un po', il parroco vide che lei rispondeva in modo confuso, quasi non seguisse il filo dei discorsi. Le frasi le venivano fuori come spezzettate, illogiche. Eppure aveva il volto sereno. Di tanto in tanto accusava uno spasmo e si portava il fazzoletto alla bocca, poi socchiudeva gli occhi e da uno spicchio di palpebra rimasto aperto si intravedeva il bianco della cornea. Il religioso ebbe paura e recitò una preghiera silenziosa mentre la signora sembrava assopita. La lasciò così, posando un'immaginetta della Madonna sul suo libro e quando Cettina lo accompagnò alla porta si fermò con lei.

«Donna Rita mi sembra molto debole» azzardò guardando la vecchia.

«Lo è, mangia poco, benedetta figliola. Mai riuscita a farle fare un pasto completo come si deve. Adesso poi, non so più cosa inventare per metterle appetito.»

«E le medicine le prende?»

«Sempre.»

«Però l'ho vista serena» aggiunse il parroco cercando di tranquillizzarsi.

«Serena... pure troppo, ecco cosa c'è» sbottò la governante.

Don Calogero era dubbioso.

«E quando mai l'avete vista così tranquilla? Quella sempre un vulcano è stata e pure quando pareva quieta aveva in testa una diavoleria d'opera e se ne andava cantando per la casa» osservò lei. «Ora ammutolita è.»

«Non siate severa, la signora avrà altri interessi adesso» tentò di spiegarsi il prete.

«Con la grazia di Dio» concluse Cettina poco convinta, aprendo la porta.

In verità la governante continuava a essere assai preoccupata. Le stava accanto, preparava il brodo di pollo ma la signora non si rimetteva nonostante i rosari, le suppliche alla Madonna e le preghiere a santa Trafitta. Le visite la distraevano solo per qualche minuto e poi tornava a chiudersi in se stessa.

Rita, rimasta sola, alzò lo sguardo verso la finestra. Un chiarore buono filtrava dalle tende e le ricordò il lucore del sole di Taormina, quando per la prima volta si era risvegliata accanto al marito. Aveva aperto gli occhi mentre lui era ancora addormentato ed era rimasta a guardarlo carezzandogli i capelli e inalando il suo odore di uomo. Era così forte e bello, pensò. Sorrideva rassegnata rivedendo adesso la scena, scrutandola da spettatrice esterna. La mente focalizzava di nuovo ogni particolare e, cominciando dal fondo del letto, lungo il lino delle lenzuola, sulla vestaglia lasciata cadere per terra nella furia del desiderio, risaliva fino a mostrarle il suo stesso corpo. Che grande imbonitrice è la felicità, si disse, che ci rende ciechi, ci ottunde i sensi e ci fa perdere di vista la via naturale delle cose.

Ricordava esattamente come, col gomito appoggiato sul cuscino e le dita tra i riccioli di Luigi, si avvertisse anche lei giovane, bella, e sentisse la carne tesa sui suoi fianchi, l'addome dolcemente turgido, la pelle rosea e compatta sul suo volto. Si vergognò rivedendosi in quel teatro assurdo che il suo amore aveva costruito ingannandola. No, non era del suo corpo molle che un uomo tanto giovane e con il dono di una voce superba aveva bisogno, pensò. Deglutì sentendo nel petto un dolore violento e una lacrima le scese lungo la guancia.

Tanino, che era entrato per chiederle come stesse, la vide così, con il volto offerto alla luce del mattino e un sorriso disperato sulle labbra. Rimase in silenzio a guardarla scoprendola ancora più bella.

Davanti al teatro passava qualche carrozza, mentre alcuni signori raggiungevano il casino dei nobili per la consueta partita a carte pomeridiana.

Alle tre in punto l'orchestra, nella penombra della buca, era pronta per la prova generale. Il maestro diede due battute a vuoto e poi l'attacco. Nella platea Jacopo Cavallaro, Basilio Pappalardo e Anna Cucè ascoltavano col cuore in gola. Luigi esordì sicuro di sé sulle note della cavatina, con tutto l'impeto della sua giovinezza e il petto gonfio di aspettativa. Di fronte a lui non si stendeva la platea buia e vuota delle prove. Vedeva già il teatro rifulgere di luce, odorare di preziosi profumi, dei fiori degli addobbi e della cera delle candele.

Portava lo sguardo da un lato all'altro della sala e immaginava donne col petto arrossato dall'eccitazione, volti entusiasti, sorrisi. A fatica percepiva l'orchestra sul clamore di un boato di applausi che scrosciava solo nelle sue tempie. Di una vita di gloria, a partire dall'indomani, lui sarebbe stato il protagonista, e questo lo rendeva invincibile. Il canto continuava a distendersi potente mentre lo sguardo si figurava gli ordini di palchi, fermandosi su uno un po' defilato. Lì vedeva Rita, immobile ad aspettarlo, applaudirlo e seguirlo da lontano, senza intralciare. Annuì e ricacciò la moglie in un piano sfocato, per accogliere la pioggia di fiori con cui, dopo il debutto, lo avrebbero acclamato. C'erano rose, garofani bianchi e rossi ai suoi piedi e, scherzando col pubblico delle signore, immaginava di fare il gesto di scansarsi per non venir colpito. Poi si chinava, raccoglieva un fiore e si avvicinava alla barcaccia per porgerlo a una dama bellissima che si sarebbe schermita, arrossendo per tanta audacia.

In quell'istante, a palazzo Platanìa, donna Rita si svegliò d'improvviso come se un incubo le avesse turbato il sonno. Da sotto il cuscino prese il fazzoletto, si asciugò la fronte sudata, scostò il collo della camicia umida e rivolse gli occhi al quadro della Madonna. Poi lasciò che la mente si perdesse in un sogno. Aveva bisogno di pace. Allungò una mano nel vuoto davanti a sé e vide il marito, lontano e bellissimo. In abiti eleganti, stava sul proscenio ad accogliere gli applausi del pubblico, rispondendo con nobili cenni del capo. Era orgogliosa di lui. Sorrise e sentì il petto allargarsi. In prima fila, poi, vide Anna elegante, con le guance tonde e col ventre gonfio della promessa di un futuro meraviglioso, che solo la sua giovinezza poteva regalare a Luigi.

Con le ultime forze che le restavano si sollevò adagio, si girò verso il comodino, impugnò il flacone delle gocce e lo versò per intero nel bicchiere. Fissò per un istante il liquido, quindi bevve. Si accasciò sul cuscino, sussurrando: «Sei libero, mio caro».

Mimì si era preparato con poca cura, quasi di fretta, come per togliersi davanti un pensiero molesto, era salito a cavallo e stava raggiungendo una villa poco fuori Capo Scirocco, sulla collina delle arance, destinata al soggiorno estivo e deserta in quella stagione. Lì lo aspettava una donna non più giovanissima, Teresa Alliata. Con l'aria che gli sferzava il viso, Domenico Russo ripensava a Rita, pareva molto malata e lui si chiedeva da diversi giorni quanto fosse grave il suo stato. La visita alla coppia l'aveva inquietato, lasciandolo turbato. Era come se disponesse di tutte le tessere di un mosaico ma non fosse capace di venire a capo della figura finale. Un frammento riproduceva una guancia pallida della signora, un altro il bicchiere con le gocce, in un altro ancora c'era la sua mano esilissima e tremante. Tuttavia, per quanti sforzi facesse, non riusciva a mettere insieme un'immagine intera e la sensazione lo angosciava. Anche l'indifferenza di Luigi lo aveva lasciato interdetto: possibile che solo lui avesse notato qualcosa di strano in donna Rita? L'amico era così preso dal debutto da non rendersi conto di come stesse sfiorendo? Giunse con questi pensieri alla villa, tanto concentrato che quasi temeva di non riuscire a soddisfare la sua amante.

Poco dopo, però, parve dimenticarsi di tutto. Donna Teresa sembrava in preda a un demone. Riversa sul letto sfatto, coi capelli sciolti, ficcava le unghie nella schiena di Domenico Russo, urlando e contorcendosi, implorandolo di non smettere e invocando prima la Madonna poi Dio, nonostante non sembrasse affatto la situazione più adatta per chiamarli in causa. D'un tratto, però, Mimì avvertì una fitta alle tempie, come un fiotto di sangue così violento da stordirlo. Si arrestò d'improvviso: il disegno che aveva inseguito per giorni, finalmente, gli si compose chiaro nella mente e fu colto da un terribile presentimento. Una nebbia scura gli scese nel petto fiaccandolo, gelandogli il sudore addosso, levandogli la forza dalle ginocchia sulle quali si reggeva per sovrastare l'amante. La Alliata gridava di continuare e muoveva i fianchi, inarcava la schiena ma il giovane scivolò fuori dal suo corpo, si alzò e prese a vestirsi senza badarle.

«Che fai?» chiese la signora sollevandosi sui gomiti. «Pensi forse di lasciarmi così?»

«Devo andare» disse seccamente Mimì con l'angoscia che gli cresceva dentro. Indossò gli stivali da cavallo mentre Teresa Alliata allungava una mano sul lenzuolo per coprirsi. Uscì in fretta dalla villa, montò in sella e frustò il cavallo verso Capo Scirocco col cuore incupito da un senso di irreparabilità.

Nel teatro, intanto, Rigoletto guardò Gilda sulla scena, poi si rivolse verso la nutrice e intonò dolcemente un canto con cui le consegnava la figlia, perché vegliasse su di lei come avrebbe fatto su di un fiore. Anna fremette. Ripensò al padre e ai giorni in cui doveva andare via per lavoro, dopo la morte della mamma, e la affidava ancora bambina alla moglie di Rosario Cammarata, con mille raccomandazioni: che stesse attenta a non farle prendere fresco e alla sera le rimboccasse le coperte, perché la piccola si agitava come un vitellino nel sonno e si sarebbe scoperta. E non la mandasse a giocare in strada con gli altri bambini, aggiungeva, perché lei era una gemma preziosa e andava tenuta da conto. In quel momento Annuzza risentì le parole del padre, avvertì la sua preoccupazione, lui che grande e grosso com'era temeva per lei anche solo se il vento la sfiorava. Gli occhi le si riempirono di lacrime e cercò di non farsi notare da Cavallaro e dal maestro. Ingoiò un singhiozzo e si concentrò sul ritmo morbido della musica, le palpebre chiuse e l'immagine di don Santino nel cuore.

A Domenico Russo occorse più di mezz'ora per raggiungere la città. Quando fu davanti a palazzo Platanìa, gettò le redini a casaccio sull'anello del muro e, girandosi verso la facciata dell'edificio, fu pervaso da un brivido. Il nero della pietra sembrava più cupo, come se una coltre di polvere scura fosse scesa sulla dimora. Le volute di arenaria intorno alle finestre pareva avessero perso turgore e potessero rovinare a terra da un momento all'altro. Si fermò un istante prima di superare il portone d'ingresso. Anche la buganvillea del cortile sembrava accartocciata dolorosamente sul tronco. Salì a due a due i gradini e si avventò sul battente della porta.

«La signora riposa, non potete entrare» disse Cettina tentando di inseguirlo mentre l'uomo infilava il corridoio delle stanze da notte. «Sta dormendo, fate piano» continuava a dirgli indispettita. Un uomo nelle stanze da notte, che Dio lo perdonasse, non si era mai visto. «Come i saracini» commentava scandalizzata la governante facendosi il segno della croce ma senza riuscire a fermarlo.

Mimì spalancò una porta, poi quella dello spogliatoio di Luigi, tornò indietro, ne aprì un'altra e infine trovò la camera di donna Rita. Lì la vide, bianca come il lenzuolo sul quale era riversa, con un rivolo di saliva che le scendeva da un angolo della bocca. Si buttò sul letto sollevandola, urlò che chiamassero il dottor Anzalone, il farmacista e, per Dio, anche don Calogero.

Tanino, accorso sentendo tutto quel trambusto, scappò a cercare soccorso.

Il medico arrivò per primo, dopo poco, e si chiuse nella stanza con la signora. Fuori dalla porta, Cettina, don Calogero, sopraggiunto col chierichietto, Moncino e Mimì aspettavano il responso in silenzio, come se una sola parola avesse potuto far volgere al peggio gli eventi. Mimì soltanto andava avanti e indietro nel corridoio, scuotendo la testa, coi pugni stretti e la mascella serrata in una smorfia di impotenza.

Il battente si aprì dopo poco. Il dottore aveva un'aria seria e mesta.

«Il cuore sta cedendo» spiegò scrutando gli occhi di Domenico Russo.

La governante stava per domandare qualcosa ma Anzalone la interruppe. «Non c'è niente fare» disse. «Se volete entrare, padre» aggiunse poi rivolgendosi a don Calogero.

Mimì si affacciò ancora un momento nella stanza e osservò donna Rita. Nicolino, nell'abito da chierichetto, in silenzio, teneva in mano la croce; il parroco aveva indossato la stola viola, si era chinato su Rita segnandole una croce oleosa sulla fronte.

Domenico Russo non avrebbe resistito davanti a quella scena nemmeno un altro istante. Uscì da palazzo Platanìa, montò a cavallo e corse al teatro con un'ultima speranza nel petto. Passò per l'entrata posteriore sotto gli occhi increduli di un custode che riposava col berretto calato sulla fronte. Perdette un attimo l'orientamento nel buio del retropalco ma poi, finalmente, guidato dai suoni, raggiunse le quinte avanzando tra corde e attrezzi di scena. I cantanti tacevano e l'orchestra stava riprovando un passaggio. L'atmosfera era irreale. Sentiva la voce del direttore che intimava agli archi di mettere più forza, più volume. Poi gli parve che le note diventassero di colpo ovattate e, su tutte, udì nitida la voce di Luigi accennare l'inizio del quartetto. Credette fosse un canto d'amore e sperò che l'amico – capace di cantarlo, l'amore – potesse strappare donna Rita alla morte. Non attese oltre e irruppe sulla scena tra lo stupore di tutti.

Il tempo sembrò fermarsi e Mimì osservò Luigi. Era in piedi, spavaldo, con le gambe appena divaricate e una perversa malizia da seduttore dipinta in volto. Si rivolgeva a una popolana procace, col corsetto troppo stretto sul seno e i capelli neri sciolti sulle spalle.

Sembrava desiderarla più di qualsiasi cosa al mondo. Vedendo l'amico il fiato di Luigi si bloccò nella gola e la studiata espressione di scena si diluì in uno stupore confuso. Poi sentì solo il peso del corpo di Russo che gli si avventava addosso, stringendogli le mani sulle scapole. Parlava, era certo che gli stesse dicendo qualcosa ma non riusciva a capire. Rita, riferiva qualcosa di lei, ecco. Se la mente fosse tornata lucida sarebbe riuscito a comprendere ma il battito del suo cuore copriva la voce dell'amico.

Nella buca erano tutti immobili, con gli archetti ancora poggiati sulle corde e le labbra sulle imboccature dei fiati. Sembrava che un incantesimo avesse ridotto l'orchestra a un bosco di statue di gesso.

Mimì urlava e, vedendo che l'amico restava fermo, lo strattonò per un braccio. Solo Luigi non riusciva a rendersi conto di cosa si stesse abbattendo su di lui, perché tutti gli altri in sala avevano capito. Basilio Pappalardo si portò le mani alla testa quando il cantante, d'un tratto, come se stesse recitando la scena di un dramma, scappò via. Nel teatro scese un silenzio funereo.

La voce di Mimì aveva raggiunto Anna e le era rimasta incollata addosso. Le batteva sulle tempie, premeva sulle orecchie con la violenza di una piena. La ragazza era stordita. Chiuse per un istante gli occhi nella speranza che, riaprendoli, tutto tornasse normale ma, quando alla fine osservò la sala, vide la scenografia del *Rigoletto* accartocciarsi su se stessa. Il fondale, gli oggetti di scena, le mantovane erano una massa informe che le parve avanzare sul palcoscenico, travolgendo inesorabilmente l'orchestra nella buca. Tutto era perduto.

I violinisti avevano abbassato gli archetti, il primo flauto aveva posato lo strumento sul leggio, i violoncellisti avevano iniziato a guardarsi l'un l'altro. I cantanti, spostatisi sulla ribalta, con le braccia aperte, domandavano al direttore come comportarsi. Dalla sala si avvertì un leggero singhiozzare mentre Anna raggiungeva di corsa la porta, allontanandosi nel corridoio centrale tra le poltrone di velluto rosso.

Nessuno ebbe il coraggio di dire nulla mentre Luigi, seduto sul letto, teneva tra le braccia Rita cercando di rianimarla. Lei aveva le labbra viola e il respiro flebile andava rallentando sempre di più, come un carillon alla fine della corsa. Ogni tanto alzava le palpebre e provava a sorridere ma poi un nuovo spasmo la scuoteva e il marito la stringeva a sé per alleviare la sofferenza.

«Libero» sussurrò a un certo punto mentre lui la baciava.

Luigi la allontanò con delicatezza e la fissò. «Che dici? Libero da cosa?» chiese coi singhiozzi che gli spezzavano il respiro. «Non amo che te, non desidero altro che viverti accanto» urlò. Non riusciva a comprendere le sue parole e si sentiva disperatamente solo. Le prendeva la mano e provava a stringerla ma lei restava immobile, incapace di ricambiare il gesto.

«Non mi stringi la mano, amore?» chiedeva sperduto. «Non mi ami forse più?» ripeteva quasi scherzando e sperando di vederle aprire gli occhi, di sentirle dire «mio caro», di scorgere un sorriso.

Rita, priva di forze, pareva serena. Il viso era cereo e i capelli, bagnati di sudore, le scendevano sul petto ormai quasi fermo. Sembrò assopirsi per un momento e poi si riebbe con un breve rantolo. Luigi le affondò il volto sul petto ed ebbe l'impressione di sentirla parlare.

«Vai da lei ora» bisbigliò.

Il marito restò immobile, attonito di fronte a quel tragico invito. Per un istante la detestò per ciò che aveva detto.

«Da chi, da chi? Parla!» strillò poi lasciandola ricadere sul letto e piangendo di rabbia.

Tutto tacque per qualche minuto, Luigi le appoggiò le labbra sulla pelle, quasi potesse soffiarle la vita nel corpo. Una nenia lenta gli affiorò sulla bocca e, cupamente, cominciò a cantare. La sua voce capace di grandi prodigi forse avrebbe rianimato anche Rita, pensò. Si sollevò, le prese di nuovo una mano e continuò a sussurrare un vecchio canto d'amore. Le parole venute da un passato lontano, ascoltate dalle donne di Subiaco lungo il fiume, gli tornavano alla mente una dopo l'altra, ordinate, e ciascuna, pensava lui in quel momento, doveva contenere un balsamo segreto, un rimedio per strapparla al dolore. Ma il fiato di Luigi scendeva su Rita come un sudario, raccogliendosi sulle guance, sulle palpebre chiuse, sulle labbra livide. Provò a far vibrare l'aria sulla lingua, perché le note potessero venire fuori allegre e solleticarle il viso perché si svegliasse. Alcuni suoni uscivano rapidi e pareva volessero rianimarla ma subito, di fronte al corpo di lei, per compassione, ricadevano su loro stessi e si posavano lenti.

Cettina stava in piedi in fondo alla stanza, con un fazzoletto spiegazzato premuto sulla bocca e gli occhi gonfi senza nemmeno più la forza per pregare.

Mimì teneva la mano stretta a una delle colonnette del baldacchino e fissava la scena. A volte scopriva di aver trattenuto il respiro inseguendo un impercettibile movimento del viso di Rita, poi si accorgeva di essersi illuso e si abbandonava con rassegnazione.

Per qualche tempo Luigi non parlò e rimase a fissare la moglie. Le scostò dalla fronte una ciocca di capelli e sorrise. La rivide bellissima come gli era apparsa sotto l'arco della Sacra Famiglia, dopo il suo arrivo a Capo Scirocco.

«Dal primo istante in cui ti ho vista» cominciò a dire Luigi con la testa inclinata, «non ho amato che te.» E continuò così. Prese a rievocare ogni attimo del loro amore. Di tanto in tanto si fermava e rideva ricordando un momento di gioco tra loro, una facezia. Subito dopo ridiventava serio, smetteva di parlare e pensava. Poi riprendeva raccontando il giorno del loro matrimonio. Descriveva le carrozze fuori dal convento, il canto delle suore durante la cerimonia e le diceva dell'emozione che aveva provato sentendole dire che sì, che lo prendeva come sposo e per sempre e che le sarebbe stata devota per tutta la vita.

«E quando ti accarezzavo i capelli, la sera a Taormina, mi dicesti che ti sarebbero diventati tutti bianchi, ricordi?»

Rita non rispondeva. «E quando t'insegnai a remare?» chiese. «Eri così buffa con quell'aria concentrata.»

Mimì credette che l'amico potesse perdere la ragione. Ebbe l'istinto di avvicinarsi per fermarlo ma sentì il cuore stretto in una morsa di impotenza e restò immobile.

Rita taceva. «Dovresti alzarti adesso, sai. Appena saranno finite le repliche vorrei tornare alle vigne. Passeggeremo ancora sulla montagna, non è vero? Ci sono altre cose che devi insegnarmi. Com'è che si chiamavano quei fichi d'India che prendemmo? Me lo dicesti ma non lo ricordo, devi ripetermelo.» Lui incalzava, come se la sua mente componesse le risposte che lei non dava.

Dopo circa un'ora in cui Luigi le aveva ininterrottamente giurato il suo amore, Russo gli si avvicinò. «Lasciala stare, non può sentirti» disse stringendo con le mani le spalle dell'amico.

Luigi si voltò verso di lui con le guance solcate dalle lacrime: «No, mi ascolta, non vedi? Mi sorride».

Mimì si allontanò e si fermò accanto a Cettina. Nella camera era entrato anche Tanino. Se ne stava accanto alla porta con il farmacista, timido, la falda del cappello tra le mani. Ogni tanto don Calogero tirava su col naso, non riuscendo a trattenere la commozione.

Fuori si era fatto scuro e la stanza era avvolta in una penombra opprimente. Cettina si avvicinò al lume per accenderlo ma Mimì la fermò tenendole un braccio. Era come se il dolore dell'amico lo avesse reso pudico e voleva che il buio proteggesse i suoi gesti, quasi fossero osceni. Si portò le mani sul viso e, per la prima volta da che era adulto, rivolse il pensiero a Dio. Strinse gli occhi e lo sfidò, ché dimostrasse di esserci, se esisteva davvero, e fermasse quello strazio. Poi deglutì e tornò in sé.

Quando rintoccarono le sette, Luigi alzò la testa dal petto di Rita e si girò verso la governante. Aveva il volto serio e sicuro di quando dava un ordine.

«Non prepari per la cena, Cettina? La signora ha bisogno di nutrirsi» disse senza ombra di commozione. «Fai la pasta questa sera, quella con l'acciuga che le piace tanto. La mangia sempre di gusto, vero cara? Hai voglia di pasta questa sera?» aggiunse voltandosi verso la moglie e riprendendo un tono affettuoso.

L'amico lo scrutò in silenzio. Il parroco si accostò chiamandolo a bassa voce ma Luigi si voltò infastidito.

«Cosa avete da guardarmi?» gridò scuotendosi. «Andate via, non avete sentito? La signora deve cambiarsi per la cena, andate, lasciateci soli» intimò con gli occhi gonfi iniettati di sangue.

Lentamente anche Mimì gli si fece più vicino. Luigi guardava Rita, poi si girò verso l'amico con aria di sfida. «Perché mi guardate così? Smettete. Smettetela tutti e andate via» disse alzandosi dal letto in fretta e piantandosi di fronte a Russo.

Mimì fermò il gesto dell'amico che stava per colpirlo rabbiosamente e l'abbracciò mentre scoppiava in un pianto disperato.

Epilogo

Il profilo della collina saliva fino a una cima tonda, schiacciata contro un cielo lattiginoso. Proprio sulla vetta, si ergeva l'antico santuario. Lungo uno dei costoni del monte si intravedeva una mulattiera. Scendeva tortuosa a fondo valle perdendosi, nell'ultimo tratto, in una stradetta acciottolata parallela al corso del fiume. Da lì lo sguardo poteva spingersi nella vasta campagna punteggiata da poche case di pietra e dalle macchie bianche delle greggi.

Nei pressi del corso d'acqua, dietro un filare di alberi si apriva una radura dall'aspetto inospitale che un tempo, come denunciavano alcuni solchi nel terreno, doveva esser stata un'area coltivata. Al centro, tra erbacce e pietre, un muro diroccato, al quale alcuni uomini stavano lavorando per rimetterlo in sesto, circondava una casa malandata e con le imposte chiuse.

Nella stanza centrale del casolare, seduto su una seggiola impagliata, Luigi stringeva gli occhi come per scorgere nella penombra gli oggetti intorno a lui. Aveva fatto sistemare le porte e, in settimana, sarebbero arrivati il muratore per rifare la recinzione del terreno e il pittore per imbiancare. Ma tutto procedeva stancamente.

L'ombra scura del grande pianoforte, che l'aveva accolto appena sbarcato in Sicilia, ora campeggiava malevola nella sala e pareva togliergli ogni energia.

Era tornato nella vecchia casa del padre da un anno eppure, fino a poco prima, non aveva trovato la voglia per farla sistemare. Il tempo a Subiaco era rimasto fermo. Nelle mattine in cui Luigi usciva di casa, si guardava intorno e gli sembrava che non solo tutto fosse innaturalmente rallentato ma che persino i suoni, quelli delle ruote dei carri, dei campanacci delle bestie, le voci delle donne e le grida dei bambini in strada si spandessero nell'aria cupi e distorti da una lentezza malata.

La casa odorava di povertà e la figura del giovane, immobile, coi gomiti appoggiati al tavolo, stonava dentro gli abiti dal taglio perfetto. L'aspetto era quello di un tempo, eccetto per il viso, deturpato dal livore. Teneva il mento ripiegato sul colletto rigido e la perla della spilla da cravatta gli premeva sulla pelle. Luigi parve non accorgersene fino a quando la sfera lucida non gli si conficcò quasi nel pomo d'Adamo. Quindi si scosse e raddrizzò la schiena. Allungò una mano sul tavolo e prese una busta che se ne stava lì da qualche giorno, sigillata di fianco alla zuppiera in cui Assunta, tanti anni prima, metteva a bagno i ceci prima di cucinarli. Se la rigirò tra le mani e poi la mise in tasca.

Proveniva da Capo Scirocco e la cosa lo indispettiva. Aveva l'impressione che la tasca fosse viva e palpitante, si deformasse col peso di quel foglio inopportuno. Per quanto provasse a scacciare la sensazione, degli anni in Sicilia, adesso, non riusciva a ricordare che il gelo. Rabbrividì e serrò la mascella. Il freddo delle mani di Rita si impossessava di lui ogni volta così, all'improvviso. Ed era quel ghiaccio a fargli rivivere lo smarrimento del petto inanimato della moglie, stesa sul letto e sbiadita sulle lenzuola, come una macchia antica che ha lasciato un alone sulla stoffa. Un fantoccio, pensò, una marionetta con la testa reclinata da un lato, alla quale qualcuno aveva mollato i fili.

Tentò di sgombrare la mente almeno per un istante ma una rabbia sorda prese a pulsargli nell'addome. La morte si era ingegnata di rovinargli la vita, di strapparlo alla gloria che l'avrebbe coperto di ricchezze. Il disgusto cominciò a salire, gli invase il corpo come un veleno e riempì l'esofago, si insediò in ogni angolo e Luigi, intossicato, strinse i pugni. Non era stato il destino a ricacciarlo in un angolo buio ma Rita stessa, la cui marionetta, ora, prendeva vita incombendo su di lui e trascinandolo fuori dal teatro per spingerlo verso la mediocrità. La odiò, come il giorno del funerale di sua madre aveva odiato Assunta perché lo lasciava solo.

Detestò la sciocca e inutile morte di Rita, la sua ultima follia da donna insana. Una pazza, pensò. Scattò in piedi, gettò in aria la sedia; non l'avrebbe mai perdonata. Che senso c'era nell'averlo illuso col dono di una vita nuova se poi aveva deciso di abbandonarlo? E nel momento più inopportuno. Che arte aveva avuto a morire il giorno prima del suo debutto.

Mentre camminava avanti e indietro, nella mente gli turbinarono solo immagini del viso sorridente della moglie, la prova ultima che si era presa gioco di lui.

Ora, dopo un anno, di Luigi non restava che un groviglio di malanimo. Raccolse la sedia e la addossò al tavolo. Avrebbe potuto cantare ugualmente, si disse, avrebbe dovuto allontanare il pensiero della morte della moglie e presentarsi alla prima. Invece, anche quell'occasione che la vita gli aveva dato gli era sfuggita di mano.

Disarmato contro la propria accidia, sentì sulla lingua un sapore acre e per scacciarlo gonfiò l'addome di aria, lasciò che si riscaldasse, la spinse poi nel petto col diaframma e aprì la bocca per urlare. Ma il fiato, del quale era sempre stato padrone, si mescolò all'ira e dalla gola, invece di uno di quei suoni tondi capaci di sedurre, venne fuori un grugnito strozzato da bestia.

Sebbene fosse già primavera, l'aria non si era ancora intiepidita e dai campi si levava un vento freddo. Luigi si chiuse il bavero della giacca sulla sciarpa e allungò il passo verso Sant'Andrea. La facciata svettava nella piazza principale del paese con linee precise fra le quali si aprivano i tre portali. L'uomo alzò la testa, ripensò per un istante al suo ingresso nella matrice di Capo Scirocco e poi entrò.

L'interno della basilica era buio tranne per un ultimo raggio di sole che filtrava dalla cupola. Fece qualche passo lungo la navata, si fermò rivolgendo uno sguardo sprezzante alla cappella del Sacramento, poi si diresse alle due sagrestie.

«Sono venuto a portarvi il vino per l'ufficio domenicale» disse al parroco posando sul piano del mobile una grossa busta di carta.

Il giovane prete lo guardò benevolo. Chiuse l'anta in cui aveva riposto i paramenti e si rivolse a Luigi.

«Viene dalle vostre vigne, immagino» commentò prendendo le bottiglie.

«Vino dell'Etna» rispose Fumini con tono sciatto.

Il parroco lo invitò a seguirlo nello studiolo attiguo e gli offrì una sedia. Avvicinò la sua e lo scrutò.

«Avete avuto modo di pensare alla mia proposta? Il coro ha bisogno di voi» cominciò don Ottavio con cautela. Il prete era un tipo tondo e gioviale, era stato trasferito da meno di un anno a Subiaco e aveva grandi progetti, un coro soprattutto, ben preparato e in grado di cantare qualcosa del Palestrina. Si annunciava una visita del vescovo e lui ci teneva a fare bella figura. «Non sapete quanto beneficierebbero della vostra guida questi giovani. Qualcuno di loro ha della stoffa, dovreste sentirli» aggiunse per invogliarlo.

«Non sono un maestro, padre» si schermì Luigi infastidito. L'indifferenza era il solo filtro attraverso cui riusciva a vedere le cose, quando la rabbia non gli offuscava la mente. Così, anche la musica gli appariva inutile.

«Andiamo, signor Fumini, non siate modesto. Sapete

bene che nessuno potrebbe ricoprire l'incarico meglio di voi.»

«Ne sembrate certo.»

«Lo sono» incalzò don Ottavio.

Luigi contrasse i muscoli del viso per arginare la nausea che sentiva arrivare.

«Sapete che è peccato sprecare i talenti che ci vengono dal cielo» provò ancora il religioso, «e Dio è amore assoluto» aggiunse.

Luigi sollevò incurante le spalle. Dell'amore non sapeva che farsene. Salutò in fretta e lasciò la chiesa.

Mentre si avviava verso la casa paterna, infilando una mano in tasca sentì sotto i polpastrelli la busta che ancora non aveva aperto. La lettera era di Mimì. Se ne sarebbe potuto dimenticare se il peso del passato non gli stesse gravando su quel lato del corpo come una zavorra. Non aveva alcuna voglia di leggerla.

Per far prima, perché già imbruniva, evitò la via principale e imboccò una piccola strada laterale in cui le case si fronteggiavano basse e vicine.

Le luci accese erano poche e, da una finestra con le tendine tirate, udì distintamente il suono di un pianoforte.

Era una melodia bellissima e struggente. Si arrestò su una nuvola di note che fioriva tra le dita dell'ignoto pianista spiegandosi subito con languore. Sotto le palpebre per un attimo compose l'immagine delle mani bianche di donna Rita.

Era Chopin, un notturno, lo riconosceva.

Riaprì gli occhi, scosse la testa con una smorfia e riprese a camminare.

Qualcosa si era spento per sempre rendendo inutile persino la musica. Si fermò, puntò gli occhi verso l'orizzonte ma non riuscì a vedere che una linea piatta. Alzò le spalle e continuò il cammino mentre un'oscura sensazione di noia lo invadeva.

Si ringrazia Massimiliano Basso.

Finito di stampare
nel mese di luglio 2013 presso
il Nuovo Istituto Italiano d'Arti Grafiche - Bergamo

Printed in Italy